CALÇADOS
CONFORTÁVEIS

CALÇADOS CONFORTÁVEIS
UMA HISTÓRIA DE JORNADA ESPIRITUAL

SHARON GARLOUGH BROWN

Publicado originalmente em inglês por InterVarsity Press como *Sensible Shoes: a story about the spiritual journey* por Sharon Garlough Brown. © 2013 por Sharon Garlough Brown. Traduzido e publicado com permissão da InterVarsity Press, sediada em 1400, Downers Grove, IL, EUA.

Copyright da tradução © Pilgrim Serviços e Aplicações LTDA., 2020. Todos os direitos reservados

Todas as citações bíblicas foram extraídas da Versão Almeida Século 21 (A21), salvo indicação em contrário.

Os pontos de vista dessa obra são de responsabilidade dos autores e colaboradores diretos, não refletindo necessariamente a posição da Pilgrim Serviços e Aplicações, da Thomas Nelson Brasil ou de suas equipes editoriais.

Esta obra é fictícia. Pessoas, locais, eventos e contextos são ou produto da imaginação do autor ou são utilizados de forma fictícia. Qualquer semelhança a eventos, locais ou pessoas reais, vivas ou mortas, é completa coincidência.

EDIÇÃO
Guilherme Cordeiro e Brunna Prado

TRADUÇÃO
Débora Lausani

PREPARAÇÃO
Arthur Guanaes

REVISÃO
Victória Arrais e Beatriz Lopes

CAPA E PROJETO GRÁFICO
Rafaela Villela

DIAGRAMAÇÃO
Sonia Peticov

Dados Internacionais de Catalogação na Publicação (CIP)
(BENITEZ Catalogação Ass. Editorial, MS, Brasil)

B21.c
1.ed.
	Brown, Sharon G.
	      Calçados confortáveis / Sharon G. Brown; tradutor Débora Lausani. – 1.ed. – Rio de Janeiro: Thomas Nelson Brasil, 2022.
	
	      448 p.; 13,5 x 20,8 cm.
	
	      Título original: *Sensible shoes*: a story about the spiritual journey.
	      ISBN: 978-65-56895-53-6
	
	      1. Amizade – Ficção. 2. Mulheres cristãs – Ficção. 3. Retiros espirituais – Ficção. I. Título

12-2022/34	CDD 813.6

Índices para catálogo sistemático:
1. Ficção: Literatura cristã 813.6

Bibliotecária: Aline Graziele Benitez CRB-1/3129

Todos os direitos reservados a **Pilgrim Serviços e Aplicações LTDA**.
Alameda Santos, 1000, Andar 10, Sala 102-A
São Paulo — SP — CEP: 01418-100

Àqueles que caminharam comigo

*E ao Espírito Santo, amável revelador e guia fiel,
com profundo amor e gratidão*

SUMÁRIO

    1 O CONVITE DE UMA JORNADA • 9
    2 A PEREGRINAÇÃO COMEÇA • 49

O caminho da oração • 67

    3 CONHECENDO O CORAÇÃO DE DEUS • 87
    4 APRENDENDO A PERSEVERAR • 129

Orando a Palavra • 130

    5 VINDE E VEDE • 147
    6 ESCONDE-ESCONDE • 181

A oração de exame • 224

    7 CAMINHANDO ATENTAMENTE • 227
    8 INTIMIDADE E ENCONTRO • 257
    9 ENCONTRADA NA ENCRUZILHADA • 283

A oração no deserto • 285

Orando com a imaginação • 308

  10 MAIS FUNDO NO DESERTO • 325
  11 ALIVIANDO O FARDO • 367

Autoexame e confissão • 371

  12 CAMINHANDO JUNTAS NO AMOR DE DEUS • 407

Regra de vida • 410

EPÍLOGO • 431
COM GRATIDÃO • 441
GUIA DE DISCUSSÃO • 445

1.
O CONVITE DE UMA JORNADA

Ponde-vos à margem no caminho e vede, perguntai pelas veredas antigas, qual é o bom caminho; andai por ele e achareis descanso para a vossa alma.
Jeremias 6.16, ARA

MEG, 1967

Uma garotinha solitária, vestida com um casaco de lã cinzento e uma touca de tricô vermelha, atravessava a neve à procura de um brilho dourado. Sua mamãe havia ganhado sininhos de natal e os tinha fixado sorrindo na porta da frente. Então, quando o vento derrubou os sininhos, a pequena Meg, de cinco anos, estava determinada a encontrá-los e a fazer a mamãe feliz de novo.

Meg cantarolava enquanto procurava nos arbustos do quintal. Ela adorava brincar de esconde-esconde. Ela queria que a mamãe ou a Rachel brincassem de esconde-esconde com ela, mas a mamãe estava muito ocupada para jogar, e Rachel, de onze anos, sempre dizia que já era muito grande para esses jogos de criancinha. Se pelo menos o papai não tivesse ido para o céu morar com Jesus! O papai era muito bom em esconde-esconde.

Durante quase uma hora, Meg procurou pacientemente os sinos perdidos até que, finalmente, avistou um deles em um monte de neve perto da garagem da Sra. Anderson. Segurando seu prêmio, Meg saltitou pela rampa e subiu os degraus da entrada.

Mamãe estava à porta, muito brava e dando bronca.
— Margaret Fowler! Você não me ouviu chamar?
— Mamãe, achei eles! — Meg, radiante, estendia o presente.
A mãe tirou o gorro de Meg, revelando os fartos cachinhos loiros.
— Quantas vezes eu tenho de repetir? É para tirar as botas lá fora. Eu não quero a neve estragando o piso.
Meg deixou as botas na varanda e entrou dançando e tilintando os sinos.
— Mamãe, olha! Achei seus sininhos!
A mãe franziu a testa enquanto fechava a porta.
— Que sinos?

Meg Crane atravessou a porta da casa de sua infância em Kingsbury, Michigan, quando o tilintar das chaves ecoou no hall de entrada. Mesmo tendo passado quase quarenta dos seus 46 anos na grande casa em estilo vitoriano da família Fowler, ela nunca havia se sentido tão sozinha. Fechando a porta atrás de si, Meg, escorada na parede, deslizou lentamente até se sentar no piso e escorar a cabeça no painel de madeira.

Se foi. A Becka se foi. Sua querida filha se fora.

Meg desejava que tivessem passado mais tempo juntas. O início de agosto chegou rápido demais e agora sua única filha estava em um avião para Londres, para cursar o primeiro ano da faculdade.

A presença animada de Becka em casa mantinha Meg alegremente ocupada. Havia tantas coisas para fazer juntas, tantos preparativos para aquela aventura no exterior. A alegria e o entusiasmo de Becka mantinham o coração de Meg bem longe daquela dor.

Mas agora o vazio da casa a envolvia em um silêncio assustador.

Sua mãe também se fora. Não voltaria mais.

Meses depois da morte de Ruth Fowler, Meg ainda lutava contra o impulso de cumprimentar sua mãe logo que chegava. Ela ainda esperava que a mãe aparecesse à mesa para jantar. Ainda esperava seus passos na escada. Ainda parava na porta do quarto, sufocando a vontade de dizer boa noite.

Meg supôs que também levaria tempo até processar a ausência de Becka. Ela imaginava que continuaria procurando a garrafa rosa de Becka no balcão da cozinha. Ela imaginava que continuaria procurando a voz alegre da filha que cantarolava acompanhando a música no celular. Provavelmente, acordaria por volta da meia-noite, esperando ouvir Becka chegar em segurança após sair com os amigos.

Porém, os únicos sons na casa agora eram os suspiros melancólicos de um relógio antigo de seu avô e o zumbido da geladeira.

Meg Crane estava só. Completamente só.

E agora?

Abaixando a cabeça, Meg escondeu o rosto entre as mãos e chorou.

Sábado à noite, Meg ajustou o despertador zelosamente. Embora preferisse ficar na cama no domingo de manhã, ela chegou à igreja Kingsbury Community no meio do hino de abertura. Durante anos, ela seguiu fielmente a maneira mais segura de evitar a interação com os outros membros: chegar enquanto todos cantavam, sentar-se no último banco, bem perto da porta, e sair antes da bênção final. Com menos de 1,60 de altura, Meg tinha facilidade em entrar nos lugares e sair deles sem ser vista. Na maioria dos domingos, sua estratégia de invisibilidade funcionava perfeitamente.

Neste domingo, contudo, Sandy, a esposa do pastor Dave, estava no átrio da igreja no momento em que Meg se retirava. Meg caminhou como se estivesse com pressa, na esperança de que a velocidade e o olhar determinado simulassem um compromisso inadiável. Entretanto, quando Sandy sorriu e cumprimentou-a pelo nome, Meg logo percebeu que havia sido interceptada.

— Estava esperando te encontrar hoje, Meg. Não tenho te visto nesses últimos meses. Como você está?

— Bem. Obrigada, Sandy. E você?

— Estamos bem. Aproveitando esse clima maravilhoso. Os verões em Michigan são lindos, não são?

Meg podia ouvir o coral cantando a última música e sabia que não tinha muito tempo antes que o átrio da igreja ficasse cheio de gente que ela não queria ver.

Foi preciso muito esforço para ela simplesmente não se desfazer em lágrimas. Um olhar compassivo, uma palavra delicada e já parecia que ela ia se desintegrar.

Ela se aproximou da saída discretamente.

— Isso chegou pelo correio faz poucos dias e pensei em você. — Sandy entregou a ela um panfleto cor de ameixa. — É sobre os programas de outono no Retiro Nova Esperança. Você conhece o Nova Esperança, não é?

Meg nunca havia visitado o retiro, mas, por morar em Kingsbury durante a vida toda, ela sempre passava de carro na frente do prédio.

— Eu... ahn... sei onde fica, mas só isso mesmo. — As portas do templo logo estariam abertas, e ela ficaria cercada.

Sandy, claramente, não tinha a mesma pressa. E continuou:

— O Nova Esperança é um lugar maravilhoso. Eu participei de muitas programações deles, e essa, em particular, é muito boa.

Meg afastou dos olhos os cachos loiro-acinzentados e fingiu interesse, enquanto Sandy mostrava a ela o trecho sobre "uma jornada sagrada".

— É para você aprofundar seu relacionamento com Deus através da oração e outras disciplinas espirituais — Sandy explicou. — Com as mudanças que você passou nos últimos meses, eu imaginei que esse grupo poderia te ajudar a se reencontrar.

Meg mordeu o lábio inferior. Estava claro que o pastor havia falado com a esposa sobre como estava sendo duro para ela atravessar o processo do luto.

Sandy continuou com uma voz suave:

— Eu me lembro de como me senti quando minha mãe morreu e eu sei como vocês eram próximas.

Próximas?

Meg sentiu o calor do sangue subindo e se espalhando pelo rosto e pelo pescoço. As manchas vermelhas se apoderavam da sua pele clara. Traidoras. Ela se ressentia por essas manchas.

— Muito obrigada por se lembrar de mim, Sandy — ela disse, encostando a mão gelada em volta do pescoço para esfriar o sangue. — Por favor, diga ao pastor Dave que o sermão que ele pregou hoje foi muito impactante.

Então, ela saiu rapidamente pelas portas de vidro, antes que mais alguém pudesse sorrir e chamar seu nome.

HANNA, 1976

Hanna Shepley, de sete anos, adorava o ursinho marrom, seu fiel confidente de segredos e tristezas. Quando um de seus olhos adoráveis caiu e desapareceu, ela ficou de coração partido. Dona Betty, uma vizinha idosa, afagou a cabeça de Hanna com a mão artrítica e disse a ela que não deveria se preocupar. Ela podia consertar os olhos do ursinho marrom. Hanna, com os olhos cheios d'água, o confiou à senhorinha, que prometeu devolvê-lo em breve.

Dois dias depois, quando o ursinho voltou para casa, dona Betty estava radiante e disse:

— Hanna, aqui está. Viu? Novinho em folha!

Porém, quando Hanna olhou nos olhos do ursinho marrom, não o reconheceu. Ela viu que ele também não a reconhecia. A expressão terna e sábia desapareceu e fora substituída pelo olhar esquecido e vazio de dois botões grandes de plástico. Hanna tinha perdido seu confidente e seu melhor amigo.

Sua mãe ficou envergonhada por causa do silêncio da menina.

— Como se diz, Hanna? A dona Betty se esforçou muito para consertar o urso para você.

— Obrigada, dona Betty — Hanna respondeu em um sussurro. Mas, quando estava sozinha no quarto, se desmanchou em lágrimas.

— Eu sempre me sinto muito melhor depois de falar com você — disse uma voz feminina chorosa do outro lado da linha.

Hanna Shepley, de 39 anos, sorriu consigo mesma. Ela adorava seu trabalho. Durante quinze anos, ela servira como pastora auxiliar na Igreja de Westminster em Chicago e continuava amando o trabalho.

— Vamos nos reunir para orar — disse Hanna, abrindo a agenda e verificando os detalhes dos compromissos daquele dia: terça-feira, 5 de agosto. Ela havia agendado uma reunião no jantar.

— 20h é muito tarde? — Hanna perguntou. — Seria ótimo se fosse na sua casa ou, se preferir, pode vir no meu gabinete, o que for melhor para você. — Combinaram de se encontrar no gabinete de Hanna.

Hanna nunca se arrependeu da decisão de mobiliar e decorar seu gabinete com muito mais conforto do que a própria casa. O ambiente acolhedor proporcionava muito mais que um refúgio seguro para pessoas em crise. Hanna também passava a maior parte da sua vida ali.

Na verdade, certa vez, ela calculou o número de horas acordada que realmente passava em casa só para descobrir que totalizava um distante terceiro lugar entre lá, seu gabinete e hospitais.

Hanna olhou para o relógio e pegou as chaves. Ela precisava estar no hospital às 10h para orar com Ken Walsh antes de uma cirurgia cardíaca de peito aberto. Ela também aproveitaria a viagem para visitar Mabel Copeland, que se recuperava de uma cirurgia de prótese de quadril. Se ela se apressasse, ainda poderia comprar flores no caminho.

Saindo do escritório, quase esbarrou em Steve Hernandez, pastor titular da igreja de Westminster.

— Correndo de novo? — Steve perguntou.

— Pré-operatório agora de manhã e depois um monte de cuidados pastorais agendados.

Hanna passou a mão no cabelo curto e castanho claro, prendendo atrás da orelha uma mecha solta.

— É mais um daqueles dias em que preciso estar em três lugares ao mesmo tempo. Sabe como é.

— Posso te ajudar em alguma coisa hoje? — Steve perguntou.

Steve sempre perguntava, e Hanna sempre dizia que não. Ela mantinha tudo sob controle. Mesmo assim, se sentia agradecida por ele ter o hábito de sempre perguntar. Muitos pastores titulares se esquecem do valor de seus auxiliares. Steve não. Ele sempre procurava verificar o termômetro espiritual de sua equipe e era amado por isso.

— Hanna, não se esqueça de parar um pouco para respirar.

Ela riu.

— Tenho um horário agendado para respirar na quinta da semana que vem.

Na manhã seguinte, pouco antes de 8h, Steve apareceu na porta do gabinete.

— Chegou mais cedo de novo? — Perguntou, olhando para o relógio.

Hanna olhou por cima do livro e segurou um bocejo.

— Eu passei no hospital para orar com Ted e sua família antes da cirurgia agora de manhã. Queria ficar e esperar com eles, mas tenho uma reunião às 9h. Volto lá mais tarde, vou ver como ele está. — Ela indicou o sofá de camurça marrom. — Entra, Steve. Senta aí.

Ele afastou uma almofada e uma coberta.

— Você foi para casa ontem à noite?

— Vou tirar um cochilo daqueles mais tarde. — Ela tomou um gole de café.

— Como vão as coisas?

Ela ouviu Steve respirar fundo, como se estivesse se preparando.

— Hanna, os presbíteros e eu chegamos a uma decisão que eu sei que você não vai gostar, mas espero que possa receber como um presente.

Hanna cerrou os dentes e começou logo a imaginar possibilidades do que ele ia dizer. Incrível quantos pensamentos conseguiam passar pela sua cabeça em cinco segundos: será que estavam reestruturando a equipe? Cancelaram um dos programas do ministério? Ela ia receber outra equipe para supervisionar?

Steve continuou:

— Vamos te dar uma licença sabática de nove meses. Começa em setembro.

Por um momento, Hanna sentiu o chão sumir debaixo de seus pés.

— Eu não entendo — disse estudando o rosto de Steve em busca de pistas não verbais.

— Eu sei. Mas alguns de nós já conversávamos sobre isso há algum tempo e está na hora. Você já trabalha aqui faz quase quinze anos sem uma pausa. Na verdade já passou da hora.

— Mas muitos pastores passam bem mais tempo do que isso e nunca têm uma pausa — ela respondeu. — Além disso, eu tirei seis semanas de folga no ano passado!

Steve começou a rir.

— Sim, para se recuperar de uma cirurgia de risco! E, se bem me lembro, você continuou trabalhando de casa.

Ela negou com a cabeça enfaticamente.

— Eu não preciso de uma licença sabática. Eu amo o meu trabalho e estou bem.

— Você não pode discutir desta vez, Hanna. Já foi decidido. Inclusive, para expressar o nosso amor e apreciação por você, e para te ajudar a relaxar, algumas pessoas fizeram doações para cobrir todas as suas despesas pessoais.

Hanna nunca ouvira falar de um pastor auxiliar receber uma licença sabática tão generosa e ficava cada vez mais desconfiada. Ela sabia que não conseguia controlar sua expressão facial, então olhava fixamente para outra coisa, no caso, um vaso de plantas e um balão escrito "Melhoras!", que ela entregaria mais tarde.

Steve viu a reação dela e tentou tranquilizá-la.

— Hanna, você não está sendo demitida. Eu prometo. O seu trabalho é excelente, a congregação ama você e você é uma ótima colega de trabalho.

Ela ainda não conseguia olhar para ele. Não confiava em si mesma. Com a visão periférica, ela viu Steve se inclinar para a frente no sofá, apoiar os cotovelos nos joelhos e juntar as mãos. Esta era a posição séria dele, reservada para momentos particularmente traiçoeiros do cuidado pastoral: casais à beira do divórcio, adolescentes ameaçando suicídio, pais perdendo a fé após a morte de um filho. Steve fincava firmemente os calcanhares no chão e segurava uma corda invisível, puxando de volta a alma que balançava a beira do precipício do desespero, puxando-a para os braços fortes de Jesus.

Steve claramente pensava que ela estava balançando no limiar. Que limiar? Ela não se lembrava dele jamais ter usado a corda com ela. Ela não precisava da corda. Nada disso.

Steve continuou:

— Lembra aquele sermão, muito bom por sinal, que você pregou há poucos meses sobre João 15?

Hanna não respondeu. Ela teve a sensação de que suas palavras de sabedoria sobre Jesus como a videira e o Pai como o lavrador estavam prestes a se voltar contra ela.

— Você disse à congregação que podar não é um castigo, é uma melhoria. Você nos lembrou que a poda é a maneira como Deus nos molda para nos tornar mais parecidos com Cristo. Jesus disse que os ramos que são podados são aqueles que dão fruto. E você está dando frutos, Hanna. Muitos frutos. Este período sabático não é um castigo, é uma poda. É hora de deixar Deus cuidar de você e te moldar para que você possa se tornar ainda mais como Cristo.

— Mas setembro? — Hanna exclamou. — Impossível! Já estou com todas as programações da estação planejadas. Não tem como reorganizar tudo tão rápido. E quem cobriria tudo pra mim?

Steve hesitou e, nesse ato, Hanna percebeu a verdade. Já tinham tudo planejado há algum tempo. Estavam apenas evitando contar para ela até agora. Por que não deram a ela algum aviso? Por que não a incluíram no planejamento? Mais do que isso: por que não a consultaram, para começar?

— Hanna, temos tudo sob controle. Não precisa se preocupar com nada. Eu prometo.

Isso era loucura. Completamente absurdo. Como isso podia estar acontecendo?

Steve falou com a voz grave e tranquilizadora:

— Você tem feito um grande trabalho aqui na Westminster, a equipe e os presbíteros, todos concordam com isso. Mas eu também acredito que você precisa de tempo e espaço para descobrir a sua identidade pessoal e profissional. Você não sabe quem você é quando não está pastoreando. Não sabe o que fazer quando não precisam de você e não faz ideia do quanto está cansada. Confie em mim. Eu já passei por isso.

Ainda que a voz dele fosse gentil, Hanna se encolheu.

— Hanna, alguns anos atrás, o meu pastor titular teve essa mesma conversa comigo. Ele viu sinais de alerta na minha vida que eu não percebia e tomou as providências necessárias. A intervenção dele salvou o meu ministério, a minha família e a minha saúde. Foi uma grande bênção para mim e espero que seja uma bênção para você.

Ela não queria ouvir aquilo. Ela não estava esgotada nem estava à beira de um desastre. Ela não tinha uma família com quem se preocupar e sua saúde estava em ordem. Ela não precisava de uma pausa. Nada disso.

— Não posso tirar só um mês de folga?

— Não.

— Três meses, então? Vou para um retiro guiado em algum lugar e volto renovada e restaurada.

Steve estava irredutível.

— Estamos falando de uma poda radical. Se te dermos apenas alguns meses, você vai contar os dias até voltar e recomeçar exatamente de onde parou.

— Mas é um ano letivo inteiro! O que vou fazer com todo esse tempo de folga?

Ele sorriu gentilmente.

— Não se preocupe em tentar entender tudo agora. Podemos conversar mais tarde sobre algumas ideias, como você pode aproveitar esse tempo. A prioridade é te levar a um lugar onde você possa mudar o ritmo para descansar de verdade, e nós vamos fazer tudo o que pudermos para ajudar você nessa mudança. — Steve se levantou. — Nove meses, Hanna. Apenas entregue a Deus esses nove meses.

Ela sabia que não adiantava discutir. Eles haviam tomado a decisão sem sequer consultá-la, sem seu conhecimento ou aprovação, aquilo estava fora do seu controle. Enquanto observava Steve saindo do escritório, Hanna não conseguia evitar o ressentimento. Ela não precisava de uma intervenção e não queria esse presente, especialmente um presente que tinha a intenção de ser tão absurdamente generoso. Não se sentia apenas ressentida, agora também se sentia culpada por ser ingrata.

Ela detestava se sentir assim.

MARA, 1968

Mara Payne mordia o lábio inferior e olhava fixamente para os sapatos bicolores enquanto chutava pedacinhos de terra e grama. Ela havia desempenhado esse papel inúmeras vezes e sabia o roteiro de cor. Um a um, os capitães do quarto ano gritavam os nomes dos colegas. Um a um, os escolhidos desfilavam até os respectivos times, cumprimentando uns aos outros e sussurrando recomendações para a próxima escolha aos ouvidos dos capitães.

Mara não precisava olhar para saber o que estava acontecendo. Os pés ao lado dos dela eram de Eddie Carter. Ela conhecia os tênis dele: listras azuis, cordões lamacentos e um pequeno furo revelando um dedo grande espremido dentro da meia. Eddie era sempre o penúltimo a ser chamado, mas pelo menos era escolhido. Mara era simplesmente a sobra. Quando o capitão, aborrecido, finalmente murmurava o seu nome, ela trilhava o caminho da vergonha e dizia a si mesma que não se importava.

Mas os seus sapatos salpicados de lágrimas contavam uma história diferente.

Mara e Tom Garrison, sentados nas arquibancadas de metal em uma noite quente de agosto no oeste de Michigan, comiam cachorro quente e aplaudiam o time de basebol dos filhos, os Kingsbury Knights. As sextas-feiras eram uma das poucas noites que a família passava junta. Na maior parte das semanas, Tom viajava de segunda a quinta e Mara tinha de cronometrar precisamente seus passos como se fosse uma mãe solteira.

Porém, quando Tom estava em casa, ele se dedicava aos dois filhos adolescentes.

— Vai, vai, vai! — Tom pulava e gritava enquanto Kevin, quinze anos, furou um forte bloqueio no centro do campo, driblou o primeiro, driblou o segundo e alcançou a terceira base.

— Salvo! — Tom gritava junto do árbitro. — Isso! É isso aí, Kev! — Ele sentou-se de novo, batendo palmas muito empolgado. — Te digo uma coisa, Mara: esse garoto tem talento. Você viu! Ele vai ganhar uma bolsa de estudos em algum lugar. Baseból, futebol, basquete, o que você imaginar, ele consegue.

Mara tomou um gole do seu refrigerante diet e procurou Brian, de 13 anos, no banco dos jogadores. Quando finalmente achou, levantou-se. Era difícil não a ver em sua grande túnica verde limão e chapéu de palha de abas largas; porém, se Brian havia visto seu aceno, ele a ignorou. Ela se sentou e olhou para os sapatos, esperando que ninguém mais tivesse visto ele olhar em sua direção e virar as costas.

— Então... — ela começou esfregando as palmas das mãos para cima e para baixo nas coxas avantajadas. — Você já sabe mais algum detalhe dos seus planos com os garotos amanhã?

Tom não respondeu, preferindo se concentrar intensamente na finalização do arremessador e na liderança de Kevin na terceira base. Mara esperou pela jogada do batedor, que errou a bola, antes de tentar de novo.

— Planejam passar o dia todo fora ou vão jantar em casa?

— Não sei. Na hora a gente vê. — Ele continuava de olho no campo.

Mara tirou o chapéu e alisou o cabelo recém-pintado de castanho-acaju. Ainda conseguia sentir o cheiro da amônia. Talvez um dia ela esbanjaria um pouco e se presentearia com uma pintura de salão, em vez daquela de caixinha. Infelizmente, as luzes acobreadas acabaram muito mais laranjadas do que ela queria e agora precisava tentar consertar isso sem estragar mais. Ela imaginou que sempre poderia voltar a um tom de castanho sem graça ou talvez marcar um horário no salão. Ela concluiu que, aos cinquenta anos, tinha direito a um pouco mais de atenção consigo mesma do que normalmente se dava, ainda que Tom discordasse.

Ela suspirou.

— Ficaria feliz de cozinhar algo para nós, se você achar que voltam do jogo a tempo.

Tom mordeu o cachorro-quente e acenou para Brian. Brian acenou de volta.

— Eu já disse que não sei. Na hora a gente vê.

— É que assim você me ajuda a planejar o meu sábado, se eu souber o que esperar...

— Chega, Mara! — Rosnou, esfregando as mãos no seu curto cabelo grisalho. — Será que eu posso pelo menos assistir ao jogo em paz? — Tom saltou novamente, na torcida enquanto Kevin corria para a base principal em uma bola baixa para o *shortstop* — Muito bem, Kev! Continue assim! — Kevin virou o rosto sardento para a arquibancada e fez um gesto positivo na direção no pai.

Mara pôs de volta o chapéu.

— Eu só...

Tom girou, olhando diretamente para ela.

— Você faz o você quiser, ok? Se a gente ficar com fome, a gente para e come qualquer coisa no caminho de casa. Agora, pare de me perturbar!

Mara viu uma das outras mães se virar e lançar um olhar simpático em sua direção. Sabendo que a conversa deles tinha sido ouvida, Mara forçou um sorriso largo e um riso leve.

— Homens! — Ela sussurrou à mulher, revirando os olhos e balançando a cabeça.

Durante as três rodadas seguintes, ela ignorou Tom e fingiu estar interessada na vida das outras famílias nas cadeiras em volta. As outras "famílias felizes e perfeitas". Depois que o jogo acabou, ela ficou na arquibancada vendo Tom abraçar os meninos no campo. Depois se arrastou lentamente pelo estacionamento até sua picape preta, lutando contra as lágrimas até que estivesse em segurança, longe de qualquer espectador.

Quando Tom e os garotos chegaram em casa depois da habitual celebração pós-jogo no Steak 'n Shake, Mara já estava na cama, fingindo que dormia.

Na segunda à noite, Mara, sentada na grande cama de casal, dobrava os pares de meias da família. Ela ouvia outras mulheres falando sobre deixar a roupa lavada em cestos para o marido e os filhos pegarem o que precisavam. Mas Mara nunca se importou em separar a roupa lavada. Havia algo particularmente recompensador em unir os pares de meias. Quando não conseguia encontrar o par de uma, colocava a meia solitária na gaveta de cima da cômoda e esperava a faltosa aparecer. Na verdade, a gaveta de cima estava cheia de meias sem par, ou melhor, meias que um dia tiveram um par e que ela não suportava a ideia de jogar fora.

Alguém deveria fazer uma música sertaneja sobre isso.

Talvez até já exista.

Kevin apareceu na porta enquanto Mara guardava a última camiseta de Tom.

— Papai pediu pra te avisar que só chega na quinta, bem tarde.

Desde que o filho ganhou um celular no aniversário de quinze anos, Tom adquiriu o hábito de passar a maioria de suas mensagens através dele. Ou por mensagens de texto. Atualmente, Mara conversava muito pouco com Tom, seja durante as viagens dele, seja em casa.

Assim que entregou a mensagem, Kevin já estava no corredor. Ela desejava que, ao menos uma vez, os filhos ficassem por perto pelo menos o tempo suficiente para uma conversa significativa, algo além de um grunhido típico ou levantar de ombros sempre que ela perguntava sobre o dever de casa ou os amigos. O único caso em que ela recebia frases completas era quando eles queriam comida, roupa limpa ou uma carona.

— Kevin, não esquece que você tem consulta no dentista amanhã!

Mara chamou o filho. Ele não respondeu.

— Kevin!

— Eu sei! — Ele gritou do quarto.

— Onde está minha calça jeans? — Agora era o Brian que estava na porta.

— Eu guardei na sua gaveta.

— Não, a preta.

— Não vi a preta.

— Eu coloquei para lavar já faz uma semana!

— Não sei, Brian. Esvaziei o cesto hoje cedo e lavei tudo o que estava lá.

— Então, cadê a minha calça? — A covinha sardenta no canto da boca estava começando a se contorcer. Ele parecia tanto com o pai, assim parado, franzindo a testa, os braços cruzados no peito.

— Já olhou no chão do quarto? Vi um monte de coisa do lado da sua mesa.

Dawn, sua terapeuta, recomendara que ela parasse de catar as bagunças dos meninos. "*Eles precisam assumir alguma responsabilidade*" dissera Dawn. "*Têm de aprender a lidar com as consequências.*"

Brian desapareceu e voltou com as calças amarrotadas formando uma bola e jogou em Mara.

— Preciso disso para amanhã — ele disse e saiu do quarto.

Mara saiu lentamente e colocou a calça no cesto de roupa vazio. Algum dia talvez as coisas fossem diferentes.

Deus, por favor, ela não tinha certeza quanto tempo conseguiria continuar assim.

CHARISSA, 1990

A família Goodman sempre escolheu o primeiro banco, bem na frente do púlpito, onde todos poderiam vê-los. Charissa, de oito anos, se sentava entre o pai e a mãe, fingindo estar muito atenta à pregação do Reverendo Hildenberg. Mesmo quando a meia calça coçava e a laço de tafetá estava apertado e desconfortável em volta da cintura, Charissa estava determinada a não ficar se mexendo.

Ela era uma estátua, imóvel e estoica, como aquelas esculpidas há séculos pelos antepassados gregos de sua mãe. Os antepassados do papai também eram estoicos, porém britânicos. Talvez até fossem da realeza. Charissa gostava da ideia de ser uma princesa. Papai sempre dizia que ela possuia um rosto capaz de mover mil navios, como Helena de Tróia.

Charissa de Kingsbury.

Ela gostava do som de seu nome, mesmo que sempre tivesse de corrigir as pessoas que pronunciavam errado.

— É "Ka-ris-sa" — dizia.

Seu nome significava "graça", e Charissa também gostava disso. Treinava para ser o mais graciosa possível.

Na maioria dos domingos, Charissa passava o culto sentada e imóvel do lado de fora, enquanto disparava por dentro. A mãe não permitia que ela trouxesse livros para a igreja ou para a mesa de jantar, então ela os escondia em sua cabeça. Possuía uma biblioteca inteira guardada dentro de si e podia ler sempre que quisesse. Ninguém nunca soube que ela estava só fingindo que ouvia o sermão. De fato, toda semana o reverendo Hildenberg apertava a mão de Charissa e contava como ficava feliz de ver uma jovenzinha prestando tanta atenção. Então, o senhor Goodman punha o braço em volta dos ombros de Charissa, sorria e dizia:

— Obrigado, reverendo. Temos muito orgulho dela.

Charissa Goodman Sinclair, de 26 anos, esticou-se para trás para alongar os ombros tensos e depois se levantou da mesa. Somente os estudantes de doutorado na Universidade de Kingsbury tinham salinhas de estudo particulares na biblioteca principal e a sua estava lotada de clássicos da literatura inglesa. Seus olhos percorreram as prateleiras, tentando decidir quais livros levar para casa. Definitivamente, passaria mais uma noite estudando Milton e precisaria de suas anotações sobre cultura e sociedade da Inglaterra elisabetana. Evidentemente, também poderia avançar em seu ensaio sobre Shakespeare se terminasse a análise de *Paraíso Perdido*. As aulas do outono mal haviam começado, e ela já estava atolada.

Ela prendeu o cabelo longo e escuro e olhou para o relógio. John devia passar para buscá-la na volta do trabalho para casa. Talvez devesse ligar para ele e avisar que passaria a noite na biblioteca. Assim, ela teria ao alcance todos os livros de que pudesse precisar.

Mas não, não ia dar certo. Ela precisaria passar em casa de manhã para tomar banho e trocar de roupa antes da aula das 8h e não queria acordar o John para vir buscá-la. Ela odiava terem só um carro.

Era tão inconveniente.

Pelo menos esse estilo de vida supereconômico era temporário. John investia na carreira em uma empresa de marketing e, um dia, Charissa se tornaria professora de literatura inglesa. Só mais quatro anos de pós-graduação. Seu pai não entendia por que ela decidiu gastar seis anos de sua vida em adquirir um doutorado em uma universidade cristã sem muito prestígio quando poderia ter escolhido estudar em uma das faculdades renomadas da *Ivy League*. Em Kingsbury, no entanto, a reputação de Charissa no Departamento de Língua Inglesa era bem conhecida. Tendo se formado com louvor, ela apreciava as vantagens específicas de ser um peixe grande em uma lagoa pequena. Embora o pai preferisse vê-la seguindo uma carreira mais lucrativa, em direito ou empreendedorismo, ele adorava dizer às pessoas que sua filha estava cursando o doutorado e Charissa não se importava que ele contasse.

Ela guardou o notebook e um monte de livros na mochila antes de sair para o estacionamento à espera do marido.

Na terça à noite, Charissa caminhava para sua salinha na biblioteca quando reparou nos panfletos cor de ameixa pendurados no quadro de avisos. Como havia várias cópias, ela puxou uma do prendedor e guardou na mochila.

Normalmente, ela não teria prestado atenção. Ela nunca fora ao Retiro Nova Esperança e não sabia nada sobre os programas. Entretanto, o Dr. Allen, seu professor na turma de Literatura e a Imaginação Cristã, havia insistido que seus alunos encontrassem formas de aprofundar suas vidas com Deus.

— Vocês podem achar que eu pareço um disco quebrado, — ele disse no final da aula no dia seguinte — mas, se vocês realmente querem entender os livros que estamos lendo este semestre, vão ter de fazer alguma atividade extracurricular. Vocês precisam se comprometer em prestar atenção no caminho e nos contornos da sua própria jornada espiritual.

Tirando os óculos, ele passou a mão pelo rosto e pelo cabelo salpicado de branco.

— Os poetas e autores que estamos estudando escreveram sobre suas profundas experiências pessoais com Deus. As obras deles refletem suas perguntas de quem Deus é e quem Deus os criou pra ser. A não ser que você mesmo lide com essas perguntas, as mensagens terão pouco significado pra vocês. Por isso, mais uma vez, eu os encorajo a explorar a sua própria formação espiritual neste semestre. Sejam intencionais em pensar nas formas que vocês estão sendo moldados para se tornarem cada vez mais parecidos com Cristo. Se vocês encontrarem formas de cooperar com a obra de transformação do Espírito, estes textos vão ter vida para vocês.

Charissa questionou se o programa do Retiro Nova Esperança se qualificaria como uma experiência de formação espiritual adequada. Ela poderia administrar seis sessões aos sábados, distribuídas por três meses. Talvez o curso no Retiro Nova Esperança fosse a maneira perfeita de satisfazer o pedido do Dr. Allen.

Ela esperou a sala esvaziar antes de se aproximar da mesa e perguntar se ele sabia alguma coisa sobre o grupo "jornada sagrada" anunciado no panfleto.

— Venha comigo — ele disse, pegando a pasta e a garrafa d'água.

Ela o seguiu pelo corredor lotado em direção ao escritório dele.

— Estava apenas imaginando se esse é o tipo de curso que o senhor se referia, algo que complementaria o trabalho que estamos desenvolvendo na sua matéria.

— Com certeza.

— E a diretora, Katherine Rhodes. O senhor sabe alguma coisa sobre ela?

Ele concordou com a cabeça.

— Conheço bem a Katherine. Ela está no Nova Esperança há muito tempo.

Charissa hesitou, procurando o jeito certo de fazer sua próxima pergunta.

— E teologicamente... Quero dizer...

Dr. Allen interrompeu, sorrindo.

— Preocupada com a ortodoxia, Charissa? É muito mais provável você ouvir heresias nestas salas do que na dela. Você vai estar em boas mãos — ele bebeu um gole da caneca. — Além das recomendações de formação espiritual que fiz na aula, por que você está interessada no curso?

Ela pensou por um momento e respondeu:

— Para aprender.

Ele parou de caminhar e virou os olhos escuros e instigantes na direção de Charissa.

— Resposta errada — ele disse, com um sorriso enigmático. Ele estava tentando provocá-la?

Embora fosse vários centímetros mais alta do que o professor, Charissa subitamente sentiu-se menor. Desviando o olhar dos olhos dele, ela se concentrou na barba bem aparada e aguardou que ele se explicasse.

— Charissa, vá para se encontrar com Deus. Ou não vá.

HANNA

Apenas um mês depois de Steve compartilhar a notícia de suas férias indesejadas e fora de hora, Hanna Shepley confiou seu molho de chaves a Heather Kirk, uma pastora estagiária de vinte e poucos anos, contratada por Westminster, na tentativa de cobrir sua ausência. Heather, formada no seminário em maio, estava empolgada por encontrar um estágio de nove meses antes de procurar um chamado permanente em outro lugar. Cheia de juventude e expectativa, ela transbordava de audaciosas esperanças e planos para "atuar no ministério".

Enquanto Hanna observava os olhos brilhantes de sua substituta, ela via o seu antigo eu. Ela também havia sido jovem e ávida, desembarcando direto do seminário para Westminster com toda aquela energia, um motor de partida aos vinte e poucos anos de idade, pronta para colocar a igreja em movimento. Mas os últimos quinze anos tiveram seu custo. Nos últimos tempos, quando Hanna se olhava no espelho, mal se reconhecia. Seu cabelo castanho tinha riscos prata que davam muito trabalho para esconder e seus olhos estavam cansados. Muito cansados. Na verdade, o envelhecimento parecia ter se acelerado desde que Steve disse que ela precisava descansar. Ou talvez ela tivesse apenas se tornado mais consciente do próprio cansaço, agora que havia parado de se mover tão depressa.

— Não se preocupe com nada — disse Heather, tilintando as chaves da casa e do escritório de Hanna. — Tenho tudo sob controle. E se tiver alguma pergunta sobre a casa, eu te mando um e-mail. — A estagiária sorriu, compreensiva. — O pastor Steve me proibiu de entrar em contato com você para outras perguntas.

— Bom, que Deus te abençoe, Heather — o coração de Hanna estava tão desconectado de seus lábios que ela não reconheceu a própria voz pronunciando aquela bênção educada. — Espero que você tenha um tempo muito frutífero.

Sério?

Ela queria mesmo que essa jovenzinha neófita prosperasse como sua substituta? Ou por dentro esperava que sua substituta falhasse tão miseravelmente que Westminster clamasse por seu retorno imediato?

Ela não queria responder essa pergunta.

Com um último olhar furtivo para a própria casa, Hanna seguiu a amiga Nancy Johnson até o carro. Hanna encheu seu velho Honda com todos os livros de seu escritório que conseguira carregar. Se ela era forçada a dar um tempo, pelo menos tornaria sua licença sabática o mais produtiva possível.

Pensar nas roupas ficou por último. Hanna brincava que podia se vestir até no escuro com seu guarda-roupa monocromático. De fato, na maioria das vezes, ela realmente vestia a primeira roupa que aparecesse para visitas hospitalares de emergência no meio da noite.

Tudo o que possuía era fácil de cuidar e na medida para viajar, e ela acomodou o essencial em apenas uma mala e uma mochila: os chinelos de pele de ovelha e pijamas de flanela, algumas calças jeans e moletons, blusas básicas e calças de viagem, um casaco de inverno e outro de lã, sapatos e botas confortáveis. Na primavera, ela voltaria para buscar as roupas de calor. Assim, havia uma desculpa para voltar para casa.

— Sei que isso deve ser difícil pra você — Nancy disse discretamente.

Você não faz ideia. Hanna respondeu para si mesma. Ainda não acreditava que isso estava acontecendo.

Hanna colocou a última caixa no piso atrás do banco do motorista, na esperança de que Nancy não tivesse visto o conteúdo volumoso quando a tampa balançou. A caixa estava cheia de boletins antigos e outras recordações pessoais que Hanna não queria se arriscar deixando para trás. Ela não sabia o quanto Heather seria ou não bisbilhoteira, ou quem mais poderia vaguear por lá enquanto estivesse fora. Mesmo que não abrisse a caixa nenhuma vez durante o período sabático, não queria que mais ninguém a descobrisse.

— Doug e eu estamos orando para que você consiga descansar e se encontrar com Deus de novas maneiras — disse Nancy, enquanto pegava a chave no bolso. Nancy e Doug emprestaram generosamente o chalé da família, no lago Michigan, para Hanna passar os nove meses seguintes. Apesar de Hanna nunca ter visitado o local, havia visto as fotos. Era muito bonito.

— Essa é a da porta da frente — Nancy continuou. — Às vezes, ela trava, então você tem que mexer um pouco. E, aqui estão as instruções de como chegar lá. Vamos ver... o que mais? Se certifique de estar bebendo a água filtrada. A água da cisterna não tem um gosto muito bom. Deixei uma pasta no balcão da cozinha com todos os outros detalhes que você pode precisar, mas se tiver qualquer pergunta sobre qualquer coisa, é só ligar para nós. E lembre-se, estamos a apenas três horas de distância.

— Obrigada, Nancy. Obrigada por ser tão incrivelmente generosa. — Hanna suspirou e prendeu o cabelo atrás da orelha mais uma vez. — Deve ter algo de muito errado comigo. Quem não desejaria nove meses de férias com tudo pago? Devo estar louca.

Nancy passou o braço em volta dos ombros de Hanna.

— Você não está louca, apenas focada. A paixão pelo trabalho é uma coisa boa. Essa é uma das coisas que amamos em você! Mas o Pastor Steve tem razão. Você tem carregado o peso do mundo nas costas. Está na hora de descansar um pouco — Nancy beijou-lhe a testa franzida. — Além disso, é uma obra especial da graça quando Deus nos ensina não só a doar, mas também a receber. Pelo menos, foi o que você me disse depois da minha cirurgia.

Hanna deu um sorriso triste.

— Detesto quando meus conselhos se voltam contra mim!

Hanna chegou ao chalé da família Johnson no lago Michigan bem a tempo de ver o Sol poente de setembro, vermelho e pomposo. Sentando-se no deque em uma cadeira de madeira desbotada pelo tempo, contemplou o lago cintilante e respirou profundamente.

A poesia simples da luz crepuscular do dia agitou Hanna. Algo que ainda não tinha entendido ou explicado também estava se pondo sob um horizonte em sua vida, mas ainda não tinha um vislumbre do que nasceria no lugar.

— *Me ajude, Senhor* — ela orou, observando as listras ardentes se desenrolando pelo céu.

As últimas nuances de cor desapareciam enquanto Hanna pisava naquele lar emprestado. Um cheirinho leve da umidade, e ela voltou aos seus oito anos, saltando pela casa que os pais alugaram por uma semana na costa da Califórnia.

— Papai, olha! — Exclamava, investigando seu reinado. — Beliches! Sempre sonhei com beliches!

Agora ela vagava lentamente de quarto em quarto, tentando decidir onde ficar. O chalé era pelo menos duas vezes maior que sua casa de dois quartos em Chicago e, mesmo decorado com simplicidade, ainda passava uma sensação muito luxuosa.

Nancy tinha um gosto elegante e refinado. Hanna não estava em um daqueles chalés recheados de bugigangas e de presentes de casamento descartados. Esse era o tipo de lugar onde Hanna ficaria relutante em pôr os pés na mesinha ou no sofá, até que Nancy tivesse ordenado especificamente para ela fazer isso.

Hanna suspirou enquanto removia o celofane rosa de uma grande cesta de vime transbordando de biscoitos, chocolates, geleia de morango caseira e chás de todo tipo.

Chá. Era o que ela precisava, uma xícara de chá para relaxar e se acalmar. Então, ela poderia começar organizando seus livros nas prateleiras que Nancy limpara atenciosamente.

Ela escolheu um chá indiano de baunilha descafeinado, encheu a chaleira elétrica e leu o bilhete na bancada: "Hanna, você está em casa. Repouse e brinque, com muita alegria!"

Repouso, brincadeira, alegria.

Eram palavras que Hanna jamais utilizava. Pelo menos, não para si mesma. Sua alegria era o seu trabalho. Sua alegria era ser útil e produtiva. Ela ainda conseguia ver a estagiária na varanda de sua casa tilintando alegremente as chaves da sua vida.

Como o Steve pôde fazer isso comigo?

Enquanto esperava a água ferver, folheava distraída uma pilha de panfletos de passeios e eventos em Michigan. Finalmente, um panfleto cor de ameixa capturou seus pensamentos perdidos. O Retiro Nova Esperança, em Kingsbury, pareceu familiar, então ela se lembrou que Nancy havia frequentado um grupo de oração ali no último verão. Hanna parou e leu:

> **JESUS DIZ: "VOCÊ ESTÁ ESGOTADO? SOBRECARREGADO? CANSADO DE RELIGIÃO? VENHA A MIM. VENHA COMIGO E EU VOU RECUPERAR A SUA VIDA. VOCÊ VAI VER O QUE É DESCANSO DE VERDADE. ANDE COMIGO E TRABALHE COMIGO — VEJA COMO EU FAÇO. APRENDA OS RITMOS LEVES DA GRAÇA. EU NÃO VOU DESPEJAR NADA PESADO OU INAPROPRIADO EM VOCÊ. SEJA MEU AMIGO E APRENDA A VIVER COM LIBERDADE E LEVEZA" (MATEUS 11.28-30, PARÁFRASE). VOCÊ É CONVIDADO A PARTICIPAR DE UMA JORNADA ESPIRITUAL.**

Hanna parou de ler. As palavras parafraseando o versículo agarraram-na, trazendo nova vida a uma passagem bem conhecida: Cansada? Sobrecarregada? Esgotada?

Steve respondeu por ela: sim, mil vezes sim.

E Jesus oferecia um convite ao cansado: Venha. Deixe tudo para trás. Caminhe comigo. Trabalhe comigo. Assista. Aprenda. Me acompanhe. Viva com leveza e liberdade.

Venha participar de uma jornada sagrada.

Com uma xícara de chá na mão, Hanna se instalou no sofá para orar. À medida que tentava focar os pensamentos, no entanto, percebeu que não era apenas o estresse de fazer as malas ou as três horas de carro desde Chicago que a deixaram esgotada. Ela estava cansada. Cansada de verdade. Um cansaço de quinze anos de ministério ininterrupto.

Antes de o chá acabar, Hanna adormeceu.

CHARISSA

O professor de matemática do oitavo ano devolvia as provas sempre do mesmo jeito: as notas mais altas primeiro. No dia em que ele devolveu o teste de Charissa Goodman quase por último, houve um suspiro por toda a sala. Ele levantou as sobrancelhas e entregou o exame a uma Charissa externamente tranquila.

— Para tudo tem uma primeira vez, não é? Esse não foi tão perfeito.

Charissa se enrijeceu e sentou ainda mais aprumada na cadeira. Sentindo o olhar penetrante dos colegas, ela procurou a marca vermelha na prova. Ali estava, um erro ridículo que havia escapado da sua verificação dupla e tripla. Como não pôde perceber? Ela pegou aquele papel ofensivo e o tirou de vista para dentro de sua pasta.

Ela precisaria ser mais cuidadosa da próxima vez.

John Sinclair chegou à Biblioteca da Universidade Kingsbury pouco antes de 8h, bem na hora de encontrar Charissa depois da aula da noite. Ele havia passado as duas horas anteriores em seu apartamento, preparando cuidadosamente a refeição favorita da esposa: frango ao molho de limão com ervas finas e salada de tomate e queijo feta. Até passou na padaria depois do trabalho para buscar um pão focaccia novinho. As quartas-feiras eram dias longos para Charissa, por isso John sempre tentava fazer algo especial para quando ela chegasse em casa.

Enquanto a via se aproximar do carro, não conseguiu evitar um assobio baixo no ar que expirava. Mesmo à distância, Charissa era de uma beleza estonteante: a pele oliva viçosa, a silhueta esculpida, o cabelo sedoso e escuro como a noite.

Tudo em Charissa Goodman era perfeito. Absolutamente perfeito. Muitas vezes as pessoas ficavam surpresas ao saber que John e Charissa eram casados. Ele tinha uma aparência comum, cabelo fino e marrom, pequenos olhos castanhos, o tipo de rapaz sobre o qual escreviam no anuário do Ensino Médio citando sua "personalidade doce" e "grande senso de humor". Charissa, por outro lado, atraia olhares por onde passava. Não era só a sua beleza que chamava atenção. Ela possuía certa graça que a envolvia, desfilando com elegância bem praticada.

Os amigos de John o desencorajaram de tentar sair com ela quando os dois se conheceram no segundo ano da Universidade de Kingsbury.

— A Princesa de Gelo não dá moleza pra ninguém — eles avisaram. — Melhor tirar seu cavalinho da chuva.

Mas John nunca foi do tipo que desiste. Ainda que seu desejo de ter um porte atlético não tivesse sido concedido, ele tinha a garra e a determinação de um campeão olímpico e estava decidido a fazer Charissa Goodman sorrir. Até que a Princesa de Gelo um dia se derreteu pelo caloroso bom humor de John.

Ele sorriu enquanto a chamava pela janela do carro.

— Ei, gatinha! Quer uma carona? — Charissa jogou a bolsa de livros no banco de trás e depois deslizou para o assento ao lado dele. — Que tal um beijo nesse rapaz que te ama? — Ele perguntou, inclinando-se para ela.

Ela deu-lhe um beijou na bochecha.

— Desculpa. Distraída.

— Dá pra ver. O que foi?

— Sabe aquela aula de sábado de manhã que eu te disse?

John concordou com a cabeça enquanto saiam do estacionamento.

— Sim. O que o Dr. Allen disse? É seguro?

Ela riu.

— Ele disse que já estou rodeada de hereges.

— Aí sim! Adoraria conhecer alguns! Podemos convidá-los para o jantar, agora que temos uma mesa. Pode deixar que eu até cozinho.

— Você sempre cozinha.

— Bom, precisamos comer né. Ei! Ai! — Ele gargalhava enquanto Charissa lhe dava um soco de brincadeira no braço.

— Só estou dizendo que você tem outros talentos, querida. Grandes dons intelectuais, mas não culinários — ela fingiu estar chateada. — Então, — ele continuou, — vale a pena comprometer duas manhãs de sábado por mês? E antes de responder, lembre-se de que a aula compete com as minhas famosas panquecas com gotas de chocolate.

— Pois é. Também estava pensando nisso — ela mexia no longo cabelo escuro.

— De qualquer forma, o Dr. Allen me perguntou o motivo de eu querer participar. Eu disse: "Para aprender." E ele olhou pra mim com aquele olhar profundo e disse: "Resposta errada."

— Minha esposa? Resposta errada? Impossível. Me passa o número do telefone dele.

— John!

— Desculpa, Rissa. Pode falar. Estou ouvindo. De verdade.

Charissa suspirou:

— Ele disse que se eu fosse por qualquer outra razão que não fosse encontrar com Deus, então eu estaria indo pela razão errada. Não consigo parar de pensar nisso. Quer dizer, foi ele quem disse que precisávamos encontrar algo pra complementar a aula dele. E se o objetivo disso tudo não é aprender, então não sei qual seria. Simplesmente não sei.

John passou o primeiro ano de sua vida de casado se aperfeiçoando nas receitas de sua sogra, que era grega. Ele estava se tornando cada vez mais proficiente na cozinha.

— Então, o que você achou do frango ao molho de limão? — Ele perguntou, observando Charissa do outro lado da mesa iluminada à luz velas.

— Mamãe ficaria impressionada. Estava maravilhoso, John. Obrigada — enquanto ele recolhia os pratos, ela trouxe o notebook e alguns livros da mochila. Ligando a luminária principal, ela se sentou à mesa novamente e começou a trabalhar.

— Você quer mais alguma coisa? — Ele perguntou enquanto enchia a máquina de lavar louças. Ela estava tão concentrada que não ouviu. Ele saiu da cozinha e parou atrás dela, abraçando-a.

— Precisando de mais alguma coisa? — Ele perguntou, beijando seu pescoço. Ela balançou a cabeça e continuou escrevendo enquanto ele massageava seus ombros.

— Você está tensa — ele comentou, pressionando os dedos mais firmemente em sua pele lisa. — Tenho um remédio para isso, se estiver interessada — ele inspirou a fragrância cítrica do cabelo de Charissa.

Ela respondeu sem olhar para ele.

— Estou completamente atolada. Já vou ter de virar a noite só para acabar este trabalho para amanhã cedo.

Ele a soltou gentilmente.

— Eu sei — disse John —, os trabalhos de uma estudante da pós, não é? Eles nunca terminam — ele beijou o topo da cabeça de Charissa antes de apagar as velas.

Quando Charissa terminou o trabalho sobre Shakespeare, às 4h, havia tomado café demais para conseguir dormir. Como ainda estava muito escuro para fazer uma revigorante caminhada matinal, ela começou a limpar a casa. Faxina era uma das suas atividades preferidas para aliviar o estresse, e ela a realizava frequentemente.

Ela havia prometido aos vizinhos mal-humorados que só iria passar o aspirador na casa entre as 9h e as 21h. Não que houvesse muito para aspirar: apenas uma pequena sala de estar e jantar separada da cozinha, um quarto e um corredor estreito. Mas Charissa sempre dizia que um carpete aspirado em um padrão ondulado fazia maravilhas por sua saúde mental. Às vezes ela aspirava duas vezes em um único dia.

Como era muito cedo para os carpetes, ela foi fiscalizar a despensa. Organizar prateleiras não era uma prioridade para John e, como ele preparava todas as refeições, a despensa logo se afundava em desordem. Pelo menos uma vez por semana, ela impunha a vontade dela: caixas de cereais em ordem de altura, temperos em ordem alfabética, grãos e massas agrupados pela cor.

"Um lugar para cada coisa e cada coisa em seu lugar."

Esse era o lema da vida de Charissa. Se ela não tivesse decidido se tornar professora de literatura, ela seria uma excelente *personal manager*. Ela nunca compreendeu como as pessoas toleravam o caos.

Enquanto separava os molhos de tomate e barbecue, ela repassava a repreensão do Dr. Allen em sua cabeça. Resposta errada. Resposta errada. Resposta errada. Por que "aprender" era a resposta errada?

Charissa detestava ser corrigida. Normalmente, ela conseguia se corrigir antes que qualquer outra pessoa tivesse essa oportunidade. E agora o Dr. Allen, cuja boa opinião era crucial para seu sucesso acadêmico, havia oferecido uma crítica misteriosa em vez de elogios habituais. Ela não compreendia o que ele quis dizer. E não ia pedir esclarecimentos. Charissa raramente chamava atenção para sua ignorância pedindo ajuda a alguém. Ela simplesmente iria para a aula e cumpriria suas obrigações do semestre.

Ela terminou de ordenar o caos, tirou um fiapo do tapete e tentou decidir o que mais poderia limpar até o fim do seu horário estabelecido de silêncio.

MARA

Mara Garrison tomou uma caneca de chá de hortelã e relaxou seu corpo avantajado na poltrona como de costume. De quantos quilos de dor deveria falar hoje?

Todos os meses, ela se sentava no escritório de Dawn, dando voltas e mais voltas nas mesmas questões. Confiança. Vergonha. Rejeição. Autoestima.

Círculos. Ela estava andando em círculos.

— Eu me sinto estagnada — disse Mara, balançando a cabeça. — Totalmente presa. Eu entendo como vim parar aqui, mas não sei como seguir em frente. Já estou com cinquenta anos e começo a pensar se algum dia vou chegar a algum lugar.

— Você já percorreu um longo caminho, Mara. De verdade.

Dawn era sempre tão encorajadora. Mara desejava ter uma amiga como Dawn, alguém com quem pudesse se sentar para tomarem um chá, sem ter de preencher um cheque ao fim da visita. Dawn conhecia Mara mais profundamente do que qualquer outra pessoa jamais havia conhecido. A única coisa que Mara sabia sobre Dawn, no entanto, era das suas duas filhas, lindas garotas de olhos castanhos e pele de ébano que se pareciam muito com a mãe. Kendra e Essence. Mara as conhecia pelas fotos sorridentes na mesa da terapeuta. Meninas encantadoras.

Essence. Mara se perguntou se a vida dela teria sido diferente se tivesse um nome como Essence. *Essence Payne Garrison.*

Mais provável que não. Ela imaginou que também teria sido provocada e rejeitada com esse nome.

Mara Payne. Ela sempre detestou seu sobrenome, suportando sua crueldade por trinta e cinco anos até se livrar dele pelo casamento. Claro, ao se casar com Tom Garrison, ela acabou trocando um tipo de dor por outro. Mas não falaria sobre Tom hoje. Ela estava cansada de falar do Tom.

— Você fez o trabalho duro de explorar as razões por trás de algumas das suas lutas — disse Dawn. — Talvez agora tenha um nível mais profundo de fé e espiritualidade para você explorar. Pode ser uma oportunidade para você se apoiar não em sua própria compreensão, mas confiar em Deus de uma nova maneira.

Mara passava e repassava o dedo indicador em volta da borda da caneca. Círculos, círculos, círculos.

— Na verdade estou feliz por você estar tão frustrada — disse Dawn.

Mara parou de fazer os círculos.

— Como assim?

Não era isso o que Dawn costumava dizer. Normalmente, Dawn tentava convencê-la de que seus círculos subiam como um espiral em uma montanha, não em ciclos intermináveis que não levavam a lugar nenhum. Normalmente, Dawn tentava ajudá-la a ver que, só porque revisitava um assunto, não significava que tivesse andado para trás. Ela estava apenas observando de um ponto de vista mais amplo, à medida que subia a montanha.

— Você chegou a um ponto de descontentamento santo — disse Dawn. — A frustração que você sente pode ser uma dádiva para te conduzir a algo mais profundo. Estou ouvindo a inquietação em você e inquietação é movimento. Você pode se sentir presa, mas o seu espírito está se mexendo.

— Mas eu me sinto agitada, não em paz. Eu pensava que a vida cristã se tratava de paz e alegria, e eu não tenho isso. Posso jurar que devo estar fazendo algo errado.

Dawn se inclinou para frente na cadeira.

— A agitação também é um presente de Deus para nós, Mara, por mais estranho que isso pareça. Imagine que você está parada na soleira da porta, no limiar. O seu descontentamento pode te mover do velho para o novo. Quando você chegar no limite e disser "Estou cansada de viver desse jeito. Quero algo mais!", então Deus estará ali, te ajudando a se levantar e a seguir em frente. Isso faz sentido pra você?

Mara pensou cuidadosamente.

— Eu só quero ter paz — disse, enfim, roendo o que restava da unha.

— O que é paz? — Dawn perguntou.

Eu sei, eu sei. Haviam repetido essa conversa muitas vezes e Mara sabia de cor o refrão. Dawn ia lembrar que a paz não era a ausência de conflitos, mas a presença de Deus no meio da tempestade. Dawn havia dito a ela que a paz não dependia de suas circunstâncias, que a paz verdadeira era sobre plenitude e ser um com Deus. Dawn diria que a paz era uma dádiva, o fruto da intimidade com Cristo, fluindo do amor de Deus por ela.

Ainda que Mara entendesse do que se tratava, ela nunca havia *experimentado* a paz.

— Estou cansada — ela suspirou. — Cansada dessa luta sem fim. Só quero um descanso.

Dawn continuou sentada por um longo tempo sem dizer nada e Mara imaginou o que a terapeuta estaria pensando. Talvez Dawn, por fim, também tivesse desistido dela. Talvez ela não tivesse jeito.

Ela olhou para os sapatos e se preparou para o veredito.

Dawn se levantou e foi até a própria mesa, onde pegou um panfleto cor de ameixa de uma pilha de papéis.

— Você já me ouviu falar de alguns grupos e programas do Retiro Nova Esperança — ela disse entregando o papel à Mara. — Eles oferecem um grupo chamado "jornada sagrada", explorando formas de se encontrar com Deus. Um grupo como esse oferece um lugar para se conectar com outras pessoas que percorrem um caminho espiritual semelhante. Acredito que participar seria muito bom pra você.

Mara leu a descrição rapidamente procurando uma razão para não ir.

JORNADA SAGRADA É UMA PEREGRINAÇÃO PARA AQUELES QUE ESTÃO SEDENTOS POR DEUS. ESTA JORNADA É PARA TODOS AQUELES QUE ESTÃO INSATISFEITOS COM UMA VIDA RASA E DESEJAM CONHECER MAIS FUNDO O CORAÇÃO DE DEUS. CONVIDAMOS VOCÊ A COMPARECER E EXPLORAR AS DISCIPLINAS ESPIRITUAIS ENQUANTO BUSCAMOS JUNTOS CRIAR O ESPAÇO SAGRADO PARA DEUS.

Mara parou de ler. Era isso. Ela havia encontrado.

— Odeio a palavra *disciplina* — ela disse. — Já me sinto culpada e ainda nem sequer fui lá.

— Eu sei — disse Dawn. — Muitas pessoas têm a mesma reação. Mas as disciplinas espirituais não são leis ou regras. São ferramentas. Elas nos ajudam a criar um espaço nas nossas vidas em que Deus pode trabalhar em nós. Não podemos transformar a nós mesmos. É uma obra de Deus, pela graça de Deus. Mas essas disciplinas nos ajudam a cooperar com o trabalho do Espírito.

Mara comunicou sua desconfiança franzindo a testa.

— Pense nisso, Mara: não temos a capacidade de fazer o sol nascer, mas temos a escolha de estar acordados quando isso acontecer. As disciplinas espirituais nos ajudam a ficar acordados.

Mara continuou examinando o panfleto, à procura de mais razões para dizer não. Ao longo dos anos, ela havia completado muitos estudos bíblicos individuais e tinha os cadernos de perguntas para comprovar. Mesmo sabendo que não queria mais um estudo do tipo "complete as lacunas" ou "faça você mesmo", ela não tinha certeza se estava pronta para explorar sua vida espiritual com outras pessoas.

— Não estou muito segura sobre essa coisa de grupo — confessou.

— Por quê?

— Porque fazendo as coisas sozinha, pelo menos ninguém tem a chance de me rejeitar.

Era isso. Ela havia dito.

— Olhe até onde você já chegou — disse Dawn gentilmente. — Você foi capaz de revelar muitas coisas que nunca tinha conseguido falar antes, e eu não te rejeitei.

Mara deu um leve sorriso.

— Eu te pago para não me rejeitar. — Ela estendeu a mão para a bolsa enorme, procurando um lenço.

— Mara, eu não recomendaria este grupo se você não estivesse pronta para algo a mais. Este tipo de grupo é o primeiro passo para algo mais profundo. Este é um grupo onde você vai ter anonimato. Você pode revelar o que quiser. Mas pelo menos você estaria caminhando com outras pessoas. Você não pode continuar vivendo isolada, Mara. Ficar sozinha não é bom para você. E você tem estado sozinha durante a maior parte da sua vida, mesmo quando está com outras pessoas.

Dawn estava certa. Mara havia se cercado de pessoas que não a conheciam de verdade: conhecidos casuais que partilhavam interesses em comum, pessoas que encontrava nas atividades extracurriculares dos filhos, até mesmo as amizades na igreja. Mara havia construído uma personagem que funcionava razoavelmente bem. Mas, por trás de todas as suas defesas, estava uma garotinha com medo, imaginando que, se outras pessoas descobrissem quem ela realmente era, se afastariam.

Ela saiu do consultório de Dawn sem saber muito bem o que fazer. Sim, ela era prisioneira de seus medos, mas pelo menos esse cativeiro era familiar. O que descobriria se atravessasse a porta para o desconhecido? O descontentamento era forte o suficiente para a empurrar para frente? Mais do que isso, ela realmente confiava em Deus o suficiente para deixar o passado e avançar para algo novo?

Ela não sabia. Sinceramente, não sabia.

Mara esperou até que os meninos subissem para terminar o dever de casa na quinta-feira à noite antes de tentar falar com o marido sobre o grupo do Nova Esperança. Tom chegou em casa mais cedo de sua viagem de negócios e parecia estar com um humor razoável.

— Dawn me passou algumas informações sobre um grupo do Retiro Nova Esperança — ela disse casualmente, guardando os restos de purê de batata em um pote de plástico.

Ele nem olhou por cima do caderno de esportes.

Ela terminou de guardar a comida e, em seguida, tentou de novo.

— Quando conversei com a Dawn essa semana, ela me recomendou um grupo. Ela pensa que pode me ajudar.

Ele continuou lendo.

— Quanto isso vai custar? — Ele perguntou.

Mara sabia que ele ia se interessar por esse detalhe.

— Eles recebem doações.

— Quanto? — Ele continuava sem olhar para ela.

— Não sei. O tanto que a pessoa quiser doar, eu acho. Para apoiar os ministérios de lá.

Ele virou uma página.

— Então, por que você não larga a terapia e vai para esse que é grátis?

Já haviam discutido antes sobre o custo das sessões de terapia. Tom nunca entendia por que Mara precisava pagar a alguém para ser ouvida.

— Falar com a Dawn me ajuda a aguentar — ela esperava que Kevin e Brian não estivessem ouvindo.

— Aguentar o quê? Você não parece ter uma vida tão difícil assim. Olhe à sua volta — ele acenou com a mão em torno da cozinha recentemente remodelada, expandida para incluir os dois filhos adolescentes. — Existem pessoas nesse mundo que têm problemas de verdade, sabe.

Ela olhou para a pia brilhante, roeu a unha, contou até dez.

Tom não se recusaria a pagar pela participação. Ele só faria que ela se sentisse culpada por precisar disso. Ou melhor, como Dawn muitas vezes dizia, Mara escolheria reagir ao marido se sentindo culpada.

Mara pegou uma caneca de sorvete de chocolate duplo com brownie do congelador antes de se retirar para o quarto, onde se acalmou com seu paliativo costumeiro: *reality shows*. Assistir aos dramas e conflitos de outras pessoas quase sempre fazia que se sentisse melhor com os seus.

Quase sempre.

MEG

Meg Fowler veio flutuando ao longo do caminho da escola até sua casa. Jimmy Crane convidou-a para o Baile do Dia dos Namorados! Por meses, ela economizou o dinheiro que havia recebido cuidando de crianças, na esperança que ele perguntasse, na esperança de que conseguisse juntar o suficiente para comprar um vestido. "O" vestido. Era o vestido mais lindo que ela já havia visto: em chiffon azul celeste e decote ombro a ombro decorado com delicados frufrus esvoaçantes. Quando o fim de semana chegou, ela implorou à mãe para levá-la até a loja VanKammen para experimentar.

Em frente ao espelho do provador, Meg se virava de um lado para o outro, muito feliz com o que via. O vestido era ainda mais bonito do que ela se lembrava, um complemento perfeito para sua pele clara e o cabelo loiro. Radiante, ela veio pairando pelo corredor para mostrar à mãe.

— É esse vestido o motivo de tanto alvoroço? — A mãe perguntou, franzindo a testa. — Você com certeza não tem corpo pra isso. Claro, o dinheiro é seu. Você faz o que quiser com ele.

Meg voltou ao provador, tirou o vestido e o pôs de volta no cabide.

Meg quase jogou fora o panfleto do Retiro Nova Esperança. Em vez disso, ele foi parar na bancada da cozinha com uma porção de outras coisas que não sabia onde colocar. A passividade era a sua forma instintiva de tomar decisões, especialmente quando se sentia sobrecarregada. Se ela esperasse o suficiente, as decisões seriam tomadas por ela.

Mas não importava em que pilha ela colocasse, o panfleto cor de ameixa continuaria chamando sua atenção, acenando com seu convite simples: "Venha participar de uma jornada sagrada."

Embora Rachel, a irmã mais velha, não fosse particularmente religiosa, Meg, finalmente, telefonou pedindo conselhos.

— Você precisa fazer alguma coisa por você, Megs — Rachel disse. — Sem a nossa mãe, você fica vagando sozinha dentro dessa casa grande e velha. Além disso, eu sei que você não tem alunos de piano aos sábados de manhã. Qual é a sua desculpa?

Meg refletiu sobre essas palavras muito depois de desligar o telefone. "Existem as boas razões e as verdadeiras razões", o pastor Dave gostava de dizer. Meg havia ficado sem boas razões. Mas e a verdadeira razão?

Ela estava com medo.

Mas Rachel não entenderia isso, então Meg nem tentava explicar. Ela estava cansada de tentar explicar. Esta era uma de muitas discussões que ela também não poderia vencer. Rachel sempre foi a destemida, a aventureira, explorando lugares distantes, saboreando o desconhecido e o exótico. Rachel era a filha com asas. Meg era a filha com raízes.

Meg sempre fora a que tinha raízes.

Da única vez que abriu as asas, não voou longe de casa.

Meg se casou com o namorado do ensino médio e foram morar a 3 km de distância. Durante seis anos e meio, ela foi a esposa de Jimmy Crane, e a vida era feliz e maravilhosa. Em uma tarde cinzenta e carrancuda de novembro, quando Meg estava grávida de sete meses de Becka, a voz de um estranho ao telefone trouxe notícias que a deixaram devastada.

— *Lamento informar. Seu marido. Um acidente na rodovia. Ambulância. Hospital St. Luke. Sra. Margaret Crane? Alô?* — Meg não chegou ao hospital a tempo de se despedir.

Naquela noite, ela encheu em duas malas tudo o que pôde de sua vida com Jimmy, trancou a porta da frente e cambaleou de volta para a casa da mãe. Seis semanas depois, ela estava novamente no St Luke, dando à luz sua filha na véspera de Natal.

Durante meses após o acidente, Meg foi uma estranha para si mesma. Agora não era mais "a esposa do Jimmy". Precisava aprender a ser "a mãe da Becka". Na maioria das noites, depois de a mãe se deitar, Meg chorava até adormecer. Embora a mãe tivesse ficado viúva quando Meg tinha apenas quatro anos, ela não tinha paciência para lágrimas e não tolerava o que chamava de vitimismo. Ela frequentemente repreendia Meg:

— Eu nunca tive o luxo de sentir pena de mim mesma. E você também não. Você tem um bebê para cuidar. Tem de ser adulta e seguir em frente.

Então, Meg chorava em segredo.

Agora, mais de vinte anos depois, a instabilidade do luto havia retornado para outra temporada, ainda mais sombria, severa e aniquiladora do que antes. A mãe se fora. A Becka se fora. E o Jimmy voltara.

Depois de anos de ausência silenciosa, Jimmy estava com ela novamente em seus sonhos. Enquanto Meg dormia, seu subconsciente o ressuscitava dos mortos, e ela só tinha o poder de enterrá-lo quando estava acordada. Mesmo essa capacidade estava enfraquecendo. O novo luto abalou o que já estava endurecido, rompendo o cadeado de sua antiga tristeza e rolando para longe a pedra com que bloqueara firmemente o túmulo de suas memórias. Agora Jimmy aparecia tão vívido quanto se tivesse ressuscitado. Mas sempre fora de seu alcance. Ela não podia segui-lo. Não podia segurá-lo. E não tinha força para suportar perdê-lo outra vez.

— *Por favor, Senhor, não me deixe perdê-lo novamente.*

Pelo menos Becka estava longe, na Inglaterra. Meg não gostaria que a filha soubesse de seu tormento e suas lágrimas.

Então ela chorava em segredo.

— Você tem 46 anos, Megs — Rachel lembrou ao telefone uma noite. — Está na hora de descobrir quem você é quando não é a filha da Ruth Fowler. Frequente o grupo. E pelo amor de Deus, arranje um animal de estimação ou algo assim, tá bom?

Meg sabia que sua angústia era muito mais complicada do que a ausência da mãe, ainda que Rachel não percebesse. Seu luto era muito mais profundo do que a perda de sua identidade como "filha". A morte da mãe havia sido apenas o pé-de-cabra, abrindo um velho baú de sofrimento.

Já é hora de descobrir quem você é.

Talvez Sandy e Rachel tivessem razão. Talvez fosse a hora de se aventurar para além das paredes de sua casa solitária. Talvez esse fosse o momento para uma jornada espiritual, afinal de contas.

Se ela ao menos conseguisse dar o primeiro passo.

2.

A PEREGRINAÇÃO COMEÇA

*Como são felizes os que em ti encontram força
e os que são peregrinos de coração!
Ao passarem pelo vale de Baca,
fazem dele um lugar de fontes;
as chuvas de outono também o enchem de cisternas.
Prosseguem o caminho de força em força,
até que cada um se apresente a Deus em Sião.*
Salmos 84.5-7, adaptado da NVI

NOVA ESPERANÇA

Quando Meg chegou ao Retiro Nova Esperança, no segundo sábado de setembro, procurou instintivamente a vaga de estacionamento mais distante possível da entrada do edifício. Depois de circular um pouco, ela escolheu um lugar parcialmente protegido por pequenos arbustos.

— *Me ajude* — ela suspirou, desligando a ignição.

Suas mãos estavam no cinto de segurança, em parte prontas para soltá-lo, em parte agarradas a ele por segurança. De seu ponto de vista semioculto, ela via um pequeno grupo se juntando na frente da porta principal. Meg se perguntou se algum deles havia lutado com fantasmas naquela manhã. A jornada sagrada ainda nem havia começado, e ela já estava exausta.

"Lembre-se do velho ditado", Rachel havia dito. "Uma viagem de mil quilômetros começa com um único passo."

Enquanto Meg olhava para o prédio de tijolinhos coberto de hera, tentava juntar coragem suficiente apenas para atravessar os cem metros do estacionamento.

— *Deus, me ajude, por favor* — ela orou.

Apesar de seus saltos altos fazerem toque-toque em um ritmo constante no pavimento, seu coração insubordinado retumbava incontrolável. Quando chegou à entrada, o coração palpitava, quase saindo pela boca.

Uma mulher de cabelo prateado e rosto redondo cumprimentou-a na entrada.

— Bem-vinda! Eu sou Katherine Rhodes — ela disse, estendendo as duas mãos.

Meg esperava um aperto de mão leve e delicado daquela criaturinha de 1,50 de altura, não um aperto firme e seguro com as duas mãos. Ali estava uma mulher determinada, como a mãe de Meg. Mas, ao contrário de Ruth Fowler, que havia sido obstinadamente fria, Katherine era calorosa como o verão.

— Você está aqui para o grupo da jornada sagrada? — Katherine perguntou.

— Sim — Meg guinchou, estridente. E sentiu o rosto mudar de cor. Por que seu rosto estava sempre afogueado enquanto as mãos estavam sempre frias?

— Que bom que você veio — disse Katherine. — A sala fica no final do corredor, à direita. Aproveite o café e os pães doces.

Meg se refugiou no banheiro do corredor e lhe foi um alívio ver que estava sozinha. Se examinando no espelho, virou para um lado e para o outro. Não adiantava. Cada ângulo apenas dava a ela uma nova oportunidade para encontrar defeitos. Ela experimentou empurrar para longe do rosto os cachos loiros que chegavam aos ombros, mas assim ficaria muito exposta. As manchas vermelhas ainda estavam visíveis no pescoço. Então, soltou o cabelo de novo, optando por se proteger com esse véu.

E sua combinação de saia e blusa? Ela tinha exagerado? Katherine e os demais estavam vestidos casualmente. E, se ela descobrisse que era a única com roupas de igreja? Ela molhou o dedo com saliva e esfregou fervorosamente sobre um pequeno ponto preto na manga, ficando cada vez mais irritada consigo mesma.

Quando uma mulher de jeans e camiseta abriu a porta, Meg soube que o tempo para se consertar havia acabado. Não haveria como atender os brados da autocrítica hoje, nem silenciar a voz da mãe em sua cabeça. Ou seria a sua própria voz? Ela já nem sabia mais.

A sala verde clara e ensolarada aos poucos se enchia de pessoas vestidas de modo despojado quando Meg entrou. Ela procurou na mesa de recepção a plaquinha com seu nome. Em seguida, sentou-se à mesa, no canto mais afastado, no fundo da sala, perto de um pé de ficus artificial e de uma porta de emergência. Meg questionou a si mesma se alguém havia reparado que sua mão tremia enquanto rabiscava uma assinatura ilegível na lista de presença do grupo.

Ela sentia o estômago embrulhar.

Onde ela estava com a cabeça para se inscrever em uma coisa dessas? Em vez disso, devia ter se inscrito em um estudo bíblico feminino na igreja. Lá pelo menos ela reconheceria as pessoas. Mas isso? Se ela não estivesse tão ansiosa em agradar ao pastor e à Sandy, ela não teria vindo. Meg não tinha certeza do que seria mais doloroso: decepcioná-los ou criar uma úlcera. Ela segurava a bolsa e estava prestes a escapar quando alguém se aproximou da mesa, cortando sua rota de fuga.

— Se importa que eu me sente com você? Também gosto de ficar no fundo.

A mulher de contorno avantajado deu uma piscadinha conspiratória.

— Fica mais fácil para eu ver tudo o que se passa.

E para mim, fica mais fácil de correr para o banheiro para vomitar, se necessário, Meg respondeu mas só para si mesma.

Meg deu um sorriso forçado e mudou para o assento vazio seguinte.

— Obrigada — respondeu a recém-chegada, pousando sua caneca de café, um pão doce e uma enorme bolsa bordada.

Vestida de coloridas estampas florais e acessórios chamativos, sua aparência era de uma mulher não conformista e de espírito livre. Até o cabelo curto e ondulado era colorido: castanho avermelhado com luzes laranja vivo.

Quem me dera poder usar cores brilhantes com confiança, pensou Meg, observando a própria saia marrom.

A mulher exalou lentamente enquanto comprimia sua figura matronal no assento.

— Essas cadeiras não são feitas para mulheres de ossos grandes, não é? — Comentou secamente, observando a pequena silhueta de Meg. — Não que você tenha esse problema — estendeu-se uma mão firme. — Meu nome é Mara Garrison.

— Meg. Meg Crane. Me desculpe as mãos frias — a voz de Meg mal passava de um sussurro.

— Um coração quente, eu aposto — disse Mara, mexendo nas pulseiras coloridas e colares de contas grandes.

Aquilo era uma tatuagem no pulso dela? Meg não tinha certeza se queria ficar olhando demais.

— Então, Meg, pronta para uma "jornada sagrada"?

Meg encolheu os ombros e conseguiu dar um sorriso fraco.

— Não tenho certeza — continuou Mara, levando a mão a sua bolsa. — Mas uma amiga pensou que eu precisava disso, então, aqui estou. E você? Como soube do grupo?

— Eu... ahn... — Meg sentiu o rosto ficando vermelho.

Se ao menos ela estivesse usando uma gola alta. Mas ainda estava muito quente para golas altas.

— A esposa do meu pastor me recomendou vir aqui porque a ajudou depois da morte da mãe. Ela pensou que talvez me ajudasse agora que a minha partiu.

Foi demais. Ela falou demais. Ela não planejava se revelar tanto. Agora iria chorar. Ela mordeu o lábio e segurou as lágrimas.

Mara parou de passar o batom vermelho e olhou por cima do espelho compacto.

— Ah, eu sinto muito — disse oferecendo um olhar terno de compaixão que ameaçava os nervos já fragilizados de Meg.

— Com licença — Meg murmurou. Ela pegou a carteira e saiu rapidamente pela porta mais próxima, deixando a Bíblia para trás.

Mara não tinha certeza se Meg se dirigia ao banheiro ou pretendia voltar para casa. *Coitadinha.* Meg parecia tão ansiosa por fora quanto Mara se sentia por dentro. Em vez de correr atrás dela com a Bíblia, Mara decidiu que seria bom se Meg tivesse uma razão para voltar. Pelo bem de Meg.

Não. Pelo bem de Mara.

Se Meg não voltasse, Mara poderia acabar sozinha na mesa do canto e não havia nada mais solitário do que estar sozinha em uma sala cheia de gente. Ela sabia por experiência própria.

Ela partiu um pedaço do pão de passas com canela e mastigou lentamente, observando seus companheiros de jornada. Dos trinta peregrinos, a maioria eram mulheres. Alguns rapazes de vinte e poucos anos com mochilas estavam mais à frente, bebendo água e conversando tranquilamente. Vários casais se sentavam juntos, os braços vagamente apoiados em torno dos ombros um do outro. Mara questionou-se quanto aos homens que estavam ali de livre e espontânea vontade. Se eles realmente queriam estar lá, será que essas mulheres apreciavam a bênção que haviam recebido? Ou nem percebiam o valor de sua parceria espiritual?

Mara tentou dominar seu sentimento de inveja, mas não conseguiu evitar. Ela passou anos desejando que Tom mostrasse o mínimo de interesse pelas coisas espirituais. Anos. Mas, quanto mais ela orava, mais resistente ele parecia. Assim, ela trilhava sozinha pelo caminho da fé. Sempre sozinha.

Naquele momento, Meg voltou para a mesa, encabulada. Mara não tinha certeza se ela havia voltado para buscar a Bíblia ou para se sentar novamente. Meg também parecia incerta, com uma mão pairando sobre a Bíblia e a outra tocando a parte de trás da cadeira.

— Sejam todos bem-vindos! Sou Katherine Rhodes.

Meg se afundou na cadeira, segurando a bolsa firmemente.

— Estou vendo que temos algumas mesas menos cheias — disse Katherine, examinando a sala. — Quem sabe alguns de vocês estão dispostos a mudar para aquela mesa no canto de trás, talvez mais uma dupla para a mesa aqui na frente. Vamos ficar em quatro ou cinco por mesa. Então, vamos em frente, aproveitem os próximos minutos pra se apresentar. Talvez contar o porquê de estarem aqui.

Mara viu duas mulheres se aproximando da mesa, vindas do outro lado da sala. Uma era alta, de corpo esbelto, elegante em uma blusa cor de ameixa, calça jeans preta e brincos de argola dourada. Ela parecia ter saído de uma capa de revista, o tipo de revista em que mulheres retocadas insultavam Mara com dicas para satisfazer sexualmente os homens, ficar em forma e manter a pele jovem. Mara preferia revistas que oferecessem vislumbres da vida real de celebridades com celulite.

Já fazia muito tempo que ela desistira de qualquer esperança de satisfazer o marido ou de se manter em forma. Quanto a manter a pele jovem, seus armários transbordavam de produtos antienvelhecimento, antirrugas, antioxidantes e à base de colágeno. Ela estava determinada a preservar com uma disciplina rigorosa a única característica física pela qual era elogiada: Mara tinha uma "pele bonita". Mesmo sabendo que esse era o tipo de elogio que as pessoas geralmente direcionavam a mulheres com excesso de peso, Mara tinha uma pele macia e suave que convidava a especulações sobre qual era o seu segredo para uma pele bem cuidada. Alguém também lhe disse uma vez que seus pés eram "encantadores". Mas em um mundo obcecado por rostos e silhuetas, belos pés não levariam ninguém muito longe.

Enquanto observava a aliança de diamante e as unhas bem feitas da garota de capa de revista, Mara subitamente se sentiu muito consciente dos tocos roídos de suas próprias unhas. Ela fechou a mão esquerda como um punho para esconder os dedos ofensivos e tentou não pensar em todas as outras meninas bonitas e privilegiadas que fizeram sua vida infeliz. Aquelas riquinhas, arrogantes, julgadoras...

Pare com isso!, ela ordenou a si mesma. *Você nem sequer a conhece. Ela não disse uma única palavra e você já está julgando.*

Por quê, por quê, por quê? Por que, afinal de contas, depois de todos esses anos, as mesmas teclas continuavam sendo batidas?

Ela desejava que a menininha de nove anos que existia dentro de si, cujo exterior era de uma mulher já na menopausa, finalmente amadurecesse.

Tentando ignorar a beldade de pele bronzeada, Mara observou a outra recém-chegada. Ela era da mesma altura de Mara — talvez uns cinco centímetros a mais — mas um corpo médio, sem qualquer curva visível. Nada nela atraia a atenção: nenhuma cor, nenhuma maquiagem, nenhuma joia, exceto um cordão com uma cruz. Era necessário certa coragem para não se incomodar com um rosto de meia-idade e Mara supôs que, ou ela estava confiante em seus traços simples e comuns, ou era uma daquelas raras mulheres que simplesmente não se davam ao trabalho de se preocupar com a própria aparência.

Ela não parecia se preocupar com o próprio cabelo. Castanho claro, na altura do queixo, estava úmido e escorrido em volta do rosto. Mara concluiu que ela poderia se beneficiar de um corte em camadas e uma escova, talvez um pouco de cor e luzes para esconder as mechas grisalhas.

As rugas da mulher eram bem marcadas, envelhecendo o rosto. Sua testa era de alguém que pensava profundamente. Ou se preocupava. Talvez ambos. Seus olhos escuros estavam encovados pela exaustão, Mara nunca havia visto olheiras tão escuras. Além do cansaço, entretanto, era um olhar de compreensão que seria enervante, se não estivesse combinado à gentileza e bondade. Havia algo confiável e verdadeiro em seus olhos que convidava à confidência, até mesmo aos segredos.

Ou talvez fosse apenas a imaginação de Mara. Talvez o colar com a cruz tenha feito Mara confiar nela instintivamente. Ela nunca tinha visto uma cruz assim: feita de pregos e pendurada em um cordão preto. Não conseguia parar de olhar para ela.

A mulher encontrou o seu olhar e sorriu. Mara gostou dela.

— Olá, eu sou Hanna Shepley. — Ela olhou para a identificação de Mara. — Muito prazer, Mara... e... Meg... e... desculpe não consigo ver o seu nome.

— Charissa Sinclair — respondeu a que parecia modelo.

— Charissa? — Mara repetiu. — Nunca ouvi esse nome antes. É bonito.

Mas era claro. Até seu nome era glamoroso. Talvez ela tivesse inventado. Pessoas reais teriam nomes como *Charissa Sinclair*? Mara viu-a tirar um notebook da mochila e tentou evitar o ressentimento.

— Então, por que não falamos um pouco sobre o motivo de estarmos aqui? — Hanna sugeriu juntando as mãos à frente como se fosse começar a orar.

Meg olhava para baixo. Charissa desligou o celular. O salão estava cheio do burburinho das conversas.

— Eu começo — Mara disse olhando à volta da mesa enquanto limpava a garganta. — Meu nome é Mara. Mara Garrison. Sou casada e tenho três filhos. Brian, de treze anos, Kevin, de quinze, e Jeremy, de trinta anos e com um bebê a caminho. Não sei como isso aconteceu. O tempo passar tão rápido, não a parte do bebê.

Ela começou a rir, um riso transbordante que sempre envergonhava os filhos e divertia os amigos.

Hanna sorriu e Charissa se mexeu na cadeira.

Mara continuou:

— Bom, enfim, eu tenho me sentido totalmente estagnada em todas as áreas da minha vida. Eu nunca participei de estudos bíblicos ou algum tipo de oração em grupo antes e estou um pouco nervosa de estar aqui. Não sei bem o que esperar, né? Mas a minha terapeuta sugeriu que esse grupo me ajudaria a me livrar de alguns fardos, por isso estou aqui. Pronta ou não.

Droga. Ela havia dito isso em voz alta? O que havia de errado com ela? "Ih mãe, passou da conta", seus filhos diriam. Falou demais. Charissa a avaliava com a testa franzida.

A modelo certamente não fazia terapia.

A voz de Hanna quebrou o silêncio constrangedor.

— Tenho certeza de que você não está sozinha nessa, Mara. Todas temos fardos que precisamos descarregar para poder viajar mais "livre e levemente" com Jesus, certo?

Mara ficou grata por dentro, reconhecendo o esforço de Hanna em aliviar seu desconforto.

Talvez ela também tivesse uma terapeuta.

— Acho que agora sou eu — disse Hanna.

Charissa estava concentrada na tela do computador e Meg fitava esperançosamente a saída mais próxima.

— Meu nome é Hanna. Eu vim de Chicago e estou hospedada no chalé de uma amiga, na beira do lago, pelos próximos nove meses.

Charissa levantou as sobrancelhas; Mara imaginou se Hanna seria uma mãe solteira em busca de anonimato. Talvez fosse por isso que ela parecia tão cansada e triste.

— Você é escritora? — Perguntou Charissa.

Hum, Mara pensou. *Nunca teria pensado nisso. Isso mostra para onde a minha mente vai.*

Hanna sorriu para si mesma.

— Não. Sou uma pastora auxiliar forçada a tirar um longo período sabático em um lugar incrivelmente bonito. E não faço ideia do que fazer com isso.

Isso explicaria o cansaço, então. A compaixão havia esculpido linhas permanentes em sua testa. Sua expressão era a de um pastor.

— Sua família veio com você? — Perguntou Mara, envergonhada por imaginar Hanna como uma mãe solteira fazendo terapia. *Muitas revistas de fofoca.*

— Não — Hanna respondeu. — Sem família por perto, de qualquer forma. Meus pais vivem no Oregon, meu irmão e a família vivem em Nova Iorque, e eu aterrissei no meio do caminho. E é isso. Estou aguardando para ver o que Deus tem pra mim.

Ainda que os lábios de Hanna delineassem um sorriso, Mara percebeu que seus olhos não se iluminavam. Aqueles olhos sem brilho, cansados e tristes. Mara imaginou qual seria a história dela. Que tipo de mulher não desejaria um longo descanso em um chalé à beira de um lago? Ela desejava poder tirar uma licença sabática do marido e dos filhos adolescentes. Ela não precisaria de nove meses. Ficaria feliz com algumas semanas sem ter de cuidar de ninguém além de si mesma. Pura felicidade.

Ela olhou para Hanna e tentou não sentir inveja.

A voz de Charissa interrompeu seus devaneios.

— Meu nome é Charissa Sinclair. Meu marido John e eu celebramos nosso primeiro aniversário de casamento mês passado.

As outras murmuraram parabenizações.

— Obrigada. Atualmente estou cursando o doutorado em Literatura Inglesa na Universidade de Kingsbury. Sempre tive paixão por aprender e quando vi o panfleto desta aula me pareceu interessante. Um dos meus professores conhece a diretora e recomendou que eu participasse.

Ótimo, pensou Mara. Linda *e* inteligente. E se ela estivesse rodeada de pessoas muito inteligentes e superespirituais? Mais alguém carregaria uma bagagem como a sua? Alguém? Todos pareciam tão bem. Bom, quase todos. Meg parecia bastante assustada. Mas uma pastora e uma aluna de doutorado? Se Mara soubesse que seria assim, não teria vindo. Ela estava confusa, óbvio. Em que a Dawn estava pensando?

Alguém me ajude.

Katherine falava acima do barulho das conversas animadas no salão.

— Vamos em frente, estamos quase terminando essa parte — ela disse.

— E você, Meg? — Hanna perguntou. — Não queremos que você fique de fora.

Mara viu Meg engolir em seco.

— Não tenho muito o que contar — a voz de soprano de Meg tremia. — Tenho uma filha, Becka, que está passando o primeiro ano da faculdade no exterior, na Inglaterra. Ela estuda literatura.

Mara sentiu-se estranhamente reconfortada quando percebeu uma faixa vermelha de medo se tornar uma mancha alta em volta do pescoço de Meg. Mara pelo menos podia esconder as unhas. Meg estampava a ansiedade como um letreiro luminoso.

Coitada.

— Foi muito bom você ter vindo, Meg — disse Hanna.

Deus te abençoe, pensou Mara.

Katherine estendeu as mãos e convidou todos a abaixar a cabeça para orar. Fechando os olhos, Mara imaginou se Meg ainda estaria ali quando olhasse novamente.

Enquanto conduzia o grupo por uma meditação na Palavra como parte da oração de abertura, a voz de Katherine era suave e calma como um riacho ondulado.

— Vou ler um texto do começo do evangelho de Marcos — disse Katherine. — Enquanto você ouvir, imagine que faz parte da história. O que você vê? Ouve? Sente? Onde você se encontra neste relato? Então, apenas se aproxime de Deus e ore a partir do que você percebeu.

Mara ouvia de olhos fechados enquanto Katherine lia. Jesus estava na praia do mar da Galileia, chamando discípulos para segui-lo. Mara se imaginou na praia, observando de longe, uma brisa quente no seu rosto e a luz do sol em seus olhos.

"Segue-me", dizia Jesus aos outros.

Mara assistia com inveja, desejosa de ser uma das pessoas escolhidas. Ela testemunhava a alegria deles quando se levantavam, um por um, e deixavam o trabalho para trás. Largavam as redes e acenavam um adeus à família e aos amigos, com os rostos cheios de vida e luz.

Lágrimas amargas ardiam em seus olhos enquanto a cena desenrolava em sua mente. Jesus não iria escolhê-la. Ele ia passar direto sem interromper a caminhada. Mara não suportava vê-lo indo embora com os outros, por isso baixou o olhar para os próprios pés.

De repente, sentiu um toque em seu ombro. Ela olhou para cima e se viu frente a frente com Jesus. Ele estava sorrindo. Ela nunca havia visto um sorriso como este, que a acolhia em seu círculo de luz.

— Mara, venha comigo — ele disse. — Eu te escolhi. Siga-me.

Imediatamente, Mara viu o quanto ela estava carregada. Estava rodeada de baús, bolsas, malas. Como poderia segui-lo?

Jesus sorriu.

— Apenas deixe tudo isso — disse ele, rindo.

E o riso crescia como a risada mais musical que ela já havia ouvido. Ele levantou os olhos para o céu, e exclamou:

— Obrigada, Pai!

Então, ele segurou a mão de Mara, e eles saíram caminhando juntos.

Mara pressionou firmemente as palmas das mãos contra os olhos para impedir a emoção. Ela nunca havia experimentado nada parecido. Claro, ela nunca havia se imaginado em uma história bíblica. Então, o que deveria pensar a respeito? Ela certamente não confiava na própria imaginação. Ela apenas projetara o próprio pensamento ávido e seu desejo por atenção. *Certo?* Era como sonhar acordada, algum tipo de processamento dos seus pensamentos e esperanças subconscientes. Ou talvez o resultado de ler muitos romances e de se imaginar amada e escolhida pelo herói.

Mas parecia tão real. Quem dera fosse verdade. *Se ao menos fosse...*

Ela abriu a bolsa e procurou um lenço de papel, tentando não incomodar ninguém enquanto assoava o nariz. Um leve toque em seu ombro, no entanto, revelou que ela já havia sido percebida.

Hanna lhe oferecia um pacote de lenços e um sorriso pastoral.

Os pensamentos de Hanna clamavam tão alto no silêncio que pairava que ela não ficaria surpresa se alguém tivesse ouvido.

Mara. Estava acontecendo alguma coisa com Mara. Por que ela estava chorando?

Hanna tinha esperança de que Mara não estivesse chateada por ter revelado que tinha um terapeuta. Ainda que Hanna tivesse tentado acalmar a tensão palpável naquele momento, ela não precisava ser nenhuma especialista nas sutilezas da linguagem corporal para interpretar a reação de Charissa. Sua postura rígida e a testa franzida exibiam toda a carga de desaprovação. *Pobre Mara.* Ela não parecia do tipo imprudente ou indiferente sobre revelações pessoais. O rosto vermelho carmesim depois de sua confissão revelou que seus lábios haviam falado sem o consentimento de sua mente. *Senhor, ajude-a.*

E Meg. *Pobre Meg.* Hanna tentou vê-la disfarçadamente, mas Meg havia espalhado os cachos loiros como uma cortina em volta do rosto, e Hanna não conseguia ver nada. *Por favor Senhor, ajude a Meg. Por favor, dê a ela paz.*

A voz de Katherine interrompeu a quietude da sala e silenciou momentaneamente o ruído interior de Hanna:

— O salmista canta para o Senhor: "Como são felizes os que em ti encontram força e os que são peregrinos de coração!" — Katherine olhava para o grupo e sorria calorosamente. — É uma grande alegria dar as boas-vindas a cada um de vocês a essa jornada sagrada.

Hanna esquadrinhava o salão, questionando-se sobre as circunstâncias que levaram cada um até ali. Conversão? Luto? O desejo por uma vida mais profunda com Deus?

Hanna estava ali pelo incentivo e encorajamento de Nancy.

— Eu deixei aquele folheto do Retiro Nova Esperança para você de propósito — Nancy disse quando as duas conversavam no começo da semana. — É meio longinho do chalé até lá, talvez uns 40 minutos, algo assim. Mas eu adorei o grupo de oração no verão e algumas mulheres me contaram sobre o grupo da jornada sagrada. Parece que é uma experiência maravilhosa. Gostaria de participar algum dia. Talvez no próximo verão.

— Você já conversou com a facilitadora? — Hanna perguntou.

— Um pouco. Katherine parece uma mulher muito bem ajustada, com uma presença calma, sem precisar falar muito.

Hanna tentou reunir informações sobre Katherine Rhodes, mas sua pesquisa na internet não rendeu muito, exceto algumas coisas sobre o trabalho de Katherine como diretora no retiro. Hanna encontrou um fórum de discussão no site do Retiro Nova Esperança em que várias pessoas comentavam sobre suas experiências nos grupos da jornada sagrada. Os testemunhos a deixaram intrigada:

"A jornada sagrada me ajudou a entender e me orientar no meu mundo interior para que eu pudesse andar mais perto de Deus."

"Comecei a ver o que me move para perto ou para longe de Deus."

"Eu cresci não apenas na intimidade com Cristo, mas também com o meu próprio eu."

"Aprendi novas maneiras de estar com o Deus que está sempre comigo."

Talvez a jornada sagrada fosse uma oportunidade para Hanna aprender a liderar um novo tipo de grupo de formação espiritual em Westminster, algo além dos estudos bíblicos e pequenos grupos que ela já coordenava há tanto tempo. Já fazia anos desde a última vez que ela havia se inscrito em algum tipo de treinamento continuado. Talvez essa fosse uma chance para aperfeiçoar suas habilidades pastorais e, assim, ter mais para oferecer aos outros. Ela poderia voltar a Westminster melhor equipada para o trabalho no ministério. Se era forçada a descansar, pelo menos o descanso poderia ser produtivo.

Muito produtivo.

Ao ouvir a voz de Katherine mudando para um tom de contadora de histórias, Hanna apurou os ouvidos.

— Tenho uma neta de três anos chamada Morgana que é uma borboletinha em forma de menina — dizia Katherine. — Ela adora conversar, fala o tempo todo, especialmente quando está na cadeirinha, no carro. Ela está sempre falando à minha filha Sarah para olhar para alguma coisa. E a Sarah muitas vezes responde distraída: "Sim, querida, estou vendo!" ou "Uau, Morgana, isso é ótimo!". Certa manhã, na semana passada, enquanto Sarah a levava para a pré-escola, Morgana disse: "Olha, Mamãe! Olha o que tenho no colo!". Sem virar a cabeça, Sarah respondeu: "Sim, querida, estou vendo! Que interessante!". A pequena Morgana não perdia uma: "Mamãe, não olhamos com a boca! Vira pra cá e olha pra mim com seus olhos!".

Hanna não tinha certeza se Meg sorria timidamente da história de Katherine ou do riso espalhafatoso de Mara. Talvez os dois.

— A vida espiritual se trata de prestar atenção — disse Katherine. — O Espírito de Deus está sempre falando conosco, mas nós precisamos desacelerar, parar. Nossa resposta a Deus não pode ser da boca pra fora. Temos de sair do piloto automático e gastar tempo vendo e ouvindo, com os olhos e ouvidos do coração.

Katherine fez uma pausa, deixando o salão se encher novamente de um silêncio significativo.

— Já aviso desde o começo — ela disse calmamente. — Percorrer o caminho da liberdade e da transformação profunda exige coragem. Não é fácil. Não é linear. Às vezes, pode parecer confuso e caótico e é provável que você perca o senso de equilíbrio conforme as coisas velhas morrem e coisas novas nascem. Você pode se sentir desorientado à medida que os ídolos em quem confiava e dependia são revelados e removidos. Mas não tenha medo da desordem. O Espírito Santo é um guia fiel, nos pastoreando e fortalecendo com amor enquanto prosseguimos nos aproximando do coração de Deus.

Charissa parou de digitar. Mara mexia nas próprias pulseiras. Meg olhava diretamente para a porta de saída. Hanna não percebeu o quanto apertava a cruz em seu colar até sentir a ponta lixada do prego afundando na palma de sua mão. Então soltou-a.

Katherine tinha razão. Hanna já tinha experiência suficiente em pastorear os outros através das mudanças da vida para saber o tipo de coragem e perseverança que essa jornada demandava. Ela esperava que Meg e Mara conseguissem. Na verdade, talvez elas fossem o motivo de Hanna estar no grupo. Hanna poderia estar ao lado delas se precisassem de encorajamento. Pelo jeito, elas precisariam de todo o apoio possível.

Katherine continuou:

— As anotações mais importantes que vocês vão fazer não são sobre o que eu digo. Claro, eu espero que vocês encontrem algumas pepitas proveitosas aqui e ali. Mas as anotações mais importantes são sobre o que você está percebendo em sua própria vida com Deus. Planeje manter algum tipo de diário. Use palavras, imagens mentais, orações, artes, fotos, algo que te ajude a registrar o que Deus te revela. Você não vai precisar compartilhar suas reflexões com ninguém a menos que escolha fazer isso. Mas dê a si mesmo o presente de documentar a sua viagem. À medida que caminharmos juntos nos próximos meses, vamos explorar algumas práticas espirituais que têm ajudado os cristãos ao longo dos séculos a prestar atenção no mover do Espírito Santo. Enquanto existem muitas disciplinas espirituais ricas e frutíferas que nos ajudam a amar e servir ao mundo criado por Deus, vamos explorar disciplinas que se concentram na transformação da vida interior para que sejamos livres para amar e servir aos outros de maneira renovada. Vamos participar de práticas que nos ajudam a cultivar um apego mais profundo por Jesus. Vamos procurar formas de criar um espaço sagrado em nossa vida para termos mais liberdade pra dizer sim pra Deus.

Liberdade para dizer sim para Deus, Hanna anotou. Ela poderia aproveitar isso em Chicago. Ela sentiu que poderia adaptar e aplicar muito do que Katherine estava apresentando. Bom. Muito bom.

Hanna viu a mão de Charissa se apressar quando Katherine perguntou se alguém tinha perguntas.

— Você vai distribuir uma ementa e uma bibliografia de leitura complementar? — Charissa perguntou, pronunciando as consoantes com toda a precisão.

No rosto de Katherine se estampou um leve sorriso.

— Sei que será frustrante para alguns de vocês, mas não vou solicitar leituras nem vou entregar uma ementa. Na maioria das vezes, não vou nem dizer o que devem esperar, embora vocês tenham reflexões pessoais para fazer nas semanas entre as nossas sessões.

Charissa ajeitou os ombros para trás.

Katherine correu os olhos pelo salão e continuou.

— Eu aprendi a prestar atenção em uma coisa ao longo dos anos: no meu impulso de querer controlar a minha vida. Nós podemos ser muito rápidos em tomar as rédeas e passar por cima do que Deus está fazendo em nós e a nossa volta, que perdemos o mover gentil do Espírito Santo. Não é que eu não vá dar ferramentas para auxiliar vocês a se encontrarem com Deus durante a jornada — explicou. — Apenas não quero passar nada agora que possa tentar vocês a confiarem na própria compreensão. Quero ajudá-los a responder ao Espírito em maior liberdade e confiança. — Ela afastou da bochecha uma mecha de cabelo prateado. — Mais alguma pergunta?

Com o canto do olho, Hanna observou Charissa, que tamborilava os dedos no notebook, parecendo irritada. Charissa era fluente em expressão facial e Hanna não tinha nenhuma dificuldade em interpretar. Ela esperava que Katherine não se sentisse intimidada ou incomodada. Hanna sabia por experiência própria o quanto as expressões faciais poderiam distrair um palestrante e Charissa era uma especialista. Pelo menos Charissa não estava sentada na frente. Talvez Katherine não pudesse vê-la. *Por favor, Senhor, não deixe que Katherine a veja.*

— Para iniciarmos a jornada sagrada — Katherine prosseguiu. — Vamos começar com uma mini-peregrinação. Algum de vocês já andou em um labirinto? — Algumas mãos se levantaram. — O que vocês vão percorrer hoje é o mesmo padrão do labirinto do século 13 do piso da Catedral de Chartres, na França. — Ela parou, olhando atentamente para o grupo. — Agora, vou ser sincera com vocês. Alguns cristãos ficam nervosos com os labirintos porque eles estão presentes em muitas culturas e religiões. Afinal de contas, o círculo e a espiral são símbolos antigos de completude e transformação, e algumas pessoas afirmam que o próprio padrão do labirinto é místico.

— Fabuloso — sussurrou Charissa.

— Não acredito que haja algo inerentemente místico no labirinto — disse Katherine. — A transformação e a cura vêm como dádivas a partir do encontro com o Deus vivo, e não de percorrer um padrão ou um caminho específico. O labirinto apenas oferece uma oportunidade para a oração. Lembrem-se, a intenção das disciplinas espirituais é criar um espaço onde podemos nos encontrar com Deus, onde podemos ser tocados e transformados profundamente pelo grande amor de Deus por nós. Ao caminhar pelo labirinto, desaceleramos intencionalmente para dedicar a Deus a nossa atenção em oração. Pedimos ao Espírito Santo que nos ajude a estar plenamente presentes diante daquele que está sempre conosco. Nós nos aquietamos para perceber o agir de Deus e responder em amor, fé e obediência.

Katherine pegou uma pilha de papéis.

— Vou passar nas mesas distribuindo um texto sobre o labirinto para vocês lerem em grupo. Quando estiverem prontos, podem sair pelas portas laterais e seguir o caminho até o pátio. Quando terminarem de caminhar e orar, voltaremos para o salão e iremos partilhar algumas reflexões uns com os outros, está bem? Desejo que vocês possam reconhecer a presença de Deus ao lado de vocês enquanto caminham juntos.

JORNADA SAGRADA, RETIRO NOVA ESPERANÇA
FOLHETO DA SESSÃO 1: O CAMINHO DA ORAÇÃO
Katherine Rhodes, facilitadora

A caminhada no labirinto é uma jornada espiritual de oração. Ao contrário de um labirinto comum, este tem apenas uma trilha que vai até o centro e depois volta, sem obstáculos ou trechos sem saída. Durante o percurso, pode haver momentos em que vocês vão querer parar, se aquietar e ouvir. Sigam seu próprio ritmo. Se vocês se perderem ou ficarem confusos, fiquem à vontade para sair e começar novamente.

Embora não haja um modo específico para trilhar o labirinto, algumas pessoas preferem imaginar a jornada em três etapas: a caminhada até o centro, a pausa no centro e a caminhada para fora.

Assim como os peregrinos deliberadamente deixam para trás os cuidados do mundo para viajar com leveza e liberdade, Deus nos convida a deixar as coisas que entulham nossa vida. Ao iniciar a jornada, observe o que te distrai e te atrapalha. Observe o que compete com seu afeto e comunhão com Jesus. A jornada até o centro é uma oportunidade para deixar as cargas, identificar os medos e confessar os pecados.

O centro do labirinto é um lugar de descanso onde você está seguro no amoroso abraço do Pai. Permaneça o tempo que você desejar, recebendo de Deus as dádivas das Escrituras, discernimento, presença, paz, revelação. Apenas desfrute esse tempo com Deus.

Então, quando vocês estiverem prontos, comecem a jornada para fora. Permitam que o Espírito os fortaleça e capacite enquanto levam ao mundo a presença e as dádivas de Deus.

O CAMINHO DA ORAÇÃO

— O que é isso? Um labirinto? — Mara perguntou, olhando para o panfleto. — É tudo o que eu precisava, me perder logo no primeiro dia. Posso andar em círculos durante semanas!

Charissa parecia estar lendo mais à frente.

— Não tem como se perder — disse com indiferença. — Só existe um caminho de ida e volta.

— Bem, isso é uma boa notícia — disse Hanna com empolgação, torcendo para que Mara não tivesse prestado atenção ao tom irritado de Charissa.

Charissa não deu uma resposta verbal ou não verbal. Nem fez um gesto com as sobrancelhas.

— Parece uma flor no centro, não é? — Mara comentou, ainda estudando o desenho — Agora vi. Aqui embaixo, está a entrada e acho que também é a saída, não é mesmo? Uma entrada, uma saída?

Hanna acompanhou com um dedo o caminho sinuoso, tentando traçá-lo ao longo dos muitos ziguezagues na ida e na volta do centro em forma de roseta. Depois de algum tempo ela desistiu.

— Posso ler os parágrafos em voz alta? — Perguntou.

Mara foi a única que respondeu, acenando com a cabeça.

Limpando a garganta, Hanna começou a falar de forma pausada e cuidadosa, dando espaço para as palavras respirarem. Ela podia ouvir Mara murmurando para si mesma enquanto tentava memorizar as três partes da jornada, mas Hanna não podia dizer se Charissa e Meg estavam escutando. Charissa olhava para a tela do notebook. Meg olhava para o piso.

— Bem, vamos tentar? — Hanna perguntou depois que terminou de ler. Mara e Charissa se levantaram da mesa, mas Meg continuou imóvel na cadeira.

— Meg, você vem? — Hanna perguntou gentilmente.

Meg balançou a cabeça negando e apontou para os sapatos de salto.

— Receio que não escolhi calçados muito confortáveis. Parece que eu não estava entendendo a "jornada sagrada" de forma literal, não é? — Havia uma pequena faísca de vida e humor em seus olhos. Apenas uma faísca.

— Gostei dessa! — Mara exclamou. — Jornadas sagradas precisam de calçados confortáveis! Como devemos nos chamar? Clube dos Calçados Confortáveis?

Meg riu.

— Vamos, amiga — insistiu Mara, tomando a mão de Meg e puxando para que ela levantasse. — Seu salto alto não vai te tirar desta. Você vem com a gente, pronta ou não.

Hanna ficou surpresa por Meg não ter resistido.

Katherine observava as pessoas que saíam.

— Podem deixar as mochilas e bolsas em suas mesas — ela disse. — Afinal, os peregrinos precisam viajar com a maior leveza possível.

Quando chegaram ao pátio do labirinto, já havia uma dúzia de pessoas caminhando e orando. Alguns se moviam rápido, avançando com eficiência; outros se moviam devagar, parando frequentemente.

— Bem, não era isso que eu esperava — disse Mara em um suspiro alto. — Pensei que fosse uma espécie de labirinto de cerca-viva ou algo assim. O que é isso? Apenas linhas pintadas no cimento?

— É o que parece — respondeu Hanna em voz baixa, sem querer perturbar nenhum dos peregrinos em oração.

— Eu realmente espero não me perder — Mara declarou antes de passar pela linha de partida. Meg escolheu um banco no canto mais distante do pátio, semioculto por um ramo de rosas de fim de verão. Charissa circulava na borda, examinando cuidadosamente os que estavam caminhando.

O movimento no labirinto lembrou Hanna de algum tipo de dança lenta tradicional inglesa: pessoas ondulavam para lá e para cá ao longo das curvas e voltas, caminhavam juntas e, em seguida, distantes, lado a lado por um curto período; e, então, afastavam-se umas das outras, acompanhando o desenho dos caminhos. Algumas já haviam chegado ao centro. Um homem se ajoelhou com a cabeça nas mãos; uma mulher ficou de pé com os braços levantados, virada para o sol.

Enquanto Hanna aguardava até que se abrisse mais espaço, ela orou por Mara, Meg, Charissa e Katherine. Em seguida, um mar de outros rostos apareceu em sua mente e não sumiria mais. Então, orou também por essas pessoas. Pelo menos o Steve não podia impedi-la de orar pelas pessoas que fora forçada a abandonar.

Relutante, Hanna concordou em se retirar completamente da rotina da igreja por nove meses. Steve a instruiu a não fazer nenhum telefonema pastoral nem a enviar e-mails relacionados ao trabalho. Nancy prometeu avisar se algo significativo acontecesse.

Morrer seria mais fácil.

Isso já era uma espécie de morte em vida. Hanna sobrevivia, mas não da mesma forma que havia se acostumado nos últimos quinze anos.

Exílio.

Essa palavra descrevia tudo. Ela havia sido exilada, a única diferença era que a enviaram para um lugar bonito e tranquilo. Ela devia estar agradecida. Mas não estava. E então a culpa começou de novo. Era um círculo vicioso.

Hanna viu Charissa iniciar a jornada e desejou que Meg também participasse. *Para, para, para*, disse a si mesma. Lá estava ela, assumindo a responsabilidade por pessoas que havia acabado de conhecer. Nancy tinha razão. Hanna estava tão habituada a carregar os fardos dos outros que não sabia como soltá-los.

Alguém me ajude.

Quando finalmente entrou no caminho, muitos de seus companheiros de jornada haviam completado suas jornadas. Meg e

Charissa haviam voltado para o salão e Mara estava na orla exterior, ultrapassando Hanna em uma das voltas.

Hanna se viu caminhando rapidamente e, em seguida, lembrou que a pressa minava todo o propósito da disciplina. Ou talvez a pressa revelasse algo mais profundo sobre seu ritmo de vida. Ela diminuiu a velocidade e começou a orar sobre entrega.

Enquanto orava, uma imagem veio a sua mente, uma cena de quase vinte anos atrás. Ela estava na faculdade, uma crente jovem e apaixonada, esforçando-se para agradar a Deus servindo as pessoas. Muitas vezes, ela estava tão ocupada com as aulas, o trabalho e o ministério que até se esquecia de comer.

Um dia, enquanto orava em seu dormitório, ela viu uma imagem de si mesma quando menina, talvez com quatro ou cinco anos de idade. A pequena Hanna entrava e saía da sala do trono de Deus para levar flores a Jesus. Entrando e saindo, ela corria para lá e para cá. Cada vez que entrava correndo, lançava mais flores aos pés de Jesus. Então, ela saía correndo para juntar mais. E continuava assim até que, finalmente, no meio de mais uma apressada entrega, Jesus a pegou no colo e gentilmente a abraçou para que ela não pudesse continuar correndo de um lado para o outro.

— Obrigado pelas flores, Hanna — ele disse sorrindo. — Elas são lindas! Mas o que eu realmente quero é sentar com você por um momento e te dar um abraço.

Hanna suspirou. Vinte anos mais tarde, Jesus provavelmente falaria as mesmas palavras para ela. Porque era tão difícil ela ficar quieta?

Ela parou de caminhar e encarou o centro do labirinto, pensando sobre outra mulher que havia lutado para se aquietar: Marta, amiga de Jesus.

Hanna sempre entendeu Marta, que generosamente abriu sua casa para Jesus e os discípulos. Ela entendia bem porque Marta ficaria irritada e distraída com uma irmã que se recusava a ajudá-la na preparação do jantar para uma casa cheia de convidados.

Hanna imaginava Marta fazendo barulho com as panelas e suspirando, tentando chamar a atenção de Maria. Mas Maria ficou ali sentada com Jesus, sem perceber, ou ignorando, enquanto a pressão da irmã se elevava.

Marta se irou, conteve-se, mas finalmente explodiu, censurando Jesus pela preguiça da irmã, acusando-o de não se importar com ela e exigindo que ele interviesse.

— Senhor, não te importas que minha irmã me deixe servir sozinha? Diga a ela que me ajude!

Qual foi o tom de voz de Jesus quando ele respondeu?

— Marta, Marta, você está preocupada e distraída com muitas coisas.

Preocupada e distraída.

Quantas vezes Jesus repetiu essas mesmas palavras na vida de Hanna? "Hanna, Hanna, você está preocupada e distraída com muitas coisas."

Ela suspirou novamente. As duas irmãs viviam dentro dela e discutiam uma com a outra há anos. Quando Hanna se sentava quieta e atenta como Maria para ouvir Jesus, sua Marta interior se queixava de estar perdendo tempo, principalmente porque havia uma obra tão grande a ser realizada pelo reino; e quando Hanna corria de um ato de serviço para outro, derramando sua vida eficientemente e em múltiplas tarefas, sua Maria interior lançava um olhar contemplativo em sua direção e ela se sentia culpada. Jesus muitas vezes era ignorado como árbitro na disputa em curso no espírito de Hanna.

— Apenas uma coisa é necessária — Jesus disse à Marta.

Maria escolheu a melhor parte, ao se assentar aos pés de Jesus, e Hanna recebia o mesmo convite.

Na verdade, agora que todas as suas oportunidades de servir tinham sido retiradas, Hanna tinha todo o tempo do mundo para sentar e ouvir Jesus, com a atenção somente nele, sem ninguém pedindo sua ajuda. Ninguém.

Então, por que ela resistia à mesma coisa que declarou desejar? Por que ela resistia ao convite para se assentar aos pés do Senhor?

Quando Hanna chegou ao centro do labirinto, ela estava sozinha. Ela pretendia parar e ouvir a voz calma e suave de Deus. Ela pretendia se assentar na presença de Deus e se concentrar na "única coisa necessária". Mas quando se sentou, foi ficando cada vez mais agitada. Ela não parava de pensar nos outros reunidos lá dentro.

O que Katherine teria dito sobre a discussão em grupo?

Hanna tentou se concentrar.

Mas havia perdido alguma coisa?

Ela respirou fundo, tentando se concentrar para orar.

Ela deveria se certificar que estaria à mesa, caso alguém precisasse de algo?

Ela olhou para o relógio: 11h15.

A que horas os outros voltaram?

Hanna parou. Ela sempre poderia voltar para caminhar e orar quando não estivesse tão distraída.

Sem se preocupar em fazer o percurso exterior, Hanna deixou o labirinto e se apressou de volta ao salão.

Charissa tinha deixado o labirinto se sentindo provocada e ressentida.

Não houve nenhum momento de inspiração, nenhum sentimento da presença de Deus, nenhuma palavra de discernimento. Nada. Silêncio.

Silêncio vindo da parte de Deus, pelo menos.

Seus próprios pensamentos estavam bastante barulhentos, principalmente questionando se ela estava fazendo certo enquanto vagueava sem rumo de lá para cá.

Charissa não gostava de espirais. Ela gostava de linhas retas e destinos claros. Andar em círculos era inútil e as reviravoltas eram frustrantes. Quando ela pensava que estava se aproximando do centro, o caminho lançava-a para fora outra vez. Era extremamente irritante.

Enquanto caminhava, não conseguia pensar em nada que precisasse abandonar. Não ocorreu a ela nenhum pecado para confessar. Esforçou-se para parecer que orava caso alguém estivesse observando. Porém, estava ansiosa para chegar ao fim e acabar com aquilo.

Além disso, com toda aquela conversa de "jornada sagrada" e "conhecer seu mundo interior", ela ainda não estava convencida de que não havia aterrissado em alguma espécie esquisita de reunião de Nova Era. O Dr. Allen assegurou-lhe de que o Retiro Nova Esperança era teologicamente saudável e de que a teologia de Katherine Rhodes era segura. Mas o Dr. Allen sabia do labirinto? Talvez o Dr. Allen não fosse tão ortodoxo quanto Charissa pensava. Talvez ele tenha passado despercebido pelo radar cristão da Universidade de Kingsbury.

Agora que estava sentada com todo o grupo novamente, ouvindo testemunhos sobre discernimento e descobertas na caminhada de oração, ela ficou ainda mais irritada.

Uma mulher falou sobre a dádiva de percorrer o labirinto com tantas outras pessoas. Ela se lembrou de que, não importa quão grande fosse a luta, havia companheiros peregrinos fazendo a mesma jornada em direção ao coração de Deus. A comunidade de fé a encorajou e lhe deu esperança.

Outro falou sobre sua descoberta: logo quando ele pensava ter chegado ao centro, o caminho o direcionou novamente para a orla exterior mais comprida. Também falou que percebeu seu forte desejo de chegar ao destino e então se perguntou se Deus não queria que ele desfrutasse a viagem, as reviravoltas e tudo o mais.

As reflexões pessoais se sucediam como uma avalanche enquanto as pessoas compartilhavam com entusiasmo suas descobertas espirituais. Charissa ficou contente por ninguém da sua mesa ter falado. Pelo menos o seu silêncio não chamaria atenção.

Ou talvez ela quisesse mostrar abertamente sua discordância de tudo aquilo. Ela não se sentia segura.

Ela se remexia na cadeira e tamborilava impaciente no teclado. *Vamos lá, vamos lá.* Katherine Rhodes estava cedendo muito espaço para discussões tangenciais. Que desperdício para uma manhã.

Pouco antes de meio-dia, Katherine concluiu a discussão.

— Uma coisa que eu descobri foi que navegar no nosso mundo externo costuma ser um passeio comparado a viajar pelo labirinto do nosso mundo interior. Fico feliz por ouvir alguns relatos em que o labirinto se tornou uma metáfora e um espelho para o movimento do Espírito em sua vida. Também fiquem à vontade para vir em outros momentos para caminhar e orar no pátio. Como eu disse no começo, é provável que você experimente distrações e confusão ao longo do percurso. Pode haver momentos em que você vai se sentir desencorajado e tentado a desistir. Mas se você perseverar, se você permanecer com esperança e confiança de que o próprio Senhor está dirigindo a sua jornada e está com você no caminho, será uma aventura maravilhosa. Também é uma dádiva especial andar com companheiros de confiança. Nós precisamos uns dos outros. Deus não deseja que viajemos sozinhos. Por isso, oro para que também conheçam melhor uns aos outros, apesar de terem vindo para conhecer melhor a Deus.

Uma aventura maravilhosa? *Não parece,* pensou Charissa. Não se eles ficassem ali sentados, falando sobre revelações pessoais e duvidosas como se fossem praticantes de alguma espiritualidade de Nova Era. Ela não podia acreditar que não receberiam um cronograma. Como saberia se valia a pena voltar?

— Os primeiros pais e mães no deserto se retiravam para o ermo para se encontrarem com Deus e conhecerem a si mesmos — disse Katherine. — Não precisamos nos retirar para um lugar distante ou abandonar o nosso dia a dia para nos encontrarmos com Deus. Mas precisamos nos disciplinar para discernir a ação do Espírito de Deus em circunstâncias comuns e cotidianas. Precisamos de tempo para a quietude e a escuta. Leva tempo identificar o peso que temos carregado e que nos puxa para baixo. Em parte, essa jornada se trata disso. — E continuou: — Só mais uma parte prática antes da oração final. Nas próximas duas semanas, considere a sua imagem diante de Deus. Observe especialmente como a sua imagem atual tomou forma e foi se transformando ao longo dos anos. Quem é Deus para você? Lembre-se também de manter um diário de viagem da sua peregrinação. Eu creio que o Espírito Santo revelará muitas coisas enquanto você investe tempo em desacelerar, se aquietar e ouvir. — Ela fez uma pausa. — Meus companheiros peregrinos, o Senhor está com vocês. Desejo que encontrem maneiras de estar com Deus e uns com os outros.

Charissa fechou o notebook e o empurrou para dentro da mochila.

Meg ficou depois de os outros saírem, na esperança de falar com Katherine em particular. Quando o salão por fim se esvaziou, ela se aproximou cautelosamente. Katherine esvaziava a mesa do fundo, passando para um carrinho as canecas de café e os pratos sujos.

— Posso te ajudar com isso? — Meg perguntou.

Katherine se voltou.

— Eu agradeço — respondeu, virando para ler o crachá. — Obrigada, Meg.

Enquanto Katherine juntava os papéis, Meg esvaziava o resto da mesa. Até retirar os pratos a fez choramingar, e ela repreendeu a si mesma. Essa era a questão do luto. Era tão imprevisível, atacando furtivamente através dos gatilhos mais simples. Quanto tempo se passou desde a última vez que ela recolheu os pratos na frente de outra pessoa? Becka viajara fazia apenas seis semanas, mas já parecia uma vida inteira. E a mãe...

— Então, Meg, me conta. O que você achou de hoje?

Meg limpou os olhos rapidamente.

— Receio não ter vindo muito bem preparada — disse discretamente.

— Como assim? — Katherine se sentou e estendeu a mão, convidando Meg para sentar ao seu lado.

— Eu... ahn... não sabia bem o que esperar e não vim vestida adequadamente. — Meg apontou para os saltos altos.

Katherine sorriu.

— Não são bons para caminhada, né? E olhando pra você, imagino que provavelmente não é do tipo que tira os sapatos e vai descalça.

Meg sorriu, balançando a cabeça.

— Então, na próxima vez, o labirinto vai estar te aguardando. Se você chegar um pouco mais cedo, não vai ter ninguém por perto para te vigiar.

Meg suspirou.

— Todos tinham coisas tão profundas para dizer hoje. Mas receio que não sou assim. Acho que esse grupo talvez seja muito avançado pra mim.

Apenas dizer as palavras em voz alta já fazia com que seus olhos voltassem a arder com as lágrimas e ela desviasse o olhar.

A voz de Katherine era cheia de mansidão quando respondeu:

— Jesus disse: "Bem-aventurados os pobres de espírito, porque deles é o reino dos céus".

O verso parecia familiar, mas Meg não sabia o que significava.

— Você já começou a jornada com uma dádiva maravilhosa, Meg, se sabe que é pobre de espírito e vê o quanto precisa desesperadamente de Deus. A humildade é sempre o ponto de partida para aqueles que querem se aproximar de Deus.

Meg voltou os olhou e encontrou o olhar compassivo de Katherine.

— É claro — Katherine continuou, devagar —, também há um tipo de humildade que incapacita, que diz que você nunca é boa o suficiente não importa o que faça ou o quanto tente. O tipo certo de humildade espiritual é um caminho que olha para Deus; o outro tipo impede que você veja quem Deus te criou pra ser — ela fez uma pausa. — Talvez a sua jornada te leve de uma para a outra.

Meg negou com a cabeça.

— Acho que não entendi o que você quer dizer.

Havia tantas coisas que ela não entendia. Como podia ter 46 anos e ainda se sentir como uma criança? A idade tinha se apoderado dela quando não estava prestando atenção.

Katherine se sentou novamente.

— Eu me lembro, há muitos anos atrás, quando iniciava no ministério, de ter um sonho que nunca esqueci. Eu me candidatava a um emprego em uma delegacia de polícia, mesmo com tantas outras oportunidades, e o entrevistador era muito duro. Ele me disse que se eu quisesse o emprego, teria de levantar cento e trinta quilos.

Meg deu uma gargalhada.

— Pois é. Olha pra mim! — Katherine riu, apontando para os braços finos. — Por isso, respondi que não fazia nada de atlético há muito tempo. Ele riu parecendo um rosnado e disse: "Bom, esse é o requisito do trabalho, senhora. É um problema para você?". Aí eu olhei nos olhos dele e disse: "Não, não é um problema para mim, porque o meu Senhor Jesus vai fazer isso por mim". Depois ele me levou até uma máquina enorme, absolutamente monstruosa, e me prendeu no cinto de segurança. No início, mal conseguia me mexer. Mas, de repente, estava levantando pesos enormes acima da minha cabeça, um após o outro.

Meg sorriu, vendo Katherine demonstrar o movimento de levantar os pesos.

Os olhos azuis de Katherine cintilavam enquanto ela prosseguia.

— Infelizmente, acordei antes de descobrir se havia conseguido o emprego. Mas eu sabia que o sonho significava algo importante, então pedi ao Espírito Santo para me ajudar a entender. E, quando orei, tive a forte impressão de que o Senhor estava dizendo: "Kat, isso é humildade. É assim que eu quero que você viva, entendendo que não tem força por conta própria, mas estando absolutamente confiante de que você é capaz através de mim" — Katherine fez uma pausa. — Você compreende?

Meg respondeu devagar.

— Acho que sim. Meu pastor muitas vezes fala sobre chegar ao fim de nossas forças e não ter mais para o que olhar a não ser para cima.

— Exatamente — Katherine juntou as mãos. — Quando Jesus falou dos "pobres de espírito", ele falava sobre pessoas totalmente desamparadas e inteiramente dependentes de Deus para suprir todas as suas necessidades. Esse tipo de fraqueza é uma oportunidade para a bênção, Meg. É uma dádiva poder dizer: "Eu não posso, mas Deus pode!" — Katherine olhou atentamente para Meg. — Na verdade, é uma das minhas orações preferidas. Inspiro dizendo as palavras "não posso" e expiro dizendo as palavras "o Senhor pode", várias vezes por dia. Essas simples palavras ajudam a me manter na esperança e na fé quando o caminho fica difícil. E, às vezes, fica muito difícil, não é?

Meg ficou em silêncio, ouvindo o ritmo da própria respiração. A oração pode ser assim tão constante? Tão simples? Seus medos eram como a respiração para ela, frequente, regular, tão habitual que ela mal percebia. A oração podia ser assim? Sua consciência da presença e do poder de Deus poderia realmente se tornar vida e respiração para ela?

A voz de Meg mal passava de um sussurro.

— Passei muitos anos praticando "não posso". Não sei se consigo desfazer isso.

Katherine sorriu de modo encorajador e disse:

— As disciplinas espirituais são sobre formar novos hábitos e novos ritmos. Se você dominou a parte do "eu não posso", então pode começar a praticar a segunda parte: "o Senhor pode". A graça de Deus é tão grande que até as nossas fraquezas se tornam oportunidades incríveis para o Espírito trabalhar em nós. Os nossos medos, as nossas tentações, até nossos pecados, podem nos aproximar de Deus.

Meg pensou um pouco e depois sussurrou:

— Meus medos quase me impediram de vir hoje.

Katherine a fitava com um olhar compreensivo.

— No entanto, Deus te deu a coragem para vir e ficar.

Meg sentiu o rosto avermelhar e pôs a mão na bochecha.

— Meg, estou absolutamente confiante de que o Senhor vai te dar tudo o que você precisa para trilhar o caminho da liberdade. Ele vai caminhar com você.

Meg tentou engolir o nó na garganta.

— Obrigada — disse em um suspiro.

Katherine apertou a mão de Meg e se levantou.

— Deus te abençoe, Meg. Até a próxima.

Meg saiu pela porta do pátio e percorreu o caminho ladeado de árvores até o labirinto. Quando chegou ao pátio, ficou surpresa de encontrar Hanna sentada no banco sob os galhos de roseira. A princípio, Meg pensou em sair sem ser vista, mas já era tarde. O toque-toque do salto alto denunciou sua presença.

Hanna levantou os olhos dos papéis onde escrevia e acenou.

— Me desculpe — disse Meg, apontando para o diário de Hanna. — Não queria interromper.

— Estou quase acabando — respondeu Hanna, se afastando para um lado do banco para que Meg também pudesse sentar.

Meg empurrou algumas pétalas cor-de-rosa para o chão.

— Estava escrevendo algumas coisas, antes que eu me esqueça. Você veio caminhar?

— Não, vou deixar para a próxima vez. Só queria dar mais uma olhada.

Elas se sentaram, ouvindo o assobio do vento através das árvores, até que o som de protesto do estômago de Hanna interrompeu a quietude. Colocando a mão na barriga, Hanna deu uma olhada dentro da bolsa.

— Devia ter lembrado de trazer um lanche — ela disse. — Acho que vai ser melhor eu comer alguma coisa antes de voltar para o lago. Alguma recomendação que não seja fast food? Talvez algum lugar aqui perto onde eu pudesse encontrar uma sopa ou um sanduíche?

Meg mencionou o primeiro lugar que lhe veio à cabeça.

— Cantinho Caseiro. Tem ótimas sopas e pães caseiros.

— Perfeito! É fácil chegar a partir daqui? Foi outra coisa que esqueci de trazer, um mapa. Só imprimi a rota de ida e volta daqui até o chalé — Hanna fez uma pausa, sorrindo. — Não sou uma peregrina muito bem preparada, não é?

Meg apontou para os saltos.

— Bem-vinda ao clube.

— Bem, agora sabemos melhor o que esperar da próxima vez — Hanna comentou, guardando o diário. — Então... você pode me indicar para que lado fica?

— Na verdade, fica no caminho da minha casa. Você quer me seguir?

Hanna não respondeu logo e Meg se perguntou por que ela estaria em dúvida. Hanna parecia pensar seriamente.

— Talvez você já tenha planos para o almoço — disse Hanna —, mas seria bem-vinda para almoçar comigo.

Enquanto olhava para os olhos de Hanna, cansados e sem brilho, a Meg boazinha venceu a Meg enlutada.

Não fazia sentido as duas almoçarem sozinhas.

O restaurante estava preenchido pelo burburinho aconchegante das conversas, e Meg e Hanna escolheram uma mesa de canto perto da lareira.

— Ei! Não te vejo faz tempo! — A garçonete cumprimentou Meg.

— Verdade, não venho aqui há algum tempo — Meg respondeu.

Ela e Hanna recusaram o café.

— Como vai a sua mãe? — A moça perguntou, enchendo seus copos de água. — Já faz um século que ela não aparece por aqui!

Meg engoliu com força e seu rosto ficou vermelho.

— Ela faleceu faz alguns meses.

Hanna imediatamente sentiu um aperto no coração por Meg, além do constrangimento pela garçonete.

— Puxa, sinto muito — disse a mulher. — Lembro que vocês costumavam vir muitas vezes juntas. Sua mãe pedia sempre a mesma coisa, não é? Sanduíche de salpicão de frango com cereja — Meg confirmou com a cabeça, os grandes olhos castanhos cheios de lágrimas. — Fique à vontade — disse a garçonete, dando palmadinhas no ombro de Meg antes de passar para outra mesa.

Meg abaixou os olhos para o cardápio, tentando esconder um rastro de lágrimas.

— Sinto muito, Meg, muito mesmo.

Ela sentia duas vezes, Hanna pensou: pela dor de Meg e por seu papel não intencional em reabrir a ferida. Percebendo o costumeiro fardo de responsabilidade pesar sobre seus ombros, Hanna se inclinou para frente.

Me ajude, Senhor.

Meg levantou os ombros fracamente.

— Se minha mãe estivesse aqui, me diria pra simplesmente esquecer isso. Ouço a voz dela na minha cabeça, sabe? Me dizendo que sou sensível demais. Ela está certa. Ela *estava* certa, quero dizer. — Meg pegou um lenço na bolsa e tentou apagar as evidências de sua tristeza, mas seu esforço só piorou a situação. O rímel preto agora estava espalhado por todo o rosto.

Hanna estava prestes a convidar Meg a falar de seu sofrimento, estava à beira de tentar pastorear Meg através de uma das fases do luto, quando sentiu algo em seu interior. Um empurrãozinho em outra direção.

Talvez Meg precisasse de uma amiga, não de uma pastora.

— Bem — Hanna disse — de acordo com o que escreveram no meu diário de bebê, a minha primeira frase foi "você feriu meus sentimentos!".

Meg deu um leve sorriso.

— Acho que tive de aprender a aceitar minha sensibilidade como um dos meus maiores dons. Eu não trocaria por nada. Mas também é uma vulnerabilidade que preciso manejar. É difícil, às vezes, muito cansativo. Uma bênção e uma maldição, sabe?

— Para mim, principalmente uma maldição — Meg respondeu. — Felizmente minha filha Becka tem o couro mais grosso — num tom mais baixo, logo acrescentou — o que é muito bom.

Novamente, a pastora dentro de Hanna lutou. Ela estava pronta para aproveitar o comentário de Meg e explorar as questões por trás da grande insegurança de Meg e sua visível baixa autoestima. Ao longo dos anos, Hanna tinha se acostumado tanto com as pessoas revelando suas lutas mais profundas e suas mais íntimas tristezas que ela meio que esperava deixar o restaurante conhecendo tudo sobre o passado de Meg. Então, lembrou que não tinha entrado na vida da Meg como a pastora Hanna Shepley. Meg não a procurou buscando conselhos, cuidado ou apoio. De repente, Hanna ouviu a voz de Steve na cabeça dela. De novo.

Você não sabe quem você é quando não está pastoreando.

Deixaria isso para lá. Essa mulher claramente precisava de cuidados pastorais, e Hanna não ia perder a oportunidade de providenciá-los. Enquanto Meg pedia licença da mesa, Hanna ignorava a voz de Steve e deixava seus pensamentos correrem livres.

Meg não usava aliança. Um divórcio seria mais uma camada de seu sofrimento?

Ela mencionou Becka algumas vezes. Elas eram próximas, mesmo separadas geograficamente?

E como uma pessoa tímida como a Meg decidiria aparecer sozinha no grupo?

Essa parte não estava batendo. Normalmente, uma pessoa precisava estar bastante consciente e confiante para se juntar a um grupo como esse, ou tão desesperada por transformação que o descontentamento vencesse o medo. Talvez esse fosse o caso, a perturbação de seu *status quo* deve ter empurrado Meg. A dor sempre traz um potencial de crescimento, e Meg estava de luto. Coisas antigas haviam findado e o novo estava à espera de vir à luz. Meg estava cheia de uma nova vida espiritual e talvez nem tivesse percebido. Mas Hanna via os sinais.

E agora ela estava ainda mais impaciente. Ela queria conhecer a história de Meg e queria ajudar. Ela poderia ser a guia espiritual de Meg, e Steve não ficaria sabendo de nada.

Meg voltou dez minutos depois com a maquiagem cuidadosamente refeita e o cabelo preso com um grampo de tartaruga.

— Você está bem? — Hanna perguntou, tentando não parecer muito ansiosa ou investigativa.

Meg apenas acenou com a cabeça.

A conversa durante a hora seguinte foi amigável e autobiográfica, sem ser reveladora ou transparente, para grande decepção de Hanna. Ela tomou a frente, falando sobre sua infância, esperando que suas revelações pudessem levar Meg a compartilhar detalhes mais profundos de sua história. Hanna falou sobre as tribulações de se mudar a cada dois anos durante a infância. O pai dela era vendedor e eles se mudavam seguindo o trabalho dele. Eles pararam de se mudar quando ela tinha quinze anos, mas Hanna não falou o motivo. Ela nunca falava sobre essa parte, e Meg não fez nenhuma pergunta.

Meg falou sobre passar vida inteira em Kingsbury, enquanto os outros iam e vinham. Ela mencionou seu amor pela música e seu carinho pelos muitos estudantes de piano que havia ensinado ao longo dos anos.

— Iniciantes — explicou. — Não sou boa o suficiente para ensinar os avançados.

Ela falou sobre como a mãe a ajudou a criar Becka após a morte de Jimmy e como se sentia grata por Becka ser uma garota tão confiante e bem ajustada. Hanna gostaria de ter feito muitas perguntas, mas não sentiu um convite.

Nenhum convite, de forma alguma.

Ela estava de brincadeira consigo mesma, não estava? Ela não estava no Retiro Nova Esperança por Meg, por Mara ou por Westminster. Quando aceitaria o fato de que essa licença sabática era para ela? Por que era tão difícil aceitar isso?

Quando voltou para o lago, ela não pôde evitar de pensar que os próximos nove meses se revelariam ainda mais difíceis e muito mais desconfortáveis do que havia imaginado.

3.

CONHECENDO O CORAÇÃO DE DEUS

E Jesus lhes perguntou: "Mas vós, quem dizeis que eu sou?"
Mateus 16.15

MARA

Mara Payne sentou discretamente em sua carteira enquanto as meninas de sua turma conversavam empolgadas sobre a festa de aniversário de Kristie Van Buren, que aconteceria dentro de poucos dias. Kristie era a garota mais popular da terceira série e vivia em uma grande casa na Cliburn Avenue.

— Você ouviu falar que vai ter passeios de pônei no quintal?

— Kristie me disse que podemos ficar acordadas a noite toda, jogando e contando histórias de fantasmas!

— A Sra. Van Buren disse à minha mãe que vai nos levar na loja Henshaw pra comprar maquiagem e perfume!

Kristie prometeu convidar Mara para a festa de aniversário se Mara a ajudasse a escrever o resumo de um livro. Mara escutava cheia de expectativa enquanto Kristie descrevia em detalhes fascinantes todas as atividades planejadas para a comemoração.

— Vou até deixar você sentar do meu lado na mesa do bolo — prometeu Kristie, com um sorriso doce.

Mara nunca tinha ido a uma festa de pijama antes e sua mãe comprou para ela uma camisola especial para a ocasião. Porém, quando o resumo do livro foi entregue e os convites de aniversário foram distribuídos, Mara descobriu que não havia um envelope cor-de-rosa para ela. Kristie deu de ombros e disse:

— Minha mãe disse que eu convidei gente demais. Desculpe! Talvez você possa vir no ano que vem.

Mara dirigiu do retiro até sua casa com a mente girando, imagens que brotavam e novas visões que surgiam.

Ela passou o tempo no labirinto pensando no que havia visto enquanto Katherine lia a história na Bíblia. Havia sido tão real: a voz de Jesus, seus olhos, seu sorriso. Especialmente seu sorriso. Ela ainda podia ouvir seu riso ressoando com prazer e alegria como se uma grande vitória tivesse sido conquistada:

— Mara, venha comigo. Eu te escolhi. Caminhe comigo.

Uma enxurrada de memórias dolorosas fechava o cerco enquanto ela percorria o espiral até o centro: o pânico de não ser escolhida, o medo de ser deixada para trás, a dor de ser rejeitada. Lá estava Mara novamente, revivendo as cenas em todos os detalhes. Ela se via aos oito anos, brincando sozinha no parquinho, sentada sozinha no ônibus, chorando sozinha em seu quarto. Ela se via aos dezesseis anos, caminhando sozinha para as aulas, comendo sozinha no refeitório, deitada sozinha em uma cama depois que o garoto da casa vizinha havia tomado o que queria, deixando-a confusa, com medo, envergonhada e mais vazia e sozinha do que jamais havia se sentido em toda a sua vida.

Bem, não totalmente vazia e sozinha.

Com o passar das semanas, a náusea atestava tanto o que o rapaz havia levado quanto o que ele havia deixado para trás. A mãe a levou para uma clínica antes que ficasse óbvio para mais alguém, e Mara só perdeu dois dias de aula. Nunca mais falaram sobre isso. Mas o silêncio gritava.

Dois anos e meio depois houve outra cama; outro homem, dessa vez, casado, jurando que ela era tudo o que ele sempre quis e dizendo que ela seria sua esposa se tivesse apenas um pouco de paciência. Então, ela deu à luz um bebê. O rapaz os visitava às vezes, nos fins de semana, e Jeremy o chamava de "papai".

Mara esperou e esperou. Mas ele não a escolheu. Quando a esposa descobriu sobre a amante e o menino de três anos, as violentas ameaças dela foram aterrorizantes. Assim como as dele. Ele gritava e levantava o punho na direção de Mara, ordenando que "a vagabunda imprestável" desaparecesse e levasse junto "esse menino".

Uma viagem de ônibus no meio da noite levou Mara e Jeremy de Ohio para uma cidade do Michigan onde ninguém os conhecia. Kingsbury foi o mais distante que Mara viajou na vida. Foi o mais longe que ela conseguiu com o dinheiro da passagem de ônibus que ele jogou nela.

Ela nunca se esqueceu do momento em que desceu do ônibus para um mundo que cheirava a fumaça e suor. Ela estava desnorteada e distraída, ainda se recuperando do confronto furioso do dia anterior. Jeremy estava cansado e com fome.

— Quero meu coelhinho — disse ele, chupando o polegar.

— O coelho não está aqui. Vou comprar um novo para você.

Como ela pôde se esquecer de trazer o coelho do Jeremy? Ela deixou o apartamento em um frenesi de pânico, pegando apenas algumas roupas.

Ele a encarava com os mesmos olhos cor de avelã do pai.

— Eu quero o meu coelho!

— Eu já disse, Jeremy, vou comprar um novo pra você — ela o puxou pela mão e ele tropeçou atrás dela, o seu lindo garotinho de pele dourada, cabelos escuro e encaracolados, uma imagem esculpida e encarnada do homem que os havia rejeitado. Os olhos de Mara se encheram de água.

Jeremy começou a choramingar.

— Eu não quero um coelho novo. Quero o coelho do papai.

— Você não tem mais o coelho do papai, ok? — Ela olhou a sua volta no terminal de ônibus, tentando descobrir para onde ir.

Para onde poderiam ir?

Ele chorou mais alto.

— Eu quero o papai! Eu quero o papai!

Ela lhe deu uma palmada. Na verdade, um tapa na cara.

— Cala a boca! Você não vai ver o papai! Você não vai ver o coelho! Você nunca mais vai ver nem o papai nem o coelho!

Mara nunca conseguiu expurgar a imagem do pequeno rosto amedrontado em sua mente. Até hoje, a memória a assombrava, tornando-se apenas mais resistente à medida que se esforçava para apagá-la. Jeremy parou de chorar, agarrando sua mão com mais força. Vinte e sete anos depois, Mara ainda podia sentir o aperto amedrontado dos dedos gordinhos agarrando-se à sua mão com um calor pegajoso.

Enquanto vagava pela estação com Jeremy, alguém a viu chorando, um anjo, uma mulher chamada Jo.

— Você está bem, querida? — A mulher perguntou. — Parece estar perdida.

Jo era grande, corpulenta, de pele negra e macia, e por um momento todos os medos de Mara desapareceram.

— Perdi o meu coelho e o meu papai — disse Jeremy, olhando para a estranha de rosto gentil e de queixo trêmulo. — E tô com fome.

Mara nunca soube o sobrenome de Jo, mas anos depois ainda agradecia a Deus por ela. Jo comprou o café da manhã para eles e levou-os para o abrigo Nova Estrada, onde outros anjos da guarda deram a ela um lugar seguro para ficar, comida quente e um coelho novo para o Jeremy. Também deram esperança à Mara. A generosidade deles levou-a até Jesus e finalmente ela disse sim à salvação. Ela sabia como precisava desesperadamente de uma nova vida, mesmo que Deus só a aceitasse por pena, por misericórdia. Pelo menos Deus não a rejeitou.

Mas agora as palavras de Jesus a perseguiam.

Eu te escolho, Mara. Caminhe comigo.

Mara nunca tinha sido escolhida para nada. Nunca. Ela também não tinha certeza se Jesus a havia escolhido.

Nenhuma certeza.

Quando Mara chegou em casa e verificou a caixa de recado do telefone, ficou empolgada ao ouvir uma mensagem do Jeremy: "Oi, mãe! A Abby foi visitar os pais dela e eu pensei se eu poderia aparecer aí um pouco. Posso levar comida chinesa ou pizza. Pode escolher. Me liga, tá bom?"

Mara escolheu frango xadrez com arroz e mais tarde abraçou Jeremy na porta da casa.

— Onde estão o Tom e os garotos nesse fim de semana? — Jeremy perguntou, beijando-lhe a bochecha.

— Foram acampar. Amanhã eles voltam, mais tarde.

Jeremy seguiu Mara até a cozinha e se sentou à mesa, levando as caixas de comida pelas alças.

— Foi muito bom você ter ligado, querido — disse Mara, pegando os pratos e copos do armário.

— Bem, a senhora parecia um pouco pra baixo ontem à noite. Pensei que talvez precisasse de um pouco de ânimo.

Mara não sabia o quanto devia revelar. Dawn tentava ajudar Mara a reconhecer os profundos laços emocionais com o filho mais velho. Isso era verdade. Ela se sentia mais próxima de Jeremy do que do marido. Seu coração pertencia a Jeremy de uma forma que nunca pertenceu ao Tom, e ela precisava encontrar novas formas de superar isso. Mas não hoje.

Ela suspirou.

— Me sinto um pouco presa.

— Tom? — Ele perguntou.

Ela não respondeu enquanto pegava o refrigerante da geladeira e enchia os copos com gelo. Jeremy balançou a cabeça.

— Sério, mãe. Não sei porque a senhora continua com ele.

Mara sabia por quê. Era uma relação mutuamente benéfica, pelo menos por enquanto. Ela previa que eles tinham só mais uns cinco anos, no máximo. Assistiriam a formatura de Brian no Ensino Médio e seria o fim. Tom precisava de Mara para cuidar dos filhos, de modo que pudesse viajar a negócios livremente. Mara precisava do Tom para ter uma casa. Mara nunca cursou a faculdade e não tinha como ganhar dinheiro suficiente para se sustentar. A única coisa que sabia era ser mãe. E, como muitas vezes dizia a si mesma, certamente não era das melhores. Na maior parte dos dias ela não se considerava nem mesmo *boa*. Ela sabia quem os filhos escolheriam se ela e Tom se separassem e não estava pronta para perdê-los. Ainda não.

— Mãe?

— Me desculpa, filho — ela se sentou à mesa e começou a servir a comida nos pratos.

— Eu disse que não sei porque a senhora continua com ele.

— Estabilidade financeira.

Era uma resposta honesta, mas não a mais verdadeira.

— Passei a minha vida fugindo das coisas quando elas ficavam muito difíceis — Mara acrescentou calmamente. — Se o Tom decidir partir, é uma coisa. Mas eu não vou embora.

Além disso, "Deus odeia o divórcio", Mara pensou. Ela não ia fazer mais nada para deixar Deus desapontado. Mudou de assunto.

— Não quero falar sobre o Tom. Me fala de você.

Passaram as horas seguintes falando do novo emprego do Jeremy e da bebê que devia nascer em janeiro. Enquanto Mara ouvia o filho, ela não podia deixar de se maravilhar por ele ter se tornado um jovem tão saudável e responsável. Se sentia agradecida por não ter destruído o filho.

— Tenho tanto orgulho de você, Jeremy — disse Mara, abraçando o filho quando se despediam na porta. — Você se saiu muito bem, filho. Muito mesmo.

Apesar de mim, ela acrescentou só para si mesma.

Jeremy segurou o rosto dela entre as mãos e beijou-lhe a testa.

— Eu tive uma mãe que me amava — ele disse. — E isso é muito mais do que algumas crianças recebem.

Mara esperou até que o carro se afastasse para se desmanchar em lágrimas.

CHARISSA

Charissa passou o verão antes do primeiro ano do Ensino Médio como estudante de intercâmbio na Grécia. Quando voltou para casa em agosto, depois de dois meses e meio de empolgação e aventura, estava ansiosa para se reencontrar com sua amiga de infância, Emily Perkins. Tinha tantas coisas para contar à amiga.

Emily também tinha passado algumas semanas do verão longe de casa, passando por tratamento em um centro residencial para adolescentes com distúrbios alimentares. Quando Emily voltou a Kingsbury durante um fim de semana, Charissa foi visitá-la em sua casa. Não se viam desde o fim do ano letivo.

Nada do que Charissa tivesse ouvido sobre a atual batalha de Emily com a anorexia a deixaria preparada para a aparência alterada da amiga: olhos vazios, rosto encovado, clavículas protuberantes. O lindo cabelão dourado de Emily agora parecia tão fino e frágil quanto seu corpo. Charissa tentou esconder seu choque, porém, concluindo que sua expressão não cooperava, desviou o olhar. Emily sempre tinha sido magra, mas Charissa não acreditava na velocidade que a amiga havia piorado em apenas dois meses.

Não era de se admirar que os pais dela tivessem finalmente decidido interná-la em busca de ajuda. Se ela parecia tão esquálida depois daquele tempo na clínica, como estaria antes do tratamento?

— Estou tão feliz de te ver, Charissa! — Emily exclamou, abraçando-a com braços frágeis. — Saudades.

Charissa murmurou uma resposta e lutou contra a vontade de se afastar.

— *Quero ouvir todas as suas aventuras na Grécia. Eu também tenho muito para te contar* — disse Emily, sorrindo. — *Estou aprendendo muito em alguns dos meus grupos na clínica e quero te contar tudo. E aí? Vamos dar um passeio, que tal? Senti falta dos nossos passeios.*

Charissa olhou para a pulseira da amizade, pendendo frouxa no pulso de Emily e desejou conseguir pensar em algo, qualquer coisa, para dizer.

Charissa havia combinado de encontrar John no estacionamento do Retiro Nova Esperança às 13h, dando a ele um tempo para desfrutar do jogo de futebol de sábado de manhã com um grupo de amigos. Sentada sob uma árvore, ela desempacotou o almoço que John preparou para ela e leu o bilhete: "Desejo que o primeiro dia da sua jornada sagrada seja incrível! Te amo!"

Ela soltou o ar lentamente e encostou a cabeça no tronco. O que ela devia fazer sobre o grupo? Ela não gostava da ideia de não saber o planejamento das aulas. Certamente não conseguia se imaginar guiando seus próprios alunos dessa forma. E o comentário de Katherine sobre querer controlar a própria vida a havia provocado.

Não sou controladora! Sou disciplinada! Charissa protestou internamente, sacando o notebook.

Ela supôs que poderia pelo menos completar a tarefa que Katherine havia passado, só para o caso de decidir voltar na próxima sessão.

Ela abriu um novo arquivo e fitou por um longo tempo a tela em branco, tentando lembrar suas primeiras imagens de Deus.

Avô, ela escreveu. Depois apagou. Muito restrito.

Ajudador. Ela muitas vezes pedia a Deus ajuda e paz quando se sentia sobrecarregada pelo estresse, e não era um milagre pequeno não ter desmoronado sob o peso de seus próprios padrões de realização, implacavelmente altos. Claro, sua mãe insistia que John era o responsável por ter impedido Charissa de criar uma úlcera. Seu jeito alegre e brincalhão fazia um contraponto saudável à sobriedade dela.

Enquanto Charissa mordiscava uma tortilha vegetariana, sua mente vagueou até o primeiro encontro com ele.

Estavam no segundo ano em Kingsbury. John a importunou durante meses para saírem juntos, recusando-se a aceitar um não como resposta. Ele não fazia o tipo dela, muito pelo contrário. Com 1,78, ele era bem mais baixo do que ela, que estava determinada a não sair com ninguém com menos de 1,80 de altura. Ele também falava demais de esportes. Charissa nunca conheceu um atleta seriamente comprometido com atividades intelectuais, e ela estava seriamente comprometida com o mundo acadêmico.

Mas ele simplesmente não desistia.

Cansada, ela finalmente concordou com um encontro — *um!* — decidindo interiormente ser tão fria que ele nunca mais a convidasse para sair.

— Fantástico! — Ele exclamou quando ela revirou os olhos, esfregou as sobrancelhas e disse que sim. Ele parecia uma criança pequena recebendo a promessa de uma viagem à Disney.

Na sexta à noite, naquela mesma semana, às 6h em ponto, John bateu à porta do dormitório dela com uma caixa de cerejas cobertas de chocolate. Certamente, orientado pela colega de quarto de Charissa, pois ela não tolerava atrasos e adorava cerejas cobertas de chocolate.

John disse:

— Provavelmente, eu devia ter te contado que vou te levar a um lugar onde a comida não é grande coisa, mas o ambiente é fabuloso.

Charissa apertou os lábios.

— Excelente — disse, usando seu tom sarcástico muito bem treinado.

Ela era especialista em respostas curtas. Para sua grande decepção, porém, John não parecia notar. Charissa aprumou os ombros e o seguiu pelo corredor.

— Opsss — ele apalpou o bolso. — Me desculpe. Devo ter deixado a carteira no meu dormitório — ele levantou os ombros gentilmente enquanto ela dava um suspiro exagerado e olhava para o próprio relógio. — Está tudo bem, o meu quarto é logo aqui em cima. É só um minuto. Vem! — ela insistiria em esperar por ele no hall, mas não quis desperdiçar o fôlego.

Quando John abriu a porta do dormitório, Charissa reconheceu de imediato a melodia crescente de uma de suas peças favoritas: A *Rapsódia sobre um tema de Paganini*, de Rachmaninov.

— Espero que um italiano esteja ok — ele disse, conduzindo-a para dentro.

No meio do pequeno dormitório havia uma mesinha redonda posta para dois, com uma toalha em xadrez vermelho e branco. Nas prateleiras e mesas de estudo se alinhavam dezenas de velinhas brancas cintilantes e pequenos vasos de cravos vermelhos. Charissa ainda tentava compreender a cena, quando o colega de quarto de John apareceu, vestindo um smoking preto.

— Bem-vinda! Meu nome é Tim, e vou cuidar de vocês esta noite. Posso começar servindo uma bebida?

John puxou a cadeira para Charissa, à espera que ela se sentasse. Espantada, ela olhava para a mesa, de queixo caído.

— Qualquer coisa diet — ela finalmente murmurou, afundando na cadeira.

— Eu vou de Pepsi — disse John.

Tim voltou alguns minutos depois com os cardápios cuidadosamente caligrafados e o refrigerante servido em taças plásticas de champanhe.

— Eu recomendo a lasanha fresca, direto do microondas — disse John, observando o cardápio.

Charissa não conseguiu evitar. Ela riu. Lasanha era o único prato.

— E a salada da casa é uma boa, não é, Tim? — John perguntou.

— É excelente — Tim respondeu. — Vou trazer pão fresco pra vocês.

John e Charissa passaram as quatro horas seguintes conversando sobre música, filmes e literatura. Charissa ficou surpresa ao descobrir que John era um grande conhecedor de poesia. Ela também ficou surpresa com seu senso de humor. Ela nunca havia conhecido alguém que soubesse fazê-la rir.

Ao longo dos anos seguintes, John, pacientemente, superou o modo defensivo dela até que ela finalmente disse sim ao amor dele.

Charissa afastou as divagações sobre o marido e olhou para o relógio: mais trinta minutos. Era tempo mais que suficiente para terminar a tarefa. Ela tamborilou os dedos no teclado do notebook. Quais eram as suas imagens de Deus?

A memória que emergiu a seguir pegou Charissa de surpresa.

Ela estava com 16 anos. Tinha acabado de voltar depois de alguns meses na Grécia, e sua amiga Emily tinha saído da clínica para passar o fim de semana em casa. Charissa foi vê-la — não tinha visto a amiga o verão todo — e saíram para dar uma volta no quarteirão. Enquanto caminhavam, Emily falava de Jesus. Charissa ouvia com um desconforto crescente, desejando que elas falassem de outra coisa, qualquer outra coisa. Jesus a deixava muito inquieta.

Dez anos depois, algo sobre Jesus ainda a deixava muito inquieta.

Não que ela não acreditasse que ele era o Filho de Deus. Charissa era teologicamente ortodoxa, convicta de todos os princípios fundamentais da fé cristã. Mas ficava desconfortável com pessoas como Emily que tinham testemunhos de conversão. Afinal, que tipo de experiência de conversão Charissa poderia ter? Ela havia sido a criança modelo e a estudante modelo. Sim, ela acreditava que Jesus morreu para salvar as pessoas de seus pecados e pedia perdão quando cometia algum erro. Mas não tinha passado por uma experiência que podesse chamar de "nascer de novo". Quando as pessoas falavam sobre si mesmas como "pecadoras" e sobre Cristo como "salvador pessoal", ela se encolhia.

Ajudador.

Ela supôs que essa imagem seria suficiente. Ela escreveu alguns parágrafos sobre o Salmo 46, descrevendo Deus como "um socorro bem presente na angústia" e terminou a tarefa bem prontamente enquanto John estacionava.

— Obrigada pelo almoço! — Ela disse, deslizando para o banco do passageiro. — O que eu faria se não fosse você?

Ele deu um sorriso.

— Passaria fome.

Ela bagunçou o cabelo dele.

— Como foi o futebol?

— O amor da sua vida marcou o lance vencedor do jogo.

— Você sente saudades da sua vocação como atleta profissional, John.

— Você tem razão. Pelo menos teríamos dois carros.

Charissa riu.

— E você, Cacá? Como foi a aula? — John mantinha uma mão no volante e apoiava a outra na parte de trás da cabeça de Charissa, acariciando seu cabelo.

— Não foi nada do que eu esperava.

— Opa... isso não soa bem. Então, foi algum tipo especial de estudo bíblico, ou o quê?

— Não, definitivamente, não foi um estudo bíblico — ela respondeu, transmitindo no tom de voz todo o seu desagrado. — A dirigente começou com uma espécie de exercício de meditação. Ela leu o texto sobre Jesus chamando os discípulos e nos disse pra imaginar que estávamos lá. O que vimos? Sentimos? Ouvimos? Era tudo muito subjetivo. Imagino que deveríamos experimentar o texto de um jeito novo. Mas já ouvi essa passagem tantas vezes que não consegui encontrar nada novo. Depois ela entregou para nós uma folha sobre um certo labirinto. É um grande espiral pintado no concreto que você vai caminhando e orando ao longo do percurso. Não sei, acho que é alguma coisa meio Nova Era. E não tem ementa nem leituras agendadas — Charissa bufou.

— É um pouco estranho, não é?
— Bem, *eu* acho que sim. Que tipo de professor não te dá um plano do curso? Não entendi isso.
— Então, o que você deveria estar aprendendo?
— Não faço ideia. — Charissa enrolou uma mecha nos dedos. — Tudo o que ela disse foi que não queria que avançássemos sozinhos. Depois, passou uma tarefa para pensarmos nas nossas imagens sobre Deus. Eu já fiz enquanto te esperava, mesmo sem certeza se volto. Não sei o que fazer. O Dr. Allen falou muito bem dela e opinou que eu certamente ganharia alguma coisa com isto. Mas não vejo como isso é possível.

Naquela noite, Charissa não dormiu bem. Deitada na cama às 2h e ouvindo a respiração rítmica de John, ela tentava se lembrar do sonho impertinente que a acordara.

Havia uma sala no sótão cheia de livros, e ela, de joelhos, os desempacotava. Ela sabia que se conseguisse abrir todas as caixas, poderia montar uma linda biblioteca. Ela categorizou e colocou em ordem alfabética todos os títulos, preenchendo prateleiras e prateleiras. Mas, quando ela pensava que tinha concluído a última caixa, mais caixas apareciam. Enquanto tentava guardar os livros, alguém batia à porta. Ela continuou trabalhando sem responder, determinada a concluir seu projeto. Mas o toque-toque persistia, cada vez mais alto.

— Pode entrar! — Ela disse, continuando o trabalho.
Mas ninguém entrou, e a batida continuava.
— O que você quer? — Berrou. — Eu já disse para entrar!
A porta não se abriu e então ela viu que estava trancada.
Charissa despertou com o som das batidas ainda ecoando em sua cabeça. Primeiro, pensou que havia alguém à porta e se sentou na beira da cama. Mas havia apenas o tique-taque constante do relógio de parede, marcando os minutos enlouquecedores da insônia.

Charissa pretendia sair da aula de segunda-feira antes que o Dr. Allen pudesse perguntar a ela alguma coisa. Mas, enquanto juntava os livros, ele conseguiu chamar sua atenção.

— Charissa, espere um pouco — disse, interrompendo brevemente o estudante que havia parado para falar com ele.

Ela respirou fundo, terminou de guardar os materiais e esperou que ele terminasse a conversa.

— Venha comigo — ele disse, pegando a própria pasta. — Queria ouvir sobre o grupo da jornada sagrada.

Ela arrumou a expressão facial, disfarçando a irritação atrás de um sorriso calculado.

— Bem, não era exatamente o que eu esperava.

— Continue...

Ele não ia deixá-la escapar.

— Eu pensei que seria uma *aula* sobre oração e disciplinas espirituais. Pelo menos, era o que o panfleto dizia. Eu esperava uma palestra e alguma discussão, em vez disso, foi tudo muito experimental. Sem ementa, sem lista de leituras. Não sei em que direção está indo. Apenas não é o que eu esperava.

— Entendi.

Charissa sentiu desânimo por saber que ele realmente entendia. Dr. Allen possuía famigeradas habilidades de análise literária e, de repente, a vida dela era um texto. Charissa estava acostumada que as pessoas vissem apenas o que ela queria que vissem, mas agora seu professor aparentemente via coisas que estavam escondidas até dela mesma.

Ela não gostou disso.

— Lembre-se, Charissa: as coisas que nos aborrecem, irritam e decepcionam têm tanto poder para revelar a verdade sobre nós mesmos quanto qualquer outra coisa. Aprenda a perseverar nas coisas que te provocam. Você pode encontrar o Espírito de Deus agindo justamente aí...

Chegaram ao escritório e ele virou para encarar Charissa.

— Aprender de verdade exige mais do que uma ementa — continuou. — De fato, às vezes, um programa pode ajudar no caminho, particularmente se o objetivo principal de um estudante é dominar um conteúdo — ele hesitou, analisando-a cuidadosamente. — Você é uma excelente aluna, Charissa. Você é responsável, eficiente e capaz de fazer tudo bem feito. Mas ainda tem muito mais para ver e conhecer — embora seus elogios soassem como uma crítica, Charissa estava determinada a não se encolher nem desviar o olhar. — Entre, só um minuto.

Ela seguiu até o escritório do professor. Ele repousou a pasta, pegou uma foto da escrivaninha e passou para Charissa.

— Você já me ouviu falar da minha paixão por velejar — ele disse.

Charissa olhou para a foto do Dr. Allen com alguns amigos em um veleiro. Alguém conseguiu captar um momento de vela cheia, o vento balançando o cabelo grisalho, o rosto iluminado de felicidade.

— Você já navegou num barco à vela alguma vez? — Ele perguntou.

— Só uma vez com o meu pai quando eu era pequena. Só me lembro de estar sentada na beira d'água, à espera de que o vento soprasse. Meu pai estava muito frustrado, acho que foi a última vez que ele saiu para velejar. Depois ele comprou um barco a motor.

O Dr. Allen riu.

— Exato. Velejar não é eficiente. Por isso mesmo que eu pratico, para meu próprio crescimento espiritual e disciplina — ele deu uma pausa. — Para alguém de personalidade tipo A como eu, é difícil não estar no controle. Gostaria muito mais de definir uma rota e chegar lá sem desvios ou distrações, atravessar a vida como uma corrida de carros, por assim dizer. Então, velejar tem sido um bom treinamento para aprender a ser paciente, esperar pelo vento, discernir como orientar as velas aproveitando ao máximo a energia do vento. Mesmo sem ter qualquer controle sobre o vento, eu posso responder se estiver prestando atenção.

Ele pôs a foto de volta na mesa.

— Por mais que desejemos dirigir nossa própria jornada espiritual — continuou lentamente —, crescer no amor a Deus e aos outros é um processo que não pode ser alcançado pelo esforço próprio. Temos de aprender a cooperar com o Espírito Santo — ele sorriu, enigmático. — Talvez Deus queira revelar algo para você sobre a sua frustração com o grupo.

Seus olhos escuros a estudavam, e ela quase desejou que ele contasse que revelação seria essa. Mas o Dr. Allen sabia que não devia dar informações que ela mesma precisava descobrir. O domínio próprio é o dom de um bom professor, mas naquele momento ela se ressentia por isso.

Naquela noite, ela ficou rolando na cama por muito tempo depois de John adormecer. *Aprenda a se demorar nas coisas que te provocam.* O que isso queria dizer? O Dr. Allen, certamente, provocou-a com seu conselho, mas Charissa não sabia o que fazer a respeito. O que isso ia adiantar, de qualquer jeito? Ela percebeu que desejava nunca ter visto o panfleto do Retiro Nova Esperança, para começar.

John sugeriu que ela desistisse e não voltasse ao grupo se isso a incomodava tanto. Mas Charissa nunca foi de desistir. Especialmente agora que o Dr. Allen estava acompanhando.

Quando deu 5h, ela desistiu de tentar dormir e foi para a cozinha fazer uma xícara de café. Se ia ficar acordada, pelo menos que fosse produtiva. Uma vez que seu plano de leitura bíblica a direcionava ao Cântico de Salomão, ela rapidamente folheou as páginas. Como estudante de literatura, sabia que deveria apreciar o vigor e a beleza daquela poesia antiga. Todavia, como estudante das Escrituras, ela nunca havia entendido seu propósito. Não ensinava nenhuma doutrina e não dava preceitos sobre como viver corretamente. Francamente, as referências sensuais pareciam totalmente inadequadas para o texto sagrado.

O Cântico dos Cânticos era o tipo de livro que os adolescentes podiam ler e apreciar, mas Charissa não via utilidade para ele. Ela estava ansiosa para terminar e poder passar para os profetas.

Ela terminou de ler os Cânticos em menos de meia hora e marcou como cumprido o "devocional" em sua lista de afazeres. Então, ela começou a organizar o closet, decidida a não pensar mais no Dr. Allen.

Ou em velejar.

HANNA

Mamãe às vezes deixava Hanna brincar com os enfeites de porcelana da cristaleira se Hanna prometesse tomar muito, muito cuidado.

— Eles são preciosos pra mim, Hanna. Eles eram da vovó e são muito frágeis.

O favorito de Hanna era um passarinho amarelo com asas em azul e verde. Um dia, ela fez um ninho para o pássaro a partir de uma pequena caixa cheia de bolas de algodão. Em seguida, ela subiu na árvore com todo o cuidado e colocou o ninho em um dos galhos. Mas antes que pudesse descer para dar uma olhada, o ninho se inclinou e o passarinho aterrissou no cimento embaixo.

Quando o papai a encontrou, ela estava escondida atrás da árvore, chorando e ninando o pássaro quebrado. Ele a tomou nos braços e disse para ela não se preocupar. Ele poderia consertar o pássaro, deixá-lo novo em folha e ninguém ia saber que ele havia se quebrado. Hanna parou de fungar e entregou o pássaro.

O pai estava certo. Quando ele terminou de consertar, ficou como novo. Ela mal conseguia ver as rachaduras.

Na verdade, se você não soubesse que elas estavam lá, nunca perceberia.

Hanna se sentou no Café da Jill com o notebook aberto verificando seu e-mail da igreja. Nada. Em menos de duas semanas ela passou de se queixar de ter muitas mensagens na caixa de entrada para se ressentir porque ninguém precisava dela.

No início, ela tentou fingir que estava de férias luxuosas. Ela leu, fez caminhadas, passeou pelas lojas e galerias na cidade mais próxima de Lake Haven.

Ela viu o pôr-do-sol e alimentou os pássaros. Também leu as revistas turísticas de West Michigan, fez compras na feira dos produtores, colheu as próprias maçãs em um pomar local e participou de um concerto ao ar livre de uma banda local. Entretanto, depois de alguns dias relaxando, ela estava pronta para voltar para casa.

Ela fechou a caixa de entrada vazia e verificou o site de notícias da Westminster: retiro de jovens, seminários de treinamento para liderança, distribuição de alimentos. Sua substituta estava liderando um grupo feminino de oração e um estudo bíblico em Romanos. Nada de novo por aqui. Romanos era uma escolha ambiciosa para uma recém-graduada do seminário.

Steve estava pregando uma série chamada "Encontrando novamente a esperança", mas os arquivos de áudio não estavam disponíveis no site. Talvez ela devesse ligar para o escritório da igreja e ver se enviavam a ela as pregações. Ela precisava de alguma esperança.

E também queria uma desculpa para ligar para a igreja.

Ela discou o número.

— Westminster, boa tarde. Aqui é a Annie. — Só de ouvir a voz da recepcionista já era uma forma de se conectar à sua antiga vida, sua antiga vida de duas semanas atrás.

— Oi, Annie, é a Hanna. Como você está?

— Olha só! Tudo bom, Hanna! E você, como estão as coisas? Como vai o seu tempo sabático?

Péssimo. Ela estava odiando.

— Fantástico! — Hanna exclamou. — Aqui é muito bonito. Mas tenho saudades de todos. Quais as novidades por aí? — Hanna tentou parecer que não estava ansiosa por detalhes. Não estava. Não mesmo.

— Ah, você sabe como é setembro, tudo começando ao mesmo tempo — respondeu Annie. — Está bem agitado aqui. Mas a Heather está fazendo um ótimo trabalho. Ela se encaixa perfeitamente, muita energia e paixão. Então, não precisa se preocupar com nada. Ela está com tudo sob controle.

Hanna nunca se preocupou se Heather seria incompetente. Só ficou desapontada com a facilidade com que foi substituída.

— Imagino que você ouviu falar sobre o George Connelly, não? — Annie perguntou.

— Ah... não... o que aconteceu? — Houve uma pausa estranha.

— Ah. Pensei que talvez fosse por isso que você estava ligando. O George teve um ataque cardíaco e ontem fez uma cirurgia de ponte de safena. Mas acho que ele está bem. Steve passou hoje no hospital com a Lindy. Acho que vão mandar o George pra casa daqui a quatro ou cinco dias, se der tudo certo.

Hanna não podia acreditar que ninguém tinha telefonado para ela. Ainda que ela não fosse particularmente próxima de George e Lindy, os Connellys eram membros da Westminster há anos.

— O Steve ainda está no hospital? — Hanna perguntou.

— Não, ele voltou. Acho que está no escritório. Quer falar com ele?

— Sim, por favor. — Hanna esperou enquanto Annie transferia a chamada. Por que o Steve não ligara pra ela? Foi uma completa falta de consideração da parte dele deixar Hanna assim, por fora de tudo.

— Oi, Hanna. — Steve parecia cansado. Ou seria apenas impressão dela?

— Oi, Steve. — Ela não ia perder tempo com conversa fiada. — A Annie estava me falando do George. Como ele está?

— Está aguentando bem.

— E a Lindy? Como está lidando com tudo isso?

— Ela está cansada, mas está bem. Se sentindo grata e aliviada pela cirurgia ter corrido muito bem.

Mentalmente, Hanna já estava de malas prontas. Ela poderia chegar lá em três horas. Ela estava a algumas horas de sua vida antiga.

— Steve, que tal se eu aparecesse aí por uns dois ou três dias e ajudasse com as visitas no hospital? Posso chegar aí em poucas horas.

— Não, Hanna. — A voz dele era firme. — Existe uma razão porque eu não te liguei. Concordamos com os limites antes de você viajar, lembra?

Ela suspirou.

— Eu sei... mas... não tem nada acontecendo por aqui, e se eu pudesse ser útil...

— Hanna, sei como isso é difícil pra você.

Não, não sabe. Nem de longe.

— Não ter nada acontecendo é o objetivo. Você deveria estar descansando. Mais do que isso, eu te contei que vi sinais de alerta de que você construiu toda a sua identidade em servir e estar ocupada. Mesmo agora estou ouvindo esse desejo compulsivo de ser útil, de ser necessária. Isso não é bom, Hanna.

Ela não queria ouvir isso. Não queria mesmo.

— Espero que confie no meu coração o suficiente para saber que quero o seu bem, mesmo quando digo coisas que você não quer ouvir.

Ela reconheceu o tom de voz dele. Não tinha negociação. Sem discussão.

Ele estava mudando a direção da conversa.

— Me conte, o que você anda fazendo enquanto está longe? Você se inscreveu no grupo de formação espiritual que você mencionou no e-mail?

— Sim — disse Hanna, tentando esconder a decepção. — Tivemos a primeira sessão no sábado passado. Acho que vai ser bom.

— Maravilha — ele fez uma pausa, e ela desejou que pudesse analisar as expressões faciais ou a linguagem corporal de Steve. Ele estaria no modo pastoral outra vez?

— Hanna, penso que também poderia ser útil você ter um mentor espiritual nesse tempo que está aí. Este descanso sabático é uma cirurgia radical, e você não pode operar a si mesma. Você vai precisar de ajuda — Hanna não conseguiu pensar em nada para dizer, por isso ficou em silêncio. — Talvez a pessoa que lidera o seu grupo possa te apontar a direção certa. Você precisa processar o luto e isso leva tempo. Você sabe disso. Vai precisar atravessar o processo de ser pastoreada, como fez por tantas pessoas. E você não pode fazer isso sozinha.

Hanna não pediu nenhuma cópia da série de sermões. Ela já tinha o suficiente da voz de Steve em sua cabeça.

23 de setembro, 19h

Estou aqui sentada na varanda, olhando para um lago cintilante e achando difícil de acreditar que estou aqui na cabana faz só duas semanas. Parece que já faz uma vida. Imagina, como vou sobreviver a isso por nove meses? Por um lado, penso que é melhor adotar o hábito de escrever um diário regularmente. Caso contrário, não vou dar conta de processar tudo o que se passa dentro de mim neste momento. São muitas coisas girando em volta.

Não consigo tirar a voz do Steve da minha cabeça, dizendo que tenho "um desejo compulsivo de ser útil". Sério? Tudo que eu sempre quis foi ser uma serva fiel. Nada mais. Passei os últimos quinze anos entregando a minha vida pela igreja porque foi para isso que eu fui chamada. Sou chamada a ser fiel e obediente. Eu queria tanto agradar a Deus, ouvir as palavras: "Muito bem, serva boa e fiel". Foi uma bênção não ter formado uma família, porque a igreja já demandava toda a minha energia. Até a última gota.

Steve alega que preciso passar pelo meu próprio processo de luto, e imagino que ele tem razão. Preciso definir as coisas que morreram. Preciso confrontá-las para deixá-las partir.

Vamos lá. Fui afastada da minha casa, dos meus amigos, da minha rotina. Isso é óbvio. Perdi meu trabalho que amava. Foi difícil ouvir como a Heather está indo bem. Detesto admitir que me sinto ameaçada por ela, mas admito. Sinto-me ciumenta e ameaçada. Acho que estou de luto por ter sido tão fácil me substituir. Não sou indispensável. Será que eu dependo que as pessoas precisem de mim? Não sei.

Talvez o Steve tenha razão quando diz que não posso ser a minha própria cirurgiã. Talvez pergunte à Katherine no sábado se ela pode recomendar alguém para caminhar comigo.

Só não sei o que devo fazer.

Quando o celular de Hanna tocou na quinta de manhã, ela ficou contente por ouvir a voz de Nancy.

— E aí, Hanna, como vão as coisas? Tudo tranquilo por aí? Precisando de alguma coisa?

Hanna olhou pela janela para a grande imagem emoldurada, observando uma aranha pendurada no beiral por um fio.

— O chalé é maravilhoso, Nancy. Muito bonito.

— Que bom. Espero que esteja tudo muito confortável pra você.

Fisicamente, sim. Espiritualmente, não, ela pensou.

Em voz alta, disse:

— Você não deixou escapar nenhum detalhe, Nancy. Obrigada. Tenho tudo o que preciso para relaxar.

Ela só não sabia como fazer isso.

Nancy suspirou.

— Olha, Hanna... eu prometi te ligar se acontecesse alguma coisa importante aqui. — Hanna se preparou. — George Connelly faleceu ontem.

Uma onda de náuseas atravessou Hanna, e ela se inclinou para a frente.

— Ai, Nancy...

— Eu sei — Nancy murmurou. — A igreja está arrasada. Não paro de pensar na Lindy e nas quatro menininhas.

Hanna correu para a própria zona de conforto. Ela sabia estar ao lado de famílias enlutadas.

— Vou jogar umas coisas dentro do carro e chego aí em poucas horas. Quando vai ser o velório?

— No sábado.

Sem problemas. Hanna poderia pular a reunião da jornada sagrada. Era mais importante para ela estar em Chicago.

— Hanna... eu já falei com o Steve hoje de manhã. Ele tem tudo sob controle aqui. Ele acha importante que a Heather desempenhe sua função neste momento, e ela não vai conseguir fazer isso se você estiver aqui.

Houve um silêncio.

— Hanna?

— Vou ligar pro Steve.

25 de setembro, 21h

Passei o dia todo caminhando na praia. Não sabia mais o que fazer comigo. Nancy ligou hoje de manhã com a notícia de que o George faleceu ontem. Ele deixou a esposa Lindy e quatro meninas. Me sinto desolada por dentro. Completamente desolada. O funeral é no sábado e estou tentada a dirigir até lá. Mas o Steve me disse de manhã que deseja que eu pense profundamente nas minhas razões para querer ir.

Estive pensando nisso hoje e percebi que só iria por mim mesma. Eu iria fingir que estava lá pela Lindy, mas a Lindy não precisa de mim nesse momento. Não temos nenhuma ligação pessoal profunda uma com a outra e não há nada que eu possa oferecer que outras pessoas não estejam oferecendo agora. Detesto admitir isso. Detesto admitir que toda a minha razão para voltar a Chicago seja completamente egoísta, uma forma de me inserir novamente naquele mundo para receber atenção e afirmação. Como um vício. Steve tem razão. Tenho um desejo compulsivo de ser necessária.

Quando foi que me tornei uma pastora tão dependente emocionalmente?

Nancy me contou mais uma pequena parte das notícias pastorais. Mark e Christina Cooper descobriram ontem que perderam mais um bebê. Fiz o funeral de Adelaide, a bebezinha ainda tão pequena que perderam dois anos atrás. Meu Deus, por quê? Já faz anos que centenas de pessoas oram por eles e continuam sofrendo essas perdas.

Odeio o sofrimento deles. Especialmente, quando está no seu poder dar a eles um filho, Senhor. E esse é o meu problema. Se eu não acreditasse tão apaixonadamente que o Senhor tem o poder de intervir na vida das pessoas, então não me magoaria tanto quando o Senhor não o fizesse.

Pronto. Falei.

Sabe o que eu percebi hoje? Eu vi que a minha primeira imagem de Deus morreu faz muito tempo, e eu nem sabia disso.

Minha primeira imagem de Deus foi o Pai que consertava as coisas. Como meu pai. Ninguém conseguia consertar coisas como o papai. Hoje estava pensando no Urso Marrom e como a dona Betty tentou consertá-lo depois de um dos olhos se perder. Fiquei tão chateada quando ela o trouxe de volta. Ele não era o mesmo urso, e eu chorei e chorei. Papai me encontrou chorando no quarto, me abraçou e disse que ia encontrar novos olhos que me reconhecessem. Ele me prometeu que tudo ficaria bem. E ele estava certo. Não sei onde ele conseguiu encontrar os olhos para o meu urso, mas ele o restaurou, novinho em folha. Não havia nada que papai não pudesse consertar.

Até que...

Até que tudo implodiu, e eu percebi que nem meu pai conseguiria consertar aquilo.

O papai não tinha o poder de fazer tudo ficar bem. E foi quando comecei a procurar Deus para consertar as coisas partidas. E pouco a pouco Deus consertava.

E eu confiei nele.

Eu confiei em ti, Senhor. Eu te vi curar, consertar e restaurar tantas coisas, que passei a acreditar que não havia nada que o Senhor não pudesse fazer. O Senhor era o meu Pai Celestial, que consertava fielmente o que estava quebrado. Essa foi a minha primeira imagem de ti.

Mas o Senhor não conserta as coisas. Não conserta. Já vi jovens mães morrerem de câncer de mama. Enterrei crianças. Chorei com pais de adolescentes mortos por motoristas bêbados. Me sentei na primeira fila vendo a dor e a desilusão deles contigo, Senhor. Não tinha percebido até hoje o quanto essa dor me afetou. O peso acumulado das perdas de outras pessoas tem corroído constantemente a minha própria fé e esperança. Só hoje eu percebi. É como se a desilusão tivesse chegado tão silenciosamente, que não sabia que estava lá até ter falado em voz alta.

Hoje não parei de pensar em João 11. Marta e Maria mandaram avisar Jesus que o irmão delas, Lázaro, estava doente.

"Aquele que amas está doente, Senhor", elas disseram.

Elas viram Jesus curar desconhecidos. Ouviram que ele dava uma palavra à distância e alguém era curado. Então, certamente Jesus viria curar um amigo, não? Ou pelo menos enviar o poder curativo de Deus através de uma palavra de vida, certo?

Errado.

Jesus amava Lázaro, então continuou onde estava. Ele não veio. Sim, eu conheço o final da história. Sei que a demora de Jesus foi para que a glória de Deus fosse conhecida ao ressuscitar Lázaro dos mortos. Mas hoje eu estive como Marta, confrontando e acusando Jesus com as palavras:

— Senhor, se estivesses aqui... se pelo menos o Senhor estivesse ali, pelo Mark e pela Christina. Pelo George e pela

Lindy. E por todos os outros com quem chorei. Sim, eu sei que este mundo não é tudo o que temos. Sei que há ressurreição. Sei que estás aqui para nos confortar e chorar conosco. Mas às vezes me sinto tão desapontada. Tão desiludida. Isso me pesa tanto agora. É muito pesado. Eu não sei o que fazer a respeito. Me ajude, Senhor. Por favor.

MARA

Mara tentou agarrar a mão de Julie Conner o mais apertado que pôde. Ela sabia que o outro time a identificava como o elo mais fraco da corrente e estariam mirando nela.

De novo.

Enquanto o time de Red Rover da Mara entoava as palavras.

— Tá na hora, tá na hora, mande Audrey agora — Mara cerrou os dentes e fechou os olhos. Quando Audrey rompeu facilmente a defesa de Mara, seu time murmurou. Mara sentiu o rosto esquentar enquanto Audrey regatava Julie para o outro time.

— Muito bem, pessoal — a capitã adversária gritou. — Preparem-se para a Baleia! Tá na hora, tá na hora, mandem Mara agora!

Mara abaixou a cabeça e os ombros e correu com toda a força que pôde, direto para as mãos unidas da Denise e da Kristie. Mas quando chegou à outra linha, Kristie e Denise se soltaram. Mara caiu de cara no chão, o vestido subindo pela cintura e expondo a roupa de baixo cinza desbotada. As outras meninas se contorciam de tanto rir.

— Ela é tão gorda que fiquei com medo de quebrar meu braço! — Denise exclamou.

— Ainda bem que você soltou, Denise — disse Kristie, ainda rindo. — Você podia ter sido esmagada!

Mara se levantou, alisou o vestido e voltou para seu próprio time, trazendo Kristie consigo. Se pelo menos a senhorita Pierce estivesse assistindo! Mas a professora estava profundamente engajada em uma conversa com outro professor por cima da gaiola do parquinho, de costas para o campo. Mara não ia dedurar desta vez. Isso só ia piorar as coisas.

— Ei, Mara! — *A capitã dela zombou enquanto Mara limpava na saia as mãos enlameadas e pegava a mão de Kristie.* — Espero que continuem pedindo você. É o único jeito de você ganhar uns pontos pra nós! Pessoal! — *Ela gritou para a outra equipe.* — Continuem gritando pela Baleia, ok? Ela é a nossa arma secreta!

E todos riram mais uma vez.

— Então, Mara, me fala mais sobre a sua imagem de Jesus quando ele te escolheu.

Mara estava sentada no consultório da Dawn, fitando um remendo desgastado no braço da cadeira. Ela imaginou se algum dos outros pacientes da terapeuta evitava o contato visual olhando fixamente para o remendo.

— Não sei mais o que dizer sobre isso — ela continuava contando cada um dos fios do tecido. — Eu só queria que fosse real.

— Que diferença faria pra você se realmente tivesse acontecido, se Jesus realmente tivesse escolhido você para andar com ele e ser sua discípula?

Mara puxava os fios e alisava com os dedos.

— Eu me sentiria especial, eu acho. Nunca fui escolhida em nada, a minha vida toda.

Nem mesmo por Tom, ela pensou. A maioria das mulheres podia, pelo menos, dizer que foram escolhidas por seus maridos. Mara não. Quando ela ficou grávida de Kevin, Tom ficou temeroso que ela abortasse novamente. Então, ele se casou com ela.

Ele escolheu o Kevin, não a Mara.

— Se Jesus não te escolheu, Mara, como você se tornou discípula dele?

Mara parou de mexer no estofado e começou a girar a aliança de casamento. Voltas e voltas e voltas.

— Eu o escolhi, eu acho. E como Jesus nunca rejeita ninguém, ele teve que dizer sim. — Foi a primeira vez que ela foi tão franca sobre isso. — Jesus não disse em algum lugar que nunca manda ninguém embora? — Ela levantou os olhos e encontrou o olhar da Dawn.

Dawn respondeu:

— Jesus também disse: "Não foi você que me escolheu, mas eu te escolhi". Jesus *escolheu você*, Mara. Você não era apenas uma sobra que Deus tinha que levar, simplesmente porque estava ali parada. Deus não te escolheu por pena. Jesus realmente te escolheu para estar com ele porque ele te ama e quer estar com você — os olhos de Mara ficaram cheios d'água, e ela desviou o olhar. — O momento em que você realmente acreditar nisso — Dawn disse suavemente —, é o momento em que tudo mudará pra você.

Mara empurrou o carrinho de compras para cima e para baixo pelos corredores do supermercado, tentando processar o que Dawn havia dito sobre ser amada e escolhida. Que diferença faria? Como alguma coisa poderia mudar? Ela ainda estaria presa em um casamento sem amor. Ela ainda suportaria as consequências de uma vida inteira de escolhas ruins. Que diferença faria?

Enquanto procurava uma caixa de granola, algo no pulso direito chamou sua atenção. Ao longo dos anos, a tatuagem tornou-se uma parte tão familiar de suas características físicas que Mara mal notava. Ou talvez tivesse aprendido a ignorar. Agora a imagem a olhava de volta, diretamente para ela: o desenho do olho que tudo vê.

Ela havia feito a tatuagem pouco depois de encontrar a fé, um lembrete de que o Deus que ela havia encontrado em seu próprio deserto de medo e confusão era o mesmo Deus que Hagar, a escrava, encontrou no deserto.

El Roí, o "Deus que vê".

A história de Hagar, em Gênesis, ressoou profundamente em Mara quando ela a ouviu pela primeira vez em uma pregação no abrigo Nova Estrada. Hagar também tentava escapar, fugindo de sua senhora abusiva para salvar sua própria vida. Ela estava grávida, assustada e sem esperança. Mas Deus a encontrou no deserto e revelou a sua presença e as suas promessas.

Deus também havia encontrado Mara e o pequeno Jeremy enquanto vagueavam no terminal de ônibus de Kingsbury. Deus deteve Mara no meio de sua rota de fuga com uma mensagem de esperança através de servos fiéis do abrigo Nova Estrada.

El Roí, o Deus que viu Mara.

O que começou como um símbolo de compaixão, no entanto, rapidamente se deteriorou num sinal de julgamento. Ela havia marcado a si mesma com um lembrete indelével de que Deus cuidava dela. Todavia, sem que percebesse a mudança, a imagem se transformou em um alerta severo de que um Deus santo a observava a cada passo, examinando sua vida com uma expressão condenatória. Ela passou a ter esperança de que o olhar divino tivesse o poder de assustá-la contra as tentações e mantê-la em obediência. Ela ansiava desesperadamente que essa lembrança de Deus olhando para ele aprisionasse sua busca compulsiva por encontrar amor e aceitação nos braços de homens que sabiam falar as coisas do jeito certo.

Em vez disso, o olho a acusava, condenava e constrangia sempre que ela tropeçava.

Então, ela se casou com Tom quando ele sugeriu, esperando que Tom fosse capaz de salvá-la de seu pecado. Mas Tom não era o messias que a resgataria, como tanto esperava.

Sim, ele lhe deu um leito matrimonial, uma casa e segurança financeira; mas Tom não tinha a solução para a vergonha, o remorço e a culpa que Mara sentia.

Mesmo conhecendo os detalhes do passado dela, ele nunca pensou neles como particularmente significativos. Durante seus quinze anos juntos, Mara perdeu a conta de quantas vezes ele lhe disse:

— Deixa isso pra lá, ok? Um monte de mulheres aborta. Muitas pessoas têm encontros e dormem juntos. Se a sua fé te faz sentir culpada por tudo, então eu quero que você largue essa bobagem de Deus e seja livre.

Mara suspirou enquanto enchia o carrinho de compras com coisas que não deveria comer.

O que significava para ela chamar Deus de *El Roí*? Katherine disse ao grupo que considerassem suas próprias imagens de Deus. Talvez ela devesse ler de novo a história de Hagar.

Os dias foram passando e Mara continuava arranjando desculpas. A correria das atividades extracurriculares dos filhos a manteve ocupada. Quando ela terminou de levá-los de um lado para o outro entre a escola, o futebol, o treino de corrida e os escoteiros, Mara já estava exausta.

Dawn insistiu que sua experiência de se imaginar na história da Bíblia havia sido uma visão de Deus.

— Você se encontrou com Jesus de uma maneira muito impactante enquanto escutava a história dele escolhendo seus discípulos — disse Dawn. — Pense no que significa ser escolhida por Jesus.

Mas Mara não tinha energia para pensamentos profundos sobre Deus. Ela estava cansada. Muito cansada. Já gastava toda a força física, emocional e mental só para cuidar da família.

Uma noite, ela se sentou no sofá depois de os filhos irem para a cama, enquanto isso assistia a um reality show com um pote de sorvete de chocolate no colo. O que havia de errado com ela? Se ela podia ficar horas sentada na frente de um entretenimento bobo, não podia encontrar tempo para Deus? Ela devia estar lendo, orando, buscando. Especialmente se Dawn estivesse certa sobre Jesus a ter escolhido.

Se Dawn estiver certa.

Mara encarou a tatuagem, e a tatuagem a olhou volta. Sem variação. Sem pausa. *El Roí* observava cada movimento, e *El Roí* estava desapontado com ela. Outra vez.

Ela não podia aguentar. Ela não suportava mais a culpa. Se a jornada sagrada ia fazer que sentisse culpa, talvez Tom tivesse razão. Ela não precisava de mais culpa.

Mudando sua posição no sofá, Mara pegou o controle remoto e mudou de canal.

MEG

Em uma brilhante tarde de outono, quando Meg chegou da escola, a casa estava trancada. Ela chamou e chamou a mãe, mas sem resposta. Sem saber o que fazer, ela se sentou nos degraus da varanda da frente e começou a chorar.

Onde a mãe estaria?

À medida que os minutos passavam, ela ficava cada vez mais apavorada. Talvez alguma coisa tivesse acontecido com sua mãe. Talvez algo terrível tivesse acontecido e a mãe nunca mais voltasse. Que nem o papai. Algo terrível tinha acontecido com o papai, e Jesus o levou para o céu. Ela chorou mais alto.

Naquele momento, a Sra. Anderson, vizinha do lado, estava chegando em casa. Ela veio e se sentou ao lado de Meg, colocando o braço em volta dela.

— Está tudo bem, minha flor — ela disse. — Tenho certeza de que ela já vai chegar. Faz assim: vamos pra minha casa e esperamos juntas, que tal? Eu tenho biscoitos de chocolate que fiz hoje cedo e preciso que alguém me ajude a comer.

Ainda choramingando, Meg se agarrou à mão da Sra. Anderson e seguiu até a casa, onde ficou vigiando a rua pela janela da frente.

Quando a mãe estacionou na entrada quinze minutos depois, Meg correu até ela, soluçando.

— O que está acontecendo? — A mãe perguntou.

Meg se agarrou nela, ofegante, incapaz de falar.

A Sra. Anderson chegou em seguida e deu uma palmadinha gentil na cabeça de Meg.

— *Meg ficou preocupada quando chegou e você não estava* — *ela explicou, afagando os cachos loiros de Meg.*

A mãe se soltou do abraço de Meg.

— *Eu só fui ao mercado, Meg.*

Agradeceu rapidamente à Sra. Anderson pela ajuda e levou as sacolas de compras para dentro.

A Sra. Anderson se ajoelhou na frente de Meg, limpando as lágrimas das bochechas da menina.

— *Está tudo bem, querida. Está tudo bem. Que tal se eu falar com a sua mãe mais tarde e combinar uma hora pra você me ajudar a fazer mais biscoitos? Você gostaria?* — *Meg concordou, ainda fungando.*

A Sra. Anderson se aproximou e beijou a testa de Meg. Em seguida, Meg correu atrás da mãe.

Meg chegou ao Retiro Nova Esperança, às 8h, no último sábado de setembro, dessa vez com calçados confortáveis. Quando chegou ao pátio, ficou aliviada por ser a única ali. Ela queria caminhar e orar antes do seu grupo das 10h, sem ser observada ou analisada.

Na entrada do labirinto, ela tentava juntar a coragem para dar o primeiro passo. E se ela fizesse errado? E se ela ficasse perdida e confusa?

E se ela não ouvisse nada de Deus? E se?

Incapaz de conter a enxurrada de pensamentos ansiosos, Meg tentou orar uma das poucas passagens da Escritura que conhecia de memória: "O Senhor é o meu pastor; nada me faltará. Ele me faz deitar em pastos verdejantes; guia-me para as águas tranquilas. Renova a minha alma".

Sua mente deu um branco e não se lembrava mais do resto. A Sra. Anderson havia ajudado Meg a memorizar o Salmo 23 quando ainda era muito pequena, mas agora ele tinha evaporado.

Meg parou, sobrecarregada pelo sentimento de decepção e desaprovação. Sem se preocupar em concluir o caminho até o centro, ela simplesmente deixou o labirinto e seguiu até um banco no canto. Ela era ridícula. Completamente patética. Por que, afinal de contas, ela pensou que seria capaz de fazer uma jornada sagrada? A mãe tinha razão. Havia muitas coisas que eram difíceis demais para ela. Ela era fraca. Muito fraca. Ela escondeu o rosto nas mãos.

— Bem, Meg, você está aqui, de calçados confortáveis, pronta pra caminhar.

Meg se assustou. Ela não ouvira ninguém se aproximar. Secando os olhos, deu de cara com o rosto sorridente de Katherine.

— Me perdoe — disse Katherine gentilmente, sentando ao lado dela no banco. — Meu escritório tem vista para o pátio e reparei que você não andou muito tempo — ela entregou à Meg um lenço de papel. — Eu não ia interromper, mas enquanto olhava tive a nítida impressão de que você não deveria ficar sentada sozinha.

Meg assoou o nariz o mais delicadamente possível.

— Não sei o que tem de errado comigo — murmurou. — Não sei. Eu não sabia como desligar todas as vozes na minha cabeça, então eu tentava orar alguns versículos da Bíblia que aprendi quando era pequena, mas não consigo mais me lembrar deles. Por muitos anos eu orava o Salmo 23 todas as noites na hora de dormir. E agora não lembro nada além das primeiras linhas. Não é ridículo?

Katherine tocou levemente no ombro de Meg.

— Não é nada ridículo — garantiu. — Veja o que você já tem e medite sobre isso. Talvez tenha algo nessas primeiras linhas que o Espírito quer que você perceba. Do que você lembra?

Meg fechou os olhos para se concentrar.

— "O Senhor é o meu pastor; nada me faltará. Ele me faz deitar em pastos verdejantes; guia-me para as águas tranquilas. Renova a minha alma." Só até aqui. Não passa disso — então assoou o nariz novamente.

Katherine disse:

— Você poderia passar uma vida inteira contemplando a beleza e a riqueza dessas frases. Qual delas fala com você hoje?

Meg soube imediatamente a resposta a essa pergunta. Desde pequena, ela amava a imagem de Deus como um pastor. Ela se lembrava das figuras em uma Bíblia infantil na casa da Sra. Anderson. A sua favorita era um desenho de Jesus, o Bom Pastor, com um cordeirinho sobre os ombros. Ele havia deixado as 99 ovelhas para encontrar a que estava perdida.

— Acho que a minha primeira imagem de Deus foi o Bom Pastor — respondeu Meg. — Minha vizinha costumava cantar pra mim uma canção quando eu era pequena e, desde então, cantava essa canção sempre que sentia medo.

Meg ficou surpresa com a rapidez que as palavras vieram à sua mente e disse em voz alta.

— "Jesus, bom Pastor, me ouve; cuida do teu cordeirinho; me acompanha em densa noite; põe-me a salvo até dormindo." Acho que foi por isso que gostei tanto da imagem. Sempre que eu pensava em Jesus como o doce e bom Pastor, eu não tinha mais medo.

Katherine concordou com a cabeça.

— Que lindo! — Disse ainda com a mão pousada no ombro de Meg. — Então agarre essa como a sua imagem de Deus hoje. E, enquanto você caminha, vou ficar sentada aqui, orando por você.

Respirando profundamente, Meg foi até a entrada do labirinto e ficou parada. *O Senhor é o meu pastor. O Senhor é o meu pastor.* Ela começou a andar devagar e com cautela, concentrada no caminho sinuoso para não se perder. *O Senhor é o meu pastor. Nada me faltará. Ele me guia, me orienta e me protege.*

Ele me convida para descansar. Ele me procura quando estou perdida. Não preciso ter medo. Por que estou sempre com tanto medo? Jesus, doce Pastor, me ouve. Me ajude a não ter medo.

Enquanto ela seguia o caminho sinuoso em direção ao centro, sua imaginação vagava. Ela viu um cordeirinho, perdido, sozinho, assustado, berrando dolorosamente pela mãe. Mas não apareceu ninguém. O tempo escurecia rapidamente e o cordeiro se deitou, exausto de tanto chamar. Como o pastor o encontraria? À distância, Meg ouvia os uivos dos lobos.

Venha depressa! Ela suplicou. *Venha depressa!*

Meg o ouviu antes de vê-lo: o pastor assobiava enquanto vinha pelo caminho. Quando ela ouviu o som da sua voz, seu medo evaporou como um nevoeiro à luz do sol. Ela o viu pegar o cordeiro, abraçá-lo com ternura, limpar-lhe o focinho, falar com ele suavemente e o tranquilizar. Sua voz pareceu vagamente familiar enquanto dizia essas palavras de conforto.

— Não se preocupe, pequenino, está seguro. Te encontrei. Você é meu. Ninguém pode te arrebatar das minhas mãos.

Você é meu. Você é meu.

E se ela realmente acreditasse que pertencia a Jesus? E se o pastor realmente a encontrasse quando ela se sentia perdida e com medo? E se a certeza da sua presença fosse suficiente para lhe dar força e coragem? E se?

Ela parou no centro do labirinto, contemplando a presença de Deus. Ela desejava crer nas promessas de Deus. Ela ansiava por uma fé mais forte. *Me ajuda a confiar em ti, Jesus. Me ajuda a confiar em ti. Por favor.* Enquanto orava, outro verso do Salmo apareceu, e ela o segurou na jornada.

— "Quando eu tiver de andar pelo vale da sombra da morte, não temerei mal algum, porque tu estás comigo."

Tu estás comigo. Tu estás comigo. Me ajuda a andar contigo, Jesus. Por favor. Ela avançou através das curvas e das voltas. *Tu estás comigo.*

Quando terminou a jornada, Meg se sentou ao lado de Katherine no banco. Pegando uma pétala de rosa, começou a esfregá-la lentamente entre os dedos.

As duas mulheres compartilharam o silêncio de oração que pairava por um longo tempo antes de Katherine perguntar suavemente:

— Como foi a sua caminhada com Deus?

Meg balançou a cabeça para um lado e para o outro.

— Não sei se eu fiz direito — ela contou como havia orado e o que tinha visto. — Foi tudo imaginação minha — concluiu.

— E não posso confiar nisso. Minha imaginação está sempre me trazendo problemas.

— Como assim?

Meg soltou a pétala de rosa e a viu flutuar até ao chão.

— Minha mãe sempre me disse que eu tinha uma imaginação fértil. Eu sempre imaginava coisas ruins que poderiam acontecer, estava sempre com medo. Então, quando coisas terríveis aconteceram — ela respirava devagar e profundamente para se acalmar. — Quando coisas terríveis aconteceram — ela sussurrou —, eu fiquei com ainda mais medo. E nunca deixei de ter medo.

Katherine passou o braço em volta dos ombros de Meg, mas não disse nada.

Meg suspirou.

— Gostaria de acreditar que o que eu imaginei é de alguma forma verdade. Quer dizer, eu sei o que a Bíblia diz sobre Jesus ser o bom Pastor, mas não havia pensado em mim mesma como uma ovelha perdida — ela fez uma pausa. — Foi tão poderoso e reconfortante quando imaginei que ele me encontrava, me salvava e me dizia que eu era dele. Por um momento, foi como se todos os meus medos tivessem se dissipado.

Katherine apertou o ombro de Meg suavemente.

— Deus te deu um presente maravilhoso, Meg. Sua imaginação é um dom maravilhoso, uma vulnerabilidade também, mas ainda assim uma dádiva.

Uma dádiva? A imaginação de Meg sempre pareceu mais uma fraqueza do que um presente, o veículo em que ela corria a uma velocidade vertiginosa para os piores cenários. Ela viveu em milhares de realidades potenciais ao longo dos anos e a maioria delas nunca se materializou. Era muito cansativo.

— Jesus também tem uma imaginação maravilhosa — continuou Katherine. — Ele tem uma maneira incrível de convidar os ouvintes a entrar em suas histórias e a receber vislumbres de quem Deus é. Foi o que aconteceu com você. Você entrou na história dele sobre a ovelha perdida. Você andou, refletiu e orou sobre ela, e o texto ganhou vida dentro de você. Isso é um presente, Meg. Você aceitou o convite do Espírito e disse sim ao presente da Palavra que se fez carne. Estou orgulhosa de você.

Estou orgulhosa de você.

As palavras ricochetearam no coração de Meg enquanto ela tentava se lembrar da última vez que alguém tinha falado isso para ela.

Anos. Vinte longos anos.

Ignorando a voz severa dentro de sua cabeça, que ordenava a ela que mantivesse a compostura, Meg enterrou o rosto no ombro de Katherine e chorou.

HANNA

Hanna, de 10 anos, ficou parada na porta, abraçando o pai pela cintura e se segurando para não chorar. O pai beijou-lhe a testa e falou suavemente:

— Está tudo bem, Hanna. Volto pra casa daqui três dias. E, enquanto eu estiver fora, é você quem manda, tá bom? Cuida bem da mamãe e do Joey por mim. Te ligo assim que chegar à Califórnia.

Hanna olhou nos olhos do pai e seu queixo tremia.

— Porque o senhor tem de viajar tanto? Não gosto quando o senhor fica longe!

— Eu sei, minha flor. Eu sei que é difícil. Mas tenho que fazer o meu trabalho e você também tem. A mamãe precisa da sua ajuda. Confio em você pra manter tudo em ordem, ok? — *Hanna concordou com a cabeça, fungando.* — Eu sei que é uma grande responsabilidade, mas conto com você! Eu te amo, minha linda.

— Também te amo, papai.

Hanna chegou ao Retiro Nova Esperança quando Charissa descia do carro perto da entrada.

— Muito obrigada, John! — *Charissa disse com uma gargalhada* — Te vejo às 13h!

Então ela correu para o pórtico, onde Hanna segurava a porta aberta.

— Charissa, não é?

— Sim, você tem uma boa memória. Me desculpa, eu lembro que você é pastora, mas me esqueci do seu nome.

— Hanna — ela sorriu para si mesma enquanto caminhavam pelo corredor e assinavam o livro de presença.

Steve não diria que esse foi o motivo da licença sabática? Descobrir quem ela era quando não estava desempenhando uma função?

Enquanto Charissa escolhia um lugar na frente da plataforma, Hanna pegou um café e examinou o salão. Mara ainda não tinha chegado, mas Meg estava sentada sozinha na mesa do fundo, perto da porta lateral. Vestida casualmente de jeans e blusa de gola alta azul marinho, Meg acenou para Hanna quando elas se viram de longe.

— Que bom te ver — disse Hanna, colocando sobre a mesa o café e a sacola de lona.

— Bom te ver também, Hanna.

Hanna estava prestes a conversar com Meg quando Katherine, à frente, chamou o grupo.

— Você viu a Mara? — Meg sussurrou.

Hanna balançou a cabeça e olhou em volta pelo salão. De fato, parecia que vários peregrinos não haviam retornado para a segunda sessão. Hanna não ficou surpresa. Oração e introspecção intensa não eram para os fracos. Para ser sincera, ela ficou surpresa por rever Meg. E Charissa. Charissa parecera tão contrariada e indignada pelo labirinto.

Hanna suspirou e olhou para o relógio.

Quando Katherine convidou o grupo para se aquietar em oração, a mente de Hanna continuava girando. As pessoas logo estariam reunidas em Westminster para o funeral. Ela imaginou Steve de pé diante da família e amigos enlutados convidando as pessoas para compartilhar histórias de como George havia impactado suas vidas. Ela pensou em Lindy sentada na primeira fila, chorando por algumas das memórias, sorrindo por outras. Steve tinha um verdadeiro dom para tornar os funerais pessoais e, sem dúvida, a estagiária aprenderia muito com ele. Hanna esperava que Lindy se sentisse mais reconfortada, coberta de carinho e presentes.

Flores. Hanna se esqueceu de mandar flores. Como pode esquecer isso?

Ela fez uma nota mental para ligar para uma floricultura assim que voltasse ao chalé. Mas talvez o Steve não aprovasse que ela mandasse flores. Ela estaria se reintegrando no ministério de cuidado pastoral, enviando flores e um cartão à Lindy? Hanna sempre enviava flores e cartões para quem precisasse de encorajamento, mas agora não sabia o que fazer.

Ela se ressentia por esses limites. Não importava se as intenções de Steve eram boas. Ela ainda se sentia como se estivesse sendo castigada. Não era justo.

Ela voltou a atenção para o grupo bem a tempo de ouvir Katherine convidando as pessoas a compartilhar sua imagem de Deus. *Senhor, me ajude a estar totalmente presente. Por favor.* À medida que as vozes pelo salão pronunciavam as palavras e frases, Katherine as escrevia em um grande quadro branco.

Jesus. Salvador. Senhor. Criador. Pai. Provedor. Aquele que cura. Espírito. Revelador. Bom Pastor. Noivo. Médico. Torre. Rocha. Porta. Vento. Luz do mundo. Água viva. Professor. Amigo. Consolador. Conselheiro. EU SOU. Guia. Ajudador. Vitorioso. Resgatador.

As palavras continuavam fluindo.

Verdade. Caminho. Emanuel. Redentor. Artista. Autor. Palavra. Tesouro. Rei. Cordeiro. Anfitrião. Esconderijo. Amor. Videira. Fogo. Jardineiro. Construtor. Ressurreição. Vida.

Katherine deixou cada uma das imagens se elevar e flutuar antes de continuar a falar.

— Talvez você tenha ouvido uma imagem em particular que chamou a sua atenção — ela disse. — Reparem naquelas que te atraem e nas que te afastam. O Espírito de Deus fala através de ambas. Talvez tenha ouvido uma imagem que te atraiu ou te deixou desconfortável. Aproveitem os próximos vinte minutos mais ou menos para refletir sobre isso. Se você não souber por que respondeu de certo jeito, peça ao Espírito para te mostrar.

Enquanto a sala voltava às orações silenciosas, Hanna estudou a lista de imagens cuidadosamente, ouvindo sua própria resposta a elas. Ela sabia qual a perturbava. Ela não conseguia ler nada depois de *Noivo*.

Deus como Amor, sim. Mas mudando esse substantivo de um conceito abstrato para a sua forma ativa, ela se contorcia, incomodada. Apesar de todas as belas ilustrações na Escritura de Deus como noivo, que busca seu povo e anseia por intimidade e comunhão, Hanna não conseguia abraçar a imagem para si mesma. Esse tipo de intimidade a assustava.

Ela se lembrou de certa aula de teologia espiritual no seminário. Estavam lendo literatura mística cristã, cheia de imagens eróticas sobre intimidade com Deus. Um dos colegas se pronunciou:

— Me desculpe — ele começou, como um prefácio —, mas toda esta ilustração amorosa de Deus é um pouco assustadora. Até fiquei vermelho.

A turma toda riu, mas o professor encorajou o desejo de ser empurrado para fora da zona de conforto.

— Afinal de contas — observou —, nós temos livros como Oseias como parte do nosso texto sagrado.

Hanna imaginou que se ela fosse a uma sessão de psicanálise, alguém poderia perceber sua resistência à intimidade. Por que tinha medo de ser, como um escritor havia expressado, "amada apaixonadamente, amada muitas vezes e amada por muito tempo"?

O que ela responderia?

Hanna tinha uma resposta pronta para quando perguntavam a ela se era casada:

— Não. O homem certo nunca apareceu. Além disso, o meu trabalho me mantém muito ocupada. Não tenho tempo para um relacionamento.

Geralmente isso era o bastante para encerrar o assunto. Não havia dúvidas de que Hanna Shepley era muito ocupada com seu trabalho. Ela se abrigava cuidadosamente na agenda lotada, participando fielmente de todas as reuniões do ministério e de todos os eventos da igreja, sempre era a primeira a chegar e a última a sair. Era dela o telefone que tocava com as emergências pastorais durante a madrugada, porque as pessoas sabiam que não havia família para incomodar. Ela estava sempre disponível, sempre de boa vontade.

Mas Steve havia visto além da superfície.

— Você se esconde atrás do seu trabalho, Hanna.

Ela odiava admitir que ele tinha razão.

Ainda que Hanna conhecesse muitas pessoas completa e profundamente, poucas a conheciam. Ela era hábil em revelar apenas o suficiente para os outros acreditarem que haviam se conectado com ela em pontos vulneráveis. Mas havia camadas intocadas, áreas de segurança máxima, cercadas com arame farpado. Nunca ninguém havia se aproximado o suficientemente para vislumbrar os sinais de "entrada proibida" que havia estabelecido.

Exceto uma pessoa. Mas isso já fazia uma vida.

Mais uma das coisas que ela havia decidido esquecer. E, até aquele momento, ela havia conseguido.

4.
APRENDENDO A PERSEVERAR

> *E Jesus, voltando-se e vendo que o seguiam, disse-lhes:*
> *O que vocês estão procurando?*
> **João 1.38**

LECTIO DIVINA

Se Charissa não tivesse escolhido um lugar na mesa da frente, ela poderia ter tentado sair discretamente.

Era a sua imaginação ou Katherine olhava para ela com mais frequência do que para qualquer outra pessoa? Não que não estivesse acostumada a ser notada. Mas Katherine parecia possuir uma habilidade estranha de focar no rosto de Charissa sempre no momento em que ela se sentia mais provocada. Sim, Katherine olhou para ela, mas o que estava vendo? Charissa detestava imaginar mais uma pessoa lendo as entrelinhas da sua vida sem sua permissão.

Enquanto ouvia Katherine descrever o processo da *Lectio divina*, ela sentiu o impulso de sair, não importava quem estava observando ou o que poderiam pensar dela. Lá estava ela outra vez, ouvindo alguém acusá-la de querer controlar tudo. Absurdo. Não era para isto que ela havia se matriculado. Ela queria ir embora. Talvez pudesse tirar John do futebol mais cedo para vir buscá-la. Mas não, ele não estaria com o celular ligado. Ela suspirou mais alto do que pretendia, ao olhar para o relógio. Mais uma hora. Ela poderia se autoflagelar até o final. Pelo menos, por hoje.

JORNADA SAGRADA, RETIRO NOVA ESPERANÇA
FOLHETO DA SESSÃO 2: ORANDO A PALAVRA
Katherine Rhodes, facilitadora

Lectio divina (leitura sagrada) é uma forma antiga de ouvir as escrituras, que data do início da Idade Média. É uma assimilação lenta e orante da Palavra de Deus.

Na nossa cultura de sobrecarga de informação, perdemos a arte de refletir nas palavras. Muitas vezes, quando lemos, nos apressamos atravessando o texto o mais rápido possível, procurando as ideias principais. Mas esse tipo de leitura é contraproducente na formação espiritual. Enquanto ler a Palavra de Deus é essencial, também devemos permitir que a Palavra de Deus nos leia.

Muitas pessoas estudam a Bíblia sem nunca serem moldadas pelo texto. Quando chegamos à Palavra com os nossos próprios interesses, nos colocamos na posição de quem controla. Podemos procurar quais lições tiramos do texto, em vez de permitir que a Palavra entre em nós. Esquecemos tão facilmente que ler a Palavra de Deus precisa ser um ato sobrenatural de cooperação com o Espírito Santo. Fomos feitos para ouvir a Palavra com os ouvidos do coração.

No início de seu evangelho, o apóstolo João escreveu: "E o Verbo se fez carne e habitou entre nós". Este é o processo da leitura sagrada. Nós lemos a Bíblia devagar e reverentemente, ouvindo a Palavra que se fez carne em nossa vida. Na leitura sagrada não estamos estudando a Bíblia em busca de contextos históricos, teológicos ou culturais. Procuramos encontrar o Deus vivo. A *Lectio divina* convida o Espírito Santo a trazer a Palavra à vida de uma maneira que nos firma e fala a nós em meio a nossa vida diária. Deixamos a palavra passar de nossas mentes para nossos corações, onde ela pode se aprofundar e nos transformar.

Como Jesus muitas vezes disse: "Quem tem ouvidos, ouça."

— Imagine a *Lectio divina* como uma forma de se deleitar na Palavra de Deus — dizia Katherine. — Primeiro mordemos um pedacinho, depois mastigamos, sentindo seu sabor; e, finalmente, engolimos e absorvemos, e ela se torna parte de nós. Vou ler a mesma passagem várias vezes. Lentamente. Enquanto eu leio a primeira vez, veja uma palavra ou uma frase que te escolheu, algo que chamou a sua atenção e te convidou a continuar com ela. Não analise. Apenas ouça. Então, ao ouvir o texto novamente, reflita nessa palavra. Mastigue e saboreie, deixando a palavra passar da mente para o coração. Por que ela chamou a sua atenção? O que Deus está dizendo para você particularmente? Como essa palavra se conecta à sua vida? Não tenha medo de pensamentos e sentimentos que poderão surgir em torno dessa palavra.

Charissa ficou rígida na cadeira. Por que ela deveria dar prioridade aos sentimentos e impressões quando estava lendo a Bíblia? Este grupo da jornada sagrada não passava de uma coleção de exercícios subjetivos. Que perda de tempo. Ela não ficaria nada surpresa se Katherine mandasse todos se juntarem em um círculo sagrado, de mãos dadas, e começarem a cantar algum mantra juntos.

— Depois de remoer a palavra ou frase por algum tempo — disse Katherine —, comece uma conversa com Deus. Como Deus te convida a orar? Seja honesto. Permita que a palavra que você tem meditado alcance seu interior em um nível profundo enquanto você dialoga com Deus. Ouça a voz suave do Espírito te trazendo segurança enquanto você fala com Deus sobre o que você ouviu. E, então, por fim, simplesmente descanse na presença do Senhor. Liberte-se da necessidade das palavras e desfrute apenas de estar seguro no infinito amor de Deus.

Katherine olhou para o grupo e sorriu.

— Consigo ouvir alguns dos seus pensamentos correndo, já preocupados se estão fazendo direito. Mas a *Lectio divina* é apenas uma leitura lenta, em oração, com o coração. Se você tentar transformar isso em um método a ser dominado, você perdeu a ideia central. Lembre: estamos procurando encontrar Deus em sua Palavra. E esta é só uma das maneiras, não é a única. Então, não se preocupem. Vou guiá-los através do processo com bastante tempo para o silêncio. Então, depois de dar um tempo para todos descansarem na presença de Deus, vou tocar um sino para refletirmos juntos novamente.

— Vamos lá, sentem-se confortavelmente. Fechem os olhos, se preferirem. Libertem-se do barulho, das distrações e do caos. Libertem-se de tudo que os impede de estar inteiramente presente para Deus neste momento. Convidem o Espírito Santo a abrir seus ouvidos para ouvir a Palavra Viva.

A voz de Katherine se tornava irritantemente calma e Charissa se remexia na cadeira. *Se ela começar a fazer algum tipo de exercício de respiração da Nova Era, juro que vou sair por aquela porta.*

Katherine disse:

— Vou ler João 1.35-39, a narrativa que acontece no dia seguinte ao batismo de Jesus por João Batista. Enquanto leio a história, veja se alguma palavra ou frase chama a sua atenção. Quando ouvir essa palavra ou frase, fique com ela por algum tempo.

Charissa fechou os olhos e ouviu enquanto Katherine lia devagar. Bem devagar.

> NO DIA SEGUINTE, JOÃO ESTAVA OUTRA VEZ NA COMPANHIA DE DOIS DOS SEUS DISCÍPULOS E, VENDO JESUS PASSAR DISSE: "EIS O CORDEIRO DE DEUS!" OS DOIS DISCÍPULOS, OUVINDO-O DIZER ISSO, SEGUIRAM JESUS. E JESUS, VOLTANDO-SE E VENDO QUE O SEGUIAM, DISSE-LHES: "O QUE VOCÊS ESTÃO PROCURANDO?" ELES DISSERAM: "RABI, ONDE O SENHOR MORA?" ("RABI" QUER DIZER "MESTRE".) JESUS RESPONDEU: "VENHAM VER!" ENTÃO, ELES FORAM, VIRAM ONDE JESUS ESTAVA MORANDO E FICARAM COM ELE NAQUELE DIA. ERAM MAIS OU MENOS 16H.

A sala ainda estava quieta, com cada pessoa presumivelmente pensando na palavra ou frase observada. A palavra *mestre* chamou a atenção de Charissa. Nenhuma surpresa por aqui. E agora? O que ela devia fazer com isso? Ela não tinha certeza se a palavra a havia escolhido ou se ela que havia escolhido a palavra. Como não apareceu nenhum pensamento particular sobre isso, ela apenas esperou até que Katherine lesse o texto novamente.

Longos minutos se passaram. Por que demorava tanto? Como poderiam meditar tanto em uma passagem tão curta e simples? *Vamos, vamos*. Charissa cruzou a perna, descruzou e cruzou de novo.

Quando Katherine voltou a falar, sua voz estava mais baixa.

— Repare agora como essa palavra ou frase se conecta com a sua vida. O que Deus está te dizendo com esta palavra?

> NO DIA SEGUINTE, JOÃO ESTAVA OUTRA VEZ NA COMPANHIA DE DOIS DOS SEUS DISCÍPULOS E, VENDO JESUS PASSAR DISSE: "EIS O CORDEIRO DE DEUS!" OS DOIS DISCÍPULOS, OUVINDO-O DIZER ISSO, SEGUIRAM JESUS. E JESUS, VOLTANDO-SE E VENDO QUE O SEGUIAM, DISSE-LHES: "O QUE VOCÊS ESTÃO PROCURANDO?" ELES DISSERAM: "RABI, ONDE O SENHOR MORA?" ("RABI" QUER DIZER "MESTRE".) JESUS RESPONDEU: "VENHAM VER!" ENTÃO, ELES FORAM, VIRAM ONDE JESUS ESTAVA MORANDO E FICARAM COM ELE NAQUELE DIA. ERAM MAIS OU MENOS 16H.

Desta vez algo mais chamou a atenção de Charissa: "O que vocês estão procurando?". O mestre perguntava aos candidatos a alunos o porquê de lhe seguirem. O que eles queriam, afinal? Os alunos não sabiam. Só sabiam que precisavam de tempo para investigar. Eles queriam aprender e compreender. De novo isso? Por que "aprender" era a resposta errada?

Aprender era a sua paixão, uma sede insaciável. Se Jesus lhe perguntasse "O que você está procurando?", sua resposta honesta seria "aprender mais".

Naquele momento, outro versículo veio à sua mente. Charissa não se lembrava onde era, e isso a irritou quase tanto quanto o próprio versículo: "Vocês estudam cuidadosamente as Escrituras, porque pensam que nelas têm a vida eterna, mas vocês não querem vir a mim para terem vida."

Você não quer vir a mim.

Você não quer vir a mim.

Charissa ouviu o versículo novamente e novamente. O que esse versículo tem a ver com alguma coisa? Ela se ajeitou mais aprumada na cadeira, os olhos semi-abertos para observar em volta. Ninguém mais parecia estar de olhos abertos e muitos estavam sentados com o rosto e as palmas virados para cima, como se estivessem recebendo alguma coisa.

Mas o quê?

Voltou a fechar os olhos e deixou o ar sair lentamente. Quanto tempo seria obrigada a ficar sentada em silêncio?

Você não quer vir a mim.

Mas o silêncio não estava nada silencioso. Ela ouvia não apenas o rodopio das palavras em sua cabeça, mas agora também havia o som de um batimento em seus ouvidos. Tum, tum, tum. Ela pressionou os dedos firmemente contra as têmporas tentando parar o barulho.

Tum, tum, tum. Como alguém batendo à porta.

A voz de Katherine falava acima das batidas.

— Agora ouça o convite de Deus pra você — ela disse. — Este é o momento de falar com Deus sobre o que você viu e ouviu.

Mas Charissa não queria conversar com Deus. Ela queria desaparecer do grupo e não voltar mais. Ela mal ouviu as palavras quando Katherine leu o texto novamente, pois sua cabeça ainda ressoava com o fragmento do texto que a pegou desprevenida. Você não quer vir a mim para ter vida. Você não quer vir a mim para ter vida... vir a mim para ter vida. Venha a mim para ter vida.

Espera! Era desse convite que Katherine estava falando?

— Venha ver — ela ouviu Katherine dizendo.

Venha.

E veja.

Ver o quê?

CHEGANDO MAIS PERTO

— Então, Hanna, o que você procura? — Katherine perguntou quando as duas se sentaram à mesa do canto, ao meio-dia. O salão estava vazio, exceto por Meg, que recolhia as canecas de café.

— Não tenho certeza — respondeu Hanna. — Não sei como lidar com essa licença sabática. Desejo que seja um momento frutífero para mim, mas até agora sinto que não avancei nada. Tenho me sentido lenta e cansada — ela suspirou devagar e prendeu o cabelo para trás das orelhas. — Meu pastor presidente sugeriu encontrar um mentor espiritual, mas eu nunca tive um antes e não sei muito sobre isso.

Katherine sorriu e entregou sua caneca de café para Meg.

— A mentoria espiritual se baseia na atenção e na oração — ela respondeu. — Um mentor não vai resolver problemas ou dar conselhos. O papel dele é apenas te ajudar a perceber o agir de Deus em sua vida, as profundas agitações e anseios em seu espírito. E o Espírito Santo é sempre o principal orientador no processo — Katherine inclinou-se mais um pouco, encontrando o olhar de Hanna. — Imagine a sua vida como um texto sagrado, a história da sua vida com Deus. Ouvindo atentamente o Espírito Santo, um mentor espiritual participa na *Lectio divina*, lendo em oração o texto para a sua vida. É um ministério de escuta sagrada, com um ouvido sintonizado no Espírito Santo e o outro sintonizado na sua história. Sem cronograma. Sem plano de metas. Apenas um tempo e um espaço separados para se aproximarem do Deus vivo.

Hanna pensou um pouco antes de responder. Ela desejava que alguém lhe desse um cronograma e um plano de metas, qualquer coisa que a ajudasse a gerenciar seu tempo. Ainda assim, havia algo de atraente no luxo de alguém ouvir através da oração a sua vida, e Katherine parecia uma companhia de confiança para a essa jornada.

— Talvez seja exatamente isso que eu preciso — disse Hanna. — Sinto que existe tanta agitação dentro de mim nesse momento e não sei como processar tudo isso. Parece nebuloso e caótico, e estou bem no meio disso tudo, sabe? Não tenho perspectiva nem direção.

Katherine tocou no braço de Hanna.

— É difícil ver luz e esperança quando se está no meio de tanta agitação, não é? Precisamos de pessoas que façam o Espírito pairar sobre nossa vida, procurando sinais de vida no meio do caos e da confusão. Ficaria feliz em trabalhar isso com você, Hanna.

Caos, confusão, o Espírito pairando. Hanna esperava que Deus falasse logo e algo existisse. Urgentemente. Ela estava cansada daquele vazio sem forma.

— O almoço está mesmo de pé? — Meg perguntou enquanto ela e Hanna saíam juntas para o estacionamento.

— Totalmente! — Hanna exclamou. Apesar de ter trazido alguns petiscos desta vez, ela aceitou ansiosamente o tímido convite de Meg. — Tudo bem se eu for te seguindo até lá?

No momento em que viravam cada uma para o próprio carro, viram Charissa indo de um lado para o outro, visivelmente agitada enquanto falava no celular. Hanna não conseguiu evitar e acabou ouvindo parte da conversa enquanto se aproximavam.

— Não sei, mãe. Quando liguei o celular, tinha uma mensagem do Tim, amigo do John, dizendo que a ambulância estava levando ele pra o hospital. Mas agora o celular do Tim está desligado, estou aqui sem carro e não sei o que fazer — Charissa começou a chorar. — Não... não... não tem nada que você possa fazer. Mandei mensagens pra muitas pessoas, mas ninguém atende e não sei mais pra quem ligar... eu sei... ok... eu ligo mais tarde... também te amo, mãe — Charissa desabou em um banco, segurando a cabeça nas mãos.

— Charissa? — Hanna falou com calma, tentando não assustá-la. — Posso te ajudar? — Charissa olhou para cima e limpou o nariz rapidamente. Meg pegou um pacote de lenços na bolsa e entregou para Charissa. — Não pude evitar, acabei ouvindo algo

sobre um hospital e sobre precisar de carona — continuou Hanna.
— Se você me disser como chegar lá, eu te levo.

— É o meu marido — Charissa respondeu. — Não sei o que aconteceu! Ele estava jogando futebol hoje cedo e deve ter sido atingido com força. Não sei... disseram que iam levá-lo para o St. Luke em uma ambulância e isso foi há quase uma hora e não sei o que está acontecendo!

Meg estendeu a mão para Charissa, ajudando-a gentilmente a se levantar.

— Vai ficar tudo bem, Charissa — disse Meg. — A gente vai te levar lá. — Ela olhou para Hanna.

— Talvez seja mais fácil se todas formos no meu carro. Eu sei chegar lá.

Quando chegaram ao hospital, Charissa já havia recuperado a compostura. Meg deixou-as na entrada da emergência e foi estacionar o carro. Enquanto Charissa aguardava a vez na fila da recepção, Hanna se sentou em uma cadeira de plástico laranja na sala de espera.

Ao retornar alguns minutos depois, Charissa informou Hanna:
— Eles vão me passar mais informações assim que o trouxerem da radiologia — ela respirava pesadamente. — Nunca passei por nada assim. Me desculpe ter me descontrolado daquele jeito. Eu não sabia o que fazer.

— Nada de pedir desculpas — disse Hanna. — Fico feliz de poder ajudar.

Charissa se sentou de novo, olhando noticiário na televisão fixa na parede.

— Espero que voltem logo pra me dar alguma informação. Detesto não saber o que está acontecendo.

Hanna seguiu seu olhar até a televisão e viu as legendas automáticas.

— Eu entendo — disse Hanna. — Esperar é muito difícil mesmo.

Charissa parecia perdida em seus pensamentos e não respondeu. Hanna começou a analisar a sala a sua volta, tentando discernir as histórias por trás das pessoas ali presentes.

A da jovem mãe não foi difícil. Havia um rosto nublado de preocupação enquanto ninava um bebê letárgico, afagando a cabeça da criança e murmurando: "você está bem, amor, você está bem...". Hanna não podia deixar de pensar que a mãe sussurrava as palavras não apenas para confortar o filho, mas para acalmar a si mesma.

Também havia um homem de barba cinzenta e cabelo encaracolado, vestindo uma jaqueta de motociclista de couro, segurando o braço com todo cuidado. Tinha a cara fechada como um punho, tentando parecer que não sentia dor.

Outro homem, lendo jornal, usando meias de cores diferentes e bebendo um copo de café Biggby, não entregava nada. Hanna se perguntou se ele esperava alguém. Ele parecia excessivamente calmo e despreocupado para estar esperando alguém que tivesse sofrido algo grave. Por outro lado, talvez ele estivesse vestindo duas meias diferentes porque se apressou para chegar ao hospital. Talvez a crise tivesse passado e agora ele estivesse tranquilo.

A chegada de Meg interrompeu as divagações de Hanna.

— Alguma notícia? — Meg perguntou.

— Só que o levaram pra fazer uma tomografia agora a pouco — respondeu Charissa. — Parece que pode ser uma concussão. Não faço ideia. Disseram que me dariam notícias logo logo — ela olhou para o relógio e tamborilou os dedos na perna.

Hanna esticou a mão para a bolsa e pegou alguns chocolates e castanhas.

— Lembrei de trazer alguns lanchinhos hoje — disse, oferecendo às outras. — Vocês querem? — Charissa e a Meg escolheram os chocolates. Hanna se aproximava da mulher com o bebê para oferecer um dos lanches quando as portas da área restrita se abriram.

— Ei, Charissa! — Uma voz masculina chamou.

Charissa virou e respirou com alívio quando um jovem de calça cinza enlameada e camisa de faculdade azul marinho se aproximou dela.

— Tim! — Ela exclamou.

Ele chegou mais perto e deu um abraço amigável.

— Você chegou agora? — Ele perguntou.

Ela concordou com a cabeça.

— Levaram o John pra fazer um exame faz pouco tempo, mas quando eu estava vindo aqui pra tentar te ligar de novo, encontrei um velho amigo no corredor. Me desculpa! — Ele esfregou a lama seca do cotovelo.

— Então, o que aconteceu?

Tim balançou a cabeça.

— Você sabe como o John é empolgado, né? O que falta em músculo, compensa em paixão.

Charissa franziu a testa.

— Ele estava correndo pra pegar a bola e deu um encontrão em outro jogador — Tim explicou. — Bateu com a cabeça e desmaiou. Ele estava consciente quando os paramédicos chegaram, mas ainda estava muito zonzo, então trouxeram ele aqui para observação. Ele deve sair do exame daqui a pouco — ele olhou para Meg e Hanna. — Charissa, já que você veio com algumas amigas, você se importa se eu for para casa? Eu disse para Jenny que ficaria com as crianças hoje à tarde. Mas o seu carro ficou no campo de futebol.

Meg respondeu:

— Vou dar um jeito de trazer o seu carro. Não se preocupe.

— Tem certeza? — Charissa perguntou, parecendo relutante em aceitar a oferta. — Não faço ideia de quanto tempo vamos ficar aqui.

— Não tenho outros planos para hoje — Meg respondeu. — Posso ficar aqui o tempo que você precisar.

Hanna viu a jovem mãe olhando ansiosamente para o relógio e imaginou há quanto tempo ela esperava.

— Obrigada — disse Charissa. — Fico muito agradecida. E obrigada, Tim. Obrigada por cuidar do John por mim.

Ele deu um sorriso.

— Já cuidava do John muito antes de você aparecer, lembra? Me liga e me manda notícias do nosso craque, ok?

Charissa concordou.

— Preciso ligar pra minha mãe e dizer que cheguei aqui. Ela ficou preocupada. — Charissa olhou para Hanna e Meg. — Meus pais se mudaram para a Flórida ano passado — explicou — e é difícil estar tão longe, sabe?

Terminando de comer a barra de chocolate, ela pediu licença e saiu para telefonar.

Meg esperou até ela desaparecer e virou para Hanna, se desculpando.

— Me desculpa, Hanna. Corri para ajudar sem pensar onde você precisava ir. Posso te levar de volta para o seu carro, se você quiser.

— Não, está tudo bem. Não tenho outro compromisso hoje.

Absolutamente nenhum. Hanna mordeu a barra de cereais e voltou a olhar para a mãe. O bebê chorava baixinho. *Ajude-a, Senhor*, Hanna orou.

— De um jeito ou de outro — ela continuou —, eu não me importo de voltar para a sala de espera do hospital. Me sinto em casa, sabe?

Meg sorriu.

— Todos temos os nossos dons, não temos?

— Eu diria que você tem o dom da compaixão, Meg.

Meg ficou vermelha e pôs a mão na bochecha.

— Quanto a isso, eu não sei. Estava pensando como me sentiria se recebesse uma ligação da Becka e não pudesse estar lá. Gostaria que alguém cuidasse dela por mim.

Uma enfermeira chamou Charissa para ver John.

— Pobrezinha — disse Meg gentilmente, observando-a passar pelas portas. — Sabe, quando a vi chorar e soube que era o marido dela, veio um sentimento de pânico subindo dentro de mim. Como se voltasse vinte anos no tempo em uma fração de segundo...

A voz de Meg sumiu.

Hanna desviou a atenção da mãe e do bebê para se concentrar em Meg. Essa já não era uma conversa casual. Ela não conseguia parar de pensar que se não fizesse nenhum movimento brusco, Meg continuaria se aproximando. Hanna segurava a respiração enquanto orava e esperava.

Quando Meg voltou a falar, a voz dela tremia de emoção.

— O dia que o meu marido morreu foi terrível — sussurrou. — Eu recebi a ligação em casa, que tinha acontecido um acidente, e a ambulância estava levando Jimmy para o hospital. Era esse mesmo hospital, na verdade...

Ela olhou para as portas da área restrita.

— Mas não cheguei a tempo — a voz dela era tão suave que Hanna não se atreveu a respirar por medo de perder alguma coisa. — Eles me chamaram por aquela porta e um capelão e um médico estavam esperando para falar comigo e... — Hanna segurou sua mão. — E não tinha ninguém comigo. — Meg mordia o lábio e seu queixo tremia.

— Oh, Meg, eu sinto muito.

Por vezes, não havia palavras melhores para se dizer.

Os médicos mantiveram John em observação até às 16h e depois o instruíram a ficar em repouso. Enquanto caminhavam pelo estacionamento até o carro de Meg, John respondeu amavelmente à leve repreensão de Charissa.

— Ei! Que tal algum crédito por ter conseguido chegar na bola? Você devia ter visto! Foi uma grande jogada! — Ele virou-se para Hanna e Meg. — Obrigado por trazer a Cacá para o hospital. Ela não está acostumada a não ter o controle. Não é, Cacá?

Hanna reparou que as sobrancelhas de Charissa estavam elevadas em um arco.

— Desculpa te assustar, querida — ele disse, segurando-lhe a mão. — Não vou fazer isso de novo.

Charissa não respondeu.

John continuou, dirigindo-se a Meg e Hanna.

— Tenho certeza de que não era assim que vocês esperavam passar o dia, na emergência. Então, faremos assim: que tal combinarmos um dia desses para vocês irem lá em casa e eu preparo um jantar? — Seus pequenos olhos castanhos piscavam, marotos. — Porque comer a comida da Charissa estaria longe de um agradecimento.

Charissa sorriu ligeiramente, balançando a cabeça.

— A minha mãe também pediu para agradecer. Ela disse que era um alívio saber que alguém estava cuidando de nós. Eu agradeço, de coração.

— Bom, todos precisamos de amigos para as horas difíceis — disse Meg, abrindo o carro. — Se precisar de alguma coisa, por favor, me liguem. Parece que nós não moramos muito longe — ela virou para Hanna. — Você se importa se eu levá-los para buscarem o carro primeiro? Depois te levo de volta para o Nova Esperança.

Hanna concordou com a cabeça. Ela não tinha pressa de voltar para o chalé.

Hanna olhava pela janela enquanto Meg dirigia para o Nova Esperança. Os sinais da estação estavam em todos os lugares: os quiosques de beira de estrada transbordando de cabaças e abóboras coloridas, pomares abertos repletos de famílias, anúncios pintados à mão oferecendo cidra fresca e poda de gramados.

Ela suspirou, pensando no outono em Chicago. O arbusto ardente na frente da janela do seu escritório ficando vermelho vivo. As árvores ao redor da igreja se tornando de um laranja brilhante. As janelas dos prédios altos refletindo o brilho rosado do longo pôr-do-sol. Ela imaginou se Heather plantaria crisântemos nos vasos da varanda. Hanna sempre plantava crisântemos roxos e amarelos no outono. Talvez ela devesse comprar flores para a casa de campo para marcar a mudança das estações. Talvez esse pedacinho de ligação com Chicago fizesse o chalé parecer mais com um lar.

Ou talvez não.

— Um dia desses, Meg, eu gostaria muito que você fosse ao lago — ela disse. — É um lugar lindo e calmo. É ótimo pra ler, caminhar, orar.

Meg inclinou a cabeça ligeiramente para Hanna, mantendo os olhos na estrada.

— Eu gostaria muito. Estava pensando outro dia, como você está se adaptando por aqui. Quer dizer, acho que deve ser difícil, ficar deslocada desse jeito. Por mais bonito que seja.

— Leva algum tempo para se acostumar.

— Você sente saudade de Chicago?

— Alguns dias mais do que outros — era uma resposta honesta. — Tenho saudades da igreja. Sinto falta do meu trabalho. Mas estou tentando deixar a minha outra vida para trás, por enquanto, e confio que Deus está trabalhando seus propósitos na minha estadia aqui. Sei que tem algumas coisas que o Senhor quer fazer na minha vida e quero ser capaz de dizer sim a essa obra. Mas é difícil, sabe. Mudança é uma coisa muito difícil para mim.

Era isso. Essa confissão poderia aprofundar a comunicação com Meg. Hanna sempre calculava cuidadosamente suas revelações para o benefício daqueles que pastoreava, praticando uma manipulação hábil e benevolente.

Para a glória de Deus.

— A mudança também é difícil pra mim — Meg disse discretamente.

Bingo.

Chegaram ao estacionamento do Retiro. Meg desligou a ignição, mas manteve as mãos firmemente plantadas no volante.

— Então — ela disse, olhando para o para-brisa enquanto falava —, quando Katherine nos guiou naquela *Lectio divina* hoje, eu tive uma forte sensação de estar lá com os discípulos no início de algo maravilhoso. Ouvi João Batista dizendo: "Eis o Cordeiro de Deus!" e eu queria deixar tudo e partir atrás de Jesus. Mas, quando ele virou e perguntou "O que vocês estão procurando?", entrei em pânico. Não sei o que estou procurando. Queria que os outros dessem a resposta, assim não precisaria falar por mim mesma. Mas, ouvindo aquele texto de novo e de novo, ouvia Jesus fazer a mesma pergunta: "O que você quer, Meg?". Não como se estivesse frustrado ou algo assim. Mas sim mostrando que isso era muito importante.

A voz dela falhou e Hanna viu os grandes olhos castanhos de Meg cheios de lágrimas.

— Não me lembro da última vez que alguém me fez essa pergunta — disse Meg suavemente. — Na verdade, nem me lembro da última vez que usei as palavras "eu quero" ou "eu preciso". Faz tanto tempo que é sempre sobre o que as outras pessoas querem ou precisam. Não me interprete mal, eu não me importava com isso! É que, de repente, não tem mais ninguém me procurando ou precisando de mim pra nada.

Ela virou e olhou Hanna de frente.

— Pode parecer loucura, mas senti quase como se tivesse morrido quando minha mãe e Becka se foram, e ninguém mais precisava de mim.

— Isso não é loucura — Hanna tranquilizou-a. Ela sabia exatamente como Meg se sentia, mas não disse nada. Afinal, isso não era sobre ela.

— Eu sempre pensei que era egoísmo me preocupar com o que eu quero ou preciso — disse Meg lentamente. — Mas agora eu não sei. Hoje, quando eu ouvi Jesus fazer essa pergunta, eu imaginava se Deus talvez quisesse que eu pensasse em mim mesma agora. Mas isso parece errado. Não quero virar uma pessoa egocêntrica, sabe?

— Eu entendo — Hanna respondeu. — Mas é como a Katherine disse no primeiro dia. Precisamos nos conhecer bem se queremos conhecer melhor a Deus, não é? Não tem nada de errado em tirar um tempo pra se conhecer, Meg. Além disso — ela disse, sorrindo —, de certa forma, acredito que você não corre grande risco de se tornar narcisista.

Meg parecia pensativa.

— Então, acho que devo começar pelo início e fazer as perguntas mais simples como: "quem sou eu?", "o que eu quero?".

Hanna balançou a cabeça lentamente.

— Só porque algo é simples, não significa que seja fácil.

Um pouquinho de sabedoria pastoral.

Por Meg.

5.

VINDE E VEDE

> *O anjo que falava comigo voltou e me despertou,*
> *como se desperta alguém do sono.*
> *Ele me perguntou: O que você está vendo?*
> **Zacarias 4.1-2**

MARA

Mara se sentou no gabinete do conselheiro escolar com os olhos fixos nos próprios pés.

— Estava olhando as suas notas — disse o Sr. Graham, folheando uma pasta. — Se não melhorar essas notas baixas até o fim do semestre, você não vai se formar.

Mara não olhou para cima.

— Eu sei que você é capaz de fazer muito melhor do que isso. Você tem sido uma boa aluna até agora. Tem alguma coisa acontecendo que você gostaria de falar?

Mara negou com a cabeça.

— Eu quero te ajudar, Mara, mas não sei como fazer isso se você não falar comigo.

Mesmo sentindo as ferroadas das lágrimas, Mara lutou corajosamente contra elas. Instintivamente, sua mão direita tocou o ventre, onde durante algumas semanas houve uma vida. Mas agora estava vazia outra vez. Vazia e sozinha.

O Sr. Graham se levantou da cadeira.

— *Se você mudar de ideia, já sabe onde me encontrar* — disse ele. — *Quero ver você se dedicando novamente. Você é uma estudante muito melhor do que isso.*

Mara acenou concordando. Depois saiu do gabinete, foi para casa sozinha e comeu meio pacote de Oreo para preencher o espaço vazio.

Mara compareceu ao culto no último domingo de setembro e ouvia distraída um sermão sobre Moisés se encontrando com Deus na sarça ardente. Estava pensando na mensagem de áudio que Katherine Rhodes enviara no sábado à tarde.

Katherine disse que lamentava Mara não ter aparecido no grupo da jornada sagrada e que ficaria muito feliz em conversar com ela em particular. Ela também disse que estava orando por Mara, torcendo que ela estivesse bem.

Mara ouviu a mensagem com um misto de emoções. Ela imaginava que ia sumir do grupo sem ninguém notar ou sentir sua falta. Nunca lhe ocorreu que Katherine tirasse um momento para ligar e perguntar por ela.

Agora estava em dúvida quanto a desistir. Será que ela seria tão facilmente persuadida por uma pequena demonstração de bondade e preocupação?

Ela voltou a prestar atenção no pastor Jeff enquanto ele falava sobre como Deus falou com Moisés.

— Repare em como as coisas acontecem — dizia o pastor Jeff. — Algo atraiu a atenção de Moisés e ele olhou. Quando ele viu, percebeu que era algo que valia a pena verificar. A Palavra diz que ele "deixa" o que está fazendo para investigar. E foi nesse momento que Deus falou. Veja como Deus espera até ter a atenção de Moisés e então ele o chama pelo nome e revela seu plano. Moisés poderia ter seguido sua vida como sempre. Ele poderia dizer "Aquilo ali é intrigante, mas, raios! Tenho ovelhas pra cuidar! Não tenho tempo para verificar isso". Atenção, pessoal. Muitos de vocês estão vivendo no piloto automático, muito ocupados para dedicar tempo e perceber o que Deus está fazendo ao seu redor. Estão dormindo e perdendo o que Deus está querendo dizer! Acordem, pessoal!

O pastor Jeff ia pegando o ritmo, andando de um lado para o outro, com o corpo inteiro em movimento.

— Já consigo ouvir o que alguns de vocês estão pensando. "Mas pastor! Se Deus pusesse um sarça ardente perto de mim, eu também prestaria atenção!" Ouça, igreja! Vocês estão rodeados de sarças ardentes. Deus está sempre falando. A questão é: você está ouvindo? Ohhh! Agora o pregador está se intrometendo na minha vida!

Houve um burburinho de contrição no auditório.

— É melhor se perguntar: como Deus está tentando chamar a sua atenção? Talvez seja algo da Palavra que te capturou e não te deixa escapar. Atenção. Talvez seja um amigo que te encoraja a dar um salto de fé e confiar em Deus. Preste atenção. Talvez seja algo que está te incomodando e Deus quer que você preste atenção pra que ele possa falar por que você está tão chateado. Acordem e ouçam! Se você tiver a impressão de que o Senhor Todo-Poderoso está falando com você, deixe tudo o que você está fazendo e preste atenção! Amém?

Além de "amém", mais três palavra vieram à mente de Mara, e ela ficou grata por ter conseguido se segurar para não dizer em voz alta. *Está bem, Senhor!* Ela cedeu. *Desisto. O Senhor venceu.*

Segunda de manhã, logo no começo do dia, ela ligou para Katherine e combinou de se encontrarem terça-feira depois de deixar os filhos na escola.

Mara entrou no escritório de Katherine com a intenção de receber algum folheto e talvez ter uma breve conversa. Ela não planejava mostrar o que estava em seu coração. Mas quando Katherine perguntou se tinha pensado nas suas imagens de Deus, Mara não conseguiu evitar. E começou a contar.

— Não consigo parar de pensar nisso. Eu tento, mas está lá o tempo todo — ela mostrou a tatuagem à Katherine. — *El Roí*, o "Deus que vê", certo? O Deus que vê tudo. Passei a minha vida desapontando Deus e estou tão cansada disso — ela se sentou no sofá coberto de chita verde e cruzou os braços.

— O que quer dizer com "desapontar"? — Katherine perguntou.

— Decepcionar Deus — respondeu Mara. — Quer dizer, uma coisa era antes de aceitar Jesus. Compreendo que ele perdoe os meus pecados de antes disso. Mas depois de me converter, continuei a fazer besteira. Quero dizer, coisas ruins. Muita porcaria.

Mara estava tentada a contar todos os detalhes para que Katherine dissesse que ela não era apta para a jornada sagrada. Assim, não precisaria se sentir culpada por continuar na jornada só fingindo. Katherine poderia rejeitá-la, e isso seria o fim.

— Mas, Mara, o que significa a palavra *decepção*?

Mara apertou os braços em volta de si mesma e olhou para o teto, ouvindo vozes no corredor. Um homem e uma mulher, rindo enquanto passavam na frente da porta fechada de Katherine.

— Decepção... Não sei... Como se alguém tivesse certas expectativas a seu respeito e você não as cumprisse. Você fracassa — ela ainda ouvia os risos.

— E quais são as expectativas de Deus para você? — Katherine perguntou.

— Que eu fosse boa. Que eu fizesse as coisas do jeito certo. Que eu fosse fiel, sabe? Que eu fosse como Jesus. E eu não sou. É como se eu tivesse decepcionado Deus. E eu odeio essa sensação. É uma droga — o corredor estava silencioso outra vez, e tudo o que Mara conseguia ouvir era o tique taque contínuo do relógio de parede de Katherine.

Elas compartilharam o silêncio por algum tempo.

— O que você diria se eu te dissesse que é impossível desapontar Deus? — Katherine finalmente perguntou.

Mara riu, sarcástica.

— Não acreditaria em você.

Katherine sorriu com compaixão.

— Mas o que Deus sabe sobre você, Mara?

Era uma pegadinha?

— Tudo — Mara suspirou. — Esse é o problema. Não consigo esconder nada. Ele vê toda a minha indignidade. O tempo todo.

Katherine nunca quebrava o contato visual, e a intensidade do seu olhar fez Mara se sentir vulnerável e exposta.

— Você tem razão, Deus sabe tudo sobre você — disse Katherine gentilmente. — Deus conhece suas fraquezas. Sua fragilidade. Suas imperfeições. Seus pecados. Sua humanidade. Se nada em você pega Deus de surpresa, que expectativas você está desapontando?

Mara não respondeu. Ela não tinha certeza da resposta.

— O único jeito de desapontar Deus, Mara, seria se Deus tivesse uma visão pouco realista e idealizada de você. E Deus não é assim — Mara mudou de posição no sofá. — Tem muitas coisas que o Senhor deseja de nós — Katherine continuou calmamente. — Muitas coisas. Mas sua vontade é enraizada em seu amor e anseio por nós. Não em decepção e condenação.

— Mas se você soubesse os detalhes do meu pecado, Katherine. Se soubesse o tamanho da minha bagunça...

— Me conta — disse Katherine.

Então Mara contou.

Durante a hora seguinte, ela contou tudo o que lhe veio à mente: todos os detalhes lastimáveis, toda a vergonha, toda a culpa, todo o arrependimento. Tudo. Ela derramou tudo aquilo em linguagem vívida, sem nenhuma tentativa de editar, diminuir ou esconder.

Os olhos de Katherine se encheram de lágrimas enquanto ouvia, e dizia em voz baixa: "Ô, minha querida...".

Mara acabou de contar sua história e descruzou os braços.

— Entendeu? — Ela perguntou, secando o rosto na manga. Katherine entregou-lhe um lenço.

— Entendi, Mara — Os olhos cor de safira de Katherine acolheram Mara como uma lagoa de cura. — O Senhor também vê. *El Roí* é o Deus que te vê, que vê todos os detalhes da sua vida sem te condenar ou acusar. Os olhos de Deus estão cheios de ternura e compaixão. E *El Roí* cuida da sua vida com muito mais amor do que você consegue compreender.

Mara encarou a tatuagem.

— Então por que não consigo me livrar da culpa? — Ela perguntou suavemente.

Katherine não falou por um longo tempo, e Mara começou a se perguntar no que ela estaria pensando. Talvez ela finalmente dissesse que Mara não era apta para a jornada sagrada. Talvez houvesse um grupo diferente que Katherine recomendasse para consertar cristãos. Ela estava pronta para o veredito.

— Você não pode se livrar da culpa, querida, porque você está ouvindo a voz errada e chamando-a de Espírito de Deus.

Essa não era a resposta que Mara previa.

— O que você quer dizer? — Perguntou, ligeiramente aliviada por Katherine não a ter rejeitado. Ainda.

— Você parou para encarar os seus pecados, Mara. Você teve a coragem de olhar para eles e chamá-los pelo nome. São uma ofensa contra um Deus santo. Mas foi aí que você ficou presa. Em vez de se voltar a Deus e receber o perdão, você continuou olhando pra seu pecado e se punindo. Você deu ouvidos à voz do inimigo te acusando, te menosprezando e te humilhando, dizendo que você foi longe demais, que passou dos limites da graça e que primeiro precisa se tornar boa pra poder voltar para Deus.

Isso era verdade. Mara tinha medo de olhar para Deus: medo do julgamento, medo da rejeição, medo da condenação.

Medo.

— Você só pode se voltar, olhar para Deus e receber suas bênçãos quando tiver certeza de que Deus é amor — disse Katherine.

Mara ficou olhando para os próprios sapatos.

— Nem sei o que é o amor — sua voz falhou com a emoção e Katherine segurou suas mãos.

— Eu sei, querida. Eu sei — a ternura na voz de Katherine fez Mara chorar novamente.

— Então o que devo fazer? — Mara perguntou. — Como vou chegar a algum lugar?

Katherine se inclinou para frente, com as mãos juntas.

— Comece a olhar para Jesus — ela disse, com um sorrindo acolhedor. — Comece a ler as histórias de Jesus interagindo com pessoas parecidas com você. Se imagine no meio da história, experimentando a graça, recebendo o perdão, vendo o amor. Deixe que essa visão de Jesus comece a reconstruir a sua imagem de Deus e sua imagem de si mesma. Deus é amor, Mara. E você é escolhida, aceita, amada, perdoada e valorizada. É assim que *El Roí* te vê. Você é amada pelo Senhor.

Mara balançou a cabeça.

— Eu não me vejo assim.

— Eu sei — disse Katherine. — Mas o Espírito de Deus está agindo. O Espírito Santo está pairando sobre a sua vida, falando estas palavras: "Haja!". E quando o Espírito fala essas palavras... Bem, surge uma criação totalmente nova, não é?

HANNA

Mara estava saindo do gabinete de Katherine quando Hanna chegou para seu programa de mentoria espiritual.

— Oi, Mara! Sentimos sua falta no sábado.

— Obrigada — Mara mexeu em uma das numerosas pulseiras, grandes, brilhantes e coloridas. — Katherine me deixou ter uma sessão particular.

— Também vim para uma dessas — disse Hanna, ajeitando o cabelo atrás das orelhas.

Katherine apareceu na porta, sorrindo.

— Eu lembro que vocês se sentaram juntas na mesa do canto na primeira semana.

— Sim, o Clube dos Calçados Confortáveis — disse Mara, ainda remexendo as bijuterias. — Pobre Meg, de salto alto. Ela voltou para a segunda rodada?

— Ela voltou — respondeu Hanna. — Na verdade, devo me encontrar com ela daqui uma hora, no labirinto — ela titubeou por um momento. — Você pode vir com a gente, Mara.

Mara ficou olhando para os próprios sapatos.

— Sabe como é — ela disse lentamente. — Eu estava indo resolver algumas coisas antes de os garotos voltarem da escola... Mas talvez possam esperar — ela olhou para Katherine. — Tenho um monte de coisas em que pensar, não é?

— Se você preferir ficar lá dentro enquanto espera — Katherine respondeu — temos uma linda capela.

— Parece uma ótima ideia! — Mara pegou em sua grande bolsa bordada um caderninho e uma pequena Bíblia. — A-ha! Nunca me dei o trabalho de tirar eles da bolsa desde a primeira aula. Acho que estou pronta! — Ela virou para Hanna. — Vejo vocês lá fora. Obrigada. Obrigada por me convidar — então ela foi para o corredor, tilintando as correntes, contas e pingentes, que balançavam todos juntos.

Hanna afundou no sofá em frente à mesa bem arrumada de Katherine. Pela primeira vez desde que chegou ao Michigan, Hanna teve uma sensação de familiaridade com um espaço. O escritório de Katherine estava cheio de vasos de planta, luminárias suaves e prateleiras cheias de livros — não apenas obras teológicas e devocionais, mas poesia, romances contemporâneos e literatura clássica. Hanna viu alguns dos seus autores favoritos ao lado de nomes que não reconhecia. Ela desejou poder passar horas folheando.

No momento em que pensava sobre o quanto sentia falta de sua vida e de seu próprio escritório, seus olhos pararam sobre a oração da serenidade, em um quadro na parede: "Deus, concede-me serenidade para aceitar as coisas que não posso mudar; coragem para mudar as coisas que eu posso; e sabedoria para perceber a diferença".

Me ajude, Senhor, ela suspirou.

Katherine tirou uma vela alta de sua mesa e colocou na mesa do café que estava entre as duas.

— Acendemos a vela de Cristo para lembrar que estamos na presença do Senhor — disse, apagando o fósforo enquanto se sentava em uma poltrona e fechava os olhos em oração. — Jesus Cristo, Luz do mundo, vem e ilumina os cantos escuros da nossa vida. Onde estamos cegos, nos concede a visão. Onde tropeçamos na escuridão, ilumina o nosso caminho. Acalma-nos com o teu amor e nos capacita a ouvir a tua voz mansa e suave. Porque tu és o nosso querido amigo, Senhor, e nós desejamos estar plenamente presentes para ti.

Hanna manteve os olhos fechados, pedindo ao Espírito Santo direção e orientação, para que a ajudasse a descobrir o que ela queria e precisava e para lhe dar paz. Não esperava se sentir ansiosa. Era isso o que as pessoas experimentavam quando vinham pedir sua ajuda? Já fazia muitos anos desde que ela esteve na posição de receber cuidados espirituais e, apesar da atitude calma e confiante de Katherine, Hanna se sentia desconfortável. Ela preferia ser quem pastoreava.

— Então, Hanna — Katherine começou —, por que você não me conta um pouco da sua própria caminhada de fé?

Hanna se ajeitou no sofá, tentando encontrar uma posição mais confortável.

— Você quer dizer como cheguei à fé?

Katherine sorriu.

— O que você quiser me contar sobre a sua vida com Deus até agora.

Hanna respirou fundo. Por onde deveria começar?

Mesmo tentada a se lançar diretamente no assunto das lutas atuais quanto à licença sabática, Hanna sabia que precisava oferecer um contexto mais amplo. Para Katherine acompanhar a jornada de Hanna dali para a frente, ela precisaria de pelo menos uma versão resumida do passado de Hanna.

Juntando as mãos à frente, Hanna fez um resumo rápido, direto ao ponto, contando sua infância e adolescência: as mudanças frequentes, seu despertar gradual para sua necessidade de Deus quando adolescente, seu chamado ao ministério. Hanna não deu muitos detalhes e Katherine também não pediu nenhum. Na verdade, Katherine sequer questionou para esclarecer algum ponto.

Satisfeita por ter fornecido uma quantidade suficiente de contexto histórico, Hanna contou as palavras que a assombravam desde agosto: *Você não sabe quem você é quando não está pastoreando.*

— É verdade — disse Hanna. — Sinto que tudo o que conheci e amei nos últimos quinze anos foi arrancado da minha vida e me sinto vazia e triste. E, honestamente, não sei o que fazer a respeito. Quero que esse descanso sabático seja produtivo, mas não faço ideia em que direção devo seguir. Nenhuma ideia, absolutamente. Não sei o que eu deveria estar fazendo.

Katherine não respondeu, e Hanna tentou não se sentir desconfortável no longo silêncio. Desviando o olhar para a vela de Cristo, observou a chama piscando e dançando sempre que ela expirava.

Katherine finalmente falou.

— Então... o que você pensa sobre esta estação da sua vida, Hanna? Tem alguma imagem ou uma passagem da Escritura que vem à mente? Alguma coisa que se relacione com sua história?

Hanna franziu a testa, concentrada.

— Morte. É a única palavra que me ocorre. Sinto como se enfrentasse a morte. Tenho tentado dar nome a tudo o que morreu, para poder explicar a dor.

Ela parou, pensando em todas as coisas que havia perdido ao deixar para trás a sua vida em Chicago: a familiaridade de sua casa e seu bairro, a companhia de seus amigos e colegas, a rotina e a recompensa de suas responsabilidades ministeriais. Ao rever mentalmente a lista, ela sabia qual era a perda mais dolorosa.

— Acho que o que mais me faz sofrer neste momento é a perda da minha produtividade. Eu amo servir a Deus. Amo servir outras pessoas. Amo ser um instrumento de Deus trabalhando pelo seu reino. E agora tudo isso foi tomado de mim. Me sinto perdida — Hanna olhou pela janela, vendo as folhas laranjadas e douradas se balançando nas árvores. — Sabe — ela disse cautelosamente —, é engraçado que você acabou de usar a palavra *estação*. Porque acho que isso faz parte do meu problema.

Katherine esperou calmamente para que Hanna elaborasse seus pensamentos.

— Sempre adorei esta época do ano — Hanna continuou, indicando a janela. — Adoro a mudança das estações, a mudança de cores. Mas desde que me lembro, o outono sempre foi uma época de muita atividade para mim, principalmente na igreja, com todas as programações de outono começando. A preparação para o Dia de Ação de Graças e o Advento é sempre muito agitada. Muito trabalho. E agora este outono é totalmente diferente — ela fez uma pausa. — Acho que essa época do ano está apenas ressaltando minha profunda sensação de perda, me lembrando de tudo que eu faço no outono, tudo que não estou fazendo agora.

A mente de Hanna voltou para Westminster, para a vida que ela amava e havia deixado para trás.

Quanto mais pensava nisso, mais percebia que o outono era a imagem perfeita para descrever aquela sensação de perda. Ela havia sido jogada numa estação de transição, mergulhado em direção à dormência do inverno. Tudo o que havia sido frutífero e produtivo em sua vida fora retirado. Tudo.

Algo que Jesus disse sobre sua própria morte veio à mente e Hanna falou o verso em voz alta:

— "Digo verdadeiramente que, se o grão de trigo não cair na terra e não morrer, continuará ele só. Mas, se morrer, dará muito fruto" — ela suspirou. — Acho que preciso confiar que Deus está trabalhando nesse período da minha vida. Se Deus está fazendo algumas coisas morrerem, então algum dia tudo será frutífero, mesmo que agora eu não consiga ver como. Preciso acreditar que, de alguma forma, sementes invisíveis estão sendo plantadas, sementes de uma nova vida que vão brotar no tempo certo.

Katherine olhou pela janela que dava para o pátio.

— Confesso que não lembro muito das aulas de ciências — disse —, mas minha neta, Jessica, me falou sobre a fotossíntese outro dia. Sabe porque as folhas mudam de cor no outono?

Hanna balançou a cabeça.

— Jessica me explicou que, durante o inverno, não tem água e luz suficiente para produzir comida, então as árvores descansam. Quando elas fazem isso, a clorofila verde desaparece das folhas, revelando pedaços de amarelo e laranja que já estavam lá o tempo todo. Só não conseguimos ver essas cores no verão porque estão cobertas pelo verde — Katherine fez uma pausa, olhando nos olhos de Hanna. — Não é interessante como cores lindas e brilhantes emergem apenas quando a produtividade é desligada?

Desligar.

Hanna remoeu essas palavras muito tempo antes de responder. *Desligar*, ela repetiu.

— Esta licença sabática se trata exatamente disso — ela soltou o ar lentamente. — É precisamente sobre a morte de minha produtividade. Fui reduzida a um tronco sem folhas para que a verdade sobre quem eu sou possa vir à tona, sem que eu esteja tão concentrada no meu trabalho.

Ela voltou à pergunta de Steve. Quem era ela quando não estava servindo? Quem era ela quando não estava desempenhando uma tarefa? Quem era Hanna Shepley?

— Sabe o mais triste disso tudo? — Hanna continuou, olhando novamente para a vela de Cristo. — Durante anos, ensinei às pessoas tudo sobre o 'falso eu', todas as formas que construímos nossas identidades em torno do quanto alcançamos, ou de como agimos bem, ou do que as outras pessoas pensam de nós. Todas as maneiras que fundamentamos o nosso senso de valor e significado em todas essas coisas secundárias. Até dirigi retiros sobre não vivermos nosso verdadeiro eu, vivermos longe da nossa verdadeira identidade de filhos de Deus. E agora estou aqui, falando de como estou de luto e me esforçando para não fazer, não realizar, não servir — ela falou mais baixo. — Não admira que Deus precise desligar tudo.

Katherine se inclinou para ela.

— Hanna, o Senhor não está condenando ou punindo você — disse gentilmente. — Esse é o amor dele, te seguindo e te envolvendo, te trazendo para perto com ternura, para curar e restaurar você.

Os pensamentos de Hanna rodopiavam e protestavam. Ela vinha vivendo como uma hipócrita, ensinando aos outros o que ela havia se recusado a abraçar para si mesma. Ela mal ouviu o que Katherine disse em seguida.

— Hanna, Jesus te ama tanto que não quer que a sua identidade seja enraizada no que você faz por ele, em vez de quem você é para ele. Ele te ama tanto que não quer que você se firme em qualquer coisa que não seja o amor dele por você, seu profundo, imenso e extravagante amor por você.

Hanna pressionou as palmas das mãos contra os olhos.

— Não acredito que não percebi isso com clareza antes — murmurou. — O Steve viu. Ele viu como me apaixonei por ser usada por Deus, como estava costurando a minha vida ao meu trabalho. Mal acredito que nunca percebi — ela balançou a cabeça lentamente, lembrando de Steve com os pés bem plantados, puxando a corda pastoral. — Todo esse tempo, pensei que estava adorando a Deus através do meu trabalho. Mas, honestamente — embora fosse doloroso confessar, ela contou em voz alta essa nova descoberta —, começo a pensar que passei a amar mais o meu trabalho do que a Deus. Meu Deus, quando foi que isso aconteceu?

Hanna tentou engolir as lágrimas. Sem suportar a expressão de profunda compaixão no rosto de Katherine, ela desviou o olhar.

Katherine disse:

— Seu verdadeiro eu vai emergir com novo vigor e ainda mais beleza do que antes. Estou confiante sobre isso. Essa é uma dádiva e uma promessa, quando Deus tira camadas do falso eu.

Hanna esperou até ter controle sobre a própria voz antes de voltar a falar.

— Então, para onde eu vou a partir daqui? — Perguntou. — Se a ideia é desligar a minha produtividade para que eu possa corrigir o meu foco, então o que devo fazer com a minha licença sabática?

Katherine sorriu gentilmente.

— Talvez o Espírito esteja te convidando a deixar de lado o seu desejo de tornar até o seu descanso produtivo — ela sugeriu. — Pare de tentar purificar o seu próprio amor por Deus, Hanna, e deixe que esta seja uma estação para descobrir o quanto você é amada por Ele. Que este seja um tempo de estar aberta e receptiva ao amor que Jesus está derramando sobre você, independentemente de qualquer coisa que você faça por ele, independentemente do seu trabalho e das suas tarefas.

A conversa recente com Meg veio à memória. Meg estava fazendo as perguntas certas: Quem eu sou? O que eu quero? Hanna precisaria responder as mesmas questões. Precisaria de nove meses para responder?

— Parece que você passou anos se chamando de serva — observou Katherine com delicadeza. — E Jesus te chama de amiga, Hanna. Mais do que isso. Você é aquela que Jesus ama.

Sentada no escritório silencioso, Hanna se lembrou de um retiro de mulheres que havia conduzido alguns anos atrás. Ela concluiu a reunião fazendo com que as mulheres se reunissem em um círculo. Em seguida, ela passou um espelho, convidando-as a olhar para seus próprios reflexos e dizer as palavras: "Eu sou amada por Deus, sou aquela que Jesus ama". Quando recebeu o espelho, Hanna o passou para frente sem olhar para ele.

Engraçado. Ela não pensou nisso na hora. Ela era apenas uma facilitadora do exercício, não uma participante.

Ela se inclinou para frente no sofá e colocou os cotovelos nos joelhos.

— Pensando em todas as coisas que morreram — Hanna continuou lentamente — percebi no outro sábado que minha primeira imagem de Deus também morreu faz muito tempo.

Katherine continuava inclinada para frente na cadeira, ouvindo com atenção.

— Meu pai trabalhava consertando coisas. Sempre que algo quebrava, eu levava para ele, e ele consertava. Assim, quando comecei a conhecer Deus, essa era a minha imagem dele: meu Pai Celestial, aquele que conserta as coisas quebradas. Mas já vi tanta gente sofrendo que não consegui manter essa imagem. Deus não conserta — a voz tremeu, e ela sentiu os olhos ardendo com as lágrimas. — E, honestamente, nem sei quais imagens de Deus tenho nesse momento — elas passaram um longo tempo em silêncio antes que Hanna falasse novamente. — Você lembra quando listou aquelas imagens de Deus no quadro e pediu que prestássemos atenção às nossas respostas?

Katherine concordou com a cabeça.

— A que me provocou a reação mais forte foi "Noivo". Uma reação muito forte e negativa. Deus como Noivo me deixa extremamente desconfortável.

A voz de Katherine era tranquilizadora.

— Perseverar com aquilo que mexe com você — disse lentamente. — Nossas áreas de resistência e fuga podem conter uma riqueza de informações sobre nossa vida interior. Não tenha medo de ir mais fundo, Hanna. Parece que o Espírito está revelando algo significativo em que vale a pena prestar atenção.

Prestar atenção. Prestar atenção. Atenção.

Hanna ouvia algo ressoar no ambiente.

Meg e Mara estavam tão envolvidas na conversa no banco do canto que não ouviram Hanna se aproximar. Ela cumprimentou-as quando Mara mostrava o pulso à Meg.

— Eu estava mostrando minha tatuagem pra Meg — explicou Mara, segurando o pulso para Hanna ver. — Faz anos que a fiz, para me lembrar que Deus me via e cuidava de mim. Mas depois comecei a sentir que Deus me *via* e me julgava. E comecei a me sentir ainda mais culpada. Mas alguma coisa aconteceu quando falei com Katherine hoje cedo. Como se de algum jeito tudo tivesse começado a mudar. Ela estava ali sentada com lágrimas nos olhos, ouvindo a minha história, e comecei a pensar que talvez os olhos de Deus não sejam olhos de julgamento, no fim das contas. Não sei... Tem tantas coisas que não sei. Eu sinto que preciso começar de novo. Como se eu fosse uma criança que não sabe de nada. Claro, pensando por onde eu passei, começar de novo não é nada mal — ela parou para respirar. — É realmente possível uma mulher de cinquenta anos nascer de novo mais uma vez?

Mulheres de 39 anos também, pensou Hanna. *Morrer, morrer, morrer para nascer de novo e de novo e de novo.* Mas Hanna não falou nada. Não era sobre ela.

Em vez disso, a Hanna pastora respondeu:

— Cada dia é uma oportunidade para começar de novo à medida que as coisas velhas morrem e as coisas novas nascem. Afinal, é disso que se trata nascer de novo, não é? O velho eu morre e o novo eu em Cristo vem. E isso não acontece apenas uma vez, não é? O apóstolo Paulo disse que morria todos os dias. É um processo para vida toda morrer para o pecado e para si mesmo e ressuscitar com Cristo.

Mara sibilou.

— Profundo demais para mim, pastora — disse Mara, rindo. — Você tem de manter as coisas simples, senão vai me perder. Não que isso seja difícil — ela levantou e se esticou. — Então, vamos lá? — Ela olhou para os pés de Meg. — Adorei suas botas, irmã! Parece que você está pronta para a caminhada!

Meg dirigiu a Hanna um olhar claramente perceptivo e disse:
— Pronta.

Hanna ficou encucada imaginando o que Meg havia visto.

MEG

Meg e Jimmy celebraram sua formatura jantando em seu restaurante preferido em Kingsbury, o Timber Creek Inn. Sentados à mesa, bebendo refrigerante à luz de velas, Meg pensava em seus três anos juntos. Jimmy era a luz da sua vida, o seu mais querido amigo, a sua mais profunda alegria. Os olhos dela se encheram de água enquanto olhava para ele.

— *O que foi?* — *Ele perguntou, pegando a mão de Meg.*
— *Nada. Só estou feliz.*
Ele sorriu para ela e tirou alguma coisa do bolso do casaco.
— *Nesse caso... Você me faria o homem mais feliz do mundo?* — *Ele pegou a aliança que havia economizado durante meses para comprar.* — *Eu te amo, Meg. Você quer casar comigo?*
Meg começou a chorar mais intensamente, incapaz de falar sobre a alegria. Quando as palavras finalmente vieram, ela simplesmente disse sim. Sim, sim, sim...

Meg havia passado os últimos três dias meditando em duas perguntas: quem sou eu? O que eu quero? Hanna lhe deu conselhos sobre como procurar respostas.

— Tente descobrir quem você é além dos papéis que desempenha e dos relacionamentos que você tem — Hanna disse.

Meg ficou confusa.

— Mas tirando isso, o que vai ficar? Se tirasse o trabalho e os relacionamentos, o que sobraria? "Mulher"?

Hanna riu sem responder.

Agora, à medida que Meg percorria a parte de dentro do labirinto, ela confessava sua frustração. Ela simplesmente não conseguia encontrar respostas significativas. Sempre que ela tentava responder "quem sou eu?" ela respondia no passado. Ela era a esposa de Jimmy Crane. Ela era filha de Ruth Fowler. Sim, ela ainda era a mãe da Becka, mas essa relação estava mudando e Meg ainda não tinha encontrado um novo equilíbrio. Ela não sabia ser mãe de uma filha que já havia aberto as asas.

O pastor Dave muitas vezes descrevia o luto como uma amputação. Tudo o que era familiar na vida de Meg havia sido cortado, não com a precisão cuidadosa de um bisturi esterilizado, mas com a violência crua de uma motosserra. Meg se sentia moldada apenas pelo que havia sido removido. Ela havia sido formada apenas por todas as identidades que havia perdido. O pastor Dave tinha razão. Ela vivia como uma pessoa amputada, arrancada de si mesma. Em certos dias, as dores fantasma da sua antiga vida eram tão fortes que a dominavam.

Enquanto Meg seguia o caminho sinuoso em direção ao centro, a voz de sua mãe ecoava em seus ouvidos: "Meg, você é patética. Não consegue fazer nada sozinha?".

A mãe tinha razão. Meg nunca foi capaz de fazer nada sem que outras pessoas a ajudassem e agora ela nem conseguia descobrir quem era sem desejar que outra pessoa lhe desse a resposta.

Quem sou eu?

Era tão patético que a única palavra que ela conseguia encontrar fosse *mulher*. Completamente patético. Mas, sem saber o que mais poderia fazer, ela seguiu o conselho anterior de Katherine e esperou para ver se essa única palavra a levaria a algum lugar enquanto caminhava e orava.

Mulher.

Não chegava a lugar nenhum. Absolutamente nenhum.

Nenhum estalo. Nada.

Mas então...

Mulher. Mulher. Que eu amo.

Um sussurro pequeno e incidental de uma única palavra crescendo em uma declaração maior, mais alta, como uma frase há muito esquecida, há muito enterrada, ressurgiu das profundezas do seu subconsciente. Se ela ouvisse com atenção, quase conseguia escutar a voz dele dizendo outra vez: "Como vai a mulher que eu amo?". Para Jimmy, essa era sua descrição preferida de Meg. Meg era a mulher que Jimmy amava.

Ela parou de percorrer o caminho e olhou para o banco no canto, onde a roseira ainda estava em flor. Ela e Jimmy costumavam se sentar juntos sob um caramanchão de rosas em sua pequena casa. Ele construiu o arco para ela no primeiro aniversário de casamento e plantou perfumadas rosas trepadeiras.

Os olhos dela se encheram de lágrimas.

Ela podia mesmo deixar Jimmy reviver um momento em sua memória sem tentar enterrá-lo novamente?

Ainda que eu ande pelo vale da sombra da morte, não temerei mal algum, porque tu estás comigo.

Se ela ia caminhar pelo vale sombrio, precisava fazer isso agora, antes que sua coragem falhasse novamente. Ela olhou para Mara e Hanna caminhando com ela no labirinto e tomou sua decisão. Ela precisava parar de ouvir a voz da mãe dizendo que ela não podia se dar ao luxo de sofrer: "Você tem um bebê pra cuidar, Margaret, e eu não posso ajudar muito. Se você e a Becka vão ficar aqui debaixo do meu teto, você vai ter de se comportar como uma mulher adulta. Não vou tolerar vitimismo. Você tem que se recompor e seguir em frente".

Se recompor e seguir em frente.

Meg precisava da ajuda e da aprovação da mãe, e a mãe não aprovava fraquezas ou lágrimas. Então Meg fez sua escolha. Ela trancafiou o marido e escolheu a mãe.

Seguir em frente.

Mas e se seguir em frente significasse escolher Jimmy? Só por um momento. Um momento apenas...

Só de ouvir a voz dele novamente, depois de todos esses anos, seu coração disparou: "Como vai a mulher que eu amo?". Ela se lembrava da profunda ternura sempre que ele dizia aquelas palavras. Eram as suas primeiras palavras de saudação quando chegava do trabalho. Eram suas suaves palavras de intimidade quando estavam nos braços um do outro.

Ela se lembrou.

Ela se lembrou de como ele a segurava, a confortava, a valorizava, a amava. "Você é minha e nunca te deixarei partir", ele dizia, abraçando-a bem junto de si. Havia se esquecido de como se sentia segura nos braços do Jimmy. *Me perdoe por ter esquecido.* Ela não tinha certeza a quem estava pedindo perdão. Ela sabia que precisava de perdão.

Meg havia chegado ao centro. Sentando de pernas cruzadas no piso fresco, se lembrou da última vez que percorrera o labirinto. Ela havia imaginado o pastor que assobiava, chegando e encontrando a ovelhinha. O que ele disse quando olhou para ela? "Não se preocupe, pequenina, você está segura. Te encontrei. Você é minha."

Minha.

Aquela única palavra dançava em sua mente até que ela percebeu porque a voz do pastor havia soado vagamente familiar.

O pastor falou com a voz do Jimmy.

Por que ela imaginaria o pastor falando com a voz do Jim?

Ela desejava que Katherine estivesse com ela. Katherine saberia por quê. Havia uma coisa que Meg precisava entender. Ela só não sabia o que era.

Ela olhou em volta. Mara já havia concluído a jornada e deixado o pátio, mas Hanna se aproximava do centro. Seus olhos se encontraram por um instante, e Meg começou a falar antes que pudesse pensar a respeito.

— Hanna? Você pode me ajudar?

Enquanto Hanna se ajoelhava ao lado dela, Meg descreveu a imagem do pastor com o cordeirinho, as memórias do amor e da segurança ao lado de Jimmy e sua confusão sobre qual seria a conexão. O que o seu subconsciente tentava lhe dizer? Segurando a respiração, ela esperou pela resposta de Hanna.

Quando Hanna finalmente falou, foi em um tom baixo, quase reverente.

— Talvez você tenha ouvido a voz de Jimmy em sua memória porque foi ele quem te fez sentir segura e protegida em seu amor.

Meg concordou. Hanna tinha razão. Era verdade. Jimmy a amava muito mais profundamente do que qualquer pessoa que ela tivesse conhecido.

Hanna continuou, a voz falhando discretamente enquanto prosseguia.

— Talvez você precise saber que ao lado de Jesus você está segura e protegida — disse. — Talvez precise descobrir que Jesus te ama com o mesmo tipo de amor que o Jimmy amava você. Só que muito maior. Acho que Deus quer que você saiba que você realmente é amada por Jesus, amada profunda e ternamente.

Meg levou a mão ao peito e ouviu sua própria inspiração. Passaram-se longos minutos até que sua mente percebesse a resposta reflexiva e visceral do seu corpo. Ela poderia compreender realmente a profundidade desse tipo de amor? Será que ela compreendia que Jesus a amava mais intensamente do que o Jimmy havia amado? Se era isso que o Senhor estava revelando, então tudo mudava.

Tudo.

De repente, as palavras de Katherine no banco do pátio voltaram voando até ela e se enraizaram em seu espírito.

— No coração de Deus existe um grande amor por você, Meg. Um amor que você ainda precisa experimentar. Mais do que qualquer outra coisa no mundo, Deus quer que você saiba que você é amada e preciosa para ele. Essa é a essência desta viagem. Vou orar por você enquanto você percorre esse caminho.

Você é a mulher que eu amo. Você está protegida. Eu te encontrei. Você é minha.

Meg se sentia como se estivesse despertando de um sono profundo. De repente, ela sabia as respostas para as perguntas. Ela ainda não sabia o que as respostas significavam ou como sua vida mudaria pelo conhecimento delas. Mas este foi o início de uma nova jornada. Sim, uma jornada sagrada.

Quem era ela?

Você é aquela que Jesus ama. De alguma forma, ainda que não pudesse compreender totalmente, de alguma forma, Jesus a amava ainda mais profundamente do que o Jimmy havia amado.

O que ela realmente desejava?

Enquanto se ajoelhava no centro, chorando, Meg descobriu que ansiava pela mesma coisa que os discípulos da passagem.

Ela só queria estar com Jesus.

CHARISSA

A sala de aula do quarto ano da Sra. Jackson estava em silêncio durante a prova de Geografia. Charissa havia estudado muito e sabia de cor as capitais dos estados. Ela também conhecia os lemas e as flores símbolo de cada estado, mesmo que a Sra. Jackson não tivesse pedido essa informação. Enquanto Charissa se perguntava se receberia pontos extras por escrever os lemas, Susie Winslow sussurrou da cadeira logo atrás.

— Pssst! Qual é a capital do Tennessee? — Charissa se enrijeceu e não respondeu. Susie tentou outra vez. — Qual é a capital do Tennessee?

Sem virar a cabeça, Charissa murmurou:

— Não vou dizer.

— O quê? — Susie sussurrou.

Charissa virou.

— Eu já falei que não vou dizer!

A Sra. Jackson levantou o olhar bem na hora que Charissa murmurava para Susie.

— Charissa, nada de falar durante a prova, por favor.

— Mas eu...

— Silêncio, por favor.

Charissa ferveu. Ela odiava ser repreendida. Depois do teste, ela marchou até a mesa da professora para explicar o ocorrido. Mas a Sra. Jackson não quis ouvir.

—*Esquece, Charissa. Não é nada de mais.*
Charissa discordava. E não iria esquecer.

Estava escurecendo quando Charissa atravessou o campus depois de sua última aula da quarta-feira. Quando passava pela praça Bradley Hall a caminho da biblioteca, reparou que a luz do escritório do Dr. Allen estava acesa. Ela olhou para o relógio. Ela ainda tinha quase meia hora antes de John chegar, tempo suficiente para uma conversa rápida.

Durante seus anos na Universidade de Kingsbury, Charissa teve várias aulas com o Dr. Allen, incluindo algumas matérias de graduação em literatura medieval. Ela sempre se destacou e muitas vezes ele a elogiou por sua aptidão em análise textual.

Sua matéria de *Literatura e Imaginação Cristã*, no entanto, estava se tornando cada vez mais obtusa. Não que ela não entendesse a poesia que estavam lendo: ela era bem versada nos escritos de Milton, Donne e Herbert. Mas o Dr. Allen havia começado a empurrar os alunos para além da simples análise de texto, para um reino de integração pessoal que ela não compreendia. Ele estava fazendo perguntas sobre fé e prática, convidando-os a refletir sobre como a literatura impactava sua vida com Deus.

Pela primeira vez, Charissa se media com seus pares e percebia algum tipo de deficiência. Isso a intrigou. Ela havia passado anos na igreja e lido a Bíblia do começo ao fim muitas vezes. Ela poderia ter enfrentado qualquer um deles em uma competição de versículos decorados.

Mas, sentada na aula do Dr. Allen, se sentia como se estivesse ouvindo uma língua estrangeira. Ela se perguntava que tipo de treinamento bíblico os outros estudantes haviam recebido. Seus pares falavam empolgadamente sobre a ação do Espírito em suas vidas, engajando-se em conversas sobre a fé com o Dr. Allen que a incomodavam e mexiam com ela. Ela parecia ter perdido seu posto de "melhor estudante da escola" e estava decidida a recuperar. Estava igualmente determinada a esconder sua ansiedade e ignorância.

E também havia a sua experiência no Nova Esperança. Ela ainda não entedia porque o Dr. Allen teria aprovado uma matéria dessas. Na verdade, talvez o grupo da jornada sagrada fosse o problema. Talvez ela devesse ter se inscrito para um curso de teologia no departamento de Kingsbury em vez disso, algo com mais direção e instrução. Talvez coisas como andar em labirintos e *lectio divina* fossem um desperdício do seu valioso tempo, especialmente se houvesse outra disciplina que a ajudasse a alcançar os outros alunos.

Charissa já batia à porta do escritório do professor e ainda não tinha certeza do que iria dizer.

O Dr. Allen olhou por cima do livro, tirou os óculos e se levantou da cadeira.

— Entre, Charissa.

— Estou atrapalhando?

— Nada que não possa esperar — ele voltou a se sentar em uma cadeira vazia. — O que posso fazer por você?

Charissa hesitou, não sabia por onde começar. Ela se sentou na beirada da cadeira.

— O senhor conhece a *lectio divina*? — Perguntou.

Ele concordou com a cabeça.

— "Leitura sagrada". Uma forma antiga de saborear o texto. E uma das minhas disciplinas espirituais preferidas. Por que você pergunta?

Ela levantou os ombros.

— A Sra. Rhodes apresentou no sábado e nunca tinha ouvido falar disso antes. — Ela ainda não sabia como perguntar o que queria saber. — Fiz muitos estudos bíblicos, mas esse foi diferente.

Os lábios dele se curvaram em um sorriso enigmático.

— Ainda preocupada com a ortodoxia?

Sim, ela respondeu interiormente em silêncio. *E também estou interessada em eficiência. Estou interessada na maneira mais rápida de aprender o que preciso saber para ser a melhor aluna da sua turma.*

Em voz alta, ela disse:

— Não, não é isso. É que todo o método parece tão subjetivo.

— *E um desperdício do meu tempo*, acrescentou para si mesma.

Ele a estudava cuidadosamente, e isso se tornava enervante.

— Me conte mais, Charissa.

— Sobre o quê? *Lectio divina*?

— Sua experiência de orar um texto. Qual a passagem que a Katherine leu pra vocês?

— Parte de João 1, onde João Batista direciona seus próprios discípulos a Jesus.

Ele concordou com a cabeça.

— Um ótimo texto para o início de uma jornada.

Ela não respondeu.

— E aonde o Espírito te levou? — Ele perguntou.

Ela não tinha a certeza se o Espírito a havia levado a algum lugar. Era apenas a sua própria imaginação enquanto ouvia a Sra. Rhodes lendo a mesma passagem vezes sem conta. Essa era a sua objeção à experiência toda. Não havia um padrão pelo qual medir pensamentos e impressões pessoais; sem padrões corretos de interpretação, uma pessoa poderia facilmente se desviar para o erro. Até para a heresia.

O Dr. Allen ainda esperava uma resposta. Que tanto ela realmente gostaria de falar sobre a sua própria resposta ao exercício *lectio divina*?

Charissa se sentou mais aprumada na beira da cadeira.

— No início, quando ela leu a passagem, nada me impressionou muito — ela falava devagar, pesando as palavras com cuidado. — Então, da segunda vez que ela leu, eu comecei a pensar sobre como eu responderia a pergunta de Jesus: "O que você está procurando?".

O Dr. Allen estava inclinado para frente, ouvindo com atenção.

Ela prosseguiu.

— De qualquer forma, quando ouvi essa pergunta, lembrei uma memória antiga. E então a Escritura e a minha própria experiência se misturaram, e eu acabei perdendo a linha de raciocínio.

Ele não dizia nada. Por que ele não dizia nada?

— Não sei se o senhor vai se lembrar disto ou não — ela continuou, mexendo no cabelo perto da orelha esquerda. — Mas quando eu falei pela primeira vez sobre a aula no Retiro Nova Esperança, o senhor me perguntou por que eu queria ir. E quando eu disse: "para aprender", o senhor me disse que essa era a resposta errada.

— Eu lembro.

Charissa suspirou.

— Bem, quando eu ouvi a pergunta de Jesus "o que vocês estão procurando?", foi como se eu estivesse ouvindo a sua voz novamente e ainda tivesse a mesma resposta: aprender. E a partir daí tudo piorou.

Mais uma vez, o sorriso enigmático.

— Você está dizendo que perdeu o controle sobre o texto?

Por que a mesma palavra sempre volta a aparecer? Ela não tinha certeza.

— Não, controle não — ela respondeu medindo o tom de voz, determinada a não parecer defensiva. — Eu comecei a pensar em outros versículos da Bíblia, uma coisa levou a outra e acabei em um pensamento que eu não esperava.

Ele disse:

— "O vento sopra onde quer, e ouves o seu som; mas não sabes de onde ele vem nem para onde vai" — Como? Vento e barco a vela de novo? Sua resposta não parecia seguir uma sequência lógica, mas ele não se explicou.

— Eu não entendo — ela disse finalmente, embora odiasse admitir.

— De João 3, a história de Nicodemos — ele respondeu. — Nicodemos também não entendia. Ele estava às cegas sobre Jesus, não estava? Ele sabia que se sentia atraído pelo ensinamento de Jesus, mas não tinha certeza se queria ir mais fundo do que isso.

Charissa também não tinha certeza se queria ir mais fundo. Por outro lado, ela quem havia iniciado a conversa. Por que ela havia iniciado a conversa?

Ela pôs sua expressão de estudante empenhada e interessada e o deixou concluir.

— Nicodemos também era professor — ele disse — e sem dúvida pensou que havia entendido tudo. Mas algo sobre Jesus o inquietou. Então Jesus lhe disse que seu único caminho para o reino era desaprender tudo o que ele achava que sabia, ao nascer de novo como uma criança indefesa. Então... você pode imaginar o quanto Nicodemos deve ter ficado confuso. No entanto, a luz começou a brilhar em meio à cegueira. Ele começou a ver.

Ver o quê? ela ferveu por dentro. O que ela deveria ver?

— Então, para onde devo seguir a partir daqui? — Ela perguntou, lutando para disfarçar sua frustração.

— É uma boa pergunta.

Ela gritou, mas só por dentro. Que cara chato!

— Então, o senhor está dizendo que tenho de começar a desaprender as coisas? Isso é impossível! Como eu poderia fazer isso?

Ele não disse nada por um longo tempo e o silêncio se tornou insuportável. Ela não devia ter vindo. Por que foi que ela veio? Mas não podia ir embora. Ainda não. Ela fez uma pergunta direta e talvez ele fosse dar uma resposta direta.

Talvez.

— Charissa — ele disse finalmente, juntando as mãos como se fosse fazer uma oração — se o aprendizado se tornou um ídolo e um obstáculo pra você, se o seu desejo de aprender está te impedindo de se encontrar com Cristo, então o lugar certo para começar é em confissão e arrependimento. Você começa reconhecendo a verdade sobre si mesma: que você é uma pecadora que precisa da graça.

Ela franziu as sobrancelhas. *Uma pecadora?* Como ele se *atrevia* a chamá-la de pecadora?

Ninguém nunca — *nunca* — havia chamado Charissa Goodman de pecadora. Não que ela não acreditasse que cometesse erros. Mas havia um grande abismo entre estar intelectualmente consciente de sua necessidade de perdão e realmente abraçar a identidade de "pecadora". Afinal, ela se esforçava para viver o mais corretamente possível, ansiosa para evitar a reprovação e o erro. Os amigos a chamariam de um modelo de cristã. Na verdade, era como se via, embora nunca tivesse dito em voz alta.

Ela endireitou os ombros.

Ele apoiou os cotovelos na mesa, continuando com as mãos juntas.

— O seu desejo de controle te impede de se entregar a Cristo, Charissa. E o seu desejo de perfeição está te impedindo de receber a graça. Você está tropeçando na cruz ao tentar ser boa, ao tentar com todas as forças se tornar perfeita.

Ela ficou calada. Ela não olhava para ele. Ela também descobriu que não conseguia se levantar, apesar da vontade de sair correndo.

— Não estou te julgando — ele continuou. — Não estou te criticando ou te condenando. Só vejo as suas lutas porque são parecidas com as minhas. É difícil para um bom seguidor de regras ser convertido à graça. Existem tantas defesas e nós perfeccionistas nos escondemos atrás delas, especialmente o impulso de confiar em nossos próprios esforços para viver de modo correto e fiel. Acredite em mim. Eu sei como é tentar ajudar a obra salvadora de Cristo, se esforçando para ser perfeito. Mas Deus não precisa que você seja boa, Charissa. Não é a sua bondade que te salva. Ou o seu desempenho. É a graça. Somente a graça. E Deus quer amaciar o seu coração e abrir os seus olhos para que você veja quão desesperadamente você precisa dessa graça.

Ela cerrou os dentes. Ele continuava falando. Por que ele continuava? Ela desejava que ele se calasse.

— O seu pecado não partiu o seu coração — ele disse suavemente. — Você ainda não vislumbrou o tremendo preço que Jesus pagou para te salvar.

Chega. Ela já tinha ouvido o suficiente. Ela olhou para ele enquanto se levantava.

— Meu marido está me esperando — disse secamente, saindo porta afora.

A mãe de Charissa havia advertido John sobre a capacidade da filha de trazer seu próprio sistema climático para o ambiente.

"Nunca conheci uma grega tão invernal" disse. "Ela não herdou meu calor mediterrânico, mas sim o gelo do pai. Compre um bom casaco, John."

Quando John pegou Charissa na frente da biblioteca, a temperatura dentro do carro caiu imediatamente. Ao longo dos seis anos que a conhecia, John desenvolveu a habilidade de prever as alterações de temperatura e pressão atmosférica de Charissa. Mas esta frente fria inesperada o apanhou totalmente de surpresa e nenhuma quantidade de calor ou humor a descongelava.

— Posso fazer alguma coisa por você, Cacá? — Ele perguntou enquanto se sentava no chão na frente do sofá, depois do jantar, massageando os pés dela. Ela se afastou e continuou digitando. — Talvez comprar alguma coisa? Vou buscar o que você quiser. Que tal umas cerejas cobertas de chocolate?

Silêncio.

— Um cheesecake de morango?

Sem resposta.

— Ainda tem sorvete de morango com cookies de chocolate no congelador... — nada.

— Gostaria tanto que você falasse comigo, Cacá. Não sei como ajudar se não sei o que está acontecendo. Por favor, querida, fale comigo. Acabaram as minhas sugestões de comidas.

Ela esfregou a testa.

— Ok... Vou sentar aqui do lado, à espera, se você quiser me mandar fazer alguma coisa. Qualquer coisa! — Ele se sentou na poltrona ao lado do sofá, resistindo à tentação de quebrar o silêncio ligando a tevê. Uma vez que ele não queria fazer nada que a irritasse, ele passou as horas seguintes navegando sem rumo na internet e jogando paciência no notebook.

Às 22h, ele desistiu.

— Te amo — disse a ela, e lhe deu um beijo na testa.

— Até amanhã.

John continuou deitado na cama, ouvindo secretamente um lado da conversa de Charissa ao telefone.

— Agora é tarde demais para trocar as matérias, mãe — pelo menos ela estava falando com alguém. Ele desejava apenas que ela confiasse nele. — Eu sei. Foi totalmente inapropriado. Fiquei furiosa. Mas também não quero me afastar e deixar ele pensando que venceu. Além disso, não quero perder o semestre inteiro. — Pausa. — Eu sei. Como ele se atreve, não é?

Como ele se atreve? A quê? Quem?

— Não — continuou Charissa. — Ainda não sei o que vou fazer. Pausa.

John desejava ouvir como a mãe dela estaria respondendo. Ela geralmente expressava opiniões fortes. Charissa ficou em silêncio por um longo tempo. E depois:

— Eu sei, mãe. Não tenho aulas com ele até à próxima semana, por isso, pelo menos, não preciso vê-lo. Posso evitar isso facilmente até descobrir o que fazer.

O Dr. Allen. Só pode ser o Dr. Allen. John não conseguiu pensar em nenhum outro professor que pudesse aborrecer sua esposa daquele jeito.

A voz dela continuou e a conversa seguiu para outros assuntos.

John esperou até ela desligar o telefone antes de se dirigir à cozinha para fazer café.

— Bom dia, Cacá — ele beijou-a na bochecha. Ela murmurou uma resposta distraída. — Você quer um café?

— Já tomei — ela respondeu de forma curta, mantendo o nariz grego atrás de um livro.

Ele abriu a geladeira.

— Posso preparar seu lanche? Posso fazer um omelete ou alguma outra coisa.

— Não, obrigada.

— Uma torrada?

— Não estou com fome.

John não sabia se ela estava lendo ou só fingindo para evitar de conversar. Ele despejou alguns cereais em uma tigela e se sentou à mesa, tentando descobrir como se aproximar da esposa.

— Ouvi você conversando com a sua mãe ao telefone — ele se arriscou, mexendo a colher na tigela antes de pegar um pouco.

Ela não respondeu.

— Você gostaria de conversar?

Sem resposta.

— Parece que aconteceu alguma coisa com o Dr. Allen?

Ela olhou por cima do livro brevemente.

— Já estou cansada de falar disso — ela o cortou.

John limpou a garganta e comeu mais uma colherada.

— Você não conversou comigo sobre isso. E eu sou o seu marido, lembra?

Os olhos dela se estreitaram em duas fendas de aço.

— Então você vai jogar mais isso em cima de mim? Maravilha.

— Não estou jogando nada. Eu só... esperava que você compartilhasse comigo o que está acontecendo. Só isso.

— Não preciso que você me faça sentir culpada — a voz dela era como gelo. Ele apertou o cinto do roupão mais firmemente em volta de si.

— Não é culpa, Cacá. Só estava tentando ajudar — ele terminou o café da manhã em silêncio.

Sem saber mais o que fazer, ele entrou no chuveiro e orou.

O Dr. Nathan Allen também orava enquanto navegava para norte ao longo do Lago Michigan, naquela manhã de quinta-feira, enfrentando o vento com habilidade.

Ele se questionou mil vezes depois de Charissa sair do seu escritório. Será que ele havia falado demais? Ele a pressionara excessivamente? Katherine Rhodes, sua mentora espiritual, uma vez lembrou-lhe que duas pessoas podiam ouvir as mesmas palavras de maneiras muito diferentes.

— Dependendo de onde estão em sua caminhada com Deus — ela disse —, uma pessoa ouve algo como uma palavra terna de graça e compaixão, enquanto outra pessoa ouve a mesma coisa como uma dura repreensão.

Ele sabia como Charissa ouviu o que ele havia dito.

Nathan a conhecia há alguns anos, observando-a em várias aulas e vislumbrando sua aptidão intelectual. Mas ele nunca havia encontrado uma estudante tão rígida quanto Charissa Goodman Sinclair.

Charissa despertou sua profunda compaixão. Ele reconhecia em sua aluna muitos dos mesmos pecados e fraquezas de sua própria vida que Espírito Santo havia combatido energicamente: o desejo de controle, a busca pela perfeição, a obstinação que lhe custou tanto em seus próprios relacionamentos pessoais. Se ele pudesse ajudar apresentando-lhe à graça, talvez pudesse poupar Charissa de um pouco da dor que ele havia conhecido.

Por outro lado, a dor havia sido um dos seus melhores e mais confiáveis professores.

Ajuda, Senhor.

Apesar da surpresa quando Charissa se matriculou em sua turma de *Imaginação Cristã*, Nathan interpretou sua presença na classe como um sinal do movimento do Espírito em sua vida, ou, pelo menos ele viu uma oportunidade para o Espírito a conduzir para a liberdade de seu cativeiro e rigidez. E quando a jovem se aproximou e perguntou sobre o grupo da jornada sagrada, ele regozijou por dentro.

Depois de semanas de oração fervorosa por ela, ele finalmente havia discernido o sinal do Espírito para falar as duras palavras da verdade enquanto ela estava sentava em seu escritório. Ele sabia que o que ele havia dito feriu e enfureceu Charissa; só esperava não a ter prejudicado.

— Às vezes, no caminho para o que é melhor, as coisas pioram por algum tempo — dissera Katherine.

Ele ajustou as velas.

O encontro com Charissa trouxe de volta à memória outra conversa tensa que teve com alguém em um tempo anterior. Quanto tempo se passou? Quinze, dezesseis anos?

Eles cursavam a graduação juntos, na mesma faculdade, e ela rapidamente se tornou sua melhor amiga. Ela era apaixonada por Jesus, cheia de amor por Deus e pelas pessoas. Ela irradiava uma luz e um espírito que o atraíam e, durante os dois anos de amizade, aquele zelo despertou sua fé e sua afeição. Seu amor por ela fez que ele amasse mais a Deus.

Mas estava tão consumida pelo desejo de servir ao Senhor que desprezou sua abertura por algo mais profundo do que a amizade. Ela não acreditava que houvesse espaço em sua vida para Jesus e um relacionamento, e se recusou a ser dividida e distraída. Então ela fez a sua escolha. Ela escolheu Jesus e rejeitou Nathan.

— Você está se escondendo — ele disse. — Você tem medo de deixar alguém entrar. Tem segredos que você não contaria nem a si mesma. Tem coisas enterradas tão fundo dentro de você que você não faz nem ideia de como dar nome a essa dor. Mas eu dividiria o fardo com você, seja lá qual for... O que você estiver carregando... E se eu fizer parte do plano de Deus pra sua vida? E se Deus estiver tentando derramar o seu amor por você através de mim?

Mas ele pressionou demais, ele a via muito claramente. Ela foi embora e nunca mais voltou.

Nate passou pelo farol ao fim do canal e começou a mudar o curso. Quando o vento encheu as velas, ele confiou Charissa aos fiéis cuidados de Deus. *Por favor, Senhor, não a deixe se afastar de ti. Por favor.*

6.

ESCONDE-ESCONDE

*Eu mesmo cuidarei das minhas ovelhas
e as farei repousar, diz o Senhor Deus.
Buscarei a perdida, e tornarei a trazer a desgarrada,
enfaixarei a ferida, fortalecerei a enferma.*
Ezequiel 34.15,16

MEG

— Ótima lição hoje, Ellie — Meg afagou os cachos loiros da última aluna de piano da quinta-feira à tarde. — Continue treinando essas escalas, está bem? Sei que não são muito divertidas, mas vão te ajudar em todas as suas canções — Meg sorriu para ela. — Você está indo muito bem, querida. Estou orgulhosa de você.

Ellie abraçou a cintura de Meg.

— Tchau, Sra. Meg. Até semana que vem!

Meg acenou para a mãe de Ellie, que esperava no carro. Depois fechou a porta da frente e suspirou.

Esse era o momento.

Ela se serviu de mais uma xícara de chá de ervas antes de subir as escadas direto para o sótão. Ela não visitava o sótão há anos.

Pronta ou não, lá vou eu!, suspirou.

Ela sabia exatamente qual caixa estava procurando: um pequeno baú de madeira que ela escondera depois que Jimmy faleceu. Ela o encontrou no mesmo lugar onde havia deixado, em um canto escondido no extremo do sótão. Afastando as teias de aranha, ela abriu o fecho. Meg não via aquela caligrafia há duas décadas, e seus olhos se encheram de lágrimas enquanto lia as palavras escritas no envelope no topo da pilha: *Para Meg, a mulher que eu amo.*

Meg levou o baú para o quarto, onde se sentou à escrivaninha durante horas, lendo todas as cartas dele. Ela havia preservado cuidadosamente cada uma — desde o primeiro bilhete que ele passou para ela em uma aula de inglês quando eles tinham quinze anos até o último cartão que ele lhe deu dez anos depois, apenas algumas semanas antes de morrer. Ainda que a mãe a tivesse castigado por ser sentimental, Meg saboreava cada palavra, lendo as cartas vezes sem conta. Ela ria e chorava, às vezes as duas coisas ao mesmo tempo, ao ouvir a voz de Jimmy falando com amor mais uma vez.

Meg levou um único cartão para a cama, o último presente de Jimmy. Ela fechou os olhos e se lembrou. Eles haviam saído para jantar juntos no Timber Creek Inn. Ela conseguia ver o rosto dele à luz das velas, seus olhos cheios de amor e alegria. Naquele dia tiveram seu primeiro vislumbre do bebê pelo ultrassom, o bebê que eles haviam desejado, ansiado e, agora, finalmente esperavam. Jimmy pegou o cartão no bolso do casaco e observou Meg enquanto ela abria: *Para a futura mamãe*, estava escrito na frente. E dentro: *Deus escondeu dentro de você o seu tesouro especial e os anjos aguardam a revelação.*

Jimmy escreveu sua própria mensagem ao lado:

PARA MEG, A MULHER QUE EU AMO. COMO AS PALAVRAS PODERIAM EXPRESSAR O AMOR QUE AGORA SINTO POR VOCÊ E PELO NOSSO BEBÊ? DE REPENTE, PARECE TÃO REAL. EU VOU SER PAI! SÓ DE VER O NOSSO BEBÊ SE MEXENDO E OUVIR AS BATIDAS DO CORAÇÃO, MAL POSSO ACREDITAR. TANTOS SONHOS SE TORNARAM REALIDADE, E NÃO CONSIGO IMAGINAR QUE NESTA NOITE HAJA UM HOMEM MAIS FELIZ EM ALGUM LUGAR DO MUNDO. VOCÊS SÃO O MEU TESOURO ESPECIAL, MEG, E MAL POSSO ESPERAR PARA SER O PAI E O MARIDO MAIS

FELIZ DO MUNDO. VOCÊ VAI SER UMA MÃE MARAVILHOSA. TE AMO E ESTOU TÃO ORGULHOSO DE VOCÊ. PARA SEMPRE SEU, JIMMY.
P. S.: TORCENDO PARA QUE NOSSO BEBÊ TENHA OS SEUS OLHOS.

Posteriormente, Meg guardou dentro do cartão a única foto que Jimmy tinha visto de seu bebê: a imagem granulada, em preto e branco, mostrando as mãozinhas e os pezinhos. Eles ainda não sabiam se o bebê seria Rebecka Grace ou William Ryan quando o Jimmy morreu. Mas uma de suas esperanças foi concedida. Becka tinha os olhos de Meg.

Becka.

Os pensamentos de Meg viajaram até a filha de espírito livre, a um mundo de distância. Tinha tanta coisa que Meg nunca havia contado à Becka sobre o pai. Becka aprendeu cedo que quando perguntava pelo papai, a mamãe ficava triste. Depois de algum tempo, ela parou de perguntar.

Se pelo menos...

Se pelo menos Meg tivesse juntado a coragem de fazer as coisas de modo diferente com a filha. Se pelo menos ela tivesse a determinação de permitir que a memória de Jimmy vivesse e respirasse no meio delas. Se ela tivesse sido mais forte, sem tanto medo.

Olhando para a foto do ultrassom, Meg sabia o que precisava fazer.

Ela precisava pedir perdão à Becka. Mas como? Certamente não era algo que ela desejaria fazer por e-mail. Também não parecia certo fazer isso pelo telefone. Não, ela queria olhar nos olhos de Becka e contar o quanto estava arrependida por ter escondido o pai dela. Ela queria mostrar a Becka aquele lindo cartão do pai e contar o quanto ele amava a filha, apesar de nunca ter a chance de conhecê-la e falar isso para ela. Ela queria que Becka soubesse.

Meg se lembrou da conversa na despedida de Becka no aeroporto, em agosto. Ela e a filha estavam juntas no portão de embarque, se preparando para a despedida depois de um verão tão curto.

— Mãe, eu queria que a senhora pensasse em me visitar na Inglaterra. Vou ter muito tempo livre em dezembro.

— Querida, você me conhece. Sou tão caseira. Mas aposto que a tia Rachel vai, se você convidar.

— Não é a mesma coisa. Eu só queria...

A voz de Becka desapareceu.

Meg acariciou o cabelo curto e escuro da filha.

— Eu sei. Eu sei.

— A senhora não precisa ficar presa — Becka disse com a voz firme. — Não precisa viver com tanto medo.

— Me desculpa, querida. Eu sou desse jeito. Sempre fui.

— Mas poderia aprender outros jeitos. A senhora sempre fala das minhas asas e das asas da tia Rachel. Mãe, a senhora também pode voar. É só querer.

Meg suspirou enquanto se lembrava. Qual o versículo que Hanna lhe disse no outro dia? Algo sobre amor perfeito e medo? Ela abriu a Bíblia e pesquisou. Era em 1João 4.18: "No amor não há medo, pelo contrário, o perfeito amor elimina o medo".

O perfeito amor elimina o medo.

Essa era a sua jornada? Do medo para o amor? Ela se lembrou da imagem do pastor a encontrando e reconfortando. Ela se lembrou de um pensamento: se Jesus realmente caminhasse com ela, ela não teria medo. De repente, tudo parecia se encaixar: sua compreensão emergente do amor perfeito de Deus, suas memórias do amor profundo de Jimmy, a saudade e o amor por Becka.

Uma única imagem veio à tona. Ela se viu entrando em um avião. Meg Crane nunca tinha viajado mais de quatro horas de distância de casa e isso apenas quando ela e Jimmy dirigiram para o norte, para a Ilha Mackinac em sua lua-de-mel.

Mas atravessar o oceano sozinha? Ela nunca voara para lugar nenhum; nunca havia posto os pés em um avião. Ela não poderia. Não poderia voar para a Inglaterra.

Poderia?

Lembrando a oração simples que Katherine lhe ensinou, Meg abrandou a respiração rápida e ansiosa, e inspirou dizendo: *Não posso.* Expirou, dizendo: *o Senhor pode.* Inspirou. *Não posso.* Expirou. *O Senhor pode.*
Se pelo menos...
E se...?

Na manhã seguinte, Meg descobriu que seu desejo de ver Becka só aumentava. Enquanto tomava seu café, debatia a ideia de ligar para a irmã e contar o que estava imaginando. Por um lado, Rachel poderia apontar rapidamente a direção certa para um passaporte rápido e dicas de viagem. Por outro lado, assim que contasse à Rachel, ela ficaria comprometida a seguir em frente. Rachel com certeza não a deixaria voltar atrás. Talvez fosse o que Meg precisava, alguém a quem prestar contas, assim ela não poderia recuar pelo medo. O que ela devia fazer?

Era um pensamento sussurrado que parecia vir de fora. *Você pode orar por isso.*

Mas Meg não sabia orar sobre esse tipo de decisão. Como saberia ao menos ouvir a voz de Deus guiando-a e dirigindo-a? Havia tantas vozes em sua cabeça. Como saberia qual delas era a de Deus?

A ansiedade costumeira começou a se apoderar dela, e Meg respirava lentamente. *Não posso. O Senhor pode. Não posso. O Senhor pode.*

A próxima voz que ouviu em sua cabeça foi a de Katherine, falando gentil e suavemente quando se sentaram juntas no pátio do labirinto. "É um privilégio caminhar ao seu lado nessa jornada, Meg. Se você precisar de ajuda ou encorajamento, me liga."

Antes de mudar de ideia, pegou a lista telefônica do armário da cozinha e ligou para o número do Retiro Nova Esperança.

Mais tarde, naquele mesmo dia, Meg estava sentada no escritório de Katherine, tomando um chá de camomila.

— Me fala sobre o seu medo — disse Katherine. — Você é capaz de nomeá-lo?

— Não sei. Essa é a parte mais absurda. Nem sei do que eu tenho medo. Sou tão acostumada a ficar perto de casa e de repente estou pensando em atravessar o oceano sozinha. Isso parece aventureiro demais para mim. Muito impulsivo e repentino — ela respirou profundamente. — Como sei se é algo que eu deveria fazer?

Katherine bebeu o chá calmamente antes de responder.

— Um dos antigos pais da igreja escreveu que a glória de Deus é revelada em uma pessoa que vive plenamente — ela pousou a caneca na mesa do café e se inclinou um pouco para frente. — Estou te ouvindo descrever o seu desejo de ver Becka e você se ilumina quando fala da possibilidade de passar um tempo com ela. Você se enche de vida, Meg, só de falar em visitá-la.

Meg concordou com a cabeça.

— Tenho saudades dela. E sinto uma urgência que não consigo explicar. Tenho muito a dizer que gostaria de dizer pessoalmente. E ela não vai voltar para casa até o próximo verão. Fico preocupada que se não fizer isso agora, talvez eu nunca mais tenha o mesmo tipo de oportunidade.

Katherine disse:

— Às vezes é difícil prestar atenção aos nossos próprios desejos, não é? A gente começa a acreditar que Deus só quer que façamos as coisas que *não* queremos fazer. Mas Deus também fala através dos desejos e anseios profundos do nosso coração. Deus nos convida a prestar atenção às coisas que nos trazem vida e alegria — ela fez uma pausa. — O Bom Pastor guia com bondade, Meg. Com firmeza e bondade. E você vai reconhecer a voz dele. Jesus promete isso.

Meg olhou pela janela do escritório de Katherine para o pátio do labirinto, lembrando a paz que havia experimentado quando imaginou o Pastor a encontrando. Ela se lembrou da alegria de ouvir suas palavras, de que ela estava em segurança, de que pertencia a ele, de que era amada.

— Eu sei que quero uma coisa — Meg suspirou. — Não quero mais ter medo. Mas faz tanto tempo que tenho medo, que já está no ar que eu respiro. Só não sei como me livrar dos meus temores, Katherine. Mas preciso me livrar deles para poder seguir Jesus.

Katherine deu um sorriso amável.

— Solta esse fardo, minha querida — ela disse. — Nós sempre seremos uma mistura de medo e fé.

Meg franziu as sobrancelhas, perplexa. Essa não era a resposta que esperava. Ela havia pensado que Katherine talvez lhe desse uma estratégia para superar seus medos e assim ela poderia viajar mais livre e leve com Jesus.

— Quer dizer que não devo tentar me livrar do medo? — Ela perguntou. Não fazia sentido. A Bíblia não estava cheia de mandamentos sobre não ter medo? Meg havia quebrado todos aqueles mandamentos.

— A fé não significa não ter medo, Meg. Fé significa que confiamos em Deus, mesmo quando temos medo. Especialmente quando temos medo — Katherine observava Meg com delicadeza. — Não se preocupe em tentar se livrar dos seus temores — disse Katherine lentamente. — Em vez disso, deixe seus medos fazerem o trabalho duro de revelar verdades profundas sobre você mesma. Nosso medo pode ser a janela para a verdade crua e sincera de nossa vida. Não nos agarramos a eles nem os alimentamos, mas escutamos em oração o que eles nos ensinam. Perguntamos a Deus o que o medo revela sobre quem somos e o que nos falta. Trazemos nosso medo para a luz do amor restaurador de Deus, entregando o medo a Deus como expressão de como somos fracos e precisamos dele — ela fez uma pausa. — Até os nossos medos se tornam oportunidades para encontrar Jesus, se deixamos que eles nos aproximem do Senhor.

O silêncio na sala se tornou uma coberta macia, embrulhando e envolvendo Meg confortavelmente. Ela nunca considerou que seus temores poderiam ser outra coisa senão um obstáculo à fé, uma fonte insistente de vergonha e arrependimento. Ela nunca imaginou que eles, na verdade, poderiam se tornar uma oportunidade para um relacionamento mais profundo com Jesus.

— Então é para eu parar de tentar me livrar do medo e começar a me concentrar no amor de Deus por mim? — Ela perguntou em voz baixa.

Katherine concordou com a cabeça.

— Se livrar dos medos nunca é o objetivo — disse ela. — Se prendemos nosso olhar nisso, não vamos olhar para Jesus. O que nós procuramos é nos aproximar do Senhor. Deus é sempre o nosso primeiro anseio. Assim, nos concentramos no perfeito amor e fidelidade de Deus em vez da profundidade do nosso medo. Meditamos sobre quão grande é o nosso Deus. E como ele é digno de confiança! Como ele é gracioso e amoroso. E aos poucos... Aos poucos descobrimos a nossa confiança crescendo e o nosso medo se encolhendo, tudo por meio do dom e do poder de Deus. Sempre pelo dom e poder de Deus, não pelo nosso próprio esforço.

Katherine procurou uma Bíblia de couro gasta e folheou as páginas amarrotadas até encontrar o que procurava.

— Aqui — disse, apontando para Isaías 43. Ela entregou a Bíblia à Meg. — Leia os primeiros versículos em voz alta e, onde diz "Israel" ou "Jacó", coloque o seu próprio nome.

Meg levantou as sobrancelhas.

— Eu posso fazer isso? — Ela nunca havia ouvido falar de aplicar os versículos da Bíblia de modo tão pessoal.

Katherine sorriu.

— Com certeza! No momento, não estamos olhando para o texto historicamente. Estamos lendo de modo devocional, como uma oração. Como uma promessa de Deus para você.

Meg limpou a garganta antes de começar a ler os versos em voz alta, devagar, em oração.

— "Mas agora, assim diz o Senhor que te criou, Meg, e que te formou: Não temas, porque eu te salvei. Chamei-te pelo nome; tu és minha..."

Ela parou de ler. *Minha. Você é minha.* Era a mesma garantia de segurança que ela ouviu no labirinto! Exatamente a mesma promessa. Ela havia contado à Katherine o que imaginou o Pastor lhe dizendo? Ela não se lembrava, mas talvez não importasse. Continuava sendo a palavra de Deus: a palavra de Deus para ela.

Continuou a leitura em voz alta, inserindo seu próprio nome.

— "Quando passares pelas águas, Meg, eu estarei contigo; quando passares pelos rios, eles não te farão submergir; Quando passares pelo fogo, Meg, não te queimarás, nem a chama arderá em ti..."

Chamei você pelo nome, Meg, você é minha. Chamei você pelo nome, Meg, você é minha. Minha, minha, minha. As palavras dançavam em seu espírito. Ela se sentou, saboreando a promessa, como se o Bom Pastor estivesse falando as palavras diretamente para ela. Deus a havia criado, formado, redimido. E Deus a estava chamando. *Meg, eu estarei contigo. Eu estarei contigo.*

Ela olhou para Katherine, os olhos cheios de lágrimas. Ela sabia o que Deus a convidava a fazer e ela faria. Com a ajuda de Deus, ela faria.

— Acho que vou ligar pra Becka assim que chegar em casa.

— A senhora tá falando sério? — Becka exclamou. — A senhora vem mesmo? Não acredito! Mãe, esse é o presente mais incrível do mundo. Obrigada. Vai ser maravilhoso passar esse tempo juntas! — Durante a hora seguinte, Becka falou empolgada sobre todos os lugares que gostaria de visitar com a mãe: museus, casas de chá, galerias de arte, edifícios históricos. — A senhora não vai acreditar em tudo o que tem pra fazer aqui, mãe. É melhor planejar para passar algumas semanas, está bem? — A alegria e o entusiasmo de Becka animaram o espírito de Meg acima dos próprios medos e, quando ela desligou o telefone, estava pronta para fazer as malas.

Pouco antes da meia-noite, Meg adormeceu com imagens de castelos, casebres de palha e colinas ondulantes rodopiando em sua cabeça.

E passou a noite toda sonhando que podia voar.

CHARISSA

Charissa amarrou os sapatos e esperou Emily para uma caminhada de sábado de manhã. Pelo menos o tempo estava bom. Ela não gostava de ficar dando voltas no centro comercial.

— Tem certeza de que não precisa do carro agora de manhã, Cacá? — John perguntou.

Ela negou com a cabeça.

— Dá um oi pra Emily por mim, tá bom? — Ele beijou-a na testa. — O Tim queria que eu te dissesse que ele vai garantir que eu não faça nada idiota. Vou só assistir fora do campo, fazendo a torcida — ele mexeu com as chaves, parecendo esperançoso. Ela virou para o outro lado. — Ok... Volto às 13h, mais ou menos. Amo você.

Ela esperou até ouvir a porta fechando atrás dele e só então se levantou. Depois foi ver a maquiagem no espelho do banheiro.

O que faria com o John?

Depois de dias sem se comunicar com ele, estava ficando difícil baixar a guarda. Se ele pelo menos explodisse de frustração, ela não se sentiria tão culpada por tê-lo excluído. Porém, ele continuava suportando aquela frente fria com um ânimo ensolarado que se tornava cada vez mais irritante.

Ela estava arrancando alguns fios errantes da sobrancelha quando Emily tocou a campainha.

— Já vou! — Charissa respondeu pelo interfone. Prendendo o cabelo em um rabo de cavalo, ela desceu para cumprimentar a amiga.

— Estava com saudades — Emily disse enquanto a abraçava. — Mal vejo os meses correndo.

— Sei como é. A pós-graduação me deixa muito ocupada e, agora, com a aula de sábado duas vezes por mês, as semanas passam voando.

Charissa avaliou a amiga disfarçadamente. Já fazia vários meses que não se viam e aparentemente um pouco de atividade física ia fazer bem a Emily. A calça jeans estava muito apertada em volta do quadril e a barriga se dobrava sobre a cintura da calça. Não que Charissa desejasse que Emilly voltasse à preocupação obsessivo-compulsiva com o peso. Afinal de contas, Emily havia passado anos em guerra contra seus demônios mentais, emocionais e físicos. Todavia, enquanto Charissa seguia a amiga até o carro, não conseguiu evitar aquele pensamento, que Emily havia ido para o extremo oposto. Um pouco mais de esforço em relação à aparência não lhe faria mal algum. Poderia até ajudá-la a arranjar um namorado.

— Você ainda quer dar a volta no Castleton Park? — Emily perguntou. Faziam aquele percurso em Castleton desde os dezesseis anos.

— Claro — disse Charissa. — Eu quero ouvir tudo o que está acontecendo na sua vida, Emily — assim Charissa não precisaria falar sobre a própria vida.

Era uma estratégia que geralmente funcionava.

— Então, chega de falar de mim e dos desastres nos meus encontros virtuais — Emily arfou enquanto completavam três quilômetros em volta do terreno montanhoso do parque. — Quer dizer, se o carinha só se interessa em mim pela aparência e nunca vê o meu verdadeiro eu, então eu não quero ter um relacionamento com ele, de qualquer jeito. Não é? Só vou continuar orando e esperando em Deus. Jesus nunca falhou comigo, em tantas dificuldades que eu passei.

Jesus. No final, Emily sempre voltava a falar de Jesus. Charissa não sabia como responder, então acelerou o passo e manteve os olhos fixos no caminho recém-traçado à sua frente.

— E você, Charissa? O que Deus tem feito na sua vida?

Arre. Por que a Emily sempre perguntava isso? Charissa odiava quando ela fazia essa pergunta. Se pelo menos ela tivesse combinado a caminhada delas para outro dia. Outra semana. Outro mês. Ela estava sem sua margem de segurança habitual para satisfazer a teologia "Jesus e eu" da Emily.

— Ah, não sei — disse Charissa. — É uma correria tão grande.

Ela ainda observava o caminho e ouvia o som de seus passos na calçada. Direita. Esquerda. Direita. Esquerda. Um após o outro em um ritmo perfeito, rápido e preciso.

— E como está o John? — Emily perguntou, se esforçando visivelmente para acompanhar. — Fiquei preocupada quando recebi a sua mensagem sobre a concussão. Deve ter sido assustador, não? Ele não teve mais dor de cabeça ou algo assim?

Charissa prendeu a respiração. Ela não sabia. Ela estava tão absorta sentindo raiva do Dr. Allen, que havia esquecido da visita ao hospital. Ela não fazia ideia se o John estava se sentindo bem ou não. Ela não havia perguntado.

Não admira que ele tivesse prometido a ela que não ia jogar futebol.

— Ele está indo bem — ela tencionou os braços com mais força. — Ele saiu com os amigos de novo hoje cedo, mas me prometeu que ficaria assistindo do lado de fora — ela riu casualmente, na esperança de que Emily não fizesse mais perguntas que pudessem revelar a falta de comunicação do casal.

— Fico tão feliz de saber que ele está bem — disse Emily, já sem fôlego. — Ele é um cara fantástico. Depois de todos esses anos, tenho de continuar confessando como fico com inveja. Homens como o John me fazem ter esperança, sabe? Como se houvesse outros diamantes escondidos nessa vida dura.

Charissa não respondeu. Não podia acreditar que havia esquecido a concussão do John. Como poderia se esquecer de uma ida ao pronto-socorro? Que tipo de esposa ela era, afinal? E como podia admitir para ele que havia sido tão egocêntrica?

Mas quem sabe ela não precisasse confessar nada. Ela simplesmente voltaria a falar com ele. Já seria um bom começo. Ela poderia fingir que não tinha acontecido nada e seguir em frente. John não exigiria nada dela. Ele nunca exigia nada. Ele já ficaria agradecido se ela voltasse a se comunicar. Ele era tão tranquilo, tão fácil de agradar. Ela poderia encontrar uma maneira de agradá-lo e assim fazer que todo o resto fosse esquecido.

Todo o resto.

Emily começou a falar de Jesus novamente. Se ela continuasse falando de Jesus, Charissa não precisaria se preocupar com um interrogatório.

— Lembra o que eu te disse sobre o grupo de formação espiritual de mulheres na minha igreja? — Emily dizia.

Charissa concordava, desejando silenciosamente que Emily andasse mais rápido. *Vamos, vamos.* Ainda precisavam fazer mais cinco quilômetros e, nesse ritmo, mal chegaria em casa antes do John.

Emily continuou:

— Bem, nós estávamos falando há algumas semanas sobre como todas temos essa tendência de esconder e maquiar o nosso pior lado, de pensar, "boas moças cristãs não devem sentir isso, não devem pensar aquilo, não devem fazer aquilo outro" — Emily interrompeu a caminhada e foi para um banco ao lado do caminho. — Você se importa? — Ela ofegou. — Minha alergia está atacando. Só preciso recuperar o fôlego, um instante.

Charissa se importava, mas não disse. Com um sorriso bondoso, ela lutou contra a tentação de continuar correndo sem sair do lugar e, em vez disso, ficou alongando as perna, espremendo os dedos do pé. *Vamos, vamos, vamos.*

— De qualquer forma — Emily continuou, se inclinando de volta no banco e respirando profundamente —, uma das mulheres inventou uma metáfora excelente. Ela disse que é como se todas nós tivéssemos esses latas de lixo tóxico dentro de si. Enchemos a nossa tralha lá dentro e depois cobrimos com um tapete, fingindo para todo mundo que temos tudo sob controle. Estamos constantemente escondidas atrás dessas máscaras de cristãs felizes. Agora que eu reconheço isso, eu continuo descobrindo várias maneiras que eu tenho escondido o meu lixo e tentado fazer tudo parecer bonito e apresentável. Mas Jesus me convida a enfrentar e confessar isso para que eu possa mandar tudo embora. Nem consigo descrever como é libertador confessar os meus pecados a um grupo de mulheres, minhas irmãs em Cristo, e parar de fingir que estou bem. É incrível. A liberdade é incrível — ela bebeu um grande gole d'água. — Quando eu lembro de todos os anos turbulentos e toda a pressão que eu colocava em mim mesma e como eu fiquei doente tentando ser perfeita... Bem, você lembra, Charissa... — a voz de Emily falhou. — Ainda bem que Jesus me encontrou. Onde eu estaria sem o Senhor?

Charissa não tinha uma resposta.

Ela estava pensando nas latas de lixo tóxico com um tapete por cima.

— Como foi o futebol hoje de manhã? — Charissa perguntou quando o marido chegou em casa. Ela havia trocado de roupa, vestido uma regata curta que acentuava suas curvas e estava deitada no sofá com o cabelo solto. John gostava quando ela deixava o cabelo solto.

— Foi bom. Servi de treinador. Como vai a Emily? — Ele pôs a carteira na bancada da cozinha e pendurou as chaves. Ela viu o olhar dele descer por um instante até seu decote enquanto ele se sentava na poltrona.

— É a Emily. Continua sem namorado. Continua falando bastante de Jesus — John sorriu e se recostou novamente na poltrona, pressionando as mãos nas têmporas. — Dor de cabeça? — Charissa perguntou, mudando de posição no sofá.

— Só cansado — ele bocejou. — Acho que vou me deitar um pouco.

Ela deslizou a alça da regata um pouco mais para baixo.

— Você quer companhia?

O John estava morrendo de vontade. Sedento. Charissa sabia como dar a John o que ele queria e precisava. Ela não reteve nada de seu corpo, mesmo com a mente e coração a milhas de distância. Ela poderia compensar aqueles dias que o manteve fora deixando-o entrar e ele ficaria satisfeito. Mais do que satisfeito.

— Eu te amo, Charissa — ele sussurrou, puxando-a para si.

Ela mostrou rapidamente seu sorriso branqueado e não respondeu.

Quando John acordou algumas horas depois, Charissa estava sentada à mesa, escrevendo no notebook.

— Ei — ele disse, abraçando a esposa pelos ombros e beijando o topo de sua cabeça. — Quer sair para jantar hoje à noite?

— Hoje? Por quê?

— Não sei... Achei que seria uma boa mudança de ritmo... Você sabe... Nos daria uma oportunidade de conversar sem distrações.

Conversar era algo que ela não queria fazer.

— Não quero gastar tempo saindo, John. Tenho um monte de trabalho para entregar na segunda.

Ele se sentou do outro lado da mesa, na frente dela, parecendo desapontado. A expressão dele a irritava. Ele não devia estar satisfeito com o que ela já havia dado?

— E se eu trouxer uma pizza ou algo assim? — Ele perguntou.

— Tudo bem — ela continuou escrevendo, enquanto ele a pairava em silêncio.

— Cacá?

— Hm?

— Você pode parar de escrever por um instante? — Ela olhou por cima do computador. — Tinha esperança de tirarmos um momento para conversar. Ainda não faço ideia do que te chateou tanto, a não ser pelo que ouvi de você e a sua mãe conversando. Não queria continuar pisando em ovos quando estou com você. Não sei o que dizer, o que fazer ou como ajudar. Pensei que talvez... Talvez depois desta tarde e tudo mais... Pensei que talvez você estivesse pronta para falar comigo, sabe?

Ela tamborilou no teclado, agitada. *Pisando em ovos?* Isso não tinha nada a ver com ele. Não era ele que estava sendo criticado e perseguido injustamente.

— Eu já disse, John. Não preciso que você me faça sentir culpada. Tenho direito de ficar chateada com as coisas.

— Eu sei. Só queria que você falasse comigo sobre isso — ele deu uma pausa. — Vamos, Cacá — ele disse gentilmente, tocando a mão dela. — Do que você tem tanto medo?

— Não tenho medo de coisa nenhuma.

— Então por que você não fala comigo? — Ela não sabia. Sinceramente, ela não sabia. — Charissa?

— Hm? — Por que ela sentia vontade de chorar? Ela odiava chorar.

— O que o Dr. Allen disse?

Ela parou por um longo tempo, rodando as palavras na língua antes de despejá-las.

— Ele disse que eu era uma pecadora. Uma hipócrita de coração duro. Uma controladora obsessiva. Uma vadia julgadora, crítica, raivosa e perfeccionista.

John ergueu as sobrancelhas.

— É sério isso? — Ela não respondeu. — Me passa o número desse sujeito — John parecia mais irritado do que ela jamais vira. — É sério, Charissa. Me passa o número do telefone dele. Quero falar com ele. Ele ultrapassou todos os limites. Como ele *teve coragem* de te falar essas coisas?

Ela sentiu os lábios tremendo e os olhos queimando. John veio abraçá-la.

— Vem cá — ele disse, ajudando-a a se levantar. Ela se levantou, relutante. — Não se preocupe, querida. Nós vamos cuidar disso. Vamos falar com o reitor, o presidente. Alguém. Esse cara devia ser demitido — as lágrimas brotaram sem a permissão dela. — Tudo bem, amor. Vai ficar tudo bem. Não se preocupe.

Ele afagava o cabelo dela e beijava sua testa, sussurrando palavras de calma e conforto. Sua gentileza era sufocante.

— Preciso me deitar — ela disse, se afastando. — E não quero mais falar disso — ela odiava o olhar sentido no rosto dele.

Mas não o suficiente para mudar de ideia.

DOMINGO

Meg atravessou apressada a porta para o átrio assim que o Pastor Dave pronunciou a bênção, na esperança de alcançar Sandy antes que ela fosse cercada por uma multidão.

Durante o culto, o pastor Dave anunciou que uma irmã, Angel Carpenter, uma jovem mãe, havia acabado de perder o marido em um acidente de carro, e os diáconos procuravam pessoas para preparar refeições para ela e as duas meninas. Meg nem ouviu o sermão. Ela não conseguia parar de pensar na jovem viúva. Ela queria ajudar. Ela havia passado três anos entrando e saindo escondida do culto na Kingsbury Community, mas algo havia mudado. Ela queria servir. Ela não tinha muito a oferecer, mas sabia cozinhar e sentia falta de cozinhar para outras pessoas.

— Eu gostaria de ser uma das voluntárias, Sandy — disse timidamente, o calor se espalhando pelo rosto. — Para ajudar aquela jovem mãe. Gostaria de fazer algumas refeições para ela.

Sandy segurou os dedos gelados de Meg.

— Isso é maravilhoso, Meg. Obrigada. Ela está se recuperando ainda, sabe?

— Eu sei — mesmo sentindo os olhos cheios de emoção, Meg não desviou o olhar.

— Se você preferir — disse Sandy —, pode deixar as refeições na minha casa e eu levo para ela — era uma oferta gentil e até um mês antes Meg teria aceitado. Na sua antiga vida de uma semana atrás, ela concordaria.

— Obrigada, Sandy, mas acho que vou levar eu mesma. Gostaria de conhecê-la.

Sandy sorriu.

— Ótimo, eu sei que a Angel vai ficar muito agradecida.

Enquanto dirigia para casa, era Meg quem estava cheia de gratidão.

Hanna passou a manhã de domingo de roupão e chinelo, com a Bíblia e um bule de chá inglês. Meg a convidou para o culto e Hanna ficou tentada pela oferta. Não por si, mas por Meg. Ela queria apoiar e encorajar Meg na caminhada para superar o medo e a timidez.

Hanna já havia decidido, no entanto, que era melhor se ela simplesmente investisse em seu próprio crescimento espiritual por nove meses. Ela não precisava das distrações do culto público. Essa foi uma das fatalidades em seu treinamento no seminário: ela não conseguia desligar o incessante monólogo interior. Mesmo quando não estava dirigindo o culto, ela estava constantemente analisando tudo, desde o fluir do culto, o estilo das músicas, o conteúdo das pregações. As orações também não escapavam ao seu escrutínio. Havia muitas tentações de ser crítica e ela raramente alcançava qualquer senso de comunhão com Deus durante o culto público. Se ela evitasse a igreja, poderia se concentrar em se encontrar com Deus sem meditar em qualquer outra coisa.

Então ela orou por Meg e ficou sozinha na cabana. Era mais fácil assim.

Charissa acordou no domingo de manhã com uma ressaca imensa. Depois de anos intoxicada pela própria bondade, ela se sentia enjoada e a cabeça latejava.

Ainda que John tivesse respeitado seu pedido de não falar sobre o Dr. Allen, sua ternura revelou o quanto ele era um forte aliado na batalha contra seu perseguidor. John sempre teve uma visão extravagantemente generosa dela, quase tão boa quanto a que ela possuía de si mesma. Porém, nas últimas 24 horas, Charissa teve um vislumbre do próprio container de lixo tóxico em seu interior, e o que ela viu a deixou nauseada.

— Posso te trazer alguma coisa antes de ir? — Ele perguntou, amarrando o sapato. Ela negou com a cabeça lentamente. — Tem certeza? Não me importo de faltar à igreja e cuidar de você.

Era exatamente o que ela não queria.

— Não, você vai — ela disse rapidamente. — Eu vou ficar bem. É só uma dor de cabeça.

Ela não tinha certeza se ele acreditava nela ou não, mas ele não discutiu enquanto lhe dava um beijo de despedida.

Ao ouvir a porta fechar atrás dele, Charissa voltou para a cama e olhou para o teto. *Vamos, controle-se,* ela ordenou. Ela não podia gastar energia em introspecção inútil. Ela ainda precisava descobrir como lidar com o Dr. Allen e o tempo estava acabando.

Ela se levantou, se vestiu e tirou o aspirador do armário.

Era hora da limpeza.

Mara estava na área externa do abrigo Nova Estrada, ouvindo os sons de crianças brincando alegres. No ano anterior, ela trabalhou como voluntária duas tardes de domingo por mês, ajudando a cuidar de crianças em transição ou desabrigadas enquanto suas mães frequentavam o estudo bíblico.

Enquanto observava o playground, ela percebeu um menino com algo em torno de quatro ou cinco anos de idade escondido atrás de uma árvore. De vez em quando, ele deixava aparecer detrás do tronco a cabeça escura e cheia de cachinhos, olhando se vinha alguém. Mas as outras crianças não pareciam estar brincando de esconde-esconde e Mara se perguntou há quanto tempo ele estava esperando que alguém o encontrasse. Ela caminhou em direção à árvore.

— Será que tem alguém escondido por aqui — ela disse em voz alta.

A criança se escondeu mais atrás da árvore e se encolheu como uma bola.

— Estou procurando, procurando, mas não consigo encontrar ninguém — ela disse, se inclinando para olhar por baixo de um arbusto. — Ninguém aqui! Bem... será que tem alguém aqui debaixo desse escorregador? — Ela foi até o escorregador e andou em volta várias vezes. — Não! Ninguém debaixo do escorregador. Será que tem alguém perto daquela árvore? — Ela o ouviu rindo. — Espero encontrar ele logo!

Ele pulou de trás da árvore.

— Bu! — Exclamou, levantando as mãos no ar e rindo.

— Ah. Você está aí! — Ela leu a carteirinha dele. — Te procurei por todo o lado, Jay-Jay! Você é muito bom nisso!

Ele torceu o cabelo escuro e cacheado com os dedos.

— Eu sei — ele disse, agarrando a mão dela todo feliz. — Vamos jogar de novo! Você fecha os olhos e conta, tá bom? — Mara tampou os olhos com os dedos, observando para ter certeza de que ele não se afastaria muito.

Jeremy também adorava brincar de esconde-esconde. De fato, Mara se lembrava de brincar com ele no parquinho da Crossroads House alguns anos atrás. Muitos anos atrás.

Ela ainda conseguia ouvir o seu precioso menino gritar de alegria sempre que o encontrava.

— Você sempre me encontra! — Jeremy exclamava, saltando em volta dela.

— Você tem razão, querido. Não importa onde você se esconda, eu sempre vou te encontrar!

— Porque sou o seu menino, não é?

— Isso mesmo, meu amor.

— E você me ama muito, muito — ele dizia, antes de enfiar o polegar na boca.

Mara o abraçava e respondia:

— Isso mesmo, Jeremy! Você me pertence e eu te amo muito, muito.

Mara viu Jay-Jay fugindo e se escondendo de volta atrás da mesma árvore. Sorrindo, ela gritou:

— Pronto ou não, lá vou eu!

Quando tirou a mão do rosto, seu olhar pousou em seu pulso tatuado: o olho. O olho de Deus que tudo vê, que não pisca. Mara encarou a tatuagem e a tatuagem olhou de volta. Sem variação. Sem pausa. *El Roí* estava vendo.

Nesse momento ela ouviu ressoando, suaves e ternas, palavras ditas com profunda emoção e grande amor.

Não importa onde você se esconda, eu sempre vou te encontrar! Você me pertence, e eu te amo muito, muito.

Seus olhos brilhavam com as lágrimas restauradoras, e Mara viu e compreendeu. Naquele momento sagrado, em pé no parquinho, rodeada de crianças que riam, ela finalmente entendeu.

O amor sempre a procurava. E encontrava.

CHARISSA

Charissa, de nove anos, se sentou desafiadoramente com os braços cruzados e o lábio inferior saliente em um bico perfeito.

— Não acredito que você agiu assim — disse a mãe. — O que a Sra. Baker vai pensar de você?

Charissa respondeu atravessado.

— Eu não fiz nada de errado.

— Você foi rude com ela quando ela te deu o presente. Foi atencioso da parte dela comprar um presente de Natal para você. Ela não precisava fazer isso.

— Mas eu não gosto dessa camisa. É feia.

A mãe soltou o ar lentamente. Charissa sabia que estava em apuros sempre que a mãe expirava lentamente.

— Não me interessa o que você pensa da blusa, mocinha. O que importa é o que os outros pensam de você. Você vai dizer "obrigada" pelo presente e vai dizer que é um presente encantador. Porque é isso que as boas meninas fazem. E você é uma boa menina.

Às vezes, Charissa detestava ser boa.

Quando John deixou Charissa no campus na segunda-feira de manhã, ela sabia o que precisava fazer. Ela precisava pedir desculpa ao Dr. Allen por ter reagido tão mal no escritório dele. Precisava admitir que ele havia percebido alguma verdade sobre a vida dela. Ela não via outra saída. O programa de pós-graduação de Kingsbury era simplesmente muito pequeno para que ela o evitasse, e ela precisava manter a boa reputação e o respeito dele para ter sucesso, especialmente se pretendia avançar em uma dissertação sobre a literatura do século 17.

A mãe instruiu Charissa como ela deveria pedir desculpas.

— Se você está absolutamente determinada a não se mexer e se transferir para outro lugar, Charissa, então diga a ele que lamenta se pareceu que você estava com raiva. "Sinto muito *se* pareceu que eu estava com raiva" é diferente de desculpa por *estar* com raiva. E pelo tanto que ele te tratou inadequadamente, você não deve a ele mais do que isso.

A mãe estava certa. Charissa poderia admitir a percepção dele de sua raiva e deixar por isso mesmo. Já estava bom demais. Talvez ele não percebesse o pedido de não desculpas dela.

Charissa caminhava pela quadra em direção à biblioteca quando ouviu uma voz vinda de trás.

— Bom dia, Charissa.

Assustada, ela virou.

— Bom dia, Dr. Allen — ela estava determinada a impostar a voz corretamente: agradável, mas não muito amigável. Ela controlaria o tom, a expressão facial, a linguagem corporal e a língua. Ela não iria perder o controle como aconteceu no escritório dele.

Ele bebeu um gole da caneca.

— Você teve um bom fim de semana? — Ele perguntou.

— Sim, e o senhor?

Ele sorria, amigável. Talvez ele a liberasse do anzol e fingisse que aquela conversa nunca havia acontecido.

Não. Ela o conhecia muito bem para acreditar nisso. Um dia, ele voltaria a mencionar aquilo. Pelo menos, se ela falasse primeiro, poderia ter o controle. Ela esperou que ele acabasse de falar sobre sua viagem de barco antes de lançar um ataque preventivo.

— Tenho pensado muito no que o senhor disse na semana passada. Sobre o meu perfeccionismo — ela não usaria a palavra *pecadora*. Ela não tinha certeza se algum dia seria capaz de usar essa palavra para descrever a si mesma. — O senhor estava certo. Me desculpe se pareceu que eu estava com raiva.

Incrível, a diferença que uma pequena palavra pode fazer.

— Eu tenho sido perfeccionista a minha vida toda — continuou, tentando se convencer enquanto falava de que isso não era nobre. Ela era como uma candidata a um emprego, insistindo que a sua maior fraqueza era ser uma *workaholic* consciente. — Fui perfeccionista até mesmo em relação à minha fé. É difícil acreditar que eu nunca havia percebido isso. Mal posso acreditar.

Ele estudava cuidadosamente o rosto de Charissa, olhando como se não soubesse exatamente o que iria dizer. Ela se preparou.

— A vida espiritual é uma jornada, Charissa, não um teste — ele falava em voz baixa. — Fico feliz que algo do que eu disse te ajudou.

Desejando um bom dia, ele tomou o rumo do escritório. Quando Charissa o viu se afastar, ela sentiu os ombros relaxando. Estava feito. Acabou. Não precisava dizer mais nada. Ela poderia seguir em frente depois de uma conversa indolor. Tudo havia sido muito mais fácil do que ela imaginava.

Então, por que ela se sentiu compelida a ir mais fundo quando tudo estava sob controle? Por que ela não podia deixar quieto?

Contra o seu bom senso, ela o seguiu.

— Dr. Allen? — Ele virou e olhou para ela com atenção. — Posso conversar com o senhor algum dia desses?

Ele pensou por um momento antes de responder:

— Vem comigo.

Quando Charissa se sentou no escritório, ela não sabia o que queria dizer.

No início, ela pensou que talvez pudesse aproveitar a oportunidade para tentar gerenciar a impressão dele a seu respeito. Ela considerou como poderia demonstrar melhor que havia compreendido o que ele havia discernido. De fato, ela queria mostrar que já havia consertado tudo. Ela queria provar ser uma excelente aluna, mesmo em questões de fé.

Entretanto, depois que descreveu sua revelação sobre o próprio perfeccionismo, o Dr. Allen fez uma pergunta cortante que mudou tudo.

— O que te perturba sobre o que você viu em si mesma, Charissa?

Ela hesitou e então respondeu:

— Não consigo acreditar que eu era tão cega. Pensei que tinha tudo muito claro. Pensei que estava vivendo a minha fé do jeito certo e agora...

A voz dela desapareceu. O impacto daqueles olhos penetrantes fez com que ela fosse muito mais direta do que pretendia. Charissa suspirou.

— Acho que estou desapontada comigo mesma. E eu odeio essa sensação.

— Então você está desapontada pela sua própria imperfeição.

— Sim, acho que é isso.

Ele concordou lentamente.

— É um começo, um começo importante. Mas o arrependimento vai além de se sentir chocado ou desapontado consigo mesmo. Se não vislumbramos a dor que o nosso pecado causou ao coração de Deus e aos outros, então o nosso arrependimento ainda é muito egocêntrico.

As palavras dele a atravessaram antes que ela pudesse se armar.

— Não entendo.

Essa voz era dela? Parecia tão pequena e distante. Ela esperou uma eternidade pela resposta dele.

— Você pode sentir decepção ou vergonha quando falha ou quando é corrigida — ele disse finalmente. — Isso faz parte de ser perfeccionista, não é? Nós, perfeccionistas, somos governados pelo nosso medo do fracasso. Somos controlados pela crítica interior superdesenvolvida. Então, quando pecamos, o impulso é ou negar, ou se autoflagelar.

Ele bebeu um gole da caneca antes de continuar.

— Quando te ouço dizendo "Não acredito que fiz isso!" é uma pista de que você ainda está tentando ser boa. Está desapontada consigo mesma porque não fez tudo direito e está tentando ser o seu próprio salvador e santificador. Isso faz sentido pra você?

Faz?

Ao olhar para o rosto sério do professor, viu que tudo dependia de entender o que ele estava dizendo. Tudo. Intuitivamente, ela sabia que o Dr. Allen nunca lhe havia ensinado nada mais importante do que isso. Mas sua cabeça estava girando. Ele tinha virado sua vida de ponta cabeça como um globo de neve e agora a sacudia com uma violência gentil.

— A verdadeira confissão vai mais fundo do que ver o nosso próprio fracasso — ele disse suavemente. — Precisamos ver como o nosso pecado impacta a nossa comunhão e intimidade com Deus e com outras pessoas. O pecado deve partir nosso coração não porque descobrimos que somos imperfeitos, mas porque vemos que o nosso pecado tem consequências destrutivas. E os pecados são particularmente traiçoeiros porque podem ser escondidos com muita facilidade.

O rosto dele entrava e saia de foco. Agora ela ia chorar. De fato, ia chorar na frente do Dr. Allen.

Mas desta vez ela não ia embora.

— Podemos conversar? — Charissa perguntou.

John havia acabado de escovar os dentes e se preparava para apagar o abajur na cabeceira quando Charissa se sentou de pernas cruzadas do seu lado da cama. Ele pareceu assustado quando ela segurou a mão dele.

— Tive uma longa conversa com o Dr. Allen hoje.

John parecia surpreso.

— Ele se desculpou?

Charissa negou com a cabeça.

Ele ficou indignado.

— Então, falando sério, Cacá. O próximo passo é o gabinete do reitor. Se você não fizer esse telefonema, eu vou fazer. Isto é muito grave para deixar passar.

Charissa estava determinada a fazer contato visual mesmo quando seria muito mais fácil desviar o olhar.

— O Dr. Allen nunca me chamou de nenhuma daquelas palavras feias — ela disse suavemente.

— Mas você disse...

— Eu sei. Eu menti. — John parecia completamente confuso. — Quer dizer, foi assim que eu ouvi o que o Dr. Allen me disse, mas ele não me chamou de vadia, John.

— Mas eu pensei que...

— Eu sei. Eu estava muito brava com ele. Estava furiosa porque ele viu algumas coisas em mim que eu não queria ver. Eu não queria ouvir a verdade, John, e ele estava apenas me dizendo a verdade.

John balançou a cabeça.

— Mas parece que agora você está inventando justificativas para ele. Não entendo o que você quer dizer.

Charissa respirou fundo, pedindo a Deus para ajudá-la a continuar a conversa que ela estivera planejando em sua mente fazia horas.

— Eu fui falar com ele porque estava me sentindo muito inquieta sobre a matéria e o grupo da jornada sagrada, e ele acabou falando sobre Jesus e Nicodemos e toda aquela coisa de nascer de novo. Quando eu disse que não entendia o que ele estava dizendo, ele começou a apontar a minha necessidade de perdão e graça. Ele disse que eu era uma pecadora, mas isso não foi uma acusação.

John levantou apenas uma sobrancelha.

— Conversamos bastante tempo hoje sobre pecado e arrependimento — continuou. — E vi coisas novas sobre mim. Coisas muito feias.

Charissa poderia dizer pela expressão no rosto do marido que ele estava pronto para se levantar em defesa dela novamente, ansioso para protestar contra qualquer sugestão de imperfeição.

Quando ele abriu a boca para falar, ela o interrompeu rapidamente.

— Preciso te pedir perdão, John.

Ele foi apanhado de surpresa.

— Pelo quê?

Ela se mexeu e procurou a outra mão dele.

— Venho sendo completamente egoísta e egocêntrica e eu sei que te magoei.

Ele sorriu e deu de ombros.

— Está tudo bem. Não se preocupe com isso. Você tem passado por muito estresse ultimamente.

— Não é só estresse. E não está tudo bem. Não foi só na última semana. Tem sido assim toda a nossa vida juntos. Você se sacrifica por mim e eu só tomo tudo de você.

— Isso não é verdade — ele balançou a cabeça, negando enfaticamente.

— Não, John, é verdade. E eu sinto muito. Tenho de contar que em nenhum momento me ocorreu perguntar se você estava se sentindo bem depois da concussão e tudo mais. Não é que eu não quisesse falar sobre isso. Eu simplesmente esqueci que você passou um dia no hospital. Estava tão autocentrada a esse ponto.

O rosto de John se contorceu em uma expressão que Charissa não conseguia decifrar.

Ela seguiu em frente, com receio de perder a coragem se não falasse depressa.

— Mesmo quando estávamos na cama no sábado... Eu... Não estava te entregando o meu amor. Estava te manipulando — ela tocou na bochecha dele, a voz dela tremendo. Ela havia começado a confissão e precisava ir até o fim. — Sempre tive tanto medo de perder o controle. Não me entreguei totalmente a você e eu lamento isso. Até hoje, nem sequer percebia com quanta autodefesa agia, mesmo contra você.

Ela fez uma pausa, baixando a voz para um sussurro.

— Quero um caminho diferente, John. Por favor, me perdoe. Sinto muito por toda a dor que te causei. E, por favor, não diga só que está tudo bem, que não importa. Preciso que você diga que isso importa e que você ainda me perdoa.

Charissa nunca experimentara verdadeiramente o sofrimento até ver os olhos de John no momento em que ela confessou o seu pecado. Não havia palavras para a profundidade da dor naqueles olhos gentis. Totalmente silenciosa. No entanto, era a comunicação mais perfeita que Charissa jamais ouvira.

Ela via. Ela entendia. Ela estava quebrantada. Ela amava.

— Eu te perdoo, Charissa — ele disse calmamente, com os olhos cheios de lágrimas. — Eu te amo e te perdoo.

Naquela noite, John e Charissa Sinclair exploraram o espaço sagrado da união que se abriu assim que as defesas foram removidas.

E isso foi bom.

Isso foi muito bom.

HANNA

Hanna, com quatorze anos, tomava conta de Joey, o irmão de cinco anos, quando os pais iam jantar com clientes.

— Aqui está o número do restaurante — disse o pai, beijando a testa de Hanna. — Voltamos para casa por volta das nove — ele se virou para o Joey. — Se comporte, Joe! Faça o que a Hanna disser, tá bem? — Joey mostrou seu sorriso de querubim e acenou com a cabeça.

Enquanto Joey via televisão, Hanna lavava as louças da janta.

— Quero ir brincar lá fora! — Joey chamou do outro cômodo.

— Um minuto, Joe. Preciso lavar isso primeiro — naquele momento o telefone tocou. O coração de Hanna bateu acelerado quando ouviu a voz do outro lado da linha.

— *Hanna? — Era o Brad Sterling. — É o Brad Sterling... você sabe... da turma do Sr. Godwin? — Hanna sabia exatamente de qual turma ele era. Ela esperava parecer mais controlada do que se sentia.*

— Olá, Brad! — Ela disse alegremente. Alegre demais?

— Então... hum... estava pensando... — ela prendeu o fôlego, à espera. — Estava pensando se você gostaria de ir ao cinema ou algo assim na sexta à noite.

Os joelhos amoleceram e ela se afundou na cadeira.

— Eu adoraria!

— Sério? Que maravilha! A minha mãe disse que leva a gente. A gente poderia te pegar por volta das sete?

Hanna ficou tão empolgada que mal conseguia falar.

— Está ótimo, Brad. Obrigada!

Ela desligou o telefone e se abraçou. Será possível? O primeiro encontro dela! Sua mente vagueou em sonhos e se esqueceu da louça. Também se esqueceu do Joey.

O som dos gritos puxou-a de volta à realidade. Gelada de medo, ela correu para fora, seguindo os gritos do Joey. Ela o encontrou deitado de costas debaixo da árvore que mais gostava de escalar. Felizmente, os vizinhos do lado também ouviram os gritos. O Sr. e a Sra. Chen chegaram lá em um instante, se ajoelharam ao lado dela e tentaram avaliar rapidamente os ferimentos de Joey. Hanna estava histérica.

— É tudo culpa minha! É tudo culpa minha! — Ela chorava.

As horas seguintes foram turvas. O Sr. Chen levou Joey para o hospital, enquanto a Sra. Chen ligou para o restaurante para avisar os Shepley. Foi bem depois da meia-noite que os pais de Hanna chegaram em casa com seu irmão. A perna de Joey estava engessada, mas não tinha outros ferimentos. Felizmente.

— Está tudo bem, Hanna — papai a tranquilizou. — Está tudo bem. O Joey vai ficar bem — mas Hanna não podia ser consolada, e ela não se perdoaria.

Ela nunca contou aos pais sobre o telefonema do Brad. E no dia seguinte, para se castigar por se distrair, ela disse ao Brad que lamentava, mas não poderia ir ao cinema.

Ele não a convidou novamente.

Hanna ficou surpresa quando Charissa ligou para convidá-la para o jantar na sexta à noite. Ela havia imaginado que a oferta de John de cozinhar para ela e Meg seria apenas um comentário ocasional e superficial. Ela não esperava um convite de verdade.

— John e eu queremos agradecer a você e a Meg por nos ajudar no hospital — disse Charissa. — Ele mal pode esperar para ter mais gente para experimentar a comida dele.

Hanna também se surpreendeu ao saber que Meg já havia confirmado. Por mais que Hanna preferisse evitar uma saída social, ela não iria perder a oportunidade de estar ao lado de Meg.

— E se você viesse preparada para passar a noite em minha casa depois do jantar? — Meg perguntou, quando as duas combinavam se encontrar no apartamento dos Sinclairs na sexta-feira, às 19h. — Assim você não precisa ir e voltar de manhã para o grupo.

A oferta de Meg confirmou a decisão da Hanna. Ela imaginou que Meg não convidava muitas pessoas para sua casa. Embora Hanna imaginasse que a noite com Charissa seria irritantemente superficial, algumas horas jogando conversa fora pareciam um pequeno preço a pagar pelo privilégio de ser acolhida na vida de Meg. À medida que a sexta-feira se aproximava, ela se viu realmente aguardando pela noite com certa expectativa.

Hanna entregou a Charissa um buquê de flores do outono quando ela e Meg entraram no apartamento dos Sinclairs.

— São lindas! — Charissa exclamou, admirando as flores.

— Obrigada!

Hanna sorriu e tirou o casaco.

— De nada. Como está o John?

— De volta ao normal. Para o bem ou para o mal — Hanna viu uma luz nos olhos de Charissa que ela não tinha visto antes.

— Ela ainda não me deixou jogar futebol amanhã! — John reclamou na cozinha. — Estou pensando em invadir o grupo de vocês. Quero andar nesse tal labirinto.

— Acho que preciso dar outra oportunidade ao labirinto — disse Charissa, conduzindo-as para uma sala de estar pouco mobiliada, mas arrumada com perfeição. — Eu não estava em um bom estado de espírito naquele primeiro dia.

— Nem eu — disse Meg. — Não consegui fazer nada, lembra? Estava de salto alto.

— Tinha esquecido disso — Charissa se inclinou para recolher uma folha vermelha do tapete bege. Hanna retirou os sapatos transgressores.

— Não acredito que faz só um mês desde que o grupo começou — comentou Meg, se sentando no sofá. — Tem tanta coisa rodopiando dentro de mim, como se eu já tivesse viajado muitos meses e quilômetros. Acho que estou maravilhada com o que Deus já mostrou para mim.

John saiu da cozinha e limpou a mão úmida na calça jeans antes de cumprimentar as recém-chegadas.

— Que bom que vocês vieram. Mais uns 15 minutos até o jantar, ok?

— Que cheiro bom — disse Hanna. — Muito obrigada por nos receber. Não precisava.

— Então, eu fico dizendo pra Cacá que queria receber pessoas aqui desde quando passamos a ter uma mesa de jantar. Claro, estava à espera de alguns hereges para uma conversa animada. Vocês não são hereges, são?

Hanna e Meg se entreolharam, confusas, enquanto Charissa dava um soquinho de brincadeira no estômago dele.

— Leva algum tempo até se acostumar com ele — ela explicou. — Ele está me provocando porque eu não tinha certeza se devia me inscrever no grupo. Não queria aterrissar em nada pouco ortodoxo, por isso falei com o meu professor sobre isso.

— E o Dr. Allen garantiu que era seguro, para minha decepção.

Todos riram. Charissa se acomodou em uma poltrona, sentando-se sobre os próprios pés. Ela parecia muito mais relaxada do que

Hanna jamais havia visto, e Hanna se perguntou se aquela descontração estava ligada a alguma coisa além de estar na própria casa.

Enquanto os outros conversavam, Hanna escaneava a sala casualmente, tentando reunir pistas sobre quem era Charissa. Mas não havia fotografias de família, bibelôs, nada fora do comum. A única cor na sala vinha de um par de jarros pretos combinados, cheios de taboas vermelhas, arranjados simetricamente em duas mesas de canto combinadas. Na mesa de centro havia uma única pilha bem alinhada de antologias poéticas, mas nada de revistas ou jornais a vista. Nem mesmo uma coleção de música ou filmes que desse qualquer pista.

Ela era assim tão minimalista, Hanna se perguntava, ou havia um armário estufado em algum lugar, cheio de tralha escondida?

Ela voltou a prestar atenção quando Charissa respondia a uma pergunta de Meg sobre seus estudos.

— Eu costumo trabalhar muito com literatura inglesa medieval e moderna, muita poesia do século 17. E uma vez que boa parte da literatura inglesa tem raízes profundas na história bíblica, isso me ajuda a ser bem versada nas Escrituras — Charissa hesitou. — Claro, algumas maneiras que estamos experimentando a Bíblia no Retiro Nova Esperança são novas para mim; para ser honesta, tem sido um pouco perturbador. Estou acostumada analisar textos... Mas ler as Escrituras com a imaginação é... bem... diferente — ela olhou para o John. — Sou um pouquinho controladora. Pergunte ao meu marido.

Hanna decidiu que ela era minimalista. Ela provavelmente tinha uma despensa em ordem alfabética e um guarda-roupa organizado por cores.

— Você é uma controladora adorável — disse John, descansando a mão no ombro dela.

— Às vezes. — Charissa pôs a mão sobre a dele e a apertou. Havia algo carinhoso no gesto, e Hanna observou uma breve troca não verbal entre eles enquanto olhavam um para o outro. Os apaixonados podiam fazer isso.

— Falando do labirinto — disse Hanna, mudando de assunto —, Meg e eu planejamos chegar lá pelas 9h para caminhar e orar antes da reunião. Acho que Mara também vai. Se estiver interessada, Charissa, gostaríamos muito que você caminhasse com a gente.

— Obrigada. Vou pensar nisso.

Hanna reconheceu o tom educado e sem compromisso. Ela mesma o utilizava frequentemente.

John irradiava uma alegria infantil enquanto elogiavam sua comida.

— Ainda bem que ele adora cozinhar — disse Charissa, passando um prato de vegetais cozidos. — Porque ele tem razão quando diz que não tenho o dom. Ou o desejo. Para horror da minha mãe.

John tirou o prato de Meg.

— A mãe de Charissa é grega e é uma cozinheira fantástica! Ela faz pratos mediterrâneos incríveis. Infelizmente, eles se mudaram para a Florida no ano passado e não os vemos com muita frequência. Mas sempre que a mãe dela aparece, peço algumas dicas. E tenho um monte de receitas dela.

— Olha, esse frango está uma delícia — disse Meg.

— Obrigado. É o preferido da Charissa. E estou melhorando. Não é, Cacá?

— Tão bom quanto o da mamãe, John.

— Vou ligar para ela essa noite e contar que você disse isso! — John riu e espetou um pedaço de frango com o garfo. — Então, Meg... Cacá disse que a sua filha está estudando no exterior esse ano. Ela te contou que também passou algum tempo na Inglaterra?

Meg balançou a cabeça.

— Ela passou um ano como bolsista Fulbright depois da formatura. Me abandonou por um ano inteiro para curtir com os ingleses. Pensei que ela nunca voltaria. Tinha certeza que ela se apaixonaria por um gênio com sotaque sexy e me esqueceria completamente.

— Só que eu não fiz isso — disse Charissa, sorrindo. — Mas eu me apaixonei pela Inglaterra, sabe. Voltaria num piscar de olhos. Você vai visitar a sua filha enquanto ela está lá?

— Na verdade, semana passada eu reservei a minha viagem. Vou pra lá depois do Dia de Ação de Graças, passar algumas semanas. Vamos celebrar o Natal e o aniversário dela juntas, o que vai ser maravilhoso. Becka estuda em Londres, mas nos finais de semana sai viajando pelo país e está adorando. Ela mal pode esperar pra me mostrar tudo.

— Ai, que inveja! — Charissa exclamou. — Se quiser umas dicas de viagem, seria um prazer te mostrar as minhas fotos um dia desses. Pode não ser o melhor clima nessa época do ano, mas ainda tem muita coisa para ver e fazer. Os trens facilitam muito a circulação.

— Ah, seria ótimo! — Meg respondeu. — Estou nervosa e empolgada ao mesmo tempo. Pode parecer loucura, mas eu nunca estive dentro de um avião. Esse é um grande salto de fé para mim.

John sorriu para ela.

— Vai ser muito bom para você! Isso é maravilhoso. Aposto que você e a Becka vão se divertir muito juntas. Talvez você não queira nem voltar para casa! — Ele olhou na direção de Hanna. — E você Hanna? Charissa me contou como a sua igreja te deu uma longa licença sabática. Isso é tão bacana! Você vai viajar um pouco?

Hanna foi pega de surpresa. Em nenhum momento ela imaginou que teria a liberdade de fazer o que quisesse. Ela estava tão focada em ficar no lago — tão absorvida no próprio processo de luto pelo exílio — que nem pensou em viajar. Ela negou com a cabeça, perplexa.

— Não faço ideia. Nem imagino para onde eu iria.

Em quinze anos de ministério, Hanna nunca havia tirado férias prolongadas para si mesma. Ela aproveitava o tempo livre para visitar os pais em Oregon e o irmão em Nova York. Ela até passava as férias cuidando das sobrinhas para que o irmão e a cunhada pudessem viajar juntos. Mas Hanna nunca se deu ao luxo de uma viagem. Não podia acreditar que não tinha nem imaginado. Ela estava tão cansada assim? Com a visão tão limitada?

John pressionou-a.

— Rapaz, se eu fosse você, pensaria em todas as coisas que sempre quis fazer e nunca tive tempo. É uma oportunidade fantástica.

— Estou começando a ver as coisas por esse ângulo — disse Hanna. — Katherine tem sido maravilhosa, me ajudando a perceber o que Deus quer trabalhar em mim durante o meu tempo livre.

— Katherine é uma mulher incrível — disse Meg. — É impressionante o que o Senhor me mostrou através dela. Ela sabe fazer as perguntas certas, não é?

Charissa parecia intrigada.

— Também tive um pouco disso nos últimos dias. De um dos meus professores, não da Sra. Rhodes. Mas pensando bem, ela é a diretora espiritual do Dr. Allen, então acho que ela o orientou. De qualquer modo... Tem sido uma semana agitada para mim — ela estava quieta, como se debatesse o quanto revelar.

Hanna conhecia bem esse tipo de pausa.

— Sabe a coisa mais importante que aprendi nas últimas semanas? — Charissa continuou. — O Dr. Allen me disse para prestar atenção às coisas que me deixam com raiva, na defensiva, chateada. Isso não fazia sentido para mim a princípio. Mas comecei a entender que, quando algo me incomoda, pode ser um jeito de Deus chamar a minha atenção.

— Como uma febre avisando que o seu corpo está combatendo uma infecção ou uma dor que revela algo de errado — Hanna se serviu de mais uma concha de arroz. — Precisamos de pessoas como Katherine e o seu professor na nossa vida, não é? Todos temos tantos pontos cegos. Mas se pudéssemos ver tudo claramente sozinhos, não precisaríamos do corpo de Cristo.

Meg ouvia com toda atenção.

— Acho que vi seu professor uma vez — ela disse, virando para Charissa. — Tivemos um pregador convidado há alguns meses, um amigo do nosso pastor. Me lembro de pensar que era estranho um professor de inglês pregando, mas ele era fantástico. Acho que ele falou sobre velejar e a vida espiritual.

Velejar e a vida espiritual. Uma memória despertou na mente de Hanna, e ela rapidamente a ignorou. Impossível.

Charissa sorriu.

— É, deve ter sido ele. Ele era pastor antes de se tornar professor.

O garfo de Hanna pairava entre o prato e a boca.

— Como se chama o seu professor? — Ela perguntou, tentando parecer indiferente.

— Nathan Allen. Por quê? Você o conhece?

Hanna pousou o garfo, para o caso de sua mão começar a tremer.

— Eu o conheci há muito tempo — disse casualmente, sorrindo, mesmo que a sala estivesse girando. — Nathan e eu estudamos juntos no seminário. Mas eu me transferi para um seminário diferente no último ano e não acompanhei o que aconteceu com os outros alunos depois que eu saí — ela tomou um longo gole d'água, lentamente, tentando ganhar tempo para se recompor. Ela podia sentir os olhos de Meg fixos nela.

— Mundo pequeno, não é? — John comentou.

— Muito — Hanna limpou os lábios com o guardanapo.

Ela esperava que os outros não tivessem notado nada de estranho na sua reação ao nome de Nathan. Ela também pediu a Deus que Charissa não mencionasse para ele que tinham uma conhecida em comum. Ela passou o resto do jantar direcionando toda a sua energia em parecer relaxada e interessada na conversa. Mas, debaixo da máscara de tranquilidade, se multiplicava a turbulência.

Nathan Allen.

Quais eram as chances de ela ir parar a menos de uma hora de distância de Nathan Allen? Ela não o via há dezesseis anos. Ela não pensava nele fazia uma década. Não, isso não era verdade. Ele veio à mente dela duas semanas atrás, quando estava sentada no grupo, orando sobre as imagens de Deus. Mas Hanna o afastou.

Outra vez.

Meg e Hanna se despediram de John e Charissa pouco depois das nove e foram juntas para o estacionamento. Hanna desejava ter recusado a oferta de Meg de passar a noite. Parecia uma boa ideia evitar uma viagem extra, mas agora ela queria ficar sozinha. Até pensou em dizer à Meg que havia mudado de ideia, mas não queria chamar a atenção para o quanto estava inquieta. Meg havia sido gentil em convidá-la e Hanna queria ser uma boa administradora da confiança de Meg. Afinal, Meg precisava de encorajamento.

— Você está bem? — Meg perguntou quando chegaram aos carros.

Hanna destrancava a porta, virada de costas para Meg.

— Totalmente.

— Tem certeza?

Claro que tinha. Por que não estaria bem?

— Sim, estou bem. Apenas cansada. — Hanna não parava de mexer na chave, não queria fazer contato visual até saber que tinha controle sobre o próprio rosto.

— Hanna, se você quiser falar sobre o Nathan Allen, ficaria feliz em ouvir — Hanna ficou paralisada com a chave na porta. *Era a mesma Meg Crane?* — Você pareceu chateada quando Charissa mencionou o nome dele — disse Meg discretamente.

Hanna se voltou. Ela não estava chateada.

— Fiquei surpresa ao ouvir o nome dele depois de tantos anos — ela falou com uma casualidade determinada, tentando decidir rapidamente o quanto revelar. — Nós éramos bons amigos no seminário, passávamos bastante tempo juntos nas aulas e no tempo livre. E ele... bem... ele se apaixonou por mim, eu acho, e eu não queria isso. Ficou uma situação estranha.

Uma nuvem de silêncio bem carregada pairava entre elas, e Hanna sabia que Meg estava refletindo se poderia questionar mais. Depois de apenas uma pergunta ousada, Hanna não tinha certeza se poderia contar com uma Meg modesta e introvertida. Evidentemente, a timidez dela já não era uma garantia.

— Foi por isso que você se transferiu para outro seminário?

Duas perguntas ousadas.

Hanna desejava poder entrar no carro e ir embora. Para bem longe.

— Havia muitos motivos para eu me transferir para outro lugar — ela disse, usando seu melhor tom de bons motivos. Ela ansiava poder comunicar o seu desejo de encerrar o assunto sem ferir os sentimentos de Meg.

Meg pareceu perceber a dica e não fez mais perguntas.

— A minha casa não é longe daqui — disse Meg, esfregando o pescoço com a mão. — É só me seguir.

Hanna saiu de seu carro e olhou para cima, surpresa com a grande casa vitoriana de três pavimentos e uma torre.

— Não fazia ideia de que você morava em um lugar assim! — Ela exclamou, encontrando Meg na entrada. — É lindo!

Meg suspirou.

— Você não viu à luz do dia. Está um pouco gasta. Minha mãe sempre se orgulhou de manter a aparência da casa, mas nos últimos anos tem sido difícil. Não consigo manter em dia a manutenção — ela fez uma pausa. — Para grande decepção da minha mãe — acrescentou.

Meg ligou a luz quando entraram, e Hanna se viu em um vestíbulo escuro revestido de painéis de madeira. O cheiro penetrante de baunilha de um purificador de ar só tornava mais densa a umidade da casa velha, e Hanna se lembrou imediatamente de uma funerária no estilo da virada do século anterior em que havia estado em Chicago. Enquanto olhava para uma sala de estar cheia de antiguidades e móveis de época, Hanna compreendeu intuitivamente o fardo de Meg.

— Um pouco sombria, não é? — Meg se desculpou enquanto conduzia Hanna em uma visita guiada. — Não sei o que fazer. A minha irmã, Rachel, sempre me diz para vender. Ela disse que pode ser transformada em apartamentos. Fico dividida. Essa sempre foi a casa da família Fowler, desde que o meu bisavô a construiu em 1880. Mas eu nunca quis essa casa pra mim. É tão grande — suspirou —, pode soar terrível, mas não há vida aqui. Me sinto presa. E culpada por me sentir presa. Nunca pensei em chegar aos 46 anos ainda morando nesta casa. Nunca.

Por um momento, Hanna pensou em perguntar à Meg por que tinha ficado. Por que ela e Becka não se mudaram para outro lugar? Por que ela ficou com a mãe? Mas quando ela seguiu Meg até o quarto de Becka, ela decidiu que essa era uma conversa para outro dia. Ela estava cansada. Muito cansada.

— Pelo menos este quarto é cheio de vida — disse Meg, ligando a luz. — Espero que esteja tudo confortável pra você.

Hanna retirou a mochila.

— Obrigada. É perfeito.

O quarto de Becka era um oásis de luz e vida comparado ao resto da casa. Tecidos esvoaçantes, cores brilhantes e luzes brancas de Natal ao redor da janela revelavam o esforço concentrado de uma jovem mulher em trazer alegria a um lugar que, de outra forma, seria sem vida. As paredes foram decoradas com obras de arte. Hanna reconheceu vários pôsteres de Monet e Degas, e a mesa era coberta de fotos.

Hanna pegou um dos porta-retratos.

— É a Becka? — Meg confirmou com a cabeça. — Ela tem os seus olhos. É linda.

— Ela é uma garota maravilhosa — disse Meg. — Becka puxou o jeito do pai: boa, generosa, cheia de vida e riso. E isso diz muito sobre ela, porque esta casa não era um lugar fácil para a alegria. Sou grata porque ela não reproduziu os meus medos — Meg olhou pensativa para a foto. — Mas talvez também tenha esperança pra mim. Pelo menos, parece que é isso o que Deus está fazendo na minha vida agora, me libertando do medo.

— Também vejo isso — disse Hanna. Ela poderia testemunhar pessoalmente a obra libertadora do Espírito. — E olha que só te conheço há um mês.

— Obrigada. Significa muito para mim — Meg estava à porta, se certificando que Hanna tinha a disposição tudo o que precisasse. — Estou orando por você — disse calmamente antes de fechar a porta atrás de si.

Hanna detectou algo decididamente ousado nessa declaração.

MARA

O refeitório do colégio Roosevelt estava cheio do burburinho das conversas. Mara enfrentou a fila do almoço, segurando firmemente sua bandeja, evitando contato visual com os outros alunos. Escolhendo sua mesa habitual no canto de trás, ela se sentou sozinha. Pelo menos ela se lembrou de trazer um livro para o almoço. Ela não lia o livro. Ela apenas olhava para as páginas enquanto comia. O livro era um escudo fraco contra a sua solidão e isolamento, mas era tudo que tinha.

Ela ouvia Kristie Van Buren e outras garotas rindo juntas em uma mesa próxima. A certa altura, Mara pensou ter ouvido próprio nome, e levantou os olhos bem na hora que uma delas olhava em sua direção.

— Que esquisitona — a menina disse. — Ouvi dizer que ela faltou à escola semana passada por causa de piolhos.

— Fiquei sabendo. É muita nojeira — acrescentou outra. — Nunca a vi tomar banho depois da educação física.

— Bem, já viu onde ela mora? — A primeira garota perguntou.

Kristie respondeu:

— Sim! A minha mãe nunca me deixou ir lá durante o primário. Uma vez ela foi à minha casa porque a minha mãe sentia pena. Mas estava tão suja que foi proibida de aparecer de novo.

Lágrimas amargas brilharam enquanto Mara continuava olhando para a página, e todas as palavras viraram um borrão.

O segundo sábado de outubro foi um belo dia de outono. Mara passou pelo estacionamento do Retiro Nova Esperança, inspirando o cheiro de madeira queimando e ouvindo o estalar crocante das folhas sob seus pés. O véu de neblina matinal havia se levantado, revelando as árvores que transbordaram de cor de um dia para o outro.

As cores da temporada sempre a surpreendiam, especialmente os tons de vermelho. O vermelho a deixava sem fôlego.

Hanna havia telefonado no início da semana para convidá-la para um piquenique depois do grupo e Mara estava feliz por ter um lugar para ir com pessoas que desejavam a sua companhia. Tom havia levado Kevin e Brian para o treino de futebol matinal e depois os três planejavam passar o resto do dia na universidade, fazendo piquenique no porta-malas. Pelo menos Mara não precisaria passar outro sábado sozinha. Ela estava cansada de ficar sozinha. *Obrigada, Senhor. Obrigada pelas novas amizades.*

Meg e Hanna já estavam no pátio quando ela chegou ao labirinto.

— Bom dia! — Ela cumprimentou. — Lindo dia, não é? — *Era a Meg?* Mara nunca tinha visto Meg tão tranquila. Não era só pela calça jeans e o moletom vermelho. Algo mais havia mudado. — Você não se parece nada com a mulher aterrorizada de saia e salto alto de um mês atrás — comentou Mara, sorrindo para ela.

Meg riu.

— Estou pegando o jeito da peregrinação. Tem sido uma boa viagem pra mim até agora.

— Pra mim também — respondeu Mara. — Não é fácil. Mas é bom — ela virou para Hanna. — Você está bem? Parece cansada. — Os círculos escuros sob os olhos de Hanna estavam ainda mais proeminentes do que o normal e sua pele estava pálida.

— Estou bem — disse Hanna, se abaixando para mexer no cordão do sapato.

Mara não acreditou, mas decidiu não investigar. Em vez disso, orou silenciosamente, pedindo a Deus para dar a Hanna toda a ajuda que ela precisava. Em seguida ela entrou no labirinto.

Ela sabia sobre o que desejava orar.

Agora que ela estava começando a entender como Deus a amava, agora que não estava mais sentindo o medo do julgamento e da condenação, ela queria meditar em outra coisa que Katherine havia dito no gabinete. Katherine apontou algo que Mara nunca havia notado: os dois textos de Gênesis sobre Hagar no deserto mencionavam um poço.

— Você tem estado tão sedenta, Mara — dissera Katherine. — E tem tentado aplacar essa sede bebendo de tantos poços diferentes. Mas Deus te convida a beber profundamente de uma fonte específica, a fonte da água viva. O Senhor deseja que você saiba que ele é o Deus Vivo, que te vê sem te condenar.

A partir desse tema, Katherine recomendou outro texto de meditação para Mara: a história de Jesus ao encontrar a mulher samaritana junto ao poço. Mara passou a semana toda orando com o quarto capítulo de João, e não teve dificuldade em se ver em meio a história da mulher samaritana. Mara sabia tudo sobre ser forasteira e marginalizada.

Ela retirou um cartão do bolso e leu os versículos que havia escrito:

> **JESUS RESPONDEU: QUEM BEBER DESTA ÁGUA VOLTARÁ A TER SEDE; MAS QUEM BEBER DA ÁGUA QUE EU LHE DER NUNCA MAIS TERÁ SEDE; PELO CONTRÁRIO, A ÁGUA QUE EU LHE DER SE TORNARÁ NELE UMA FONTE DE ÁGUA A JORRAR PARA A VIDA ETERNA. E A MULHER LHE DISSE: SENHOR, DÁ-ME DESSA ÁGUA, PARA QUE EU NÃO TENHA MAIS SEDE, NEM TENHA DE VIR AQUI TIRÁ-LA. (JOÃO 4.13-15)**

Jesus, dá-me dessa água, para que eu não tenha mais sede. Jesus, dá-me dessa água. Por favor, dá-me dessa água. Toda a minha vida eu tive tanta sede. Tão sedenta de amor. Tão sedenta de aceitação. Tão sedenta. E não tenho bebido a água que o Senhor me dá. Me perdoe, Jesus.

Enquanto Mara percorria a parte de dentro do labirinto, ela confessou os diferentes poços que havia buscado ao longo dos anos.

Ela buscou o poço da gratificação sexual, mas a água era amarga.

Ela buscou o poço dos bens materiais, mas esse poço estava cheio de água salgada, fazendo-a desejar mais e mais.

Ela buscou o poço de aprovação e aceitação, mas esse poço era imprevisível. Ela nunca sabia se haveria água ou não e, mesmo quando conseguia alcançar alguma, o balde esvaziava. Ela não conseguia segurar. Não durava.

Katherine tinha razão. Havia apenas um poço que realmente satisfazia, e Mara queria beber profundamente.

Ela pensou na mulher samaritana correndo de volta para a aldeia, tão animada em conhecer Jesus que deixou o vaso para trás. "Venham ver um homem que me contou tudo o que eu fiz!", a mulher exclamava. Ela não teve medo. Ela não teve vergonha. De alguma forma, os detalhes nebulosos da sua vida se tornaram um testemunho para mostrar aos outros o Messias. "Venha ver um homem. Venha ver!"

Seria possível?

Será que Mara poderia compartilhar sua história de dor e pecado, falar livremente sobre a água amarga que havia bebido e mostrar aos outros a Água Viva? Seria possível que Jesus tivesse uma obra para ela desempenhar? Seria possível que Jesus a tivesse chamado para segui-lo, não por pena, mas porque havia um propósito e uma missão para ela?

Dawn estava certa. Mara não havia compreendido a verdade sobre Jesus escolhê-la. Ela havia visto a si mesma como a sobra que Deus só aceitou porque já estava ali. Mas e se Jesus a escolheu porque realmente a amava e queria que ela estivesse com ele? E se Jesus a escolheu não porque sentia pena dela, mas porque sua vida era preciosa para ele? E se ela realmente valesse alguma coisa para Deus?

Mara ainda não compreendia a diferença, mas sentia uma mudança sísmica em seu espírito. E seu coração tremia de alegria.

JORNADA SAGRADA, RETIRO NOVA ESPERANÇA
FOLHETO DA SESSÃO 3: A ORAÇÃO DE EXAME
Katherine Rhodes, facilitadora

A oração de exame foi desenvolvida por Inácio de Loyola no século 16 como uma disciplina para discernir a vontade de Deus e se tornar mais atento à presença dele. A seguir, temos uma adaptação de seu exercício espiritual.

Pense na oração de exame como uma forma de se sentar com Jesus e conversar sobre cada detalhe do seu dia. Nesse exame nos aquietamos e prestamos atenção às informações da nossa vida. Prestamos atenção aos nossos pensamentos, ações, emoções e motivações.

Ao reservar um momento para rever nosso dia em oração, temos a oportunidade de ver detalhes que, de outra forma, acabariam ignorados. O exame nos ajuda a perceber a ação do Espírito e a descobrir a presença de Deus em todos os campos da vida.

No começo da oração, desacelere e se aquiete. Dê graças por alguma das dádivas específicas que Deus te deu hoje. Então peça ao Espírito Santo para guiar e direcionar o seu pensamento enquanto, em oração, você revê o seu dia. Deixe que os detalhes se desenrolem como um pequeno filme. Preste atenção tanto às coisas que te vivificaram quanto aquelas que te esgotaram. Repare onde o Espírito te convida a permanecer e refletir.

Estas são algumas perguntas que você pode adaptar e usar para o exame:

Quando você esteve ciente da presença de Deus hoje? Quando você sentiu a ausência de Deus?

Quando respondeu a Deus com amor, fé e obediência? Quando você resistiu ou evitou Deus?

Quando se sentiu mais vivo e cheio de energia? Quando se sentiu esgotado, aflito ou agitado?

Depois de revisar os detalhes do seu dia, confesse o que precisa ser confessado. Permita que o Espírito de Deus derrame sua plenitude, graça e perdão.

Finalmente, considere estas questões: como você viverá atentamente no amor de Deus amanhã? Como você pode estruturar seu dia à luz da presença de Deus, levando em conta os seus próprios ritmos e respostas à ação do Espírito?

Peça a ele a graça de reconhecer as maneiras que Deus manifesta o amor dele a você.

7.

CAMINHANDO ATENTAMENTE

> *Sonda-me, ó Deus, e conhece o meu coração;*
> *prova-me e conhece os meus pensamentos;*
> *Vê se há em mim algum caminho mau e*
> *guia-me pelo caminho eterno.*
> **Salmos 139.23-24**

O EXAME

— Não acredito como o mundo é pequeno! — Charissa comentou com Hanna enquanto tirava o notebook da bolsa, na mesa do canto. — Engraçado como você e o Dr. Allen estiveram juntos no seminário. Que coincidência!

— É verdade — Hanna estava deliberadamente alegre, enquanto decidia o melhor jeito de manter o controle. — Claro, já faz muito tempo. Tenho certeza de que ele não se lembraria de mim depois de todos esses anos. Não quero que ele se sinta envergonhado por não reconhecer o meu nome.

Charissa levantou as sobrancelhas.

— Não quer que eu diga que te conheço?

Hanna agia cuidadosamente com uma indiferença calculada.

— Por mim, não tem problema. Não ouço o nome dele faz tanto tempo. É sempre interessante saber para onde a vida leva as pessoas — ela mudou de assunto o mais discretamente possível. — Sabe, foi muito bom o jantar de ontem à noite. Obrigada, de novo!

— De nada. Também gostamos muito.

Enquanto Katherine chamava o grupo, Meg e Mara se acomodaram à mesa com suas xícaras de café. Mara ofereceu um rosquinha à Hanna.

— Quer metade?

Hanna negou com a cabeça.

— Quero oferecer a vocês um tempo para se libertarem das distrações e ficarem totalmente presentes para Deus — disse Katherine. — Assim, fiquem à vontade onde estão sentados e vou guiar vocês através de uma oração de palmas para cima e palmas para baixo. Alguém já fez isso antes?

Houve murmúrios pela sala.

— É uma forma simples de orar — continuou Katherine —, mas acho que os gestos físicos me ajudam a me concentrar em entregar e receber. Pense nas coisas que estão te preocupando, perturbando e distraindo e coloque suas palmas para baixo enquanto você entrega esses cuidados nas mãos de Deus. Então, quando estiver pronto, vire as palmas para cima a fim de receber o que Deus tem para você. Fique à vontade para entregar e receber quantas vezes precisar. Vamos orar juntos.

O ambiente estava silencioso. Charissa seguiu as instruções de Katherine, colocando as mãos no colo, enquanto tentava pensar no que precisava entregar a Deus. O próprio ato de orar com as palmas para baixo era desconfortável. Mais que desconfortável. Era irritante. No início, ela estava pronta para descartar seu desconforto como algo físico.

Deve ser só alguma coisa no pulso, pensou consigo mesma.

Talvez apenas não gostasse de ficar virando as mãos para cima e para baixo. Mas depois a voz do Dr. Allen soou em sua cabeça: "Preste atenção ao que mexe contigo".

Charissa começou a prestar atenção. Por que ela estava relutante em orar assim? Havia algo mais fundo por trás de sua resistência? Em seguida, ocorreu a ela. Não era a ação física, propriamente. Pelo contrário, era o que a ação representava. Charissa estava desconfortável com a entrega. Ela riu de si mesma. *Acho que entregar requer prática, não é?*

Então ela confessou o seu desejo de ter controle. Ela confessou seus medos sobre renunciar. Ela confessou sua falta de confiança.

As confissões dela rapidamente ganharam impulso.

Ela confessou seu orgulho e seu egocentrismo. Confessou seu espírito crítico e sua teimosia.

Agora que estava ciente de seus pecados, ela queria acabar com eles. Ela queria ser livre. Ela queria ser...

Ela suspirou quando a revelação a atingiu.

Ela queria ser perfeita.

Ela estava de volta ao início da batalha, cara a cara com sua fortaleza perfeccionista. Seria sempre assim?

Deus, me ajude, ela suspirou, virando as palmas para cima.

Mas logo descobriu que estava tão desconfortável em receber quanto em entregar. Agora, de olhos semicerrados, ela examinava a sala, se perguntando se ela era a única pessoa travando uma luta com um simples gesto de oração. Não, ela estava rodeada de santos. Ninguém mais parecia ter problemas com o exercício. Então ela fechou os olhos e virava as palmas para cima e para baixo nos gestos de oração para o caso de alguém estar observando.

Hanna ficou aliviada quando Katherine tocou o sino indicando o fim da oração.

Ainda que seu relógio insistisse que o silêncio tinha durado apenas dez minutos, parecia mais tempo do que isso. Muito mais. O que havia de errado com ela? Ela deveria valorizar e saborear o silêncio como uma maneira de ouvir a voz de Deus. Em vez disso, o silêncio assustava Hanna.

Especialmente agora que Nathan Allen havia ressurgido depois de tantos anos de ausência.

Toda vez que Hanna levantava as mãos para receber, Nathan se intrometia novamente. Então ela voltava as palmas para baixo, pedindo a Deus que removesse as distrações e levasse suas lembranças dele embora.

Por que agora, Deus? Por que agora? Por que, quando ela já se sentia fraca e vulnerável? Por que, quando essa temporada de luto já era tão dolorosa? Por que ela precisava se distrair com o passado?

Por que, Deus, por quê?

Que reviravolta cruel do destino. Mas Hanna não acreditava em destino. Ela estava preparada para dizer que a proximidade de Nathan Allen fazia parte do plano de Deus? Ou talvez um desígnio divino em que seria provada novamente depois de todos esses anos? Ou apenas uma coincidência?

Hanna não sabia. Só sabia que a lembrança dele era indesejada e ela não sabia como fazer isso — ou melhor, *ele* — desaparecer.

E agora de todas as disciplinas que Katherine poderia apresentar, por que justo a oração de exame? E por que hoje? Sentada encarando a folha do exercício e ouvindo Katherine explicar a oração, ela estava cada vez mais inquieta.

Ela não queria rever as últimas 24 horas em oração atenta. Ela queria esquecê-las e seguir em frente. Logo agora que estava começando a se sentir grata pela licença sabática, quando começava a vislumbrar algo que Deus queria trabalhar em seu coração durante aquele descanso forçado, Nathan Allen reaparecia. Não era justo.

— Eu comecei a usar a oração de exame há cerca de vinte anos — disse Katherine. — E tem sido uma das minhas disciplinas diárias mais importantes. O exame me ajuda a desacelerar e ver as oportunidades de transformação que Deus me proporciona constantemente. Lembre-se: a vida espiritual se trata de estar desperto e atento à voz de Deus, e o exame nos ajuda a manter a vigilância. Deus fala através do que mexe conosco. Deus fala através do que nos empolga e nos anima, bem como das coisas que nos consomem e deprimem. Por isso, prestem atenção a seus sentimentos e reações fortes, tanto positivos quanto negativos. O Espírito de Deus fala através de ambos. Imagine, por exemplo, que ao rever o meu dia, me lembro de como fiquei irritada e defensiva quando alguém me criticou. Eu presto atenção a isso, perguntando ao Senhor o que ele quer que eu veja e perceba sobre minha própria resposta. Como Deus se apresenta para mim nesses momentos? Quais são os convites de Deus para mim? Enquanto oro por isso, posso descobrir que aquela pessoa disse a verdade e, então, posso investigar o que eu estou protegendo sendo tão defensiva. Vocês estão acompanhando?

Houve murmúrios e acenos afirmativos pela sala.

— Nesta oração pedimos ao Espírito que nos examine e nos conheça. O Senhor nos convida a perceber sua atividade constante em nossa vida, a notar aquilo que nos aproxima ou nos afasta de Deus. Este tipo de oração nos faz olhar profundamente para dentro, não para nos tornarmos egocêntricos e autocentrados, mas para conhecermos de verdade a nós mesmos. Afinal, o autoconhecimento e a humildade são caminhos para conhecer e amar a Deus cada vez mais. E o desejo do Espírito Santo é nos levar sempre para uma vida de intimidade mais profunda com Deus. Alguém tem alguma pergunta?

Hanna não se deu ao trabalho de ouvir as perguntas e respostas. Ela não queria orar sobre o porquê de se sentir tão agitada. Ela também sabia exatamente o que Katherine diria sobre sua relutância.

— Nossas áreas de resistência e fuga podem conter uma riqueza de informações sobre nossa vida interior. Preste atenção ao que o Espírito Santo pode estar revelando a você.

Por que isso era importante? Por que ouvir o nome dele em voz alta pela primeira vez em 16 anos tinha o poder de deixá-la inquieta? Era ridículo. Ela devia ser mais forte do que isso. Já havia se esquecido dele há anos. Não, ela nunca precisou "esquecê-lo". Ela nunca o havia amado, não de verdade. Pelo menos não como ele a amava.

Percebe? Foi exatamente por isso que ela disse a ele "não" tantos anos atrás. Hanna odiava distrações e ele era uma distração à sua determinada busca por Jesus. Ele era uma distração ao seu chamado ministerial. Ele era uma distração.

Agora ele aparecia novamente, uma distração da obra de cura e poda que Deus estava realizando em sua vida. Todos os progressos que ela alcançou se perderam com a menção do nome dele. Ela se sentiu desapontada por sair dos trilhos tão facilmente.

Hanna tentou desviar sua atenção para os momentos em que se sentia animada.

O que ela poderia celebrar das últimas 24 horas? Meg veio à sua memória. Hanna certamente estava grata pela obra que o Espírito estava fazendo na vida de Meg para libertá-la do medo, mesmo que isso significasse uma Meg mais ousada em fazer perguntas invasivas. Hanna pensou nos anos de luto de Meg reprimido por Jimmy. Meg confidenciou que só recentemente começava a se sentir livre para voltar a se lembrar dele. "Imagina, represar a dor assim por tanto tempo", Hanna pensou.

Depois, Charissa lhe veio à cabeça. Charissa não incluiu detalhes, mas havia mencionado no jantar que o Espírito estava revelando a verdade para ela. Hanna se alegrava que Charissa crescesse em seu conhecimento de Deus. Mas nesse momento ela se lembrou do papel importante que Nathan havia desempenhado no crescimento espiritual de Charissa e, assim, distraiu-se novamente.

Talvez Hanna precisasse de alguma perspectiva e distanciamento de suas próprias lutas. Como poderia aconselhar alguém que se queixasse da luta contra as distrações durante a oração? Como poderia aconselhar alguém sobre um Nathan Allen?

A resposta que lhe veio à mente a surpreendeu. *Talvez aquilo que você chama de distração seja exatamente o que o Espírito deseja mostrar a você.*

Mas não fazia sentido. O que a intrusão de Nathan teria a ver com a obra que Deus estava realizando em sua vida? Ela não conseguia ver. Simplesmente não conseguia.

Fechando as páginas do diário, Hanna fechou os olhos com força e fingiu estar em profunda oração.

JUNTAS

Charissa se sentou na cantina do colégio, ouvindo as meninas da sua mesa falarem sobre Teresa Gallagher.

— Ouvi dizer que ela vai ficar com o bebê — disse uma delas.

— Sério? — Outra perguntou.

— Ouvi dizer que ela nem sabe quem é o pai. Ela dormiu com muitos garotos.

Charissa olhou para a mesa do canto, onde Teresa se sentava sozinha, lendo um livro. Seus olhos se encontraram por um momento antes de Charissa desviar o olhar.

Ela ainda se lembrava de quando estudavam juntas no primário. Ela sempre tentava se aproximar de Charissa e seus amigos no intervalo, e eles falavam para Teresa se esconder. Assim que ela se escondia, todos partiam para outros jogos, deixando Teresa esperando em seu esconderijo até o sino tocar. Ela finalmente percebeu as regras do jogo e parou de pedir para jogar. Charissa ficou contente. Teresa não era o tipo de menina com quem ela queria ser vista. Quando Teresa começou a se misturar com a turma errada no colegial, Charissa não ficou nada surpresa.

— Tenha cuidado com quem você anda — sua mãe sempre dizia. — Se você perder a sua reputação, você perde tudo.

John esperava junto ao pórtico quando Charissa, Meg, Hanna e Mara saíram juntas ao meio-dia. Charissa o beijou e depois virou para Mara.

— Mara, você já conhece o meu marido John? — John sorriu e apertou a mão de Mara.

— Muito prazer! — Mara e John responderam em coro.

— Como foi o progresso das peregrinas hoje? — Ele provocou, abraçando Charissa pela cintura. Como resposta, Charissa deu de ombros.

Meg disse:

— Às vezes, sinto que não estou avançando muito ou como se estivesse viajando em círculos. Depois olho para trás, de onde eu vim, e acho que deveria me sentir encorajada.

— Rapaz! — Mara exclamou. — Pensei que eu era a única me sentindo assim! Fiquei tonta, andando em círculos.

Hanna decidiu mudar de assunto antes que lhe perguntassem sobre sua própria experiência com movimentos circulares.

— Tem certeza de que não querem vir com a gente? — Perguntou para John e Charissa.

Hanna convidara todos para um piquenique no lago. Claro, ela havia estendido o convite antes de ouvir sobre Nathan Allen. Por mais que desejasse apenas voltar para a casa sozinha, estava determinada a ser uma anfitriã generosa.

— Não quero atrapalhar o dia das meninas — disse John. — Mas, ei! Por que você não vai, Charissa? Estão acabando os dias como esse, bons para aproveitar ao ar livre!

Charissa parecia tentada, e John continuou:

— Pode ir, querida. Eu sobrevivo algumas horas sem você. Talvez eu vá para a universidade encontrar a galera. O dia está ótimo para um futebol!

— Desde que você não esteja jogando! Se for para ficar preocupada com você jogando bola, John, não vou para lugar nenhum. Estou falando sério.

Ele beijou-a.

— Não se preocupe. Vou me comportar — ela o analisava. — Prometo! Vai lá, aproveita!

— É um dia de outono perfeito, não? — Disse Charissa. — E não vou a um piquenique desde que morei na Inglaterra.

— Pão fresco, queijos importados, frutas, cookies. Tenho até chá inglês — disse Hanna, procurando as chaves do carro na bolsa.

— Está bem, você venceu!

— Excelente! Você pode me seguir, se quiser. — Depois Hanna olhou para Meg. — Vocês já sabem a rota, se nos separarmos?

— Tudo certo — respondeu Meg, voltando-se para Mara. — Você vem comigo, certo?

— Fechado, amiga!

— Se comporta, John! — Charissa o beijou antes dele entrar no carro.

— Sim, senhora. Vou manter o celular ligado para você ficar de olho em mim. Divirta-se!

Hanna não pretendia falar com Charissa sobre o Nathan. Não foi por isso que ela convidou Charissa para ir com ela.

Definitivamente não, ela disse a si mesma.

Mas, enquanto ouvia Charissa falar sobre seus estudos, todos os pensamentos de Hanna rodopiavam em torno de Nathan. Ela começou a se perguntar se Charissa suspeitava de alguma coisa. Seria por essa razão que Charissa não o mencionava pelo nome? Hanna decidiu que seria melhor se manifestasse um interesse casual pelo antigo colega.

Talvez ela pudesse descobrir algumas informações sem parecer muito ansiosa.

— Então, que tipo de professor é o Nathan? — Hanna por fim perguntou. Não era o que ela realmente queria saber, mas parecia um lugar seguro para começar.

— Ele é muito talentoso — respondeu Charissa. — Ele tem uma maneira incrível de dar vida aos textos, ele simplesmente percebe coisas que a maioria das pessoas não percebem. E não apenas na página escrita. Ele também tem um dom incomum para ler as pessoas.

Hanna esperava que sua aparência estivesse mais tranquila do que o seu interior. Ela aguardou sem responder até sentir que poderia modular a voz corretamente.

— Parece que ele seria um bom pastor. Ele chegou a contar o motivo de ter mudado para literatura?

Charissa negou com a cabeça.

— Pelo menos não para mim. Só sei que ele está em Kingsbury faz alguns anos, desde o meu primeiro ano.

O carro se encheu de silêncio. Hanna não queria chamar a atenção para si mesma fazendo mais perguntas e Charissa parecia estar debatendo se deveria ou não dar informações não solicitadas.

— Não sei muito mais que isso sobre ele — disse Charissa. — Exceto que ele é divorciado — Hanna inspirou. — E tem um filho adolescente — Hanna parou de respirar.

— Um adolescente! Sério? — Será que seu tom de voz a denunciava?

Charissa acrescentou:

— O nome dele é Jake. Já o vi algumas vezes. Um garoto simpático.

Hanna se preocupava caso seu rosto não cooperasse com seu comando mental de parecer indiferente.

— Mas será possível — disse Hanna, tentando ajustar sua expressão a uma leve curiosidade. — Tem certeza de que o filho dele já tem essa idade?

Charissa levantou os ombros.

— Sei que está no colegial, por isso acho ele que tem uns 13 ou 14 anos.

Hanna beirava um desmaio e se agarrou com força ao volante. Talvez fosse outro Nathan Allen. Tinha de ser. Mas tudo o que ela ouviu falar sobre ele apontava para seu antigo amigo: o barco a vela, o seminário, os dons de ensino e discernimento. Hanna esforçou-se em parecer alheia e desinteressada.

— Será que me enganei sobre esse ser o Nathan que conheci? O que mais você pode me dizer sobre ele?

Charissa pensou por um momento.

— Ele é mais baixo do que eu, talvez 1,73, algo assim. Tem o cabelo escuro, começando a ficar um pouco grisalho. Que mais? — Charissa parecia estar muito concentrada. — Ah, já sei! Ele fez uma especialização em língua inglesa em Kingsbury. E, passou um ano em Oxford antes de entrar no seminário. Ele se especializou em espiritualidade e literatura.

Todo o corpo de Hanna se contraiu. Claro. Como havia se esquecido daquela parte da história dele?

Era, definitivamente, o seu Nathan Allen.

Meg seguiu as outras mulheres pela escadaria do chalé até a praia, segurando firmemente o corrimão. Ela não queria perder o equilíbrio e sair rolando com o cesto de piquenique, então desceu com todo o cuidado.

Havia algo estranhamente familiar nesta cena: a escadaria, as dunas de areia, a água, o vento. Ainda que Meg tivesse passado a vida toda a menos de uma hora do Lago Michigan, ela havia passado pouco tempo ali. Na verdade, não se lembrava da última vez que esteve no lago.

Enquanto ponderava essa sensação de *déjà vu*, uma única imagem se materializou. Ela nem tinha certeza se era uma memória autêntica. Ela era pequena, talvez três ou quatro anos, e estava descendo uma escada ao ar livre, agarrada à mão de alguém. Ela estava preocupada em não perder o equilíbrio, então se concentrava intensamente a cada passo.

Depois ouvia a voz de um homem:

— Estou te segurando, florzinha. Vai lá. — por mais que tentasse, não conseguia ver um rosto. Ela só sentia a firmeza da mão e ouvia o som de uma voz.

Seria o seu pai?

Meg possuía apenas vagas imagens dele, a maior parte influenciadas por fotografias. Ela só tinha quatro anos quando ele morreu. Rachel, que estava com dez anos na época, tinha muitas lembranças felizes com o "papai". Meg sempre teve ciúmes, mas nunca confessara em voz alta. Ao longo dos anos, Raquel falava livre e alegremente sobre o pai, até se gabando dele e do quanto ele a amava. Meg não teve a mesma oportunidade.

Mas que cena era essa? Ela estava mesmo se lembrando de um momento que partilhara com o pai? Talvez pudesse perguntar a Rachel se ela se lembrava de uma viagem à praia antes de o pai morrer.

— Ei! Está tudo bem? — O grito de Mara interrompeu seus pensamentos. Meg não tinha percebido que estava parada no meio da escadaria. Ela acenou para as outras, que já esticavam um cobertor xadrez vermelho perto de uma duna.

— Estou indo!

Hanna caminhou de volta à escadaria e estendeu a mão para o cesto de piquenique que Meg carregava.

— Vem cá, eu levo para você.

— Estou bem. Tudo ok. Tive um *déjà vu* estranho, só isso.

— Sobre o quê?

— Algo sobre descer uma escadaria até uma praia. Devo estar imaginando coisas.

— Imaginando o quê? — Mara perguntou quando Meg e Hanna chegaram à duna.

Meg pousou o cesto na toalha.

— Eu estava descendo a escada, e algo das dunas e do lago me pareceu muito familiar. Em seguida, eu vi uma imagem de mim mesma como uma menininha, segurando firmemente a mão de alguém. A mão de um homem. Me pergunto se é uma lembrança de verdade ou só a minha imaginação.

— O seu pai? — Mara perguntou, desempacotando a comida.

— Ele morreu quando eu tinha quatro anos, e eu não tenho nenhuma memória dele: apenas histórias que minha irmã, Rachel, me contou. Mas eu não sei. Acho que pode ser real.

Hanna disse:

— Talvez Rachel se lembre de alguma viagem à praia.

— É o que eu me pergunto. Mas não quero plantar uma falsa memória nela.

— Pergunte se a sua família costumava ir ao lago quando você era pequena e veja o que ela diz — sugeriu Charissa.

— É uma porcaria crescer sem pai — comentou Mara enquanto servia fatias do pão para as outras. — Claro, o meu partiu antes de eu nascer. Ele nos abandonou quando minha mãe estava grávida de seis meses. Covarde, filho da... — Charissa estreitou as sobrancelhas e virou as costas para Mara.

— O que aconteceu com seu pai, Meg? — Ela perguntou.

Meg simplesmente descreveu os fatos.

— Ele estava limpando uma de suas armas e ela disparou.

Hanna arfou.

— Ah, Meg! Eu sinto muito. Isso é terrível!

— Eu acho que sim — Meg pegou uma fatia de pão. — Mas não me lembro de nada. — Ela não se lembrava nem de ter saudades do pai. Estranho, como se sentia desconectada de sua própria história. Mas Hanna estava certa. Deve ter sido horrível para sua mãe. De um modo indescritível. Talvez por isso a mãe nunca sequer tocou no assunto.

O choque refletido nos olhos de Hanna destrancou algo em Meg, como se Hanna fosse uma substituta, vendo e sentindo o que Meg não sentia. Não podia sentir. Não devia sentir?

Meg não tinha certeza se estava preparada para esse tipo de visão ou sentimento. Nenhuma certeza.

— E você, Hanna? — disse Mara, preparando outro sanduíche. — Fiquei um pouco confusa com esse negócio de sabático. Você está de férias com tudo pago porque a sua igreja queria que você fizesse uma pausa?

— Basicamente — Hanna se recostou na duna e olhou para a barriga branca de uma gaivota que flutuava em câmara lenta acima delas. — Eles disseram que eu já estava atrasada para isso. Tentei escapar, mas eles venceram. Então, estou aqui.

Mara assobiou.

— Rapaz, já ouvi falar de professores tirando longas férias sabáticas, mas não pastores. Deve ser uma igreja muito generosa

— Hanna não respondeu. — Eu nunca perguntei mais sobre você — continuou Mara. — Quer dizer, a vida é mais do que a igreja e o trabalho, não é?

Hanna deu de ombros.

— Não tenho muito para contar. Nos últimos quinze anos, a igreja tem sido a minha vida.

— Casada com a igreja? — Mara pressionou. — Marido? Namorado? Ex? Nada?

— Nada.

— Mas não é tarde demais para isso. Você ainda é jovem, não é? Quantos anos você tem? Quarenta?

— Quase — disse Hanna, sorrindo ligeiramente. — Nem me lembre.

— Está vendo, ainda dá tempo de se apaixonar e ter uma família. Não é? — Mara virou para Meg e Charissa. — Vocês conhecem alguns solteiros que a gente pudesse apresentar para ela durante essa temporada aqui?

— Não se preocupe, Mara — disse Hanna rapidamente, vendo uma expressão de dor e desamparo atravessar o rosto de Meg. — Não estou procurando um relacionamento. Não estou interessada em me apaixonar, só isso.

— É sério? — Mara parecia chocada. — Nunca?

Hanna balançou a cabeça de um lado para o outro em um movimento lento e definitivo. Ela já havia dado esta resposta muitas e muitas vezes antes.

— Fiz a minha escolha faz tempo. Decidi que não podia servir a Cristo e ter uma família. Mesmo que quisesse mudar de ideia, é tarde demais. Para ter filhos, pelo menos.

Mara não ia desistir tão fácil.

— Sobre isso, eu não sei — ela disse. — Uma das minhas amigas deu à luz um menininho lindo e saudável aos 43 anos.

Hanna hesitou um momento e em seguida respondeu:

— Quero dizer, não posso ter filhos. Fiz uma histerectomia no ano passado.

Meg se inclinou para frente e se apoiou. Charissa limpou a garganta. Mara ficou vermelha.

— Puxa, eu sinto muito. Sinto muito mesmo! Eu e minha boca grande outra vez. Nunca sei a hora de parar. Me desculpa, Hanna. Me desculpa mesmo — ela parecia desejar que a areia abrisse sob seus pés e a engolisse.

— Não, está tudo bem. Sempre me perguntam sobre isso. Não se preocupe. — Hanna tomou uma folha comprida de junco e aproveitou a ponta fina para rabiscar na areia. — Foi tudo bastante simples — ela disse. — Depois de anos tentando de todas as formas controlar meus sintomas, a cirurgia se tornou uma solução inevitável. E, desde então, eu me sinto muito bem. Muito mesmo. Sou grata por isso.

Houve silêncio no círculo, enquanto cada uma parecia procurar uma resposta adequada.

— A minha mãe fez uma histerectomia faz alguns anos — Charissa se arriscou. — E ela conta que mal acredita no tanto que se sente melhor. Ainda assim, Hanna, eu sinto muito. Deve ter sido muito difícil.

— Obrigada — Hanna parou de rabiscar e pegou alguns cookies de chocolate na cesta de piquenique. — Vamos, pessoal. Vamos comer! Não posso ficar com tudo isso sobrando pra mim.

Confiante de que ninguém mais teria coragem de fazer outras perguntas, Hanna conduziu a conversa sem esforço pelo resto da tarde. Mara divulgou ansiosamente os detalhes de sua história e a Hanna pastora sabia fazer as perguntas certas para que Mara continuasse falando. Na verdade, Hanna era tão hábil em termos de manipulação que quase não percebia o que estava fazendo.

Quase.

— Falei demais — Mara se desesperou quando voltava para casa com Meg e Charissa. — Me desculpem. Dominei a conversa a tarde toda. Não tenho um botão de desligar, sabe?

Com certeza, Charissa pensou. Ela ainda tentava processar tudo o que Mara havia revelado sobre o próprio passado.

Meg manteve uma mão no volante e colocou a outra no ombro de Mara.

— Fiquei muito tocada com a sua história, Mara — ela disse. — Obrigada por confiar em nós o suficiente pra compartilhar o que Deus está fazendo na sua vida. Quem me dera ter a sua coragem! — Meg se virou um instante e sorriu para ela. — Quando você falava da mulher junto ao poço, comecei a pensar na minha própria vida e em todos os diferentes poços de onde tentei beber.

— Sério? — Mara perguntou, com os olhos úmidos de emoção. — Mas você certamente não tem um passado como o meu, Meg — ela limpou o nariz na manga enquanto se remexia à procura de um lenço.

Meg disse:

— Todas temos um passado, não temos? Coisas que escondemos, coisas que nos envergonhamos, coisas que nos arrependemos. Eu sei que tenho. — Charissa estava calada. — Você me deixou algo para refletir hoje, Mara. Obrigada.

No banco de trás do carro, uma batalha estava em curso. Charissa ouviu os detalhes da história de Mara em choque, horror e nojo: a gravidez na adolescência, o aborto, os encontros, o filho ilegítimo, a promiscuidade sexual, o casamento de conveniência, a expectativa do divórcio. Charissa passou a vida toda evitando pessoas como Mara, sem querer ser culpada por associação a elas.

Mas quando Charissa começava a se congratular por sua própria justiça e pureza moral, algumas palavras da Escritura vieram à mente.

Os sãos não precisam de médico, mas, sim, os doentes, Jesus disse.

Ela expirou mais alto do que pretendia e tamborilou os dedos na janela do carro. Ela ainda era farisaica demais. Lá estava ela, frente a frente com uma pecadora honesta e sincera, e havia falhado no teste. Ela não podia acreditar que tinha fracassado.

Mas o que mesmo o Dr. Allen havia dito?

"A vida espiritual é uma jornada, Charissa, não uma prova."

Ela suspirou pesadamente.

Se pelo menos ela não tivesse um caminho tão longo pela frente.

MEG

Meg, de nove anos, foi despertada pelo som da voz de um homem, que ecoava no hall de entrada. Olhando pela janela, ela viu um carro da polícia na frente da casa. Ela foi até o patamar e se sentou onde poderia ouvir sem ser vista.

Meg não entendeu tudo o que o agente dizia, mas a voz dele era severa. Ela distinguiu as palavras "festa" e "bebida". Disse que estava dando uma advertência a Rachel, mas se voltasse a acontecer, não seria tão generoso. A voz da mãe era fria quando agradeceu a ela por trazer Rachel para casa. Quando Meg ouviu a porta da frente se fechar, ela prendeu a respiração.

— Como você se atreve! — A mãe trovejou.

— Qual é o problema? Não fui a única a ser apanhada.

— Você só tem quinze anos! Como se não bastasse estar bebendo, veio arrastada pra casa em um carro de polícia na frente de todos os vizinhos! Como você tem essa ousadia! Como se atreve a dar uma vergonha dessas para essa família?

— Ah, tá! Eu esqueci! A perfeita família Fowler! Vou garantir que ninguém saiba o que realmente acontece aqui! — Meg ouviu o estalo de uma mão contra a pele nua. — Eu te odeio! — Rachel gritou.

Meg tentou fugir para o quarto sem ser vista, mas não foi rápida o suficiente. A mãe subiu as escadas como um raio e a viu em disparada pelo corredor.

— Não se atreva a falar disso fora de casa, ouviu bem? — A mãe sibilou. Meg concordou com a cabeça e mergulhou de volta na cama, puxando os cobertores firmemente sobre a cabeça.

Ela não dormiu pelo resto da noite.

Quando Meg chegou do lago, havia uma mensagem de Rachel: "Passando para te dar um oi. Vou estar em casa hoje à noite. Me liga, tá bom?"

Bom, pensou Meg. Agora ela tinha uma desculpa para ligar e mencionar que havia passado o dia no lago. Seu coração batia acelerado quando ligou para o número de Rachel.

— Oi, flor! Desculpa não ter atendido a sua chamada — Meg esperava que sua voz soasse tranquila. — Estive no Lago Michigan com umas amigas.

— Uau! Não vou lá faz anos. Em que parte?

— Perto de Lake Haven.

— Eu me lembro de Lake Haven — disse Rachel. — Cidade bonitinha. A gente costumava passar lá para tomar sorvete depois da praia, lembra? — Meg não se lembrava e seu coração estava aos pulos.

— Acho que não me lembro disso — respondeu casualmente. — A gente ia lá com nossa mãe?

Rachel deu um riso sarcástico.

— Poxa, mas nunca! Tá brincando? Com o papai! Você acha que ela chegaria perto de alguma coisa que incluísse areia nos sapatos?

Meg apertava o telefone.

— E eu também fui com vocês?

— Bom, você era muito pequena, mas sim, veio junto algumas vezes. Claro, você parecia um gato apavorado, você queria distância da água.

Meg tentava decidir o quanto perguntar.

— Queria muito me lembrar disso.

— Não penso nessas viagens faz muito tempo — disse Rachel. — Eram dias tão bons, só de estar com o papai. Claro que gostava mais antes de você aparecer — Meg não sabia se ela estava brincando ou não.

— Como assim?

Rachel deu uma risada.

— Você desviou toda a atenção que ele me dava! — A voz dela era leve. — Assim que você começou a vir com a gente, ele não podia brincar comigo na água. Juro que você tinha medo de tudo. E você era tão devagar! Eu sempre tinha de parar e esperar por você.

Meg se aquietou. Ela estaria prestes a descobrir se a sua lembrança era real?

— Pensando bem, eu me lembro de uma escadaria em uma praia — ela esperou para ver se Rachel acrescentaria algum detalhe.

— Isso! Eu descia correndo até à areia e tinha de te esperar eternamente. E o papai me dizia pra ser paciente porque você era pequena e precisava de ajuda. Eu ainda consigo ouvir: "Está tudo bem, florzinha! Está tudo bem. Vamos, florzinha, você consegue!"

— Meg arfou.

— Ele me chamava de florzinha?

— É o que eu lembro, pelo menos. Posso estar enganada — Meg mal suportava absorver tudo aquilo. — Sabe — Rachel continuou, aparentemente alheia ao impacto de suas palavras —, tinha uma porção de fotos em algum lugar do sótão. Da próxima vez que eu passar aí, quero dar uma olhada lá em cima. Quem sabe o que podemos encontrar?

— Eu adoraria te ver. Quando você pode vir?

— Não sei. Devo viajar para Detroit a negócios daqui algumas semanas. Acho que posso marcar um ou dois dias pra te ver. Me deixe montar os planos de viagem e eu te aviso, está bem?

Elas conversaram por mais alguns minutos e, em seguida, Meg começou a rever seu dia em oração.

Ela transbordava de gratidão, agradecendo a dádiva recebida. Uma lembrança autêntica de seu pai! Não era algo que ela tivesse inventado a partir de fotografias, mas um momento verdadeiro da presença do pai. Ela repetia a cena na cabeça, de novo e de novo. Sim, Rachel tinha mais lembranças, mas agora Meg também tinha um presente.

Ainda assim, naquele presente havia um lado sombrio que Meg não queria examinar, apesar das palavras de Katherine ao grupo naquela manhã.

— Para alguns de vocês — dissera Katherine —, será mais fácil rever os tempos em que você estava ciente da presença de Deus. Será mais fácil expressar os momentos em que experimentaram alegria, amor e paz. Você pode estar relutante em enfrentar as grandes batalhas e os sentimentos mais sombrios, mas Deus está presente em toda a vida. Nossa vida cotidiana é a matéria-prima para se encontrar com Deus, portanto, preste atenção. Não tenha medo de perguntar o que Deus está dizendo através das coisas que você preferiria ignorar ou desconsiderar. Muitas vezes, é exatamente onde o Espírito está se agindo.

Meg suspirou. Havia tantas coisas que ela se recusava a tomar conhecimento: angústias, decepções, provações, dores. Meg lidava com as coisas difíceis escondendo-as em caixas mentais e emocionais. Depois as escondia em cantos escuros como o sótão, longe dos olhos e da mente.

Agora que Meg começava a abrir algumas das caixas de luto e arrependimento sobre Jimmy, não parecia coincidência que uma memória de seu pai também surgisse. Mas se ela aceitasse a alegria de se lembrar do pai, não precisaria também enfrentar a dor de o perder? Ela também não precisaria lidar com a dor de como a infância dela poderia ter sido diferente se o papai não tivesse morrido? E se ela começasse a pensar muito no pai, talvez também precisasse pensar seriamente na mãe.

Ela não estava preparada para isso. Ela não tinha certeza se algum dia estaria pronta.

Ela se sentou à mesa da cozinha, escondendo o rosto nas mãos. Era demais. Duro demais. A jornada para a cura e a transformação de repente parecia mais longa e ainda mais traiçoeira do que nunca. Ela sentiu seu ânimo retroceder em medo. *Não consigo. Me desculpe, Senhor. Eu não posso.*

Foi quando voltou a ouvir a voz do próprio pai.

— Estou te segurando, florzinha. Vai lá.

As palavras continuavam ressoando em sua mente e ela sentia a firmeza de uma mão forte que segurava a sua, ajudando-a a seguir em frente. Enquanto a voz ressoava em seu espírito, Meg começou a entender o significado do presente. Estas palavras não eram apenas do pai dela, então? Seu Pai Celestial também lhe falava com ternura, ecoando as promessas que Katherine compartilhou com ela, de Isaías 43:

CHAMEI-TE PELO TEU NOME; TU ÉS MEU. QUANDO PASSARES PELAS ÁGUAS, EU SEREI CONTIGO; QUANDO PASSARES PELOS RIOS, ELES NÃO TE FARÃO SUBMERGIR.

— Estou te segurando, florzinha. Vai lá.

Enquanto se concentrava nas palavras de incentivo e segurança, Meg se tornava cada vez mais confiante sobre uma coisa.

Seu Pai Celestial não a soltaria.

HANNA

Hanna não se deu ao trabalho de jantar no sábado à noite. Ela estava sem fome depois que Meg, Mara e Charissa partiram. Assim, ela foi para a cama cedo, com a intenção de continuar sua disciplina diária de *lectio divina* no evangelho de João. Abrindo no segundo capítulo, começou a ler em oração sobre o casamento em Caná, procurando uma palavra ou frase que chamasse sua atenção.

TRÊS DIAS DEPOIS, HOUVE UM CASAMENTO EM CANÁ DA GALILEIA. E A MÃE DE JESUS ESTAVA ALI; JESUS E SEUS DISCÍPULOS TAMBÉM FORAM CONVIDADOS PARA O CASAMENTO. E, TENDO ACABADO O VINHO, A MÃE DE JESUS LHE DISSE: ELES NÃO TÊM MAIS VINHO. JESUS LHE RESPONDEU: MULHER, QUE TENHO EU CONTIGO? A MINHA HORA AINDA NÃO CHEGOU. ENTÃO SUA MÃE DISSE AOS ATENDENTES: FAZEI TUDO O QUE ELE VOS DISSER.

Hanna não conseguia passar desse versículo. Ela começou a remoer as palavras, convidando o Espírito a mostrar como esse trecho se conectava a sua vida. Então, ela leu o texto novamente, em voz alta.

TRÊS DIAS DEPOIS, HOUVE UM CASAMENTO EM CANÁ DA GALILEIA. E A MÃE DE JESUS ESTAVA ALI; JESUS E SEUS DISCÍPULOS TAMBÉM FORAM CONVIDADOS PARA O CASAMENTO. E, TENDO ACABADO O VINHO, A MÃE DE JESUS LHE DISSE: ELES NÃO TÊM MAIS VINHO. JESUS LHE RESPONDEU: MULHER, QUE TENHO EU CONTIGO? A MINHA HORA AINDA NÃO CHEGOU. ENTÃO SUA MÃE DISSE AOS ATENDENTES: FAZEI TUDO O QUE ELE VOS DISSER.

Faça tudo o que ele mandar. Por que essas palavras a escolheram? Ela já não tinha feito o que Deus havia pedido? Ela havia deixado para trás o seu trabalho, a sua casa, os seus amigos, a sua vida. Ela obedeceu, fazendo o que ele havia dito a ela. Ela, alguma vez, havia se esquecido de fazer o que Jesus pediu? Uma única vez?

Por que, mesmo quando o Nate... Não. Não vou pensar nisso. Não vou, definitivamente. Não vou, não vou, não vou, disse para si mesma.

Não é o suficiente para ti que eu tenha me afastado dele, Senhor?

Ela não iria reviver o momento. Não adiantava reviver o momento. Ela tentou se desviar dos pensamentos sobre Nathan prosseguindo a leitura do texto, mas aquelas palavras a perseguiam.

Faça tudo o que ele mandar.

O que, Senhor? O que o Senhor quer que eu faça? O que eu algum dia não fiz por ti?

Ela leu o texto novamente, desta vez pensando sobre o vinho que havia acabado. Era isso que o Espírito Santo queria que ela visse? Era isso o que Deus queria que ela confessasse? Que o vinho de sua vida havia acabado e a alegria havia desaparecido?

Está bem, Senhor. Eu percebi isso. Me perdoe. A alegria se foi e eu fiquei vazia. Por favor, me preencha com água viva que pode ser transformada em vinho novo.

Foi nesse momento que aquilo a atingiu brutalmente: a indiferença de Jesus, sua relutância em se envolver, sua insistência em que aquela não era a hora dele intervir.

O tempo não era chegado.

Bem, o tempo acabou pra mim, e o Senhor certamente não fez nada pra evitar, não é?

Espera.

Opa.

Era a voz dela falando palavras de acusação contra o Senhor? Ela parecia tão amargurada. Ela não estava amargurada. Não estava, não, não, não.

Me desculpe, Senhor. Me perdoe. Eu sei que não vou ficar vazia. Sei que o Senhor vai me preencher de coisas boas. Me ajuda a confiar em ti. Por favor.

Uma memória do piquenique retornava: o olhar de tristeza e desamparo que consumiu a face de Meg quando Hanna mencionou a histerectomia.

Mas Meg não precisava ficar com pena. Hanna não estava decepcionada por não ter um marido ou filhos. Não, não, não. As pessoas sempre concluíam que ela estivesse de luto, mas não estava. *Não mesmo.* Ela nunca se entristeceu por isso. Não havia nada para lamentar.

Ela não tinha arrependimentos, absolutamente nenhum arrependimento sobre o rumo que sua vida tomara. O que ela havia recebido servindo a Deus era muito maior do que qualquer coisa que ela tivesse perdido ou deixado para trás vários anos antes. Ela não tinha arrependimentos. Nenhum.

Então por que ela sentia o estômago arder sempre que se lembrava do Nathan? Por que as palavras daquela conversa antiga e dolorosa continuavam se levantando para atormentá-la?

— Mas não é possível que Deus queira mostrar o seu amor por você através de mim?

Nathan havia perguntado, seus olhos brilhando em profunda emoção.

— Não é possível? Por que você foge do amor, Hanna? Do que você se esconde? — Ele suplicou que ela não se afastasse. Ele implorou que ela orasse e perguntasse a Deus. — Por favor, Hanna. *Por favor...*

Ela respondeu que sabia o que Jesus desejava que ela fizesse. Ela estava confiante que dizer "não" ao Nathan era um ato de obediência. Mas se ela soubesse que um dia chegaria a quase quarenta anos, solteira e sem filhos, teria feito a mesma escolha? Ela teria selado o coração e partido?

De repente, ela não sabia como responder a essas perguntas, e sua incerteza a assustava.

Não só ela havia perdido tudo o que conhecia e amava em Chicago, como também fora empurrada para um lugar onde o passado agora voltava como uma assombração.

Tudo parecia uma piada cósmica cruel.

Hanna fechou a Bíblia e desligou a luz da cabeceira.

O que Charissa disse sobre como o Nathan a ajudou?

— O Dr. Allen me disse para prestar atenção nas coisas que me deixam com raiva, na defensiva, chateada.

Se Deus podia usar a dor e a agitação para trazer à tona as dores ocultas e revelar o sofrimento não resolvido, então uma coisa estava clara. O Espírito de Deus estava se movendo.

Encolhida em posição fetal debaixo dos cobertores, Hanna se embrulhou na escuridão e chorou.

MARA

Mara descongelou um prato pronto no micro-ondas e se sentou no sofá com a televisão desligada, à espera de Tom e dos rapazes. Seu caderno estava aberto para que pudesse ler o que havia escrito naquela manhã, depois de caminhar pelo labirinto:

— Estou conseguindo! Percebo como Jesus vê toda a bagunça da minha vida, mas não me condena. Como a mulher samaritana.

Ela não teve vergonha de dizer às pessoas que o Messias sabia tudo sobre ela. *Talvez eu tenha uma história que possa ajudar alguém. O quanto isso seria bom?*

Enquanto Mara examinava seus momentos de gratidão desde o começo do dia, ela ficou impressionada como era fácil esquecer o que Deus havia revelado a ela, especialmente como ela voltava tão rápido para a insegurança. Mas aqui estavam suas palavras na página, servindo como marcadores que o Espírito Santo havia falado com ela. Mara queria se lembrar. Ela precisava ser intencional em se lembrar para que pudesse seguir em frente com esperança e fé.

Katherine havia dito que algumas pessoas achariam mais fácil se concentrar nas partes ruins do dia e perder de vista as bênçãos concedidas por Deus. Mara estava cansada de ver a parte ruim. Talvez o exame fosse a disciplina espiritual que a ajudaria a ser mais agradecida.

Movimentando-se no sofá, ela pediu ao Espírito Santo a coragem para rever em oração o restante do seu dia. Ela pediu luz para os lugares sombrios e difíceis e visão para as bênçãos e dádivas. Então ela se imaginou sentada perto de Jesus, falando com ele sobre o que havia pensado, sentido e experimentado durante aquela tarde no chalé.

Ela se lembrou da alegria de se sentir incluída e como estava grata pela nova amizade com Hanna e Meg. Ela fechou os olhos enquanto imaginava a cena novamente: a luz do sol aquecendo seu rosto, o vento em seu cabelo, a areia sob seus pés. Ela havia experimentado a paz, sentada ao lado do lago cintilante, banqueteando-se com as bênçãos de Deus.

Depois sentiu a dor aguda do arrependimento. Ela estava tão ansiosa para se conectar com outras mulheres sobre suas vidas e relacionamentos que havia pressionado Hanna além da conta. *Se pelo menos não tivesse perguntado sobre a vida pessoal de Hanna.*

Mara passou o resto da tarde tentando compensar sua indiscrição.

Determinada a se redimir de qualquer tristeza que pudesse ter causado, Mara havia se submetido voluntariamente a todas as perguntas de Hanna sobre sua vida. Ela se mostrou vulnerável, mesmo quando Charissa estava lá sentada gritando sua desaprovação sem dizer uma palavra.

Mara não se importava. Ela conhecia o tipo de Charissa e estava cansada de ser pressionada. Ela passou a vida toda rodeada de pequenas Charissas, que cresciam e se tornavam mulheres críticas, julgadoras e de coração duro. Ela não queria a aprovação de Charissa. *Não queria.* Não se importava. Não precisava da aprovação ou aceitação de pessoas rasas e superficiais. Charissa podia rejeitá-la.

Mara rejeitava Charissa. Sua primeira impressão dela estava certa, no fim das contas.

O ruído da porta da garagem interrompeu sua oração e ela secou as lágrimas rapidamente.

Tom e os filhos estavam de volta.

HANNA

Hanna acordou exausta no domingo de manhã.

Ao longo dos anos, ela passou inúmeras noites chorando por outras pessoas em orações de intercessão. Mas não se lembrava da última vez que passou uma noite chorando incontrolavelmente por si mesma. Deitada na cama, lembrou-se de algo que havia lido certa vez, sobre as lágrimas como as águas do útero, se irrompendo antes do nascimento de algo novo. Mas suas lágrimas não eram o prelúdio para um novo nascimento. Seu útero já não estava mais lá. E não havia nada crescendo dentro dela, exceto decepção: decepção consigo mesma, decepção com sua vida, decepção com... sim... profunda decepção com Deus.

Era isso. Ela havia dito. *Feliz agora, Senhor? Não é isso que o Senhor queria? "A verdade no íntimo?" É isso. Aceite a minha verdade.*

Ela rolou para o lado e viu o despertador: 11h. Quando foi a última vez que ela ficou na cama até quase o fim da manhã?

O segundo culto estaria em acontecendo em Westminster. A congregação estaria reunida, entoando os cânticos de abertura do culto, elevando as mãos e os corações ao Senhor. Ela estava feliz por não estar lá. Ela estava feliz por não ter de cantar as músicas de louvor; feliz por não ter que fingir alegria e ações de graças na frente de ninguém; feliz por ninguém estar elogiando e admirando-a por um serviço incansável a Cristo e sua igreja. Feliz. Ela estava cansada de fingir. Cansada, cansada, cansada.

Estou vazia, Senhor. Completamente vazia. E sabe o que mais? Nem sequer estou interessada em ser preenchida. Que tal ser honesta assim?

Ela se vestiu, ouvindo o vento balançar e chicotear uma corda no mastro da bandeira dos vizinhos. Havia uma tempestade em formação. O céu estava cinzento, revoltado e ameaçador sobre as ondas que em turbilhão batiam e quebravam; o mar se transformara em ardósia. Melhor. Ela poderia ser acalmada pelo lago brilhante e ensolarado, mas Hanna não queria ser acalmada, não hoje. Ela pulou o chá matinal, se cingiu contra o vento e seguiu rumo a praia.

Faça tudo o que ele mandar. Faça tudo o que ele mandar. Faça tudo o que ele mandar. As palavras continuariam perseguindo-a

Hanna gastou a noite repassando em sua mente tudo o que havia sacrificado por Deus. Ela passou a noite contando cada ato de obediência, cada negação de si mesma, cada detalhe de devoção: todo o tempo, toda a energia, toda a força. E, para quê? *Para quê?*

Enquanto caminhava pela praia, grunhia sua oração entre os dentes:

O que foi que eu te fiz para merecer o que eu recebi? Eu desisti de tudo por ti. Tudo! E pra quê? Dei uma vida inteira de devoção, corpo, alma, mente, força. O que eu não te entreguei? Me diz! Eu digo

às pessoas, "Ah, você sabe que é impossível competir com a generosidade de Deus!". Sou tão mentirosa.

Ela protegeu os olhos contra um vento que lhe atirava punhados de areia fina no rosto. A válvula estava aberta. Nada de guardar mais e se conter.

Quanto mais forte o vento soprava, mais livremente ela expressava sua raiva.

Deus é grande, Deus é bom, não é? Não, o Senhor não é. Não para mim. Que tal ser honesta assim? Que tal essa verdade? Sabe o que mais? Quem me dera ter dito sim ao Nathan. Quem me dera não ter me preocupado com o que o Senhor queria, porque, claramente, os seus planos para mim não eram bons, não é? Foi esse o seu plano para mim? Que, de alguma forma, seria bom que eu ficasse sozinha? Foi o melhor que conseguiu me arranjar? Pelo menos se importou que o meu coração se partisse cada vez que eu pronunciava "marido e mulher"? O Senhor se importa? Poderia ter construído uma vida com ele! Mas não! Desisti pelo Senhor! Lembra? Eu deixei TUDO por ti.

Ela caminhava mais rápido, rasgando o ar enquanto uma única gaivota imitava seu ritmo, combinando o esforço para frente, o voo balançando e voltando atrás, empurrada pelo vento.

E sobre todas as bênçãos prometidas àqueles que te amam e confiam em ti? Mas, e eu? Quantos anos clamei a ti para me curar? Quantos anos te implorei para tocar no meu físico e me tornar saudável? Lembra daquelas orações, Deus? As noites em que me deitava na cama e me imaginava tentando tocar as vestes de Jesus para a minha hemorragia acabar? Não tinha nenhuma dúvida que o Senhor poderia me tocar e me curar. Absolutamente nenhuma. Mas não tive nenhuma resposta, tive?

Mais um sonho entregue no altar do sacrifício. Mais uma esperança decepcionada.

Mas o que eu faço? Sorrio e digo para as pessoas que o Senhor é um Deus fiel, que tem um plano e um propósito em nosso sofrimento e tristeza. Não. O Senhor não tem.

O Senhor pelo menos se importa que o meu coração tenha se partido cada vez que segurei e apresentei a ti os filhos de outras pessoas, declarando as suas promessas e palavras de amor por aquela família? O Senhor se importa?

Sabe o que mais? Não gosto do jeito como trata os seus amigos. Eu já vi o suficiente. Estou farta de fingir que não estou furiosa e decepcionada com o Senhor. Não vou fingir que acredito que os seus planos são sempre os melhores, que o Senhor faz tudo por amor. Me recuso a ser hipócrita.

Noivo. Quer ser meu noivo? Eu não quero. Está me ouvindo? Eu não quero. Já disse que não! Vá procurar outra pessoa. Pra mim chega.

Ajoelhando-se, Hanna se balançava para frente e para trás na areia, seus soluços abafados pelos gritos das gaivotas e pelo tumulto trovejante das ondas.

8.
INTIMIDADE E ENCONTRO

> *Para onde me ausentarei do teu Espírito?*
> *Para onde fugirei da tua presença?*
> **Salmo 139.7**

CHARISSA

Amor (III)
O Amor me acolheu, mas minh'alma hesitou
Culpada de pó e pecado.
Porém o atento Amor, vendo-me tremular
Desde que aqui tinha chegado,
Acercou-me e docemente perguntava
A mim se algo me faltava.

De um ser, respondi, digno de aqui estar:
O Amor disse: tu o serás.
Eu, o incortês, ingrato? Ó meu amado,
Para ti nem posso olhar.
Tomando-me a mão, sorrindo o Amor respondeu:
Quem fez os olhos, senão eu?

Verdade, Senhor, mas deixa-me guiar
A vergonha: pois eu os maculei.
E não sabes, diz o Amor, quem a culpa levou?

> *Meu amado, então te servirei.*
> *Assenta, diz o Amor, e minha carne prova, aqui:*
> *Assim, pois, sentei e comi.*
> George Herbert (1593-1633), tradução de Arthur Guanaes

Charissa, na aula do Dr. Allen, ouvia os colegas discutirem o poema "Amor (III)" com uma intensidade palpável. Eles examinavam a descrição de Herbert da Ceia como um convite para os níveis mais profundos de intimidade e comunhão com Cristo.

— Toda a imagem do Amor que acolhe e da alma que hesita é um movimento apaixonado, não é? — Um dos rapazes comentou. — Especialmente os versos, "Porém o atento Amor, vendo-me tremular/Desde que aqui tinha chegado,/Acercou-me e docemente perguntava/A mim se algo me faltava". Herbert faz um jogo de metáforas aqui.

Outro concordou:

— Deus é o Amante e o Anfitrião, e a distância entre amante e amado, entre o convidado e o anfitrião, continua diminuindo à medida que o poema avança — observou. — Cristo continua acolhendo e convidando, até que finalmente o convidado que recebeu o amor e o perdão diz "sim" e experimenta Deus: "Assenta, diz o Amor, e minha carne prova, aqui:/Assim, pois, sentei e comi".

— Aqui entramos em profundos mistérios — comentou o Dr. Allen, apoiado na borda da mesa e com os olhos aguçados fixos em seus alunos. — Por enquanto, vamos deixar de lado a teologia sacramental de Herbert para que não sejamos arrastados para um debate sobre como Cristo está presente na Ceia do Senhor. Em vez disso, quero aprofundar mais nas observações sobre essa dança, o movimento entre a alma e Deus, o movimento de atração e resistência. Para Herbert, qual é a relação entre a autoconsciência e a consciência de Deus?

Uma das alunas respondeu:

— Se trata do tipo certo de humildade, não é? — Ela perguntou.

— Continue — disse o Dr. Allen.

— Quer dizer, o convidado começa por reconhecer a sua própria indignidade para se aproximar de Cristo, mesmo quando o Senhor o convida e o acolhe. O convidado vê quem é Deus e vê a si mesmo com clareza. O abismo entre eles parece grande demais para ser transposto — ela fez uma pausa. — E suponho que o convidado poderia continuar inventando desculpas intermináveis sobre o porquê de não poder dizer sim ao convite de Deus para a intimidade e o amor. O tipo errado de humildade, uma espécie de desespero e autodesprezo, poderia impedir alguém de dizer sim ao Amor. Na verdade, é um tipo de orgulho.

— Bem colocado — respondeu o Dr. Allen, acenando com a cabeça. — Essa é uma boa transição para contemplar sua própria formação espiritual como resultado da sua leitura. Em que parte cada um de vocês se encontra no movimento de atração e resistência que Herbert descreve? O que você percebe dentro de si ao ler estes versos? O que está acontecendo no seu espírito?

O que está acontecendo no meu espírito? Charissa repetiu silenciosamente. Este era exatamente o tipo de questionamento que ela não havia compreendido antes.

E, no entanto, repentinamente, algo que Emily havia dito anos atrás veio à mente:

— Você nunca precisou de Jesus como eu, Charissa. Na sua vida tudo sempre se encaixou tão bem.

Emily tinha razão. Charissa vestia sua autossuficiência como uma medalha de honra. Durante anos seu orgulho a manteve longe de Jesus. Ela nunca havia vislumbrado sua necessidade de conversão ou graça.

Mas, agora, no culto de domingo pela manhã, ela ouvira o sermão do Reverendo Hildenberg sobre a mulher pecadora ungindo os pés de Jesus na casa de Simão, o fariseu. Charissa nunca gostou dessa passagem.

— Quem é você? — Ele perguntou à congregação. — Simão, o fariseu, ou a mulher pecadora que unge os pés de Cristo com seu precioso perfume e as suas lágrimas? Que tipo de anfitrião você é para Jesus?

Agora, a questão perseguia Charissa novamente, enquanto ouvia seus colegas de classe discutindo abertamente o movimento de resistência e de atração ao convite à união e íntima comunhão.

Que tipo de anfitrião você é para Jesus? Que tipo de anfitrião você é para "o" Anfitrião?

Charissa ficou surpresa ao sentir os olhos queimando.

Das piores, ela respondeu para si mesma. *Realmente péssima.*

Como Simão, o fariseu, ela havia recebido Jesus em sua casa, mas mantendo a posição de controle. Ela era educada e respeitosa, mas não lhe demonstrava gratidão, nem devoção, nem...

Amor.

Sem amor.

Ela realmente amava a Deus? A pergunta a assustou.

Durante todo o tempo que se lembrava, ela havia realizado com obediência tudo o que dela era esperado e exigido para uma boa vida cristã. Mas por quê?

Por quê?

As respostas surgiram rapidamente, enquanto a conversa dos colegas rodopiava em sua volta.

Porque ela não queria se sentir culpada. Porque ela queria evitar a censura e o castigo. Porque queria que as outras pessoas a respeitassem e admirassem. Porque ela sabia que era a coisa certa a fazer.

Mas o amor por Deus não aparecia em lugar algum em sua longa lista de razões e motivações para viver uma vida cristã obediente. *Como isso era possível?*

Ela havia sido egocêntrica, até mesmo em sua fé. Totalmente egocêntrica.

Ela não podia acreditar que não tinha percebido. *Como pude não perceber?*

Inclinou-se para frente na cadeira, a cabeça apoiada nas mãos. De repente, ela viu novas profundezas do pecado e ficou enojada consigo mesma. *Como pude ser tão cega a esse nível de egocentrismo?*

Lágrimas quentes começaram a salpicar a página e ela esperava que ninguém estivesse olhando. Ela queria fugir, se esconder, desaparecer e se retirar em vergonha. *Como pude ser tão indiferente com Deus? Como pude passar tantos anos me orgulhando de não precisar de Jesus?*

E, agora? O que faria agora? Para onde iria a partir dali?

— Então, quando você ouve a voz do amor, te buscando gentilmente — o Dr. Allen dizia —, qual é a sua resposta? O que te falta?

Ele estava lendo a mente dela?

Charissa olhou para os versos desfocados à sua frente.

"De um ser, respondi, digno de aqui estar", respondeu silenciosamente.

E o Amor... o Amor lhe acolhia, e se acercava, confortando-a com ternura:

Charissa, tu o serás.

Charissa esperou para falar com o Dr. Allen até que os outros alunos tivessem saído da sala.

— Hoje tive um momento revelador — ela disse com a voz tremendo e os olhos cheios de lágrimas. — Agora eu entendo.

— Me conte — ele disse com gentileza e se sentou novamente.

Ela se sentou na cadeira em frente à dele, encontrando seu olhar.

— Estava lendo Herbert e os outros poetas do jeito errado — disse. — Estava lendo a literatura da mesma forma que li a Bíblia todos esses anos, de modo clínico e crítico, como um exercício intelectual e uma tarefa a cumprir, não como uma busca devocional — ela hesitou, pensando como articular o que havia experimentado na aula daquele dia. — Essa aula tem sido tão frustrante para mim, Dr. Allen, porque eu sinto que não compreendia o que o senhor exigia que nós fizéssemos. Não conseguia entender o que o senhor queria de mim. Mas hoje... hoje a poesia se tornou uma oração para mim — ela baixou a voz de modo a sussurrar. — Isso nunca aconteceu antes.

A face do Dr. Allen se iluminou.

— Isso é maravilhoso, Charissa. É um lindo presente de Deus.

Ela continuou:

— O senhor disse para ficarmos atentos ao que nos atrai e ao que nos faz resistir, e eu estava lá, experimentando enquanto vocês falavam sobre isso. Como uma sinergia sobrenatural ou convergência ou algo assim. Não sei como descrever.

— Parece que o Espírito Santo está se movendo — ele disse sorrindo.

Ela concordou com a cabeça.

— Acho que sim. Tem tanta coisa sobre Deus que não entendo.

— Esse é o começo da sabedoria, Charissa — ele fez uma pausa. — Posso te oferecer algo, de um perfeccionista em recuperação para outro?

Ela riu e secou os olhos.

— Sim, por favor.

Ele se inclinou, mais próximo.

— Deus é sempre o primeiro a se mover, em sua relação conosco. O nosso movimento é sempre uma resposta ao Amor que nos amou primeiro. Não se trata de ser mais perfeita na sua fé ou no seu amor por Jesus, Charissa, mas sim em estar mais aberta a responder ao profundo amor dele por você. Por isso, nada de culpa ou condenação por não ter visto as coisas antes, está bem? É o Espírito que abre os olhos dos cegos. Sempre no momento certo.

— Obrigada — ela disse. — Obrigada por tudo.

— Você está em uma grandiosa jornada — ele se levantou da cadeira. — Velejar, lembra?

Velejar. Ela ainda não tinha certeza se algum dia preferiria a imprevisibilidade do vento ao poder de um motor, mas compreendeu.

— Pensei no senhor nesse fim de semana — ela disse enquanto saíam da sala de aula. — Eu fui ao lago e ainda havia alguns barcos por lá.

— Está vendo? Não sou o único corajoso — ele disse, rindo.
— Onde você foi?

— Um chalé perto de Lake Haven.

Ela devia contar a ele sobre aquela coincidência, o mundo pequeno? Devia dizer que tinham uma conhecida em comum? Que mal faria? Se ele não se lembrasse de Hanna, que diferença faria? E, se contasse, talvez ele quisesse entrar em contato com uma antiga amiga.

— Na verdade — ela continuou —, a mulher que nos convidou disse que foi ao seminário com o senhor.

Ele levantou as sobrancelhas inquisitivamente.

— Sério? Quem era?

— Hanna Shepley. Ela disse que achava que o senhor não se lembraria dela.

O semblante dele não revelava coisa alguma.

— Eu me lembro da Hanna, sim. Da última vez que ouvi falar ela era pastora em Chicago. Ela está morando em Kingsbury?

— Não, ela ainda está pastoreando em Chicago, mas ganhou uma licença sabática de nove meses e está hospedada na casa de amigos no lago. Nos conhecemos no grupo da jornada sagrada.

— Bem, quando vê-la outra vez, dê um oi por mim.

— Tudo bem.

Outro estudante se aproximou, aguardando para falar com ele.

— Deus te abençoe, Charissa.

— O senhor também, Dr. Allen.

Enquanto o via caminhar pelo corredor com o outro estudante, ela imaginava se estariam falando de literatura ou de fé. Conhecendo o Dr. Allen, bem provável que as duas coisas.

Sua mente continuou girando enquanto caminhava pelo pátio até à biblioteca. *Intimidade,* ela pensou. A vida espiritual se tratava de intimidade. Ela nunca havia visto dessa forma.

Ela pensou novamente sobre as imagens de Herbert de paixão e anseio. Ela poderia deixar que o reconhecimento do pecado a levasse aos braços de Jesus? Poderia a união e a unidade com Cristo ser um tipo ainda mais profundo de intimidade do que a que estava descobrindo com John?

Algo estranho e emocionante se agitava dentro dela. Ela suspirou uma oração:

Deixa-me te amar, Jesus, mesmo quando tu me amaste primeiro. Amém.

Charissa entrou no carro e beijou John provocativamente.

— Ei! — Ele disse. — Um ótimo dia, hein?

— Excelente. Tive um momento revelador incrível hoje, na aula do Dr. Allen, e, de repente, vejo tudo entrando em foco.

John escutou enquanto ela falava animadamente sobre seu novo entendimento, sua necessidade por Jesus, seu desejo por mais. De alguma forma, a fé despertada de Charissa também despertava o espírito de John. Verdades a que ele não prestava atenção há muitos anos se tornavam vivas de novas maneiras enquanto ele via sua esposa em crescimento e transformação. Tantas coisas aconteceram em tão pouco tempo que ele mal podia acreditar. Mas ele estava grato, muito grato.

— Acho que preciso pesquisar um pouco nesta noite — Charissa disse quando entraram no apartamento.

— Você precisa voltar para o campus depois da janta? — Ele segurava as chaves pela argola.

Ela tirou a mochila e olhou intensamente para ele.

— Não, não preciso sair para canto nenhum — ela enrolou os braços dele em volta de si mesma e o puxou para si. — Eu estava analisando a poesia sacra na biblioteca hoje, lendo os Cânticos de Salomão, na verdade, e comecei a pensar que o melhor jeito de entender o texto seria explorar as conexões entre intimidade com Deus e intimidade com um cônjuge. Você pode me ajudar?

Ele riu.

— Posso dizer uma coisa? Estou agradecido a Deus por você ter se matriculado na turma do Dr. Allen. E no grupo da jornada sagrada.

— Um benefício inesperado, hum? — Ela disse, sorrindo.

— Eu já te disse, intimidade sem autodefesa é um mundo novo

para mim. Espiritualmente, emocionalmente, fisicamente — ela o beijou, envolvente.

John inspirou a fragrância cítrica do cabelo de Charissa.

— Então, esta pesquisa — ele sussurrou —, quando você quer começar?

— Quanto antes melhor — ela guiou os dedos dele até o topo de sua blusa. — É urgente.

Ele deu um sorriso.

— Os trabalhos de uma estudante da pós, não é?

Charissa apertou a mão dele e sussurrou:

— Nunca acabam.

HANNA

15 de outubro, 19h

Aqui estou, sentada no deque do chalé vendo o sol afundar no horizonte. O céu está rajado de lavanda e ametista. Brilhante, luminoso, encantador. O pôr-do-sol é a única coisa em que estou prestando atenção nestes dias, minha única disciplina espiritual.

Não tive energia nem desejo de escrever esta semana, mas se eu deixar por isso mesmo por muito mais tempo, sei que vou acabar me desintegrando. E não quero que isso aconteça. Meu diário sempre foi uma tábua de salvação para mim, e não posso perder isso agora. Por mais que eu preferisse evitar de escrever, eu não posso. Vamos lá.

Passei os últimos dias dormindo bastante. Não sei se estou assim tão cansada, ou apenas tentando escapar. Meg me ligou no domingo à noite. Ela estava preocupada em como eu estou passando. Só disse que estava cansada e, felizmente, ela não fez mais perguntas.

Nunca poderia confessar a ela que sou uma fraude, uma pastora que nem sequer consegue declarar as verdades mais simples sobre Deus ser grande, bom ou amoroso. Meg não seria capaz de lidar com a minha desilusão com Deus, e não vou dizer nada que possa prejudicar sua fé crescente. Ela não precisa saber da verdade mais obscura.

Estou furiosa com Deus. Me sinto totalmente decepcionada, traída e furiosa.

Costumava dizer às pessoas: "Entregue a Deus a sua raiva. Ele sabe lidar com isso!". E o que eu fiz? Eu acumulei a raiva. Acumulei completamente. Sou tão hipócrita. E agora eu disse: para onde eu vou? Não posso falar disso para ninguém em Chicago. Nem mesmo pro Steve. Mesmo que ele possa entender. Não faço ideia. Eu poderia ligar para a Katherine e ver se ela está disposta a conversar comigo, apesar de não ter agendado um horário para me encontrar com ela pelas próximas duas semanas. Não sei mais para onde ir. Então, eu diria: "Me ajude, Senhor!" só que não estou falando com ele agora.

O fogo do pôr-do-sol cedeu ao chumbo do crepúsculo, e tudo se tornou em cinzas. Tudo.

16 de outubro, 13h

Voltei a dormir e ainda não troquei de roupa. Estou aqui sentada, olhando pela janela. Talvez eu saia para uma volta mais tarde. Talvez. Liguei para o Retiro Nova Esperança. Katherine se ofereceu para me atender hoje à tarde, mas eu vou só amanhã.

Conversei com a Nancy agora há pouco. Ela disse que está preocupada comigo, que eu não pareço eu mesma. Acho que estou cansada demais para fingir para alguém. Não tenho energia para qualquer fingimento. Espero que a Katherine possa me ajudar.

17 de outubro, 11h

Estou aqui sentada no pátio do labirinto, tentando processar tudo o que aconteceu durante o meu tempo com a Katherine esta manhã.

Descarreguei tudo com ela. Não sobre o Nathan. Não disse nada sobre ele. Acabei falando das decepções em geral. Ela não parecia nada chocada com a minha raiva ou amargura. Ela me deixou desabafar todas as maneiras que Deus havia me desapontado ao longo dos anos. Ela não discutiu comigo nem tentou defender Deus. Ela só ouviu. Fiquei surpresa comigo por não ter tentado censurar minhas palavras e meus sentimentos. Só despejei tudo.

Os olhos dela se encheram de lágrimas quando falei da histerectomia. Isso me surpreendeu. Depois ela disse algo que me deixou sem fôlego.

"Você está sangrando por dentro há muito tempo, Hanna."

De início, não sabia o que ela queria dizer. Mas depois comecei a pensar por que acabei sendo operada. Todos esses anos lutando contra a dor crônica, sem saber de onde vinha. Presumi que era normal ter cólicas terríveis e menstruações horrendas. Apenas lidava com isso. Eu nunca tinha ouvido falar de "endometriose" quando o médico finalmente disse o que ele suspeitava que eu tinha. Todo aquele tecido sangrando sem ser detectado no meu corpo, se acumulando durante anos e anos, aderindo coisas e crescendo em segredo.

Funciona como uma metáfora para a minha vida, não é? Katherine tinha razão. Sempre tive uma hemorragia interna. Sempre acumulei tudo. E assim como o meu corpo começou a sangrar, talvez seja o que o meu espírito está fazendo agora. A histerectomia tratou dos meus sintomas físicos, limpando os tecidos e órgãos danificados e deixando um espaço vazio para trás. Nunca antes fiz essa conexão, mas Steve se referiu à licença sabática como uma "cirurgia radical". Talvez seja disso que se trata. Limpar o tecido espiritual sangrento e danificado em meu interior, anos de toxicidade se acumulando, crescendo em segredo, sem ser detectado.

É isso, não é? Mesmo que a *lectio divina* do casamento em Caná tenha me levado ao limite, preciso me lembrar que Jesus não deixou os jarros vazios. Não faço ideia do que ele me vai preencher. Mas Katherine prometeu que existe esperança. Ela explicou que conseguir externar a raiva era uma dádiva.

Ela disse que a raiva e o ressentimento vinham tomando espaço no meu espírito há muito tempo. Mas eu não sabia que estavam lá. Nesse sentido, então, o esvaziamento é a preparação para receber outra coisa.

"Liberar o espaço sagrado", disse Katherine. Gosto dessa frase.

Chega de hemorragias secretas. Katherine disse que a minha raiva contra Deus é um sinal da minha intimidade com ele, apesar de não me sentir assim neste momento. Também me disse que só as pessoas que realmente confiam em Deus desabafam com ele sobre a raiva.

Ela tem razão. Já ensinei isso às pessoas. Ainda não estou pronta para falar com Deus. Mas talvez haja esperança de não ficar zangada para sempre.

Estou sendo honesta agora de uma forma que nunca fui antes. Acho que isso faz parte de expurgar o lixo tóxico. Tenho passado tanto medo. Tanto medo de me desintegrar. Tanto medo de olhar para a minha tristeza e ela me esmagar. Além de outras coisas que afastei há anos, coisas que nunca falei com ninguém. Ainda não estou pronta para falar sobre elas. Ainda não. Talvez nunca. Não faço ideia.

Tenho um longo caminho a percorrer. Muito a ser confrontado. Não vou ser ingênua sobre o quão difícil será o caminho. Mas ainda existe esperança. Existe esperança em meio às cinzas.

Vou parar por aqui. Alguém acabou de entrar no pátio, talvez para caminhar no labirinto.

Oh, não. Não. Não. Não.

Nate.

Hanna passou semanas trabalhando em seu sermão inaugural para a aula de pregação. Ela escolheu o texto de João 4, sobre a mulher samaritana junto ao poço, e dedicou-se com muito afinco ao trabalho de exegese. Ela estudou os contextos culturais e históricos; aproveitou seu conhecimento de grego para esquadrinhar as traduções inglesas; explorou as implicações teológicas de Jesus revelar quem ele era para uma estrangeira e marginalizada. Depois ela levou o "onde, o quê, quando e por quê" até o "e agora?" da aplicação pessoal, convidando seus ouvintes a contemplar o significado da promessa de Jesus de ser Água Viva em suas próprias vidas.

Apesar de suas mãos tremerem enquanto falava diante dos colegas, ela tentou fazer um bom uso de todas as dicas e treinamento de oratória que havia recebido. Quando Hanna terminou, seu professor parabenizou-a pelo sermão bem apresentado e cuidadosamente trabalhado. Hanna ficou aliviada.

Enquanto ela e Nate caminhavam juntos para almoçar no centro estudantil, ela pediu a ele um feedback.

— O Dr. Jenkins tem razão — ele disse. — Você atingiu todas as metas para uma exegese cuidadosa e uma boa técnica. Mas não era você, Shep.

Hanna foi pega de surpresa.

— Como assim, não era eu? Talvez eu estivesse nervosa!

— Não estou falando de nervosismo. Todos ficamos nervosos. Só estou dizendo que o Dr. Jenkins não te conhece como eu. A sua mensagem não tinha nada do seu coração. Você estava tão preocupada em fazer tudo certo que tirou a vida do texto. E essa não é você. Você é cheia de paixão e energia. Já o seu sermão não foi.

Hanna estava quieta, contemplando a observação precisa e perspicaz do amigo. Ele sorriu gentilmente para ela.

— Não estou criticando por maldade. Você sabe disso. Eu torço por você, Shep, lembra?

Hanna deixou para trás o orgulho ferido. Uma coisa que ela havia aprendido sobre Nate Allen: ela sempre podia confiar nele para ouvir a verdade.

Como fazia todos os meses, Nathan chegou ao escritório de Katherine para sua orientação espiritual mensal às 11h. Cumprimentou calorosamente sua mentora de confiança e se sentou de frente para a janela.

— Continuamos com esses dias lindos de outono — comentou, olhando para o pátio repleto de cores vibrantes.

Katherine sorriu.

— Você ainda não guardou o barco, não é?

Nathan balançou a cabeça e sorriu.

— Você sabe que essa é uma das minhas disciplinas espirituais preferidas. Espero uma boa navegação com o Jake amanhã — seus olhos encontraram uma mulher sentada no banco do canto do pátio, escrevendo em um caderno e ajeitando repetidamente o cabelo atrás da orelha. Normalmente, ele não teria prestado atenção. Talvez, se Charissa não tivesse mencionado o passeio a Lake Haven, ele teria ignorado inteiramente essa mulher. Mas o reconhecimento foi rápido. Mesmo que não pudesse ver seu rosto, ele conhecia a linguagem corporal.

Hanna Shepley.

— Acho que estou vendo uma amiga no pátio — disse Nathan. — Aquela ali é a Hanna Shepley? — Katherine seguiu seu olhar e concordou com a cabeça. — Me desculpe, Katherine. Não a vejo desde que estivemos no seminário. Você me daria licença apenas para dizer um oi?

— Claro! Fique à vontade!

Nathan se moveu rapidamente pelo corredor, orando enquanto avançava. Quais eram as chances de seus caminhos se aproximarem depois de todos esses anos? Ele havia passado os últimos dias debatendo se deveria ou não entrar em contato, só para dizer olá, e agora ela estava ali.

A voz de Hanna, de muitos anos atrás, ecoou em seus ouvidos. "Uma coisa de Deus", ela costumava dizer quando falava sobre as ações providenciais divinas. Nathan não sabia qual seria o propósito do Espírito Santo em orquestrar um reencontro depois de todos esses anos, mas ele não iria perder a oportunidade de descobrir.

Hanna levantou os olhos no momento em que ele entrava no pátio. Seus olhos se encontraram brevemente antes que ela olhasse para baixo novamente e retomasse a escrita.

Ela não me reconheceu, pensou.

Sem querer assustá-la, ele se aproximou devagar e disse seu nome, hesitante.

— Hanna? — Ela olhou para cima. — Sou Nate. Nate Allen.

Ela o encarava com um ar vazio e sem memória, os olhos castanhos rodeados por círculos escuros. Seu semblante era opaco. Ele não conseguiu ler aquela expressão. Então ela sorriu ligeiramente e se levantou do banco. Houve um momento de embaraço enquanto cada um tentava decidir como cumprimentar o outro. Aperto de mão ou abraço? Uma dança de gestos resultou em um abraço casual, de lado.

— Não posso acreditar! — Ele exclamou. — Que mundo pequeno! — Ele estava grato pela menção de Charissa sobre ter conhecido Hanna. Se Nathan a visse em outro lugar, talvez não a reconhecesse. Seu rosto estava cansado, e o fogo que brilhava em seus olhos, cheios de vida e paixão, tinha se tornado em cinzas. Ele havia visto os sinais de estafa pastoral muitas vezes ao longo dos anos e se perguntava se o envelhecimento prematuro de Hanna seria resultante da fadiga da compaixão. Ou havia algo mais?

— Charissa me contou que te conheceu.

— Mundo pequeno — Hanna concordou.

Nathan não tinha certeza se o distanciamento de Hanna se devia a surpresa em vê-lo ou no arrependimento sobre um velho capítulo sendo reaberto. Embora ele continuasse tentando lê-la, ela era insondável. Os anos certamente deram a ela ampla oportunidade para aperfeiçoar sua máscara.

— Eu vim aqui para a mentoria espiritual com a Katherine e aconteceu de te ver pela janela — explicou. — Depois de todos esses anos parece um anticlímax dizer apenas olá. Mas era tudo o que eu queria dizer — Hanna não respondia, e ele começou a desejar não ter saído para o pátio.

— É bom te ver — ela disse.

Ele decidiu testar o quanto ela estaria aberta para conversar.

— Charissa me disse que você está aqui em licença sabática.

Ela concordou com a cabeça.

— Até junho — ele esperou, mas Hanna não disse mais nada.

— Você tem uma igreja generosa.

— Muito.

Nathan limpou a garganta.

— Eu disse à Katherine que só queria sair e dizer oi.

Hanna prendeu o cabelo atrás das orelhas.

— Bom... foi bom te ver — ele disse. — Se cuida, Hanna.

— Obrigada. Você também.

Desta vez Nathan que foi embora.

Hanna tentou em vão voltar a respirar. O encontro havia acontecido tão de repente que levou vários minutos para que seus sentimentos a alcançassem; então, ele já estava longe.

Ela não podia ficar no pátio. Não se ele podia vê-la pela janela do escritório de Katherine. Então, ela juntou seus materiais, foi para o estacionamento, e se desintegrou na privacidade de seu carro.

De todos os dias que ele poderia aparecer, por que hoje? Se pelo menos ela tivesse recebido algum aviso. Se pelo menos ela que tivesse vislumbrado Nathan à distância. Ela poderia decidir se aproximar ou não. Mas não. Ela ficou cercada em uma armadilha, sem tempo de se preparar. Não só estava com uma aparência horrível, também não foi capaz de falar. Ela não confiou em si mesma para falar mais do que algumas sílabas.

O que ele devia estar pensando dela?

Ele veio até ela sem qualquer indício de amargura ou ressentimento. Embora ele pudesse facilmente evitá-la escolhendo permanecer no escritório de Katherine, ele tinha vindo até o pátio deliberadamente. Hanna havia recebido a oportunidade de ter uma conversa amigável depois de todos esses anos, uma oportunidade de fazer perguntas sobre a vida dele e se reconectar.

Em vez disso, parecia fria, desinteressada e distante. Ali estava ele, a menos de 50 metros dela, e Hanna não sabia o que fazer. Ela já estava tão exposta, tão vulnerável.

Mas o encontro deles no pátio seria pura coincidência? Ela precisaria ser muito idiota para acreditar nisso. Ela certamente não sabia qual era o propósito de Deus, mas tinha que ser cega para não ver as impressões digitais divinas.

Talvez estivesse recebendo de Deus a oportunidade para uma resolução, uma chance para resolver antigas dores ou arrependimentos. Que mal poderia resultar de uma simples conversa?

Ela observou e esperou. Pouco depois de meio-dia, Nathan apareceu no pórtico e caminhou até o carro. Chamando-o pelo nome, ela se apressou ao encontro dele.

— Nate, me desculpe — ela lutava para encontrar as palavras, mesmo depois de ensaiar no carro por quase uma hora. — Não queria ser hostil. Mas fiquei tão surpresa de te ver. Me perdoe.

— Perdoo — ele respondeu. — Eu que tive tempo para me preparar. Depois de todos esses anos, tenho certeza de que foi um choque — ele esperava a vez dela.

— Eu te reconheceria em qualquer lugar — ela confessou, estudando a expressão no rosto dele. Na verdade, ele parecia mais novo, mesmo tendo envelhecido. Havia uma leveza nele que ela não conseguia descrever ou definir, mas era palpável. — Você não mudou nada, a não ser a barba.

Ele passou os dedos no queixo.

— É necessário na vida acadêmica — ele respondeu, sorrindo. Ela percebeu que ele também buscava a familiaridade no rosto dela. Hanna olhou para baixo. — O ministério tem sido duro com você, Shep — ele observou gentilmente. — Eu sinto muito.

Ela o conhecia. Ele tinha acabado de se revelar. Na verdade, ele não tinha mudado nada.

Se ele tivesse tentado ser lisonjeiro ou elogioso, Hanna teria percebido. Nathan nunca foi dissimulado. Sua honestidade era uma das qualidades que Hanna mais valorizava quando eram amigos.

Havia algo caloroso e acolhedor em sua franqueza, como se ele contasse com a história compartilhada entre eles, de abertura e confiança.

Shep. Ele até se sentia à vontade o suficiente para chamá-la pelo velho apelido. Ninguém nunca a chamara de *Shep*. Ela havia se esquecido.

Os olhos dela se encheram de lágrimas.

— Eu sinto muito — ele disse novamente. Desta vez, ela não tinha certeza se ele estava apenas ecoando sua compaixão ou se desculpando por falar a dura verdade. Ela queria que ele soubesse que ele não a magoara. Era importante que ele soubesse disso.

— Você tem razão, Nate. O meu pastor sênior viu os sinais de alerta que eu não via. Eu não queria a licença sabática.

— Não, eu nunca pensei que você escolheria isso por si mesma — ele disse calmamente. — Descanso forçado, hum?

— Ele chamou de cirurgia radical. A separação da minha identidade pessoal e profissional.

— Ai. A morte do falso eu. Isso dói.

Dezesseis anos se evaporaram em questão de minutos, quando Hanna percebeu o quanto sentia falta de um amigo como ele. O ministério tinha sido tão solitário, tão incrivelmente solitário. Agora ela estava cara a cara com alguém que a conhecia melhor do que qualquer outra pessoa jamais conhecera.

Ele olhou para o relógio.

— Eu só preciso estar de volta ao campus até às 15h. Você tem tempo para almoçar com um velho amigo?

Hanna estava em conflito. Parte dela queria agarrar a convite. A outra parte estava com medo. Nate percebeu.

— Não se preocupe, Hanna — ele disse, sorrindo gentilmente. — Não estou interessado em reviver o passado. Você está a salvo. Não há nada que precise ser resolvido da minha parte, está bem? — Ela sentiu algo preso na garganta enquanto concordava com a cabeça.

— Obrigada — ela murmurou.

Quantas saudades ela sentia daquele amigo.

— Então você disse à Charissa que achava que eu não me lembraria de você? — Nate perguntou, sentados a uma mesa no restaurante Cantinho Caseiro.

Hanna confessou, acenando com a cabeça.

— Tentando manipular para esconder o seu paradeiro?

Hanna riu.

— "Senhor, vejo que és profeta."

— Você sempre teve uma resposta bíblica para tudo, não é? — Ele provocou.

— Vejo que você ainda tem o dom de ver a alma das pessoas. Charissa me disse que você tem uma excelente reputação de analisar textos, incluindo a vida das pessoas. Sempre disse que você se sairia bem como pastor — ela hesitou, observando indicadores não-verbais que mostrassem uma permissão para prosseguir. Ele estava sentado com as mãos abertas, pousadas sobre a mesa, com um semblante tranquilo. — O que aconteceu, Nate?

— Muita coisa — ele respondeu. — Eu me formei no seminário e fui para o ministério por alguns anos. Mas isso destruiu o meu casamento.

Hanna se encolheu.

— Oh, Nate, eu sinto muito — ela sentia. Sentia de verdade. Ela conseguia ver a dor no rosto dele, e isso lhe doeu.

— Obrigado — ele tomou um gole de café. — Vítimas do ministério. Nos alertaram sobre isso no seminário, não foi? Mas eu era orgulhoso demais para acreditar que me tornaria uma estatística. Me lancei ao trabalho da igreja e esqueci que também era chamado para ser marido e pai. Quando acordei, já era muito tarde. Laura se apaixonou por alguém que realmente lhe dava atenção e foi embora — Hanna não ouviu nenhum sinal de amargura na voz dele, nenhum.

— Charissa me disse que você tem um filho.

Nate puxou o celular e mostrou algumas fotos.

— Este é o Jake. Tem 13 anos. Um menino muito bom. Não o mereço.

As fotos mostravam Jake e Nate em um barco à vela. Jake tinha os mesmos olhos penetrantes do pai e um sorriso sábio.

— Laura deixou tudo para trás e me deu a guarda unilateral do Jake quando nos divorciamos. Sabia que não daria conta de ser pai solteiro e pastor, por isso voltei à minha paixão pela literatura. Também dou aulas em Kingsbury há alguns anos.

— O Jake é um belo rapaz.

Nate guardou o celular.

— Obrigado. Como eu disse, eu não o mereço.

Se inclinando um pouco mais, apoiou os cotovelos na mesa firmemente.

— E você, Shep? Da última vez que eu soube, você estava em Chicago — ela ficou surpresa por ele saber disso e levantou as sobrancelhas. Ele deu um sorriso. — Pesquisei na Internet faz alguns anos — confessou. — Curiosidade. — Nunca ocorreu a ela localizá-lo. Ela fechara a porta do passado a esse ponto.

— Estou na mesma igreja há quinze anos — ela disse. — É um lugar maravilhoso. Tenho sido abençoada por estar lá. Mas você mesmo já observou muito bem, o ministério tem um preço. Tenho me dedicado totalmente à igreja de todas as formas possíveis. Você sabe como é...

— Se escondendo atrás do trabalho, hum?

Ele não tinha perdido nada do jeito de ser incisivo.

— O trabalho é o meu vício socialmente aceitável — ela respondeu, rodando os cubos de gelo no copo e em volta do canudinho. — Se estamos ocupados, somos importantes, certo?

Ele sorriu.

— Nossa cultura diz que tudo gira em torno de produtividade e realização, até mesmo a cultura da igreja. É tão fácil envolver toda a nossa identidade em torno do ministério, na ideia de ser útil e pensar que somos indispensáveis. É uma coisa tóxica, mortal, sedutora. Tive de confrontar isso em meu próprio espírito. Também pode ter raízes muito profundas. Katherine tem sido uma incrível mentora espiritual para mim. Passei por tanta cura nos últimos anos.

Paz. Essa era a juventude de Nathan. Ele tinha sido tão motivado, tão agitado, tão inquieto alguns anos atrás. Mas agora parecia firme, centrado.

— Você parece estar em paz, Nate. Tem uma quietude em você que não existia antes.

— Obrigado. Você não faz ideia o quanto isso significa para mim. É o fruto da obra do Espírito.

Hanna suspirou.

— Espero que seja isso que estes nove meses me tragam: o fruto da obra do Espírito Santo. Com certeza estou precisando.

— Podar fundo vai fazer isso — ele disse. — Nossa tarefa é ceder e descansar, dizendo sim, mesmo quando Deus corta as partes que estamos convencidos que não podemos viver sem — ela sentiu os olhos se encherem de lágrimas novamente. Este era seu velho amigo Nate, do outro lado da mesa, e eles tinham outra vez vinte e poucos anos e compartilhavam todas as suas novas descobertas sobre Deus, a vida, a fé. — Você está bem? — Ele perguntou.

Ela mordeu o lábio quando a mão dele se mexeu na mesa. Por um momento, pensou que ele se aproximava dela em um gesto de conforto. Mas estava errada.

— Só estou tentando me manter em pé, sabe?

— Eu entendo — ele disse, tirando os óculos e expirando neles. Depois os esfregou lenta e metodicamente na camisa. — Acredite, eu entendo.

A hora seguinte passou voando. Enquanto Nate compartilhava observações bem humoradas sobre a vida no campus, Hanna o estudava com cuidado, ansiosa por fotografar mentalmente seus gestos e expressões faciais. Ela queria se lembrar da maneira como os olhos dele se iluminavam cada vez que falava sobre seus alunos, a maneira como ele juntava as mãos com sinceridade cada vez que mencionava como estava grato por ensinar em uma universidade cristã.

— Eles estão famintos pela verdade, Hanna. Muita fome. E Deus me dá o privilégio não só de discipulá-los na sala de aula, mas estar com eles no centro estudantil, compartilhando a vida e as refeições juntos. Quando saí daquela igreja, pensei que estivesse me afastando do ministério. Mas apenas entrei em outro tipo. E agradeço muito por isso.

— Você não sente falta da igreja? — Como ele poderia não sentir falta do ministério pastoral? Ela procurava qualquer variação de tom, qualquer inflexão que contrariasse o sorriso.

— Sim, às vezes. Mas sei que estou exatamente onde deveria estar nesta época da minha vida, por isso estou tranquilo. Apenas aproveito as oportunidades que Deus me dá para estar plenamente dedicado a ele e aos meus alunos.

Às 14h30, relutante, ela se levantou da mesa e caminhou com Nate para o estacionamento.

— Então, Shep, onde você está congregando durante a sua estadia aqui?

— Em lugar nenhum — ela sabia que ele iria insistir, então rapidamente formulou uma resposta que seria honesta sem revelar toda a verdade.

— Por quê?

— Estou evitando. Não sei quem sou quando não estou pastoreando e não sei cultuar quando não sou a líder. Por isso, não me dei ao trabalho. Não consigo desligar todas as vozes críticas na minha cabeça, avaliando constantemente todos os elementos do culto, então eu não estou indo. Não queria lutar com as distrações.

— Preciso te confrontar quanto a isso.

Hanna sorriu ironicamente.

— Eu já esperava isso de você.

— Você está se afastando exatamente de onde Deus pode te tocar e curar — ele deu uma pausa. — Aprendi ao longo dos últimos anos como o corpo de Cristo é importante. Parece idiota um ex-pastor dizer que acabou de aprender isso, mas é verdade. Não podemos ser os lobos solitários. Você precisa ser alimentada, Hanna, não apenas no grupo da jornada sagrada ou na sua devocional diária. Você precisa de outros crentes ao seu redor, cultuando com você e te encorajando. O que você tem evitado é exatamente o que você precisa. Mesmo que seja uma luta, mesmo que te faça sentir perdida e desconfortável.

— Eu sei — ela suspirou. — Você tem razão. Ela não estava pronta para confessar que tinha razões ainda mais profundas para evitar o culto público. Ela não tinha certeza se algum dia estaria pronta para admitir isso ao Nate, não quando a única Hanna Shepley que ele conhecia era aquela cheia de paixão e devoção a Deus.

— Vou orar por você, Hanna. Não estou falando só por falar. Estou orando para que, neste ano sabático, a cura chegue a você da maneira que Deus quiser.

— Obrigada. Estou precisando — ela deslizou para o banco do motorista enquanto Nathan mantinha a mão na porta.

— Você já tem o meu número, me liga, tá? Gostaria muito de almoçar junto novamente. Meu horário na faculdade é bem flexível.

— Ok, obrigada. Obrigada mesmo.

Ele fechou a porta do carro dela e se dirigia para o próprio carro quando voltou, gesticulando para que ela abaixasse o vidro.

— Você não está sozinha, Shep — ele tinha um olhar profundo.

— Eu acredito que o Senhor realmente quer que você saiba que você não está sozinha.

Como não conseguia falar, ela apenas tocou na manga dele e deu um aceno de cabeça antes de ligar o carro e partir.

18 de outubro, 6h

Não consegui dormir nesta noite. Fiquei agitada, virando de um lado para o outro, pensando em tudo aquilo. Finalmente decidi que seria melhor me levantar. Então aqui estou.

O que posso dizer? Ontem aconteceu uma reviravolta que eu nunca poderia imaginar. Não sei o que pensar a respeito. Nem sei o que sinto sobre isso. Há menos de 24 horas, eu estava sentada à mesa com o Nate, como costumávamos fazer antigamente, em uma conversa profunda sobre a vida e a fé. Claro que as camadas mais profundas do meu coração não estavam visíveis para ele. Ele não faz ideia de como estou com Deus neste momento. Ele ficaria chocado que Hanna Shepley, que era tão cheia de paixão por Jesus, poderia se sentir tão decepcionada, irada e distante?

Mas não estou irada agora. A raiva passou. Por ora, pelo menos. Em algum momento, vou confessar e pedir perdão a Deus, mas ainda não. Não estou pronta. Intelectualmente, sei que sou responsável pelas escolhas que eu fiz há tantos anos, mas fiz por Deus. Fiz para ti, Senhor, lembra? Eu parti porque acreditava sinceramente que era isso que o Senhor queria que eu fizesse.

Ontem, almoçando com ele, todos esses anos desapareceram. Me senti eu mesma pela primeira vez em não sei quanto tempo. Pela primeira vez em anos, não me escondia atrás de uma função nem tentava satisfazer as expectativas de alguém. Eu era a Hanna. Só a Hanna. Mais do que isso, eu era "Shep" novamente. Tinha me esquecido de como era isso, e não sei como lidar.

Tinha acabado de perceber quão profundo é o meu luto. Tinha acabado de aceitar o quanto vai ser difícil enfrentar essas coisas dolorosas do meu passado e trazê-las para a luz. Agora tenho medo de ser distraída pelo Nathan outra vez — que o reaparecimento dele como amigo justo agora alivie minha tristeza, quando preciso enfrentá-la. Nem sei se isso faz sentido. Não quero o jeito mais fácil de sair disso. Não estou à procura de uma rota de fuga. Se vou mesmo fazer o luto e deixar as coisas velhas, então não posso ser desviada da rota.

Mas por que ele voltaria agora? Como tentação e distração, ou como algum tipo de presente? Eu não sei.

O que eu sinto por ele? O dia de ontem me fez lembrar da amizade incrível que tínhamos durante aqueles dois anos. Ele era o meu melhor amigo, como um irmão para mim. Éramos amigos de alma. Eu o amava mais do que a qualquer outro amigo. Mas alguma vez senti mais do que isso por ele? Não sei. Nem conheço meu próprio coração. Estou tão confusa.

E perdida. Me sinto totalmente perdida.

Me ajude. Por favor. Me ajude.

9.
ENCONTRADA NA ENCRUZILHADA

Tentado a cair de volta na lama,
A afundar na facilidade do esquecimento,
no entanto, ouço a doce voz do meu Amado,
sussurrando pelo caos de minha história.
O Deus que me atrai me encoraja
e descubro meu vacilante Sim.
Cambaleio pelos caminhos ásperos,
surpreendido pela mão que segura a minha.

De um lado a outro, à frente e atrás,
nas reviravoltas do caminho,
a coragem me leva adiante,
a fé confia no futuro;
a sabedoria me faz pausar,
diante do regato repousar,
me demorando para profundamente mergulhar,
e ouvir aquela Voz.
Salmo 121, Jim Cotter, *Psalms for a Pilgrim People*

NO DESERTO

Ainda estava escuro quando Katherine chegou ao Nova Esperança no último sábado de outubro. Ela deixou os livros e bolsas em seu escritório e percorreu o corredor até a capela, onde se assentou sob a grande cruz de madeira.

Katherine já dirigia os grupos de jornada sagrada há anos e sabia que nesse ponto da peregrinação alguns dos viajantes ficavam cansados e desanimados.

Ajuda-me a orar por eles, Senhor.

Abrindo a Bíblia em Isaías 40, ela começou a ler:

"Consolai o meu povo, consolai, diz o vosso Deus. Confortai o coração de Jerusalém, e proclamai-lhe que já se cumpriu o tempo da sua luta, que o seu pecado já foi perdoado e já recebeu em dobro da mão do Senhor por todos os seus pecados. Voz do que clama: 'Preparai o caminho do Senhor no deserto endireitai ali uma estrada para o nosso Deus'."

Katherine orou:

Senhor, que eu possa trazer as suas palavras de conforto e encorajamento nesse dia. Que os seus amados possam ouvir a sua voz. Que eles possam descobrir com quanta ternura o Senhor cuida deles, conhecer a profundidade do seu amor. Que ouçam as tuas palavras de cura e graça, seguros de que o Senhor pagou em si mesmo o preço de seus pecados. O Senhor comprou a liberdade deles. Tira todo obstáculo que impede a tua entrada em suas vidas. Encontra-os no deserto de seus medos, vergonhas, tristeza e arrependimento. Vem, Senhor Deus, e traça caminhos retos para que eles se acheguem mais profundamente ao seu amoroso coração. Em nome de Jesus. Amém.

JORNADA SAGRADA, RETIRO NOVA ESPERANÇA
FOLHETO DA SESSÃO 4: A ORAÇÃO NO DESERTO
Katherine Rhodes, facilitadora

Vamos ler o texto de Gênesis 16.7-10 lentamente, em oração.

> Então o anjo do Senhor, encontrando-a junto a uma fonte no deserto, a fonte que está no caminho de Sur, perguntou-lhe: Agar, serva de Sarai, de onde vieste e aonde vais? Respondeu ela: Estou fugindo da presença de Sarai, minha senhora. Disse-lhe o anjo do Senhor: Volta para a tua senhora e humilha-te sob as mãos dela. E o anjo do Senhor acrescentou: Multiplicarei tanto a tua descendência, de modo que, de tão numerosa, não poderá ser contada.

Em uma encruzilhada da vida de Agar, o anjo do Senhor levanta duas questões fundamentais ao desenvolvimento espiritual, dignas de refletirmos em oração: de onde você veio? Para onde você vai?

À medida que buscamos uma profunda transformação em Cristo, precisamos identificar e contemplar o que nos moldou no passado. Também precisamos considerar como estamos avançando em nossa vida com Deus. As respostas a estas perguntas não são fáceis. Elas devem ser discernidas e exploradas em cooperação com o Espírito Santo. Antes de começar a escrever sua resposta, passe algum tempo pedindo ao Espírito para lhe trazer à memória as pessoas e os eventos que tiveram grande influência na sua vida.

De onde você veio? Peça a Deus que lhe dê coragem para identificar não apenas os momentos em que você experimentou profundamente a presença dele, mas também aqueles em que você sentiu a ausência de Deus. Quais foram os momentos decisivos que moldaram a sua vida com Deus?

Para onde você vai? Considere os convites que Deus faz para você atualmente. Como Deus está te conduzindo e te guiando para uma consciência mais profunda de seu amor e cuidado por você? Quais as promessas de Deus que lhe trazem esperança para o futuro? Como vai ser a sua caminhada com o Deus que está sempre com você?

— Aqui estamos, no meio da nossa peregrinação — disse Katherine enquanto recebia o grupo para a quarta sessão. — Espero que já tenham percorrido uma distância significativa na sua jornada com Deus.

— Amém! — Mara disse em voz baixa. Meg sorriu para ela e acenou com a cabeça.

— Fico feliz com isso — disse Katherine, respondendo a acenos e vozes ao redor da sala. — Continuem! Formar novos hábitos de oração requer prática.

Charissa se inclinou para Hanna e sussurrou algo que Mara não conseguiu ouvir.

Hanna sorriu e concordou.

Mara franziu a testa.

Katherine continuou:

— Eu também espero que vocês estejam experimentando as bênçãos que vêm de perseverar com aquilo que mexe com você, quer estejam prestando atenção à alegria e ao prazer em Deus ou às tribulações e tristezas. O Espírito Santo está trabalhando em tudo isso.

Mara olhava de lado para Charissa, ressentida com o fato de que a supermodelo arrogante havia se tornado amiga de Hanna e Meg. Mara ficaria muito mais feliz, muito menos distraída, se Charissa estivesse sentada em outra mesa. Por outro lado, Charissa realmente havia sorrido e cumprimentado Mara quando chegou. Mas Mara não seria influenciada por algo tão superficial. Quem saberia os reais motivos de Charissa?

Mudando seu ponto de apoio, Mara virou as costas para Charissa e tentou se concentrar.

Katherine disse:

— Vamos começar orando com alguns versos de um texto em Gênesis: a passagem em que Deus encontra Agar no deserto.

Mara levantou as sobrancelhas, surpresa.

— É a minha história — ela sussurrou à Meg. — Conheço essa de cor.

Meg sorriu e acenou com a cabeça.

Mara não precisava ouvir enquanto Katherine descrevia o cenário e o contexto da passagem. Ela sabia tudo sobre o triângulo amoroso entre Abraão, Sara e Agar. Bom, não exatamente amoroso. Não havia nenhuma evidência de que Abraão amava Agar, a serva de Sara, apenas que ele e Sara decidiram usá-la para cumprir a promessa de Deus de gerar uma descendência. Afinal, Deus estava demorando demais e claramente precisava da ajuda engenhosa dos dois.

Porém, o plano deles foi um desastre, resultando em conflitos familiares incomparáveis com qualquer coisa que Mara já tivesse visto em *reality shows*: Sara diz a Abraão para ter um filho com Agar, pois Sara não pode ter filhos; Agar concebe e passa a ostentar a gravidez, enfurecendo Sara; Abraão não quer entrar naquele vespeiro, então escolhe o caminho mais fácil e diz a Sara para ir em frente e fazer o que bem quisesse com Agar; Sara despeja sua raiva em Agar; Agar foge com o filho de Abraão crescendo em seu ventre.

— Vou distribuir as folhas — Katherine explicou. — Incluí o texto e as perguntas para reflexão: de onde você veio? Para onde você vai? Durante mais ou menos meia hora, convido você a considerar estas duas perguntas. Talvez você queira delinear uma cronologia da sua vida, identificando influências e eventos significativos e formativos. O que te moldou? Onde você sentiu a ausência ou percebeu a presença de Deus? Quais foram os momentos significativos ao experimentar e conhecer a Deus? Não acelerem o processo. Não espero que vocês terminem hoje. Esta é apenas uma chance de começar a ponderar o escopo da sua própria jornada e ver como tudo se encaixa no enredo da sua vida.

Mara pegou as folhas com Meg e passou uma para Hanna.

Katherine disse:

— Investir um tempo em desacelerar e registrar nossos pensamentos e sentimentos é uma maneira intencional de dar as boas-vindas ao Senhor no processo de reflexão. Na segurança das páginas do nosso diário, temos a liberdade de ser autênticos, convidando o Espírito a nos ajudar na escuta de nossa vida. Seja o mais honesto e verdadeiro possível. Ninguém vai ficar olhando o que você escrever.

Mara encarava a página. Levaria horas e horas para responder a essas perguntas. Pelo menos já havia adiantado parte do trabalho duro de observar de onde vinha.

Mara se perguntou como Charissa responderia às questões. Ela supôs que Charissa vinha de uma família perfeita, nunca tendo que suportar qualquer tipo de dor ou conflito significativo. Talvez esse fosse o motivo de ela ser tão julgadora, arrogante, com um coração tão duro. Talvez por isso que ela era tão... tão... — Mara apertou os maxilares, mordeu a língua mentalmente e tentou voltar a ouvir Katherine com atenção.

— Alguns de vocês estão prestando atenção nas coisas que mexem com vocês — dizia Katherine. — Vocês estão descobrindo áreas de tristeza, vergonha, culpa ou arrependimento. Talvez, como Agar, vocês tenham fugido, para não enfrentar coisas dolorosas do seu passado. Talvez vocês estejam descobrindo o convite de Deus a parar de fugir e voltar ao passado com a bênção de Deus, por mais difícil que seja.

Mara não tinha certeza, mas parecia que os olhos de Katherine estavam nublados.

— Por favor, não me entendam mal — disse Katherine. — Não estou falando de voltar fisicamente a situações de abuso, está bem? Estou usando este texto metaforicamente, para nos ajudar em nossa jornada sagrada, não como uma ordem para retornar a algo perigoso. É extremamente importante que não se confundam sobre isso.

Katherine ficou em silêncio durante um longo tempo, olhando para o grupo.

— Deus sempre deseja o nosso bem — ela disse finalmente. — Sempre. O coração de Deus é puro amor por você. Eu prometo.

E porque Deus ama você mais do que você pode imaginar, ele vai revelar delicadamente as áreas de desconforto, dor e agitação não para te machucar, mas para que você possa identificar onde dói e encontrar nele o consolo e a cura.

Ela continuou:

— No início de seu ministério, Jesus anunciou que veio ao mundo pregar boas novas aos pobres, abrir os olhos dos cegos e libertar os cativos. Esta foi a obra a que Jesus se dedicou. Esta é a mesma obra que Deus continua realizando pelo poder do Espírito Santo, nosso conselheiro e consolador. Deus entra nas nossas vidas para redimir a nossa dor e nos libertar.

Como eu queria ser livre, pensou Mara. *Livre de muitas coisas. Muitas e muitas coisas.*

Ela suspirou pesadamente.

Katherine prosseguiu:

— Começamos a nossa jornada para a liberdade quando voltamos aos lugares onde fomos feridos espiritualmente, emocionalmente e mentalmente. Mas desta vez vamos com a presença, a força e auxílio de Deus. Por mais que isso pareça confuso e assustador, Deus nos convida a confiar nele. O Senhor faz algumas de suas obras mais belas no meio do caos e da dor em nossa vida.

Mara observou Charissa outra vez pelo canto dos olhos.

Ouviu, Princesa?, ela pensou. *Sentada ali, tão bem ajustada. Você não faz ideia do que a Katherine está dizendo, não é? Com que confusão você já teve que lidar algum dia na sua vida, Kristie?*

Kristie?

Charissa. O nome dela era Charissa.

Porque estava pensando na *Kristie*?

Kristie Van Buren lhe vinha à cabeça muito vezes ultimamente. Uma frequência obsessiva. Mara supôs que se ela escrevesse uma linha do tempo brutalmente honesta, rastreando seus anos de rejeição e dor, Kristie seria uma das primeiras da lista, com uma participação substancial. Ela queria mesmo desenterrar essas memórias novamente?

Não. De jeito nenhum.

— Anos atrás, servi como capelã no Hospital St. Luke — Katherine dizia. — Às vezes, eu visitava a unidade de reabilitação de vítimas de queimaduras. Essas pessoas enfrentavam uma dor inimaginável só para se recuperar, submetendo seus corpos a uma rotina extenuante de fisioterapia. Aquilo era horrível. Absolutamente horrível. Às vezes, encontrava pacientes que se recusavam a fazer fisioterapia. A recuperação era muito dolorosa, e eles queriam evitar mais dor. Eles queriam desesperadamente evitar a dor.

Dor. Em inglês, *pain*. Como seu sobrenome. Mara Payne.

Mara encarava a página enquanto ecos de antigas vozes conhecidas começaram a rodar em sua cabeça, fazendo um *looping* contínuo.

Vai embora, Mara! Não tá vendo que ninguém quer brincar com você?

Ninguém te quer. Ninguém.

As palavras no papel se tornavam um único borrão.

Mara Payne, Mara Payne, suma para o seu bem! Fora Mara, fora Mara, e não volte nunca mais!

As ladainhas implicantes zombavam dela, fechando o cerco, cada vez mais alto enquanto ela se esforçava para ignorar. Girando sem parar, os guinchos escarnecedores das outras crianças transformavam-se nos berros furiosos de um amante.

Não volte mais! Nunca mais! Você é uma vadia inútil! Está me ouvindo? Sua vadia inútil!

Ela pôs as mãos nos ouvidos, mas as vozes de acusação e condenação não paravam.

Você já viu onde ela mora? Ela é tão suja que a minha mãe não queria nem ver essa menina aqui em casa!

Ela é tão suja, tão, tão, tão suja...

As lágrimas caiam no papel e Mara não conseguia mais ver as palavras.

Por quê? Por quê? Por quê? Por que batia sempre na mesma tecla?

Ela desejava que seu eu de nove anos de idade amadurecesse.

Quando procurava um lenço na bolsa, Mara sentiu no ombro um toque suave que a encorajava e fortalecia.

A mão de Meg. Nenhuma palavra. Só a mão.

Mara sentiu o corpo relaxar. Ela assoou o nariz e respirou profundamente.

— Queridos amigos — disse Katherine, com a voz cheia de emoção —, o processo de cura pode doer. A restauração profunda dói. Mas se você está descobrindo dor e sofrimento em sua vida, o caminho para a cura não é fugir. Você precisa passar por isso e confrontar essa dor com a presença de Deus e no poder do Espírito Santo. Se você enfrenta algo esmagador, por favor, lembre-se de que você não está destinado a trilhar sozinho a estrada para a cura e a transformação. De forma alguma, não fomos feitos para viajar sozinhos. Deus nos dá o dom de sua presença através do conforto e companheirismo de outros crentes, através de amigos, pastores, conselheiros, mentores espirituais, mestres e outros que nos ajudam a ser curados e crescer. Não trilhe esta estrada sozinho. Por favor.

Sozinha, sozinha, sempre sozinha. Mara estava sempre sozinha. Ela sempre esteve sozinha. Ela sempre estaria sozinha.

Não.

Não. Não.

Sozinha não.

De alguma forma, ela não estava sozinha.

Mara encarou a tatuagem e a tatuagem olhou de volta. Sem variação. Sem pausa. *El Roí* estava vendo. *El Roí*, o "Deus que vê." *El Roí*, o Deus que via Mara com amor e ternura. *El Roí*, o Deus que continuava a procurar e encontrava Mara no deserto de sua dor.

A mão de Meg continuava pousada suavemente em seu ombro.

Não estava sozinha.

Katherine olhava para o grupo com profunda compaixão.

— Eu vou continuar aqui mais um pouco, então vocês podem fazer perguntas antes de sair e procurar um lugar tranquilo para orar e refletir — Katherine disse calmamente. — Eu sei que, para alguns de vocês, estamos pisando em lugares sensíveis e desprotegidos. Estamos viajando em solo sagrado. Lembrem que o Senhor guia gentilmente, sempre com uma mão firme e amorosa. Por isso, vamos seguir a jornada, um passo de cada vez, convidando e confiando em Deus para trazer à memória o que está pronto para ser tratado.

Mara viu Hanna se inclinar para frente, curvar os ombros e massagear as têmporas devagar.

Dor de cabeça? Mara se perguntou.

Revirando a bolsa outra vez, ela retirou um frasco de aspirina e tocou no ombro de Hanna.

Hanna balançou a cabeça e deu um largo sorriso.

Largo demais, pensou Mara.

— Estou bem — Hanna sussurrou, bem aprumada na cadeira. — Só um pouco cansada.

Porém, Mara não acreditou nela. *Ajude-a, Senhor,* ela orou. *Nos ajude.*

Assim que todos saíram da sala a procura de lugares calmos para orar, Hanna juntou suas coisas.

O que ela estava pensando ao tentar participar do grupo de jornada sagrada quando ainda estava tão crua, tão desconectada e distante de Deus?

Todas as palavras de Katherine a dilaceravam por dentro, e ela mal conseguia se segurar e não desmanchar em lágrimas. Determinada a não perder o controle na frente dos outros, Hanna reuniu suas últimas forças mentais e emocionais em uma máscara. Então, quando percebeu que a máscara não aguentaria, fugiu.

Enquanto se afastava do Nova Esperança, as perguntas do Espírito não a deixavam: *De onde você veio? Para onde você vai? De onde você veio? Para onde você vai?*

Ela sabia de onde vinha, e navegava cuidadosamente entre os estilhaços de seu passado. Ela entendeu com uma nova clareza o porquê guardava seu sofrimento há tanto tempo: o medo de confrontar sua dor tinha sido enraizado no medo de se desintegrar. Enquanto permaneceu como auxiliadora e consoladora no sofrimento de outras pessoas, ela manteve seu equilíbrio. Ser consumida pela dor dos outros lhe permitia viver em negação da sua própria. Desde que se mantivesse ocupada, não haveria tempo para remoer as coisas que queria evitar.

Agora ela percebia isso.

Mas ainda estava com medo. Muito medo.

Mesmo que Jesus viajasse com ela até a dor de seu passado, ela ainda não estava convencida de que poderia suportar. E se ela descobrisse que o peso do remorso a esmagava? E se ela descobrisse que havia se afastado de um presente que o Senhor queria lhe dar através de Nathan? E se as decisões que ela acreditava estar enraizadas na obediência, em vez disso, estivessem enraizadas em fuga e medo?

E se...?

E se ela tivesse perdido a vida que Deus lhe destinara? E se ela nunca pudesse recuperar todas as bênçãos que poderiam ter acontecido? E se ela tivesse feito outras escolhas?

O passado já era difícil de enfrentar sem contemplar o futuro. *Para onde você vai?*

Ela não fazia ideia. Ela escreveu várias versões diferentes de uma carta de demissão para enviar à igreja, mas não tinha enviado nenhuma. Ainda. Ela não conseguia se imaginar algum dia pastoreando novamente. Ela não conseguia se imaginar emergindo de sua dor com confiança restaurada em quem Deus era. Ela não conseguia.

Hanna dirigiu vários quilômetros antes de perceber que havia errado a saída para a rodovia. De repente, cercada de barreiras com listras laranja e sinais de "estrada fechada", Hanna se sentiu perdida. Nada parecia familiar. Se repreendendo por não levar um mapa no carro, ela finalmente retornou no estacionamento de um restaurante. Talvez alguém pudesse dar informações.

Uma recepcionista sorridente cumprimentou-a.

— Mesa para um? — A jovem perguntou, segurando um cardápio.

— Não, obrigada — Hanna respondeu. — Eu me perdi, só preciso de algumas indicações.

— Para onde você vai?

— Estou tentando chegar à autoestrada. Vou para a orla do lago e devo ter virado para o lado errado. Fiquei confusa com as obras e as pistas em sentido único.

— Eu sei como é. Aqui ficou um pouco complicado — respondeu a recepcionista. — Eu posso desenhar um mapa. Você não está muito longe.

Ela pegou um guardanapo e rabiscou algumas orientações. Hanna agradeceu e se apressou até o estacionamento.

Quando se aproximava do carro, procurou as chaves no bolso do casaco. Vazio. Hanna verificou o outro bolso. Nada. Em pânico, ela testou cada uma das portas, na esperança de ter esquecido uma aberta. Falta de sorte. Enquanto a bolsa e as chaves zombavam dela no banco da frente, todas as emoções que ela tentava suprimir naquela manhã explodiram. *Chega! Chega! Chega! Não aguento mais!* Socou o carro várias vezes, cuspindo em voz baixa uma torrente de palavras que não estava acostumada a usar.

— Dia difícil? — Ela ouviu.

Hanna congelou com o punho no ar. Ela conhecia aquela voz. Ela virou e se viu frente a frente com Nathan Allen.

— Péssimo! — Ela exclamou, sem saber se ria ou chorava. Ela mal registrou o choque daquela aparição repentina ou a vergonha de ser pega no meio de um ataque de raiva. Ela estava apenas grata por ver um rosto familiar. — Consegui trancar as chaves dentro do carro.

— Odeio quando isso acontece — ele disse, sorrindo.

Nathan não parecia surpreso com a coincidência do encontro. Hanna, por outro lado, começava a pensar que estava vivendo em um romance de Jane Austen. Falando em coincidências curiosas.

Ele olhou para trás, enquanto um adolescente se aproximava.

— Jake, essa é uma amiga do tempo do seminário. Hanna Shepley.

Hanna sentiu o rosto enrubescer. Hanna desejou desesperadamente que Jake não tivesse ouvido o conteúdo de sua explosão inesperada.

— Muito prazer — disse Jake, mantendo contato visual enquanto a cumprimentava com um aperto de mão firme. Ele tinha os olhos penetrantes e as pestanas ridiculamente compridas como o pai.

— Jake, o prazer é todo meu. Me desculpa estar tão nervosa. Consegui trancar as chaves e o celular no carro e estava imaginando o que fazer.

— Bom, está muito frio pra ficar pensando aqui fora — disse Nathan. — Vem com a gente. O café da manhã de sábado na Pancake House é uma tradição para os homens da família Allen, não é, Jake?

Jake concordou.

Hanna hesitou.

— Vamos — Nathan encorajou-a. — Você precisa esperar o chaveiro em algum lugar. Melhor esperar com os amigos. Você pode usar o meu celular, ok?

Hanna concordou e os seguiu para dentro.

— Mesa para dois? — A recepcionista perguntou, pegando os cardápios para Nathan e Jake.

— Três — Nathan respondeu, acenando na direção de Hanna.

Hanna escondeu o rosto na dobra do braço fingindo uma tosse.

— Eu acho que a Charissa falou de um grupo de jornada sagrada esta manhã — ele comentou enquanto caminhavam juntos para uma mesa de canto.

— Tinha mesmo. Eu saí mais cedo.

Ele olhou para ela, mas não pressionou. Felizmente.

— Estava voltando para o lago e perdi o retorno — ela explicou rapidamente. — Quando percebi, estava perdida. Entrei aqui para perguntar a direção, mas depois descobri que estava trancada fora do carro. E foi quando você chegou. Quando estava no meio de um ataque de raiva — ela balançou a cabeça. — Peço desculpas por isso. Não é um comportamento muito apropriado para uma pastora, não é?

— Mas foi eficiente — disse Nathan. — Não teria reparado em você se não estivesse atacando o veículo.

Hanna sorriu apesar dos próprios sentimentos, contemplando a estranha reviravolta na situação. Qual era a probabilidade de encontrar Nathan duas vezes em pouco mais de uma semana? Parecia uma coincidência absurda. No entanto, Kingsbury era muito menor do que Chicago.

Nathan apalpou o bolso.

— Toma, usa o meu celular. Você tem o cartão de alguma oficina ou algo assim?

— Sim, mas a minha carteira ficou no carro.

— Sem problema — ele pegou um cartão da própria carteira e entregou a ela. — Ligue para o número e explique o que aconteceu. E quanto ao café da manhã — ele disse, abrindo o cardápio —, recomendo as panquecas de mirtilo.

Nathan acertou: as panquecas de mirtilo eram perfeitas. Durante a hora seguinte, Hanna deixou a própria tensão se dissipar em uma conversa tranquila. Jake lhe passou uma ótima impressão. Descontraído e bem articulado, possuía o mesmo senso de humor do pai. Com visível afeto e admiração, Jake contou algumas das aventuras que os dois compartilharam. Hanna via os olhos de Nate brilharem com orgulho cada vez que olhava para o filho. *Que grande presente,* pensou. *Grande presente.*

— Então, Shep — Nate começou, enquanto a garçonete tirava os pratos —, Jake vai sair com alguns amigos agora, e eu estava indo passar um tempo no campus. Adoraria te levar para conhecer, se você quiser.

— Eu... é... não quero atrapalhar o seu trabalho.

— Ele não está trabalhando — Jake provocou. — Meu pai fica no escritório quando eu não estou por perto para entreter ele — Nate riu, bagunçando o cabelo escuro do filho.

— Na verdade, ele está certo. Não tenho nenhuma razão específica para passar no campus hoje. E talvez uma visita a Kingsbury não seja muito empolgante, especialmente no frio.

Hanna sorriu para ele.

— Já faz muito tempo desde a última vez que caminhei por um campus universitário. Uma visita guiada não seria nada mal.

— Ótimo! — Nate respondeu. — A universidade não é longe daqui, e a nossa casa fica bem perto do campus. Você acha que consegue nos seguir? — Havia um brilho maroto nos olhos dele.

— Melhor eu anotar o seu número, caso eu me perca novamente.

Quando Hanna e Nathan chegaram à faculdade, estava chovendo.

— Eu sinto muito! — Ele se desculpou enquanto os dois corriam do estacionamento até a praça Bradley Hall. O prédio de três andares em arenito vermelho fez Hanna se lembrar do Sullivan Hall, onde ela e Nate frequentaram juntos as aulas de teologia e de introdução à Bíblia.

Enquanto ele segurava a porta para ela, Hanna experimentou uma sensação de *déjà vu*.

— Este lugar me lembra o Sullivan — ela disse. — Até o cheiro é igual.

— Eu sei. Parece que estamos chegando para Introdução ao Novo Testamento, não é? — Ele conduziu Hanna pelo corredor vazio até o escritório.

— Você já voltou pra visitar o seminário alguma vez? — Ela perguntou, ouvindo seus sapatos molhados rangendo no piso de linóleo.

— Voltei para uma reunião há cerca de dez anos. A maioria dos professores continuava lá, e foi divertido se reencontrar com eles. Mas depois perdi o contato com as pessoas. Foi tudo muito doloroso depois do divórcio.

Ele abriu a porta do escritório e deu as boas-vindas a Hanna:

— Bem-vinda à minha casa longe de casa.

O escritório era meticulosamente limpo e bem organizado, com uma coleção de lembranças náuticas intercaladas aos livros em prateleiras que cobriam do chão ao teto. O rosto de Jake irradiava nas fotos sobre a mesa de Nathan.

— Sinto falta do meu escritório — disse Hanna, melancólica. — Saudade dos meus livros.

— Bom, pode se servir à vontade de todos que você encontrar aqui. Fico feliz de te servir de biblioteca durante a sua licença sabática.

Hanna agradeceu e começou a explorar as prateleiras enquanto Nathan se aproximou do arquivo e folheava alguns papéis.

Se pelo menos pudesse passar horas com os livros dele, especialmente os de cuidados pastorais. Ela havia esquecido o prolífico marcador de livros que ele era, e suas anotações nas margens eram janelas abertas para sua mente e espírito. Ler seus rabiscos nas páginas dos livros seria como espionar seu diário. Íntimo. Revelador. Estaria espiando sua alma, bisbilhotando as profundezas de seu coração, enquanto ele estava completamente desavisado.

— Hanna?

Ela corou ao som da voz dele e rapidamente empurrou de volta para a prateleira um livro sobre perdão.

— Oi? — Ela não ia virar para trás até ter certeza de que seu rosto tinha voltado à cor apropriada.

— Como você está? De verdade?

Ela continuou passeando os dedos pelas lombadas dos livros, fingindo estar totalmente no absorta em pensamentos, enquanto lutava contra a tentação de puxar um livro sobre luto e perdas. Intuitivamente, ela sabia que este livro havia sido seu companheiro particular, e não conseguiu evitá-lo. Puxou e abriu o livro.

CALÇADOS CONFORTÁVEIS

Além das páginas preenchidas com suas notas, também havia uma inscrição na frente. Das grandes.

— Esse é bom? — Ela perguntou casualmente, mostrando a capa.

— Fantástico. Vai em frente, pode levar.

Ela se sentiu culpada por aceitar o que ele oferecia tão livremente; porém, ela empurrou o livro rapidamente para dentro da bolsa, temendo que Nathan pudesse de repente lembrar os segredos que revelara nas páginas e mudar de ideia.

— A licença sabática tem sido muito difícil pra mim — ela disse, finalmente, ainda investigando as prateleiras em busca de mais algum material que pudesse pegar emprestado. *Roubar*. — Você viu minha explosão no estacionamento. O que nos ensinaram nas nossas aulas de cuidados pastorais? Que uma "resposta desproporcional revela pecados ou tristezas subjacentes", lembra?

— Quer dizer que não estava arrombando o seu carro?

— Não — ela riu, virando-se para olhar Nathan de frente. Ela devia a ele algo em troca do livro. — Eu deixei o grupo mais cedo porque hoje acertaram muito perto do alvo. E não podia me arriscar a desmoronar na frente de outras pessoas.

Seus olhos se encheram de compaixão e preocupação genuínas.

— Ainda usando a máscara pastoral, hum? É uma forma solitária de se viver, Shep.

Você não faz ideia, ela pensou.

Ele se acomodou em uma das poltronas bordô perto da janela e convidou-a para se sentar na outra.

— O que a Katherine apresentou hoje?

Hanna olhava a chuva respingando no vidro e desfolhando as árvores. O gramado lá fora estava dourado.

Ela suspirou enquanto se sentava.

— Deus encontrando Agar no deserto.

— Ah — ele respondeu. — De onde você veio? Para onde vai? Me lembro de passar um bom tempo refletindo nessas questões.

São complicadas de responder nas melhores circunstâncias e mais ainda nas difíceis, quando você está no meio do luto e da mudança.

Ela começava a se perguntar se poderia combinar suas habilidades de redirecionamento e manipulação contra o dom espiritual de discernimento de Nathan, quando ele, generosamente, mudou a conversa para longe de seu sofrimento.

— Eu sei por causa da minha própria jornada como é difícil enfrentar a dor do passado — comentou suavemente. — E tem dias em que é impossível enxergar para onde vamos. Mas essas eram questões muito importantes para mim alguns anos atrás, enquanto lidava com minha própria dor e transição, por mais difícil que pareça ser honesto sobre isso — ele fez uma pausa, sorrindo para si mesmo. — Não sei bem... talvez, quando nos formamos no seminário, todos nós recebemos uma máscara pastoral com o diploma. Temos que ser fortes e firmes para a congregação, temos que ser a personificação da fé e da esperança, temos que ser santos e perfeitos. E depois a máscara se torna um modo de vida. Nem percebemos quando ela toma conta de tudo. E é uma prisão terrível, sabe?

Até uma resposta monossilábica parecia perigosa demais para se arriscar. Hanna não ia se desintegrar no escritório do Nathan. Não mesmo.

Ela não devia ter vindo.

Nathan fitava as próprias mãos no colo, entrelaçando os dedos.

— Minha jornada sagrada em direção à transformação e a liberdade não tem sido fácil, mas tem sido boa — ele disse. — Deus tem me curado de dentro para fora de maneiras que eu não poderia imaginar. Sei que ainda tenho um longo caminho a percorrer. Mas quando olho para trás, de onde eu vim, fico grato. Tenho muito a agradecer.

Enquanto olhava para seu rosto inocente, Hanna percebeu que não precisava fugir com seus livros para conhecer seu coração. Ele estava abrindo as páginas da própria vida e a convidava para ler. Ela tentou esconder sua voracidade com o tom moderado e constante de um jornalista.

— Como você respondeu às questões do deserto?

Nathan se sentou, com uma perna cruzada.

— Foi muito duro, Shep. Voltar ao passado foi muito difícil. Tive que olhar honestamente para o meu próprio pecado e para os meus próprios arrependimentos.

Hanna se sentia tensa. Ele disse que não havia nada não resolvido entre eles. Mas seria Hanna uma fonte de arrependimento e dor para ele? Ela esperava que ele não revisitasse o passado deles. Não, por favor, não.

— Katherine foi a mensageira de Deus no meu deserto — continuou. — Quando cheguei a Kingsbury, eu já estava em fuga há alguns anos, fugindo de todos os tipos de dor e arrependimento sobre Laura. Mas Katherine me ajudou a ver que não estava sozinho ao revisitar a dor do passado. Comecei a ver que o Senhor caminhava comigo e eu recebia a bênção da sua presença e das suas promessas de cura e redenção.

Laura.

Laura era a fonte de sua dor e arrependimento. Naquele momento, Hanna experimentou um potente coquetel de alívio e desilusão. Ela esfregou a testa devagar, evitando o contato visual direto.

— Quando Laura abandonou o nosso casamento em troca de um caso, seu pecado foi condenado. Publicamente. Mas, durante anos, o meu pecado foi parabenizado e apoiado. Eu era um servo da igreja, tão bom e fiel, tão apaixonado, servindo a Deus e aos outros.

Um silêncio de intimidade pairava no ambiente, e Hanna olhava para a janela mais uma vez, assistindo as gotas de chuva descendo em uma corrida pelo vidro. Ela escolheu uma gota em particular entre as competidoras e torcia por ela ao longo da corrida, descendo, descendo, descendo pela superfície. *Vai, vai, vai.* Pouco antes da chegada, ela se fundiu a outra gota e desapareceu.

Nathan falava novamente.

— Ninguém via a dureza do meu coração — ele disse suavemente. — Ou a minha determinação em me manter ocupado para não fazer o trabalho que realmente importava, de ser um marido e um pai piedoso. Ninguém percebeu que a Laura e o Jake só recebiam as minhas sobras, emocionalmente, fisicamente, espiritualmente. As pessoas olhavam para mim e diziam: "Isso é que é um servo abnegado!". E eu ficava feliz com meu ego afagado e meu orgulho bem alimentado. Estava consumido pelo desejo de projetar a imagem certa, de controlar o que as pessoas pensavam de mim. Eu estava cheio de justiça própria, enquanto secretamente cultivava amargura porque Laura não me valorizava e me honrava como todos os outros.

Ele era assim tão franco e honesto com todos, ou sua vulnerabilidade com Hanna era um presente especial, enraizado na antiga amizade? Ela gostaria de saber a resposta. Por outro lado, por que isso seria importante? Ela não tinha nenhum direito particular sobre ele.

Nenhum, absolutamente.

Ela parou de olhar pela janela e se obrigou a olhar para ele.

— Por pior que tenha sido quando Laura se afastou — Nate disse lentamente, sustentando o olhar de Hanna na firmeza de seu próprio olhar —, acabou sendo a maneira de Deus me quebrantar e revelar meu próprio pecado. Eu precisava ser quebrantado. Foi a misericórdia de Deus que me conduziu até o fim de mim mesmo. A grande misericórdia de Deus... — a voz de Nathan falhou.

Hanna disse:

— Não vejo amargura em você, Nate.

Os ombros dele se levantaram e abaixaram levemente, em um ligeiro dar de ombros.

— Fiquei irado e amargurado durante muito tempo — ele disse. — Alguns anos, na verdade, embora eu estivesse muito cheio de orgulho e religiosidade para admitir. Estava com raiva da Laura. Com raiva de mim mesmo. Irado com Deus. Com paciência, Katherine percorreu esse caminho sombrio comigo, me permitindo a liberdade de ser honesto sobre a minha raiva e ressentimento para que Deus pudesse começar o processo de drenar o veneno do meu espírito. Katherine me mostrou a cruz e a minha desesperada necessidade de perdão. Ela me ajudou a perceber que minha ira estava ocupando o espaço sagrado que pertencia a Deus.

Hanna se sentia tensa novamente. *Raiva, ressentimento, espaço sagrado.* Nathan não poderia imaginar quão profundamente Hanna se conectava com as suas palavras, não imaginaria que Hanna agora trilhava uma jornada semelhante com sua mentora. Ela se ajeitou na cadeira.

— Eu só queria que as coisas tóxicas parassem de ocupar o espaço — ele continuou calmamente. — Então, eu renunciei. Assumi a responsabilidade pelo meu pecado e pedi perdão. Perdoei a Laura e me perdoei. E, com a ajuda de Deus, encontrei um jeito de ser um pai atencioso para o Jake. Graças a Deus ele não se lembra dos primeiros anos, quando estive ausente. Ou da minha raiva.

— O Jake é um ótimo rapaz — disse Hanna.

— Obrigado.

Hanna olhava para as próprias mãos, ouvindo a silenciosa vibração de um relógio em algum lugar do escritório. Já fazia muitos anos desde a época que se comunicavam através do silêncio compartilhado, e ela havia perdido a prática. À medida que os minutos se alongavam, o silêncio se tornava agourento e ameaçador. Ela não queria que ele se tornasse o interrogador. Não queria que ele se aproximasse muito.

Ou queria?

Ela retomou a entrevista.

— E a segunda questão? — Ela perguntou. — Para onde você vai?

Hanna disse a si mesma que a resposta não tinha nada a ver com ela, mas mesmo assim, absurdamente, prendeu a respiração. Ela se inclinou para apanhar um fiapo invisível do carpete, sem saber se sua expressão a denunciava.

Nathan não respondeu logo, e ela ficou ansiosa. Talvez tivesse perguntado demais. Talvez a resposta fosse muito pessoal. Principalmente se envolvesse um relacionamento, ou o anseio por um.

Para, para, para, Hanna disse a si mesma, em silêncio.

Por que a sua imaginação sempre corria para aquele lado? Existiam tantas maneiras de ele responder a pergunta. Se ele se via ou não voltando ao ministério pastoral. Se pensava em continuar na faculdade. Respostas profissionais, não pessoais. Ela desejava poder retirar a pergunta.

Quando olhou para cima novamente, ela viu que ele a estudava da mesma maneira que ela já o havia visto estudando os textos: com uma intensidade curiosa.

— Esse foi outro presente de Deus através da Katherine — ele finalmente respondeu. — Comecei a ver que só existe uma maneira de eu responder a essa questão "para onde eu vou?". Todo o resto depende do meu verdadeiro conhecimento e vivência dessa resposta. Minha direção precisa ser sempre mais profunda no amor de Deus por mim.

Ele continuou:

— Só assim posso seguir em frente: mais fundo no coração de Deus, em união e comunhão mais profundas com ele. Estou no caminho de viver a minha identidade de amado por Deus. Nada mais, nada menos. Essa não tem sido uma jornada fácil ou simples. Mas sigo nessa direção. Graças a Deus estou no caminho — ele fez uma pausa. — Você e a Katherine certamente conversaram sobre o falso eu, certo?

Hanna assentiu com a cabeça.

Nathan disse:

— Por muitos anos, eu construí minha identidade baseada nas minhas realizações e no que outras pessoas pensavam de mim. Eu não descansava em meu relacionamento com Deus. Sempre fui assombrado pela ideia de que devia estar fazendo mais, que não era um servo fiel o suficiente. Porém, quando Deus me tirou tudo e me podou, comecei a ver todas as coisas falsas em que confiei — ele falava um pouco mais baixo. — Finalmente comecei a entender que recebi o mesmo convite que João, o discípulo amado: falar de mim como "aquele que Jesus ama". Acreditar verdadeiramente, como nunca antes, e tornar esse o centro da minha vida.

Apertando as mãos, ele se inclinou para frente. Hanna se inclinou para trás, apertando o braço da cadeira.

— Shep, no outro dia você disse que via em mim uma quietude que eu não desfrutava alguns anos atrás. Esse é o motivo da quietude. Não estou mais tentando ganhar o amor e o favor de Deus. Estou apenas descansando em Cristo. E isso é bom. Existe muita liberdade aqui.

Os pensamentos de Hanna continuavam acelerados.

— Eu nunca pensei em responder à questão desse jeito — disse Hanna, com uma voz fraca. — Estava pensando em termos de orientação, vocação, planos para o futuro, esse tipo de coisa.

— Eu entendo — ele disse, acenando com a cabeça. — Era para onde eu também olhava, a princípio. Mas tudo isso é secundário, sabe? Aprendi uma coisa importante: se no íntimo do meu coração eu não estiver descansando no fato que Deus me ama e planeja o bem para a minha vida, então eu não vou ser capaz de discernir a vontade dele.

Como ele conseguiu ultrapassá-la em discernimento espiritual e maturidade? Antigamente, ela quem o orientava. Agora seus papéis foram invertidos.

Ela não gostou disso.

Ou talvez tenha gostado.

Ela não sabia.

Tudo parecia de cabeça para baixo.

Ou de cabeça para cima.

Ela não tinha certeza.

Estava tonta e desorientada.

— Lembra das aulas de teologia espiritual com o Dr. Hendricks? — Nathan perguntou.

Engraçado. Ela havia pensado naquela aula fazia poucas semanas.

Em voz alta, ela disse:

— Eu me lembro que você estava especialmente desconfortável com a compreensão mística medieval de Deus como Noivo.

Ele riu.

— Você tem razão. Foi muito perturbador para mim. Mas agora entendo. Percebo do que estavam falando. Eles tinham uma profunda consciência da paixão de Deus por nós e do seu desejo de intimidade conosco. E escreveram a partir da alegria de descobrir esse tipo de comunhão com o Senhor.

Todo o seu rosto brilhava.

Ela desviou o olhar.

— Falar sobre Deus como Noivo ainda é difícil para mim — ele disse. — Não sei. Talvez seja meu senso de masculinidade que resiste a essa ilustração. Mas eu entendo o convite que Deus me faz para viver em seu amor, para realmente descansar nele — ele balançou a cabeça devagar. — Não fazia ideia de como isso era importante até alguns anos atrás, mas esse é o centro de tudo. Confiar no coração de Deus é tudo. No Cântico de Salomão diz: "seu grande amor por mim é evidente". Se posso sempre confiar que a intenção de Deus comigo é o amor, então mesmo quando não entendo o trabalho de suas mãos, ainda posso confiar em seu coração.

A intenção dele comigo era o amor. A intenção dele comigo era o amor.

Está vendo?

Era exatamente por isso que Hanna não podia se dar ao luxo de refazer a amizade com ele.

Ali estava ele falando sobre o coração de Deus, mas, naquele momento, Hanna só conseguia pensar na declaração de amor de Nathan muitos anos atrás. Ele tinha a intenção de amar, e ela se afastou.

Ela precisaria se afastar novamente, antes que seu coração tomasse um rumo para onde ela não poderia seguir. A amizade com Nathan simplesmente não era segura. Ela não tinha forças para separar a intimidade espiritual da intimidade emocional. E não podia se arriscar a se distrair da obra de cura que Deus quisesse fazer na vida dela.

Ela mal ouvia a voz de Nathan vindo de algum lugar distante bem à frente dela.

— Hanna, posso orar por você?

— Claro — a voz dela respondeu.

Ou algo que pelo menos parecia ser sua própria voz. A resposta saiu de sua boca sem o consentimento de sua mente.

JORNADA SAGRADA, RETIRO NOVA ESPERANÇA
FOLHETO DA SESSÃO 4: ORANDO COM A IMAGINAÇÃO
Katherine Rhodes, facilitadora

Durante séculos, os crentes têm usado a imaginação como uma forma de se encontrar com Deus em oração. Nossas mentes estão cheias de histórias, imagens e memórias que o Espírito Santo pode usar para nos levar a uma intimidade mais profunda com Jesus. Orar a Escritura com a imaginação permite que o Espírito nos guie em lugares de discernimento sobre nós mesmos e sobre Deus.

Comece acalmando-se na presença de Deus. Convide o Espírito Santo a conduzir sua atenção e imaginação enquanto você encontra Jesus em uma cena dos Evangelhos. Em seguida, leia o texto lentamente, várias vezes, para se familiarizar com a paisagem e o enredo.

> E foram para Jericó. Quando ele, seus discípulos e uma grande multidão saíam de Jericó, junto do caminho estava sentado um mendigo cego chamado Bartimeu, filho de Timeu. Quando ouviu que era Jesus Nazareno, ele começou a gritar: Jesus, Filho de Davi, tem compaixão de mim! Muitos o repreendiam para que se calasse, mas ele gritava ainda mais: Filho de Davi, tem compaixão de mim! Jesus parou e disse: Chamai-o. Chamaram o cego, dizendo-lhe: Coragem! Levanta-te, ele está te chamando! Lançando de si a sua capa, levantou-se de um salto e dirigiu-se a Jesus. E Jesus lhe perguntou: Que queres que te faça? O cego respondeu: Mestre, que eu volte a ver. Jesus lhe disse: Vai, a tua fé te salvou. Imediatamente ele recuperou a visão e foi seguindo Jesus pelo caminho. (Marcos 10.46-52)

Comece a imaginar a cena. O que você vê? E os sons? Os cheiros? O que você percebe ao seu redor? Como são os arredores de Jerico? Onde está Bartimeu? Qual é o tamanho da multidão?

Quem está ali? Como são as pessoas? Qual é o clima da cena? Convide e confie no Espírito para guiá-lo enquanto você vê o filme se desenrolar em sua mente.

Depois de pensar na cena, se imagine dentro da história. Deixe de lado qualquer desejo de precisão histórica, e participe ativamente do texto. Observe o que os personagens fazem. Ouça o que eles dizem. Onde o Espírito te convida a participar? Qual personagem você é? O que você diz? O que Jesus diz para você? O que você quer? Converse com os personagens do texto. Não se preocupe em inventar coisas. Confie no Espírito Santo para falar e revelar a verdade de Deus enquanto você ora.

Em seguida, vamos refletir em oração sobre o que você vivenciou no texto. O que Deus quer te mostrar? Como esta experiência de oração te aproxima de Jesus?

ORANDO COM A IMAGINAÇÃO

Meg ficou preocupada. Onde estava a Hanna?

No início, Meg pensou que ela poderia ter ido ao banheiro. Mas já fazia muito tempo que Hanna havia saído. Talvez estivesse passando mal. Enquanto Katherine liderava o grupo em um debate sobre as questões do deserto, Meg saiu pela porta lateral.

Ninguém no banheiro. Ninguém na capela. Os corredores, vazios. Por um momento, Meg pensou em ir até o estacionamento procurar pelo carro de Hanna, mas não queria perder o que Katherine dizia.

Pobre Hanna.

Ela ficou tão chocada no apartamento de Charissa ao ouvir falar de Nathan Allen. E depois, quando Katherine convidou todos a voltar ao passado para enfrentar a o sofrimento não resolvido, deve ter sido demais para ela. Meg sabia como era.

Senhor, ajude-a. Por favor, ajude a minha amiga.

— Hoje vamos ver mais um texto sobre encruzilhadas e como encontrar uma nova estrada — disse Katherine. — Estou distribuindo outra folha com um texto do evangelho de Marcos e alguns detalhes da oração com imaginação.

Meg, tensa e apreensiva, escutava Katherine guiando o grupo através do processo de contemplação imaginativa. Apesar de Katherine já ter encorajado Meg a ver sua imaginação como um presente de Deus, ela ainda não estava segura de que poderia confiar em si mesma para vaguear criativamente através de uma passagem da Escritura. E se ela não fizesse do jeito certo?

— Eu me senti muito ansiosa da primeira vez que fui convidada a orar com a minha imaginação — Katherine contou ao grupo. — Eu tinha um respeito e uma reverência tão profundos pela Palavra de Deus que fiquei relutante em colocar qualquer palavra imaginária no texto, especialmente nas frases de Jesus.

Depois de anos analisando e estudando textos bíblicos, não tinha certeza se poderia confiar em Deus para me guiar se começasse a pintar fora das linhas. Mas comecei a ver que os contornos que desenhei eram meus, não de Deus.

Katherine sorriu e continuou:

— A imaginação é um dom de Deus, e Jesus continua nos convidando a nos encontrarmos com ele face a face na Palavra. Afinal, Jesus é a Palavra Viva, respirando e se movendo, inspirando e se revelando. Portanto, confie no Espírito para estar com você enquanto passeia livre e criativamente com Deus. Liberte-se dos limites e restrições. Abandone o medo de não estar fazendo do jeito certo. Não se trata de "certo" e "errado". Trata-se de encontrar Deus nas profundezas de nossas emoções, nas profundezas do nosso espírito. É como observar uma fonte profunda. Você vê a água, mas também vislumbra imagens de si mesmo na superfície. Você vê reflexos de suas esperanças, medos, desejos e expectativas espelhados de volta para você. Confie em Deus para encontrá-lo nas profundezas. Confie no Espírito Santo para revelar a verdade sobre quem você é e quem Deus é.

Enquanto a sala mergulhava em silêncio, Meg se aquietava para orar.

Espírito Santo, por favor me guia. Me ajuda a confiar em ti enquanto vagueio por lugares desconhecidos. Guarda o meu coração e a minha mente em Cristo Jesus. Por favor.

Lentamente, Meg leu a cena várias vezes, obtendo uma noção do enredo e do movimento do texto. Em seguida, começou a imaginar o cenário. Ela sentiu a poeira levantada pela multidão de pessoas e rebanhos que viajavam pela estrada de terra no calor do meio-dia. Sentiu o cheiro de estrume e suor. Ouviu relinchos e balidos e a mistura de vozes em conversas incompreensíveis. Ela observou o empurra-empurra da multidão. Muito empurra-empurra.

De repente, ela também estava sendo empurrada para um lado e para o outro.

Ela tentava seguir Jesus, tentava ficar perto dele para não o perder de vista ao longo do caminho. Mal conseguia ver a parte de trás de sua cabeça escura, ondulando enquanto se movia. Alguém conversava com ele, mas Meg não conseguia ver quem era ou ouvir o que diziam. Barulho. Muito barulho por todos os lados.

E então Meg ouviu uma voz gritando acima de todas as outras: um grito de persistência desesperada, cada vez mais alto.

— Tenha compaixão de mim! Tenha compaixão de mim! Jesus, tenha compaixão de mim! Filho de Davi, tenha compaixão de mim!

A agonia na voz do homem transpassava o coração de Meg e fez com que ela quisesse gritar junto a ele.

Meg esperou Jesus parar. Mas ele continuava caminhando. Ele não conseguia ouvir o homem? Todos conseguiam ouvir aquele homem. Ele gritava, clamando cada vez mais alto. Por que Jesus não parava?

— Silêncio! — Alguém gritou. — Calado!

— Quem está gritando? — Meg perguntou a uma das pessoas espremidas junto a ela. Se ela não continuasse andando, ia perder Jesus na multidão.

— Apenas ignore — o homem respondeu. — É só o Bartimeu, o mendigo cego. Insistente e detestável. Tem dezenas deles por aqui.

— Dezenas? — Meg repetiu.

Bartimeu continuava clamando.

— Desista! — Alguém gritou novamente. — Ele já se foi!

Não, não, não! Jesus não podia passar direto.

— Por favor, pare, Jesus — Meg sussurrou, desejando que ele olhasse para trás.

Mas ele continuava caminhando.

— Jesus, pare! — Ela chamava. — Por favor.

Mas ele não podia ouvi-la, não com o barulho da multidão.

Meg parou de caminhar, se estabilizou e gritou mais alto do que jamais havia gritado:

— Jesus, PARE!

A multidão na frente dela se deteve por um momento, e ela viu Jesus virar-se e olhar para ela com profunda ternura. A multidão se abriu para ele passar, voltando para onde ela estava.

— O que queres que eu te faça, Meg? — Ele perguntou, segurando a mão dela.

— Por favor, Jesus — ela disse tremendo. — Por favor, que Bartimeu possa te ver, como eu te vi.

Ele tocou no rosto dela, sorriu e disse à multidão para trazer Bartimeu até ele.

Meg abriu os olhos e permaneceu por um longo tempo na quietude de oração que preenchia a sala, imaginando o que fazer com a sua imaginação.

O que queres que eu te faça?

Era o mesmo tipo de pergunta que Jesus fez a ela no início de sua jornada, não era? *Então, o que você procura?* Ali estava ela, seguindo Jesus pelo caminho. Ela havia encontrado o que procurava: estar com Jesus. Agora ela queria que Bartimeu tivesse a mesma alegria que ela havia encontrado, a alegria de simplesmente estar com Jesus. Sim, que os olhos cegos fossem abertos e vissem quem Jesus realmente era. Meg ansiava que os outros vissem e soubessem; ela ansiava que os outros se juntassem à jornada com Jesus. Um anseio muito intenso.

Uma profunda emoção se acendeu dentro dela quando começou a orar pelos cegos e perdidos, clamando para que a misericórdia de Deus fosse revelada a eles.

Por favor, Jesus, por favor.

O coração de Meg estava acelerado enquanto ouvia o grande grupo discutindo suas meditações no texto. Ela não conseguia evitar a sensação de que devia falar. Mas estava com medo. Talvez pudesse compartilhar suas descobertas apenas com Katherine, em particular.

Não importava o quanto lutasse, no entanto, o impulso de falar se tornava mais forte, finalmente dominando seu medo. Ela levantou a mão trêmula, sentindo o rosto e o pescoço avermelhando.

Katherine deu um sorriso encorajador enquanto chamava Meg pelo nome.

— Eu fiquei com tanto medo que Jesus não parasse e ajudasse Bartimeu — Meg disse com uma voz pequena. — Então, eu clamei pra ele parar, e ele virou e me perguntou o que eu desejava que ele fizesse por mim. Eu falei que desejava que Bartimeu pudesse vê-lo como eu o tenho visto. E Jesus me ouviu. Ele fez o que eu pedi. — Meg desejava contar muito mais, mas faltavam a ela as palavras.

— Que lindo! — Katherine exclamou. — O Senhor te levou a orar de acordo com o coração dele, por aqueles que ainda vão vê-lo e segui-lo. Esse é um presente especial da graça, Meg.

Meg se sentia fraca quando Mara segurou sua mão gelada. Embora Katherine continuasse guiando a discussão do grupo sobre como a Palavra de Deus havia ganhado vida, Meg não ouviu quase nada. Só ouvia o batimento do coração nos ouvidos.

Pouco antes do meio-dia, Katherine encerrou o animado debate no salão.

— Algumas semanas atrás — ela disse —, oramos ao longo do texto em João 1, em que Jesus pergunta aos futuros discípulos: "O que vocês estão procurando?". Então Jesus os convida: "vinde e vede". Agora encontramos um cego, e Jesus faz o mesmo tipo de pergunta: "Que queres que te faça?". Bartimeu pede para recuperar a visão. É um pedido corajoso, não é? Às vezes, é mais fácil permanecer nas trevas e na cegueira. Mas Bartimeu queria enxergar.

— Convido você a clamar por visão — disse Katherine. — Clamem a Deus para iluminar a escuridão em suas vidas, para que possam ser curados e libertos para se juntarem a Jesus no caminho. E não tenham medo. "Coragem, levante-se! O Senhor está te chamando."

O coração de Charissa batia forte enquanto seguia com Mara pelo corredor. Sua meditação no texto de Bartimeu revelou o seu container de lixo tóxico.

Outra vez.

Enquanto Charissa ouvia em oração a Palavra, ela sabia onde se encaixava na história. Ela estava na multidão dizendo a Bartimeu para se calar. Ele era tão barulhento, tão insistente, tão indiferente ao que os outros pensavam dele. Jesus estava em uma missão, afinal de contas. Ele precisava chegar a Jerusalém. Ele não podia ser desviado de seu caminho por um mendigo cego.

Mas aí Jesus parou.

— Charissa — ele disse —, vá dizer a Bartimeu que o estou chamando. Vá buscá-lo para mim.

Ela começou a discutir. Precisavam chegar a Jerusalém. Eles tinham um horário. Mas Jesus sorriu e balançou cabeça.

— Temos tempo, Charissa. Vá buscá-lo. Ajude-o a vir a mim.

Mara compartilhou com o grupo que ela se imaginava como Bartimeu, gritando e clamando porque estava desesperada por Jesus. Mara declarou que não se importava com o que as pessoas diziam ou pensavam. Ela sabia o que queria e o que precisava.

Enquanto Charissa caminhava ao lado de Mara, ela sabia o que precisava fazer. Precisava pedir desculpa pela sua atitude crítica e condenatória, por mais que não tivesse vontade de fazê-lo.

A princípio, ela racionalizou sua relutância: ia ferir Mara mais uma vez, ao saber que mais alguém a havia rejeitado e condenado. Não era o suficiente Charissa confessar seu pecado a Deus, em particular? Mara nunca precisaria saber.

Porém, quanto mais se aproximavam do estacionamento, mais nítida a voz do Espírito se tornava. Charissa sabia que estava sendo solicitada a abandonar seu orgulho e se humilhar. Ela respirou fundo e deu um longo salto para fora de sua zona de conforto.

— Mara, estive pensando nas últimas semanas sobre o que você disse no chalé. Sobre todos os poços de onde você tentou beber. Gostaria que você soubesse que Deus usou o que você disse para me ajudar.

Mara parecia chocada.

— É sério?

Charissa ficou tentada a deixar como estava. Ela poderia dar à Mara um presente de encorajamento e depois se afastar. Mas o Espírito a impulsionava a prosseguir.

— Eu também tenho bebido de alguns poços — Charissa confessou. — Principalmente na tentativa de ser perfeita e manter as aparências para que eu possa ter o respeito e a admiração de todos.

Mara parecia não ter certeza do que responder.

Charissa limpou a garganta.

— De qualquer modo, começo a ver como tenho sido hipócrita e arrogante. E eu sinto muito. Naquele dia na praia... — ela havia começado a confissão, e precisava terminar. — Quando estávamos juntas no piquenique naquele dia... bem, ouvir a sua história foi difícil pra mim. Me senti muito julgadora e desconfortável. Tive uma atitude tão ruim em relação aos outros com seus próprios pecados que não conseguia ver os meus. Só queria te pedir desculpa. Por favor, me perdoe.

Mara não respondeu: nem por palavra nem por gestos ou expressão facial. Enquanto caminhavam juntas em silêncio, Charissa sentia o estômago ardendo. O que mais poderia dizer? Ela havia piorado as coisas. Ela devia ter ficado calada. Ela tornara as coisas ainda mais difíceis para Mara.

Não. Ela havia tornado as coisas mais difíceis para si mesma. E agora? Ela queria um botão de desfazer. Em tudo.

Já estavam no pórtico, e chovia muito. Uma vez que John ainda não havia chegado, Charissa teria que ficar ali, esperando que Mara respondesse ou suportando o desconforto de ser desprezada se Mara fosse embora. Mara sabia o tanto que Charissa se sentia vulnerável e exposta? Por que não dizia nada?

Vamos John, cadê você?

Com certeza Mara sabia bem como era estar exposta e vulnerável, não sabia? Ela havia sofrido a dura condenação de Charissa duas semanas antes, não apenas na praia, mas também nos quarenta e cinco minutos de viagem para casa no carro de Meg, quando Charissa se recusou a falar com Mara, conversando apenas com Meg. Perversa, cruel, infantil. Charissa se arrependeu daquilo.

Ela procurava o movimento de faróis no estacionamento. *Vamos, vamos, vamos.*

Também não foi só a Mara. Havia outras. Muitas outras. De alguma forma, enquanto ela e Mara estavam ali, lado a lado, mas a quilômetros de distância, Mara se tornou todas elas — todas as meninas que Charissa havia desprezado, rejeitado, julgado e ignorado.

Elas viviam em Mara.

Se Mara pelo menos dissesse alguma coisa. Qualquer coisa. O que ela estaria pensando?

Mara olhava para o chão.

— Usamos os mesmos calçados — ela disse em voz baixa.

Charissa ficou assustada, sem saber o que Mara queria dizer. Um símbolo? Uma metáfora? Sua mente corria em busca de uma interpretação para o comentário enigmático.

— Desculpa? — Ela perguntou.

Mara apontou para os pés.

— Usamos os mesmos calçados.

Charissa olhou para baixo. Ela usava seu calçado preferido, o mais confortável, um tênis branco e azul marinho. Os de Mara eram idênticos.

Sorrindo levemente, Charissa encolheu os ombros e respondeu:

— Parece que até mesmo um bom par de sapatos precisa encontrar os companheiros certos para uma jornada sagrada.

Mara olhou nos olhos dela e riu, um riso transbordante que contagiou Charissa, que também começou a rir.

— O Clube dos Calçados Confortáveis, não é? — Mara disse, pousando a mão no braço da Charissa. — Você foi corajosa em pedir desculpas, menina. Obrigada.

Uma onda de alívio e gratidão inundou Charissa.

— De nada — ela disse.

Obrigada, Jesus, ela soltou em um suspiro.

— Eu também gostaria de te pedir perdão — disse Mara, a mão ainda pousada no braço de Charissa.

Charissa levantou as sobrancelhas.

— Mas por quê?

— Por te julgar e te condenar. Por pensar todo o tipo de coisas desagradáveis sobre você. Desde que você veio para a nossa mesa naquele primeiro dia, comecei a te julgar pela sua aparência, pelo seu nome, pela forma como você se comportava. Comecei a culpar você por tantos anos dolorosos, porque você me lembrava de algumas pessoas que me magoaram muito. É loucura, eu sei.

Charissa balançou a cabeça devagar quando John apareceu no pórtico.

— Não é loucura — ela disse, sorrindo. — Mara, acho que não é uma surpresa usarmos sapatos iguais. Caminhamos na mesma estrada.

Mara sorriu e abriu o guarda-chuva rosa fluorescente.

— Amém, amiga.

— Estou orgulhosa de você — Katherine disse à Meg enquanto organizavam o salão juntas. — Falar aquilo em público não foi fácil.

— Verdade, eu não queria. Depois, fui ficando cada vez mais agitada, sabendo que devia falar. Mas acho que não me expressei muito bem.

— Você falou com toda a clareza! Nem todos se conectam ao amor de Deus pelos cegos e perdidos, Meg. É uma dádiva maravilhosa.

Elas permaneceram em um silêncio compassivo por algum tempo até que Meg disse:

— Minha irmã vem à cidade na próxima semana. Não nos vemos desde o funeral da nossa mãe — ela encaixou as últimas canecas de café no carrinho e limpou a mesa dos lanches com um pano úmido. — Acho que nunca pensei nisso antes, mas a Rachel está perdida e cega. Mas não percebe isso. Me pergunto se o que vi hoje tem algo a ver com ela.

Katherine sorriu, mas não respondeu.

— Mas não consigo me imaginar falando com ela sobre Jesus. Ela é espiritualmente eclética e eu sempre fui a irmã mais nova. Mesmo aos 46 anos, sou apenas a irmãzinha que não sabe muito das coisas.

— Vou orar pela sua visita.

— Obrigada. Obrigada por tudo. — Meg abraçou-a e pendurou a bolsa no ombro. — A propósito, Katherine, você viu a Hanna saindo? Me preocupo que tenha acontecido alguma coisa com ela.

Katherine juntava seus materiais.

— Ela me disse que não estava se sentindo bem.

— Vou ligar pra ela.

Katherine concordou com a cabeça.

— Deus te abençoe, querida.

A caminho de seu escritório, Katherine parou na capela novamente. Se aquietando aos pés da Cruz, ela pediu ajuda ao Espírito Santo para orar por Hanna. Hanna tinha muito medo. Estava apavorada.

Seja gentil com ela, Senhor. Ela está tão assustada. Tem uma criança ferida dentro dela que está aterrorizada e sozinha. Muito sozinha. Meu Deus, derrama o seu amor e a sua cura sobre ela. Cura aquele coração. Remove a resistência e derrota os medos com o seu amor perfeito. Tira o terror da intimidade, da intimidade com o Senhor e com as pessoas. Encontre-a no deserto de sua dor e medo, e mostra-lhe que o Senhor a vê. O Senhor está vendo-a. Por favor, ajuda-a, que ela possa te ver. Dá a Hanna olhos para te ver! E concede a ela coragem não só para confrontar o passado, mas para caminhar sem medo para o futuro que o Senhor tem para ela. No poderoso nome de Jesus. Que assim seja, Senhor. Que assim seja.

— Eu vi algo — disse Hanna, abrindo os olhos e fitando Nathan. Ela mal reconheceu a própria voz. Essa voz cheia de juventude e fervor, mais parecida com sua voz de muito tempo atrás, quando ela e Nate conversavam sobre Deus, no hall dos dormitórios ou no centro estudantil. Esta voz era empolgada e apaixonada. — Eu vi uma coisa enquanto você orava por mim.

Ela simplesmente não conseguia se conter. Precisava contar para ele. Nate estava inclinado para frente na poltrona, com as mãos unidas e os cotovelos apoiados nos joelhos, em uma postura de oração.

— Alguma vez eu te contei uma visão que tive de mim mesma alguns anos atrás, carregando flores, entrando e saindo da sala do trono de Deus?

— Me ajuda a lembrar — ele disse.

As palavras dela transbordaram.

— Eu estava orando em meu dormitório na faculdade um dia e via uma imagem de mim quando ainda era uma garotinha, com uns quatro ou cinco anos. O meu cabelo estava em um estilo chanel curto, preso dos lados por um par de presilhas de plástico para não entrar nos olhos, e eu usava um daqueles vestidos de verão estampados de flores que a minha mãe sempre adorou, com um grande laço nas costas.

Nathan sorriu.

— Enfim, eu estava correndo muito rápido, entrando e saindo da presença de Deus. Cada vez que eu entrava, despejava flores aos pés de Jesus, braçadas e braçadas de flores silvestres lindas, de várias cores. Então, corria para colher mais. Continuei correndo, entrando e saindo, para lá e para cá, juntando e entregando. Por fim, em uma das minhas viagens apressadas, Jesus se inclinou para mim, me abraçou e me pôs no colo. Ele sorriu para mim, um sorriso lindo e caloroso e disse: "Obrigado pelas flores, Hanna. Mas o que eu realmente gostaria era te abraçar por um momento".

Nathan continuava com as mãos unidas.

— Agora me lembro — ele disse calmamente. — A ilustração perfeita do seu desejo de agradar a Deus.

— Sim — disse Hanna. — E um lembrete de que estava tão ocupada servindo a ele, que me esqueci de estar com ele.

Ele concordou com a cabeça, lentamente.

Ela ficou sem fôlego enquanto continuava.

— Bem, enquanto você orava por mim agora, eu vi outra imagem da mesma cena. Estava novamente na sala do trono. Mas desta vez eu já era adulta e a situação era o contrário. Desta vez Jesus estava com as flores. Eu continuava correndo, entrando e saindo da presença dele para juntar as flores e entregá-las para as pessoas lá fora. Continuei correndo, para lá e para cá, de um lado para o outro, pegando cada vez mais flores com Jesus para poder entregar para muitas pessoas.

— A entregadora divina — disse Nathan, sorrindo.

— Isso mesmo! — Hanna riu. — E depois... depois, algo aconteceu. Em uma das minhas viagens, Jesus me parou. Ele segurou a minha mão, sorriu para mim e disse: "As flores são para você, Hanna. As flores são para você" — a voz dela falhou e seus olhos se encheram de lágrimas.

Os olhos do Nate espelhavam a emoção de Hanna.

— Flores — ele repetiu suavemente. — O presente do noivo para a amada... que tesouro, Hanna. Obrigado, Senhor.

Flores. Noivo. Presentes. Amada.

Não era o que ela esperava que ele dissesse.

E agora precisava encontrar um jeito de sair rapidamente do escritório dele, para que pudesse se concentrar em Jesus sem ser distraída pelo Nate.

15 de outubro, 19h

Estou aqui sentada no chalé, ouvindo a chuva constante na varanda, tentando processar tudo o que aconteceu, tudo o que

Deus me revelou hoje. Talvez a oração de exame seja exatamente o que eu preciso trabalhar esta noite para ver a ação do Espírito nos acontecimentos de hoje. Preciso revisar os detalhes na presença de Jesus e pedir a perspectiva dele sobre tudo o que aconteceu.

Consigo perceber agora, mas não tinha visto esta manhã. Vejo como Deus me interrompeu no meio da minha própria estrada no deserto. Estava tão chateada quando saí da reunião. Não podia me arriscar a desmoronar na frente de todos. O meu orgulho foi o responsável, um orgulho que se recusa a deixar alguém me ver desmoronando.

Me perdoe, Senhor.

E depois acabei me perdendo porque estava tão distraída. Não fiquei só perdida, mas também trancada do lado de fora do meu carro e furiosa. Muito irada. O que isso mostra sobre o poder e a providência de Deus, que mesmo quando eu pensei que estava evitando e fugindo de Deus, acabei exatamente onde Deus queria que eu estivesse? Que Deus me vê e me encontra? Eu tinha uma citação de Einstein em um pôster no meu dormitório: "Coincidência é a maneira de Deus permanecer anônimo". Que tipo de graça é essa que me encontra no meu medo e desobediência e me concede as dádivas que Deus me deu hoje?

Foi uma grande dádiva ouvir a história do Nathan. Ele tem uma liberdade incrível. Liberdade para ser honesto sobre de onde ele veio. E tanta alegria e paz em saber para onde vai. Ele nunca teve esse nível de confiança em Deus quando nos conhecemos há tantos anos. Ele é como uma nova pessoa. Uma nova criatura. E se a dor e a tristeza produziram esses frutos na vida dele, quem sou eu para dizer que a dor e a tristeza não são dádivas que o Senhor vai usar na minha vida? Quero o mesmo tipo de tranquilidade que o Nathan desfruta. Descansar no amor de Deus e desfrutar do dom de ser a amada de Deus. Se remover todo o resto pode trazer esse presente, então, Senhor, me ajude a confiar em ti e a me render.

Me lembro de Katherine dizendo, em nossa primeira sessão de mentoria espiritual, que a minha jornada em direção à cura e à liberdade se aprofundaria quando eu me entendesse verdadeiramente como a amada. Que linda ilustração Deus me deu. Se posso estar confiante no amor de Deus por mim, então talvez possa voltar ao passado sem ficar com tanto medo. Talvez.

Apaguei as cartas de demissão agora há pouco. Não sei para onde vou quando terminar a licença sabática. Gostaria de me ver voltando a pastorear, mas preciso manter esse desejo em aberto. Esse não é o momento para tomar essas decisões.

Esta noite, porém, tenho mais uma pequena resposta à pergunta "para onde você vai?".

Amanhã vou ao culto. Meg ligou mais cedo para me convidar e, pela primeira vez em muito tempo, não senti o culto como um "dever". É um desejo.

Isso também é uma dádiva, Senhor. Obrigada.

10.

MAIS FUNDO NO DESERTO

> *Guiarei os cegos por um caminho que não conhecem;*
> *eu os farei caminhar por veredas que não conheceram;*
> *Farei as trevas se tornarem luz diante deles e*
> *aplanarei os caminhos acidentados.*
> *Eu lhes farei essas coisas e não os desampararei.*
> **Isaías 42.16**

JUNTAS

No domingo à tarde, Hanna e Meg almoçaram juntas no Cantinho Caseiro. Elas escolheram sopa de abóbora e conversavam sobre o culto daquela manhã.

— Muito obrigada pelo convite — disse Hanna. — Gostei muito de hoje de manhã.

— Que coisa boa — disse Meg. — Eu me preocupo com você, Hanna. Estou orando por você.

— Obrigada — Hanna sabia que estava diante de uma encruzilhada. Até que ponto ela revelaria? — Tive algumas semanas difíceis — começou. — Foi muito gentil da sua parte manter o contato comigo. Eu agradeço, de coração.

— Bem, você esteve do meu lado quando precisei de ajuda e encorajamento sobre o Jimmy, algumas semanas atrás — a voz de Meg era suave. — Gostaria muito de estar ao seu lado, Hanna. Se tiver alguma coisa que eu possa fazer para ajudar... Sei que a minha fé não é tão grande como a sua, mas se tiver algo que eu possa ser útil... eu só queria...

As palavras de Meg a dilaceravam. Hanna não era nenhum modelo de maturidade espiritual. Então, por que ela não confessava isso à Meg? Por que tinha tanto medo de revelar a verdade sobre sua dor? Ela realmente acreditava que a fé de Meg seria prejudicada se ela confessasse suas lutas ou o quanto se sentia desapontada com Deus? Ela estava protegendo a Meg ou a si mesma?

— Continue orando por mim, está bem? — Hanna disse, girando a colher na sopa metodicamente. — Com tudo o que estou aprendendo e processando, esse é o melhor presente que você pode me dar agora. Fico muito agradecida pelas suas orações.

Era isso. Uma confissão de necessidade sem uma confissão de fraqueza. Era o suficiente por hoje.

Hanna mudou de assunto tranquilamente, sem esforço.

— Estive pensando ontem à noite sobre o que Deus te mostrou naquele dia no labirinto — disse Hanna. — Sobre Jesus te amar ainda mais do que o Jimmy. Fiquei tão feliz por você, pensando na dádiva que o Espírito te concedeu. Ontem Deus me surpreendeu com o mesmo tipo de presente.

A expressão de Meg se iluminou.

— É mesmo?

— Eu vi uma imagem enquanto Nathan orava por mim no escritório dele — Hanna partiu um pedaço de pão para mergulhar na sopa. — Eu corria, entrando e saindo da sala do trono de Deus, pegando flores com Jesus para dar a outras pessoas. Então, de repente, Jesus me segurou pela mão e disse que as flores na verdade eram para mim.

— Hanna, isso é lindo! Talvez você possa manter algumas flores frescas em um jarro para se lembrar disso, especialmente durante o inverno.

Flores no inverno. Meg não sabia que havia dito algo profundo.

— Flores no inverno — Hanna repetiu devagar. — Essa seria uma metáfora pra vida espiritual, não é?

Meg parecia intrigada.

— Como assim?

— Nós precisamos nos agarrar à declaração de amor de Deus por nós quando atravessamos as estações de prova e desolação em nossas vidas. Temos que nos agarrar à promessa do amor inabalável de Deus durante o "inverno da alma", quando tudo é despojado.

Hanna reconheceu o próprio tom de voz. Estava deslizando para sua zona de conforto, falando não só para si mesma, mas procurando oferecer algo a Meg.

Para a edificação da fé de Meg.

Meg ficou chocada ao descobrir que Hanna havia encontrado Nathan, não uma, mas duas vezes. E agora estava convencida de que o reaparecimento de Nathan era uma providência e uma dádiva de Deus. Mas como Hanna via isso?

Hanna comentou que era bom se reconectar a um "velho amigo" depois de tantos anos. Mas só isso. Hanna não disse mais nada sobre ele.

A mesma agitação que levou Meg a expressar seu sentimento sobre Bartimeu agora a expulsava novamente de sua zona de conforto. Ela orava enquanto falava.

— Então, Hanna... o que você acha que Deus está fazendo, trazendo o Nathan de volta à sua vida?

Ela viu Hanna quase sufocar com um pedaço de pão.

— Ah, eu não sei — Hanna respondeu, tomando um gole d'água lenta e longamente para evitar o contato visual. — Eu não diria que Deus está planejando alguma coisa em particular. Claro que é um presente quando um velho amigo reaparece. Eu sou muito agradecida por isso.

Me ajude, Senhor, Meg orou para si mesma.

— Você não acha que seja só uma coincidência, ou acha?

Hanna ainda escondia metade do rosto atrás do copo d'água.

— Uma "Jesuscidência" — ela respondeu. — Mas não estou percebendo nada de especial. O Nathan é um amigo. Só um amigo.

— Mas...

Hanna interrompeu rapidamente.

— Já tenho tanto o que processar com Deus agora, Meg. Não posso me dar ao luxo de me distrair com outras coisas — seu tom de voz era firme e resoluto. — Estou trilhando esse caminho de me entender como a amada, e preciso manter o foco. Preciso me concentrar no que todo esse descanso sabático representa, para começar. Eu tenho que descobrir quem eu sou quando não estou pastoreando.

Meg quase recuou e concordou. Quase.

— Percebo o que você está dizendo e sei de que ponto você partiu. Mas eu detestaria que você se concentrasse tanto no que você acha que Deus está fazendo que chegasse a perder as outras coisas que Deus pode estar fazendo.

Meg não tinha certeza se a expressão no rosto de Hanna seria espanto, discordância ou irritação. No entanto, ela continuou rapidamente, antes que perdesse a coragem, antes que a coleira de vermelhidão em torno de sua garganta a estrangulasse.

— Acho que não precisa ser nem uma nem outra, Hanna — ela disse discretamente. — Talvez o Nathan faça parte da jornada. Parte da dádiva do amor de Deus por você. Talvez o Nathan seja uma das flores de Deus. Só estou dizendo que é uma possibilidade... só isso.

Meg não ficou nem um pouco surpresa quando Hanna imediatamente conduziu a conversa em outra direção. Ela até cooperou falando sobre a próxima visita de Rachel e sua viagem para a Inglaterra. Pelo menos Meg fez a sua parte: disse à Hanna o que achou que ela poderia precisar ouvir.

Hanna também disse coisas que Meg precisava ouvir. Meg tinha suas próprias questões não confessadas e não resolvidas sobre o luto e, em algum momento, teria que voltar ao passado com a ajuda e a bênção de Deus.

A caminho de casa, Meg passou em uma floricultura local em busca de um pequeno buquê para si mesma. Não era má ideia ter seu próprio jarro de flores frescas ao lado da cama.

Só para o caso de ser um longo inverno.

HANNA

Ainda havia no chalé uma caixa de suas bagagens que Hanna não tinha aberto. Na noite em que chegou ao Michigan, retirou-a do carro e enfurnou imediatamente em um dos armários. Só havia trazido a caixa porque não queria arriscar que a estagiária ou qualquer outra pessoa a encontrasse em sua casa.

Com o passar dos dias, no entanto, o conteúdo da caixa começou a acenar para ela. Talvez explorar aquela caixa fosse o próximo passo em sua peregrinação. Hanna disse a si mesma que se ela realmente compreendesse o quanto Deus a amava, então teria coragem de visitar o passado sem medo. Esta era a sua oportunidade.

Me ajude, Senhor.

Ela tirou a caixa e levou-a para o sofá junto à grande janela com vista. Esse era o momento.

1º de março.

Querido Diário,

Meu nome é Hanna Shepley e hoje é o meu aniversário de quinze anos. A mamãe e o papai me deram esse caderno, e ele é o meu presente preferido. Nunca tive um diário, acho que vou precisar de algum treino para aprender a escrever nele. Mas estou feliz por ter um lugar para escrever tudo o que estou pensando e sentindo.

Por onde eu começo? Moro em Oak Creek, Califórnia, com meu pai e minha mãe. Tenho um irmão chamado Joey. Ele tem cinco anos. Tenho ciúmes das minhas amigas que têm irmãs porque eu sempre quis ter uma. Eu me lembro que fiquei tão empolgada quando a mamãe e o papai me contaram que ela esperava um bebê, e eu tinha tanta esperança de que fosse uma menina. Mas o Joey também é legal. Eu o amo mesmo quando ele é irritante. E ele é muito irritante.

Nos mudamos para Oak Creek no verão passado. Espero não mudar mais, mas o papai é vendedor, e nos mudamos muito. É difícil, mas acho que a nossa família é muito próxima por isso. Tenho sorte em ter bons pais porque alguns dos meus amigos têm uma vida difícil em casa.

Que mais? Estou no primeiro ano do Ensino Médio em Oak Creek. Gosto de inglês e acho que um dia quero ser escritora. Minhas amigas dizem que devo ser psicóloga, porque sou uma boa ouvinte, estou sempre ouvindo os problemas de todo mundo. Elas sempre me pedem conselhos sobre namorados. Isso é muito engraçado, porque eu nem sequer tenho namorado. Eu gostava muito de um garoto chamado Brad, mas não gosto mais.

Só isso, até mais.
Atenciosamente,
Hanna Shepley.

6 de março.
Querido Diário,
Tive um bom dia na escola hoje. A Amy me chamou para passar a noite na casa dela na sexta-feira, vai ser muito divertido. Ela foi a minha primeira amiga em Oak Creek, e é a minha melhor amiga. Temos tanto em comum! Adoro passar o tempo com ela. Provavelmente, vamos ficar acordadas a noite toda falando de garotos e coisa e tal. Torço sinceramente que ninguém nunca leia isso.
Abraços,
Hanna.

22 de março.

Querido Diário,

Pensei que conseguiria escrever todos os dias, mas não tive muito tempo. Estou muito atarefada com a escola, e o papai tem viajado muito. O que significa que estou muito ocupada ajudando a mamãe a cuidar do Joey. Odeio quando o papai está viajando. Não que eu me importe de ajudar. Só não gosto de ele não estar em casa. Quando eu era pequena costumava chorar com o ursinho marrom sempre que ele viajava. Mas, há muito tempo, já sou velha demais para o ursinho marrom. Então, acho que vou usar este diário para chorar e compartilhar os segredos e tal. Ainda acho meio estranho escrever como eu me sinto, mas espero me acostumar. Mesmo que os meus amigos sempre venham me contar os problemas deles, eu não costumo levar os meus para eles. Não que eu tenha problemas de verdade, no geral. Não como alguns dos meus amigos têm. Tenho muita sorte.

Acho que o meu maior problema é a saudade do meu pai quando ele está longe. E me preocupo sobre me mudar. E, às vezes, o Joey é muito irritante. Mas é para isso que servem os irmãos mais novos, certo?

Com amor,

Hanna.

27 de março.

Querido Diário,

Tive uma grande surpresa hoje, o papai chegou em casa inesperadamente! Ele só ia voltar lá para o final da semana. Fiquei tão feliz de vê-lo. Mas não tive muita chance de falar com ele, porque ele e a mamãe estão tendo uma conversa séria no quarto, com a porta fechada. Eu espero realmente que isso não signifique que nós vamos mudar de novo. Agora que estou me acostumando aqui! Fico preocupada quando eles têm essas conversas sérias. Ainda estão conversando, e estão lá dentro há horas.

É melhor eu ir. Acabaram de abrir a porta e consigo ouvir a mamãe chorando. Espero mesmo que a gente não se mude de novo.

28 de março.

Acabei de falar ao telefone com a Amy. Ela me contou que gosta do Brad Sterling. Já suspeitava, mas estava esperando que ela me dissesse. Nunca disse que também gostava dele. Além disso, não era louca por ele nem nada. Ele a convidou para ir ao cinema na sexta à noite, e eu disse que estava muito feliz por ela. E estou! Ela merece! Ela é incrível. Tenho certeza de que vão se divertir muito. Eles formam um casal muito fofo.

Ainda não sei o que está acontecendo com a mamãe. Ela estava muito chateada, ontem à noite, e o papai nem parecia ele mesmo. Ele sempre vem ter uma conversa séria comigo cada vez que vamos nos mudar, mas não veio conversar comigo ontem à noite.

Quando finalmente perguntei o que se passava, ele beijou minha testa e disse que estava tudo bem. Ele disse que não preciso me preocupar. Não vamos nos mudar. Estou tão feliz!

Tenho de acabar o dever de casa. Não posso falar com a Amy até terminar. E quero saber mais sobre o Brad. Quer dizer, sobre ela e o Brad! Então, até mais.

8 de abril.

A mamãe tem chorado MUITO ultimamente, mas meu pai continua me dizendo que está tudo bem. Mas eu sei que não está. Tem algo errado. Por que não me contam? Não sou nenhuma criança que não entende as coisas. Por que não me dizem a verdade? Tive um amigo no Oregon cujo pai morreu de câncer, mas papai me prometeu que não estava doente. Não sei o que está acontecendo. Alguns dos meus amigos têm pais que se divorciaram. Mas eu nunca sequer ouvi a mamãe e o papai discutindo. Tenho certeza de que não é isso. Só gostaria que me contassem a verdade. Ia conversar sobre isso com a Amy hoje, mas mudei de ideia. Não quero descarregar os meus problemas nela.

Ela se divertiu BASTANTE com o Brad no dia do filme, e agora eles estão namorando! Estou muito feliz por ela. Não a vejo tanto agora, porque estão sempre juntos. Quero dizer, sempre mesmo! Mas está tudo bem. Eu também ficaria empolgada se tivesse um namorado. Não que eu esteja à procura de um. Eu não estou. Tem muitas coisas acontecendo e estou sempre ocupada. Não tenho tempo para namorar com ninguém. É sério.

9 de abril.

A mamãe e o papai saíram para jantar com um cliente. Estou tomando conta do Joey. Preciso ficar de olho nele porque ele pode repentinamente se meter em uma encrenca. Não posso olhar para o lado por um segundo. Meu pai disse que eu nunca me metia em encrenca quando era pequena, que sempre fui muito responsável e bem comportada. O Joey não! Nem posso falar ao telefone enquanto tomo conta dele, porque ele pode aprontar outra a qualquer momento. Ainda não gosto nem de pensar naquela noïte terrível de outubro, a pior noite da minha vida. Já foi ruim o suficiente ele ter quebrado a perna, mas podia ter sido muito, muito pior. A mamãe passou vários dias chorando, e eu me senti péssima. Foi tudo culpa minha porque não estava prestando atenção. Jurei que não ia acontecer nunca mais. Agora sou supercuidadosa.

Preciso ir. Não consigo ver onde está o Joey.

11 de abril.

Meu pai partiu em uma viagem de negócios esta manhã. Eu fiquei muito chateada, porque além de tudo eu nem sabia que ele viajava hoje. Ele sempre me avisa, e eu não acredito que ele simplesmente esqueceu. E agora ele vai ficar longe por uma semana! Quando ele se despediu de mim hoje cedo, estava com os olhos molhados de lágrimas, e ele nunca chora. E agora eu não sei o que está acontecendo! Ele só me pediu para prometer que cuidaria bem da mamãe e do Joey. E eu disse a ele que eu sempre faço isso. Depois ele me beijou na testa e disse que sabia como eu era responsável e que podia contar comigo.

A mamãe sempre fica triste quando o papai viaja, mas desta vez está muito pior. Perguntei se ela estava bem, e ela disse que sim. Mas ultimamente ela passa muito tempo no quarto deles, sentada na cadeira de balanço, olhando pela janela. Quem me dera saber o que aconteceu. Só tento evitar que o Joey a chateie.

Eu ficava muito triste cada vez que a mamãe chorava, porque sempre tinha medo de ter feito algo errado. Me lembro de uma vez que eu quebrei um de seus passarinhos de cerâmica, e fiquei tão preocupada que ela descobrisse e ficasse superchateada comigo. Então corri e me escondi atrás de uma árvore no nosso quintal. Papai me ouviu chorando e me encontrou. Ele disse para não me preocupar, porque ele conseguia consertar o passarinho. A mamãe nunca soube que ele se quebrou. Era o nosso segredo.

Fico sempre pensando se fiz alguma coisa que deixou ela tão aborrecida, mas não consigo pensar em nada. Papai me prometeu que não vamos mudar. Não faço ideia do que está acontecendo. E isso me deixa muito preocupada. Alguém me ajude.

Preciso preparar o jantar agora. Mamãe disse que não está com fome, mas preparei seu prato preferido, macarrão caseiro com queijo.

1º de maio.

Não fui capaz nem de escrever nas últimas duas semanas porque eu tenho estado muito chateada. E eu nem sei o que dizer. Sinto que está tudo virado do avesso. E não sei o que fazer.

Sinto como se estivesse vivendo em um filme em que nada é real. Ou como se fosse um pesadelo, e eu só quero acordar. Mas não vou acordar. Porque é real. É tudo verdade.

Também não queria escrever, pois continuo pensando que talvez tudo isso passe. E se eu escrever, vou ter um registro para sempre. Como quando o Joey caiu da árvore, eu não queria pensar naquilo. Mas isso é muito, muito pior. Meu Deus, me ajude. Por favor. Não sei o que fazer.

Prometi ao papai que não falaria com ninguém sobre isso. Eu prometi para ele que nem mesmo falaria para Amy. Nem parece certo falar sobre isso. Como se fosse algum tipo de traição. Por isso, não vou falar. Deus, me ajude.

Ele deixou o emprego de vendedor para poder estar em casa. Ele disse que não gostava mesmo de viajar. Disse que vamos vencer essa fase e vai ficar tudo bem. Mas como ele pode ter certeza? Não tem nada que ele possa fazer para resolver isso. Nada. E o meu coração dói tanto que não sei o que fazer. Felizmente, sou tão boa em disfarçar que nem a Amy suspeita que tenha algo de errado. E ela me conhece melhor do que qualquer outra pessoa.

Chega.

Ela já tinha lido o suficiente.

Hanna guardou o diário de volta na caixa, a caixa de volta no armário e rastejou de volta à cama para chorar.

MEG

Meg passou toda a manhã de terça-feira limpando e preparando a casa para a chegada de Rachel. Enquanto limpava a sala da frente, seu pensamento vagueava na direção do pai. Agora que tinha uma única memória dele, ela desejava ter outras. Por que ela não pressionou a mãe para obter mais detalhes sobre o pai? Por que ela não insistiu em saber como ele era?

Ela suspirou. Pela mesma razão que a Becka nunca insistia. Falar sobre seu pai deixava a mãe tão chateada.

Meg se lembrou de uma conversa com o Jimmy quando ainda eram adolescentes. Ele perguntou sobre o pai dela, e ela contou sobre o acidente.

— A arma simplesmente disparou? — Ele perguntou.

— Enquanto ele limpava.

— Tem certeza de que não tem mais nada por trás dessa história?

Meg ficou confusa.

— Como assim?

— Não sei — Jimmy encolheu os ombros. — Não é nada. Esquece isso.

Meg, porém, foi para casa pensando na pergunta do Jimmy. Naquela noite, enquanto a mãe descascava cenouras na pia, Meg decidiu ser corajosa.

— Como foi que o papai morreu?

A mãe continuou de costas.

— Você sabe como ele morreu. Ele estava limpando uma das armas e ela disparou.

Em um dos momentos mais corajosos de sua vida, Meg havia insistido.

— E foi um acidente?

A mãe continuava descascando, sem nunca olhar para ela.

— Claro que foi um acidente. Por que você faria uma pergunta tão ridícula?

Nunca mais falaram sobre isso.

Na visita seguinte de Rachel, Meg decidiu perguntar também a ela, só para ter certeza. Mas Rachel reagiu com fúria.

— O que você está insinuando? — Ela exigiu.

— Eu... Ahn... Não sei... É só que...

— Só que nada! — Rachel rosnou. — É óbvio que foi um acidente! Você acha que o papai atiraria em si mesmo de propósito? Essa é a maior besteira que você já disse!

Rachel, furiosa, saiu da sala e se recusou a falar com Meg pelo resto de sua visita.

Meg aprendeu que não valia a pena fazer perguntas. Ela amava demais a irmã para provocar sua ira. A paz na família Fowler dependia de evitar questionamentos, e Meg queria paz.

Ela estava no andar de cima quando ouviu a porta da frente abrir.

— Tem alguém em casa?

A voz da Rachel ecoou no hall de entrada. Meg correu até o patamar.

— Pensei que você chegaria só daqui a uma hora! — Meg terminou de descer a escada para abraçar a irmã.

— Eu aproveitei bem o tempo em Detroit — disse Rachel, tirando a bolsa. — Que diabo, Meg! Vê se engorda um pouco, está bem? Você não se alimenta? Ela apertou a bochecha de Meg.

— Você está ótima, Rachel.

— Nada mau, hein? Incrível o que um pouco de dinheiro pode comprar — ela balançou o cabelo bem cuidado, com luzes em um tom de ruivo "loiro morango". — Gostou da cor?

Meg acenou com a cabeça. Cada vez que se viam, o cabelo estava de uma cor diferente.

Rachel entrou na sala.

— Meu Pai! Vejo que você manteve o mausoléu intacto. Você não mudou nada? — Meg negou com a cabeça. — Você está rodeada de coisas de gente morta. Como é que você aguenta? Eu ficaria completamente doida.

Meg levantou os ombros.

— Acho que eu me acostumei. Nem saberia por onde começar a mudar alguma coisa. Nossa mãe era tão exigente, queria manter tudo sempre do mesmo jeito.

Rachel riu com sarcasmo.

— Tira a voz dela da sua cabeça e acaba com tudo. Melhor ainda: vende e se liberta. Você sabe que ela só te deixou isso para te manter presa aqui.

Meg se encolheu. O testamento da mãe era um ponto doloroso para as duas: Meg se sentia culpada, e Rachel, ressentida. Meg tentou mudar de assunto.

— Eu quero ouvir tudo sobre as suas últimas aventuras — disse Meg, levando a irmã pelo braço, guiando-a até a cozinha. — E o mais importante, quero que você me conte tudo o que sabe sobre a Inglaterra enquanto estiver aqui.

Rachel assobiou.

— Ainda não acredito que você vai. Se eu acreditasse em milagres, diria que esse é um deles — ela se sentou à mesa enquanto Meg fazia o café. — E como vai a Beckinha?

Meg estava feliz de falar da filha e de Londres. Tudo para evitar os terrenos minados de tópicos mais instáveis. Meg deu mais um passo cuidadoso, conduzindo a conversa com habilidade. Quando Rachel começou a falar de seu trabalho e suas viagens, Meg relaxou.

Passaram a hora seguinte pondo a conversa em dia e depois Rachel insistiu que saíssem para comer. Meg fingiu que não tinha a refeição já planejada e preparada, dizendo a si mesma que poderia congelar a comida para outro dia. Ou poderia entregar mais algumas refeições para a Angel e as menininhas. Meg também fingiu que adoraria um prato tailandês bem apimentado, se convencendo de que a azia era um pequeno preço a pagar para evitar uma palestra sobre sua "falta de aventuras". Escondeu alguns antiácidos na bolsa quando Rachel não estava olhando e dirigiu animadamente até o restaurante.

Chegaram em casa às 19h. A ânsia de Rachel por explorar o sótão a impediu de insistir que emendassem a noite em um barzinho. Meg ficou aliviada. Conseguiu evitar mais um terreno minado.

— O cheiro é exatamente como eu me lembro — disse Rachel, subindo as escadas e adentrando a escuridão. — Mofo e naftalina. Argh — ela girou a lanterna, a luz varrendo o perímetro do sótão. — Mas que bagunça! Poderia ficar perdida aqui por semanas.

Meg ficou feliz de já ter tirado a caixa com as cartas do Jimmy. Ela não gostaria que Rachel a encontrasse.

— Tinha uma luz aqui em algum lugar — disse Rachel, observando o teto. Meg encontrou a lâmpada nua e empoeirada e puxou a corrente para acender.

— Já melhora um pouco — Meg comentou, iluminando os cantos escuros com a lanterna. — Então, o que você quer encontrar?

— Uma caixa de fotos, pra começar. Muitas fotos do papai. Costumava me esgueirar aqui depois de a nossa mãe dormir, e passava horas olhando pra elas.

Rachel começou a vasculhar algumas caixas.

— Ela odiava quando eu falava dele. Às vezes, eu fazia isso só pra tirar ela do sério.

Meg se encolheu.

Rachel riu, dizendo

— Essa foi uma das razões pela qual decidi me casar com o Greg. Ela o odiava. Só fiquei casada o tempo suficiente pra encher a paciência dela. Você sabia disso, não é?

Meg concordou com a cabeça. *Rachel, a rebelde; Meg, a boazinha.* Rachel nunca fugia da briga; Meg faria qualquer coisa para evitar um conflito. Ela esperava que este não fosse o prelúdio de mais uma rodada de reclamações da irmã contra todos os homens que a prejudicaram. Ou críticas contra a mãe.

— Olha! Eu achei! — Rachel puxou uma pilha de fotos e soprou uma nuvem de poeira. — Como que um rapaz tão bonito foi se casar com essa carne de pescoço? — Rachel se perguntou em voz alta, balançando a cabeça. — Olha isso. Você não me acha parecida com ele?

Meg olhava o rosto de seu pai em várias fotos, desde menino até homem feito. Ela não via muita semelhança entre Rachel e o pai, mas não ia discordar. Rachel sempre foi tão ansiosa por se conectar com ele.

— Olhos tão tristes — disse Meg, olhando para algumas fotos de seus últimos anos.

— Você o culpa? Imagina ter de viver aqui com ela — Meg não precisava imaginar. — Está bem — disse Rachel. — Continue procurando. Talvez tenha mais fotos que eu não achei.

Meg, em silêncio, explorava as caixas. A mãe mantivera décadas de registros meticulosos: declarações de impostos, contas bancárias, recibos, registros médicos, todos organizados cuidadosamente por ano.

Rachel foi para um dos cantos do sótão.

— Encontrou alguma coisa interessante? — Perguntou depois de algum tempo.

— Nada — Meg abriu uma caixa com todos os arquivos de sua infância.

— Tem um monte de caixas de livros aqui, Megzinha. E até alguns desenhos da casa, assinados por Emmanuel Fowler. Nossa! Aqui tem uma caixa com os livros do papai. Livros do colégio, livros de histórias. Mas nada de fotos — Rachel continuou a caçada. — Não faça nada com estas caixas, ok? Um dia, quero separar todos esses livros. Mas não agora.

Meg pegou uma pasta do ano em que nasceu e revirou uma porção de recibos e cheques cancelados.

— Gente, na minha época tudo era tão barato!

Rachel se levantou e limpou as teias de aranha da blusa.

— Como assim?

— Nossa mãe guardou tudo. Ela sabia para onde ia cada centavo, aqui está o registro de cada um dos gastos no ano em que eu nasci.

Rachel se aproximou para ver.

— O papai gostava de tomar uns drinks, hein? — Rachel sorriu maliciosamente. — Tal pai, tal filha — ao apanhar a pasta do ano em que ele morreu, Rachel começou a folhear os recibos.

— Custos do Funeral, flores, roupas, caixão. Ainda consigo ver. Ainda sinto o cheiro dos lírios. Até hoje não suporto o cheiro de lírios.

— Eu estava lá? — Meg perguntou em voz baixa. Havia tanta coisa que Meg desejava se lembrar.

— Não. Você ficou na casa de algum dos vizinhos. Com a Sra. Anderson, eu acho — Rachel continuou folheando rapidamente o arquivo. — Nada de emocionante por aqui. Nem mesmo um obituário. Nossa mãe não era nada sentimental, hein?

Ela entregou a pasta a Meg e começou a abrir outras caixas, ainda em busca das fotos. Meg folheou os jornais, à procura de algo que revelasse alguma emoção sobre a morte de William Fowler. Mas os registros e recibos eram frios e estéreis. Aquilo era tudo que a mãe guardara para marcar a morte dele? Nada mais do que uma contabilidade financeira de sua vida e morte?

Meg estava prestes a fechar a pasta e passar para uma caixa mais promissora quando seu olhar caiu sobre um único envelope timbrado com o endereço de uma companhia de seguros. Intrigada, Meg abriu o envelope e leu a as poucas frases. A carta era datada de três semanas após a morte do pai.

> Referente à Apólice nº 1438
> Segurado: William G. Fowler
>
> Prezada Sra. Fowler,
> Esta carta confirma o recebimento de sua solicitação de prestação de benefícios conforme a apólice acima citada, juntamente à cópia da certidão de óbito anexa. Sua solicitação se encontra em análise. Considerando a investigação pendente, não aceitamos nem negamos o pagamento da demanda neste momento.
> Para mais informações, favor entrar em contato no número abaixo.
> Atenciosamente,
> Peter Michaelson
> Analista de Solicitações

O coração de Meg batia acelerado enquanto deslizava o dedo pela borda dos papéis. Ela nem sabia o que procurava até encontrar uma carta datada de seis semanas depois.

> Referente à Apólice nº 1438
> Segurado: William G. Fowler
>
> Prezada Sra. Fowler,
> A respeito de sua solicitação de benefícios, conforme a apólice citada, informamos nossa decisão de negar a cobertura relativa ao óbito de William G. Fowler.
> Nossa investigação revelou que a causa da morte foi suicídio, e não acidente. Em conformidade aos termos desta apólice, há uma cláusula que nega a cobertura por morte por suicídio nos primeiros dois anos de cobertura da apólice. Uma vez que seu marido adquiriu esta apólice há seis meses (veja cópia em anexo), é negada a cobertura para esta solicitação.
> Para mais informações, entrar em contato pelo número abaixo.
> Atenciosamente,
> Peter Michaelson
> Analista de Solicitações

Meg estava de joelhos.

— Rachel? — Ela tremeu. Meg sentia o teto rodando. O ar estava seco e sufocante. Ela não conseguia respirar.

— Encontrou alguma coisa? — Rachel perguntou e se aproximou para investigar.

Meg mexia os lábios, mas não surgiu som nenhum. Tremendo, ela estendeu os papéis a Rachel, que se avermelhava de raiva enquanto lia.

— Papai não se matou — ela disse, mal disfarçando a raiva por trás das sílabas entrecortadas. — Eles só não quiseram pagar o seguro. Que porcaria — chutando uma caixa próxima, Rachel se dirigiu a escada, cuspindo palavrões.

— Rachel? — Meg implorou, as lágrimas ardendo em sua face.

Rachel não olhou para ela.

— Preciso de uma bebida — ela cortou, ríspida. — Não me espere acordada.

Meg não dormiu. Às 2h, a porta da frente se abriu, e ela ouviu o som dos passos pesados da Rachel subindo a escada. Meg queria chamar a irmã, mas manteve o silêncio, honrando o desejo de Rachel por espaço. De sua cama, observou-a parar na porta do quarto da mãe, do outro lado do corredor, murmurando de maneira inaudível. Depois, entrou no quarto de quando era criança e bateu a porta.

Meg esperou até 5h antes de descer e se acomodar na escuridão da cozinha. Quais os outros segredos que a mãe guardara? Que outras verdades haviam sido escondidas? Meg passou mais três horas no sótão depois de Rachel sair, vasculhando arquivos e caixas, procurando qualquer coisa que pudesse lançar luz sobre a vida e a morte do pai. Mas não encontrou nada.

Não que ela esperasse encontrar alguma coisa.

Na verdade, ela ficou surpresa pela mãe ter mantido as cartas da seguradora. Um lapso. Só podia ser um descuido na tentativa da mãe de esconder a verdade. Ou talvez ficar com elas fosse apenas parte da compulsão da mãe de documentar minuciosamente todos os detalhes. Ela deve ter pensado que ninguém se daria ao trabalho de vasculhar esses arquivos.

Claro que Meg sabia o que a Rachel diria. Se Rachel realmente acreditasse que seu pai havia cometido suicídio, ela acusaria Ruth Fowler de guardar deliberadamente o registro, para atormentar as filhas após sua morte.

Meg respirou profundamente. A mãe conseguiu esconder o segredo de todos ou apenas das filhas? Quem mais saberia a verdade? E como Meg poderia enfrentar a dor desta nova revelação? Ela chorou quando ouviu novamente a voz de seu pai:

— Estou te segurando, florzinha. Vai lá.

Mas ele as abandonara. Por alguma razão, ele tinha desistido. *Por quê?* Se ele sequer deixou alguma resposta, ela havia sido enterrada com a mãe. Ruth Fowler morrera com mais segredos do que Meg jamais imaginaria.

Meu Pai Celeste, me ajude. Por favor.

Às 9h, Rachel apareceu no hall de entrada, vestida e com a mala feita.

— Você já vai? — Meg perguntou.

— Eu preciso ir embora.

— Rachel, por favor...

Rachel balançou a cabeça e acenou com a mão para cortar a conversa.

— Agora não — ela cortou. — Agora não.

A sala girava. Meg não sabia se ia desmaiar ou vomitar. Mas não discutiu. Não adiantaria discutir com Rachel.

— Posso pelo menos preparar o café da manhã pra você? — Meg perguntou fracamente.

Mais uma vez, Rachel negou com a cabeça.

— Eu arranjo alguma coisa na estrada.

Meg se levantou e deu um abraço não correspondido em Rachel.

— Vou com você até a porta — disse Meg, sufocando as lágrimas.

Meg parou na calçada, olhando para a casa triste e malcuidada. Se a mãe pelo menos tivesse confidenciado a ela. Se a mãe tivesse compartilhado a dor, talvez tudo tivesse sido diferente. Talvez...

Talvez a revelação do sótão apenas confirmasse o que Meg sempre suspeitou: havia algo mais profundo e sombrio no sofrimento da família. O espectro da tristeza, nunca nomeado, se tornou o ar que respiravam, envenenando-as com seu segredo e silêncio. Agora Meg tinha as palavras. Não as razões. Nem as respostas. Mas as palavras que expressavam o fardo. Talvez já fosse um presente por si só.

Ainda assim, se houvesse alguém que pudesse contar a ela sobre seu pai. Se houvesse alguém que o conhecesse. Mas não tinham mais parentes. E onde encontraria pelo menos seus amigos? A mãe vivera uma vida tão isolada e solitária.

Enquanto Meg subia os degraus até a varanda, seu olhar se desviava para a casa da Sra. Anderson.

A querida Sra. Anderson.

Sua casa foi uma das coisas boas da infância de Meg, um lugar de aconchego e boas-vindas. A Sra. Anderson sempre demonstrou tanta bondade com Meg, e Meg ficou muito triste quando ela se mudou. Mantiveram correspondências como cartões de Natal ao longo dos anos, mas Meg não a via desde que Becka ainda era pequena.

A Sra. Anderson, tão querida.

Obrigada, Senhor, pela Sra. Anderson.

Espera.

Sra. Anderson.

Havia alguma razão para se lembrar dela? A Sra. Anderson saberia a verdade?

A Sra. Anderson conhecia a família Fowler há décadas. Seria possível que a Sra. Anderson pudesse esclarecer a morte de William Fowler?

Meg correu casa adentro em busca da agenda. *Loretta Anderson. Winden Plain, Indiana.*

O que era mais forte? O impulso de confirmar o que ela pensava saber? Ou a culpa por trair um segredo de família fazendo perguntas?

Sentada à mesa da cozinha, ela ouvia a voz severa da mãe ordenando:

— Não se atreva a levar isso pra fora de casa. Está me ouvindo? Não se atreva a falar nada lá fora!

Meg fechou o livro de endereços, aninhou a cabeça nas mãos e orou.

Loretta Anderson ficou encantada ao ouvir a voz de Meg ao telefone. Ela pensou muitas vezes em Meg, desde que ouviu falar da morte de Ruth Fowler. Loretta sempre teve um grande carinho pela caçula dos Fowler. Rachel sempre foi mais independente e distante, muitas vezes furiosa e questionadora. Mas Meg tinha uma pureza de coração e uma doçura de espírito que de alguma forma se mantiveram, apesar de tudo. Loretta sempre se maravilhou por Meg não se amargurar, especialmente quando havia tantos motivos para ser amargurada e ressentida.

Mas essa era a sua avaliação, sua visão de fora. Meg nunca falou sobre as dificuldades. No entanto, Loretta a observou o suficiente para saber que Ruth Fowler não retribuía o afeto e a devoção da filha. Pelo menos, não externamente. Então, Loretta aproveitava todas as oportunidades possíveis para mostrar compaixão à Meg, enquanto escondia de Ruth a sua motivação para fazê-lo.

— Fico tão feliz por ter notícias suas, Meg! — Loretta exclamou. — Não consigo contar quantas vezes pensei em você nos últimos meses. E você, minha querida, como estão as coisas?

Loretta ouviu com grande interesse sobre as aventuras de Becka em Londres e como a própria Meg havia acabado de receber pelo correio o seu próprio passaporte.

— Uma viajante internacional! — Loretta ficou maravilhada. — Parece fantástico! Ainda não acredito que a Becka já está na faculdade. Como passa rápido!

— Eu sei como é — disse Meg. — Na minha cabeça, ela ainda é uma menininha.

— Como você é para mim — disse Loretta. — Você se lembra de vir me ajudar a fazer biscoitos?

— Biscoitos, aulas de música, livros. Você foi tão boa comigo, Sra. Anderson. Obrigada.

Loretta riu.

— Depois de todos esses anos, Meg, pode me chamar de Loretta. E sempre foi maravilhoso ter você por perto. Você era um doce, uma flor. Tão ansiosa por ajudar, por agradar as pessoas. Claro que você não perdeu essas qualidades quando ficou adulta.

Elas conversaram tranquilamente por algum tempo, relembrando sobre a vizinhança e trocando histórias que cada uma se lembrava.

— Espero que não se importe com o que vou dizer — disse Loretta. — Mas você deve ficar perdida, à deriva dentro daquela casa enorme. Você não acha muito solitária?

— Isso é verdade — respondeu Meg. — Tem um eco terrível — houve um momento de hesitação. — Na verdade, outro dia a Rachel disse que nosso pai também teria ficado sozinho na casa depois que a mãe dele morreu. Acho que nunca pensei nisso, eu e meu pai passando pela mesma situação. Sozinha na casa grande e vazia dos Fowler — a voz de Meg falhou.

— Tem razão — Loretta respondeu. — Ele ficou sozinho e muito solitário. Nós sempre o convidávamos para jantar, sempre que podíamos. Acho que ele não tinha muito costume de cozinhar. Depois, a sua mãe apareceu e... — Loretta se segurou antes que dissesse algo negativo. — Bem, já não o víamos tanto depois disso.

Poderia falar muito mais, porém mordeu a língua. Ela não achava certo falar mal dos mortos. Porém, como costumava conversar com seu querido marido, Ruth Dickinson era uma belezinha que sabia jogar charme quando queria alguma coisa. E ela quis William Fowler e sua casa.

— A senhora ainda está aí? — Meg perguntou.

Loretta refreou seus pensamentos errantes.

— Me desculpa, querida. Estou aqui. O que estava dizendo?

— Eu dizia que tenho pensado no meu pai ultimamente, percebendo como não sei quase nada sobre ele. Quem me dera saber mais. E agora que minha mãe também partiu... bem... tinha esperança... talvez... talvez a senhora pudesse me falar um pouco sobre ele... me contar o que a senhora lembra.

Loretta se esqueceu que Meg estava ouvindo apenas o silêncio, não os seus pensamentos, e tinha ficado em silêncio por muito tempo.

— Sra. Anderson?

Anos atrás, Loretta prometeu a si mesma que nunca começaria uma conversa com Meg sobre os pais dela. Não era o papel dela. Mas agora Meg estava fazendo uma pergunta direta. Ela prendeu a respiração.

— O que você gostaria de saber? — Ela perguntou, suplicando a Deus que a ajudasse com as respostas.

Loretta tomava cuidado com o que dizia. Todo o cuidado. Ela sabia o que estava em jogo assim que Meg perguntou pelo pai. Se Meg conhecesse mais alguém que pudesse responder suas perguntas, não teria telefonado. Loretta não estava preparada para ser a única fonte de informação de Meg sobre algo tão importante como sua história familiar. Era um fardo grande demais.

Então ela restringiu seus comentários ao que viu pessoalmente ou observou que era verdade. Ela evitou oferecer suas próprias opiniões e especulações, embora tivesse muitas. Ela amava Meg demais para dizer algo que pudesse causar um sofrimento desnecessário. Afinal de contas, Meg já tinha sofrido tristeza suficiente na vida e Loretta não acrescentaria ainda mais. Não quando não havia ninguém que pudesse contradizer ou confirmar o que Loretta pensava que sabia. Não, ela levaria suas conjecturas para o túmulo e Meg nunca saberia. Como dizia o velho ditado: "A ignorância é uma bênção".

Determinada a não ferir os sentimentos de Meg, Loretta começou com detalhes inofensivos, na esperança de que satisfizessem a curiosidade de Meg.

— Conheci o seu pai quando eu e o Robert, recém-casados, havíamos nos mudado para a casa vizinha. A sua avó era muito gentil comigo e com o meu marido. O seu pai também. Ele tinha um senso de humor maravilhoso e um jeito de contar histórias que mantinha todos hipnotizados. Um "dom para o exagero", dizia a sua avó.

Loretta não pensava nas histórias de William há anos. Ele era um verdadeiro artista, tão agradável, um coração tão bom. Ela e Robert gostavam muito dele.

— Ele e a sua avó eram muito próximos — continuou. — Ele voltou pra casa pra cuidar dela depois que seu avô morreu. Ele era o solteiro mais cobiçado do bairro. Bonitão, cheio de vida. Atraente em todos os sentidos. Depois que a sua avó morreu, ele ficou solitário, como eu disse. E a sua mãe era uma moça tão bonita, com uma inteligência afiada. Ele se apaixonou perdidamente. Me lembro dele falando sobre ela uma noite na nossa cozinha, sentado à mesa. Ele estava completamente apaixonado, e eles se casaram seis meses depois, eu acho. Rachel nasceu um ano depois, mas disso você já sabe...

Loretta não ia falar do que havia observado sobre Rachel. A garota mantinha o pai muito bem preso em seus dedinhos. William estragava e mimava a menina, Loretta costumava comentar com Robert. Mas se a esposa não retribuía seu carinho e afeição, bem, ele precisava derramar seu amor em algum lugar, não é mesmo?

Ela continuou em voz alta.

— Então, quando você nasceu, seu pai se apaixonou novamente.

Ela desejava poder ver o rosto de Meg. Ela queria saber se suas palavras estavam ajudando ou magoando-a. Ela ouviu Meg assoar o nariz.

— De verdade? — Meg perguntou em voz baixa.

— Ele te adorava, querida — respondeu Loretta. — O rosto dele se iluminava sempre que falava de você. Muitas vezes, ele te trazia para nos ver. Ele sabia o quanto eu gostava de você e que nós não conseguimos ter filhos. O seu pai era bondoso assim. Um grande homem. Eu adorava ver vocês dois brincando juntos no quintal. Ele passava horas brincando de esconde-esconde com você. Ainda me lembro de você dando gritinhos de alegria sempre que ele te encontrava. Ele te pegava de dentro do esconderijo e te levava pelo quintal, cantando.

— Cantando? — Meg repetiu.

— Sim! O seu pai adorava cantar. Uma voz linda. Como um pássaro. Como você.

— Queria muito me lembrar disso — disse Meg. Sua voz era melancólica. — Tem tantas coisas que eu gostaria de me lembrar.

Loretta não respondeu. Havia muitas coisas que ela estava feliz por Meg não se lembrar.

Loretta assistiu com tristeza a alegria e o amor de William pela vida gradualmente se desvanecer. Nos seus últimos anos, o riso fora substituído por uma melancolia persistente. Ele começou a beber. Beber muito. Loretta não sabia o suficiente sobre alcoolismo ou depressão para dizer o que viera primeiro. Ela sabia que William lutava contra os próprios demônios.

Por mais que gostasse de William quando estava sóbrio, ele era um homem diferente quando estava bêbado. Agressivo. Ameaçador. Não que ele tivesse algum dia machucado as meninas. Loretta imaginava que ele nunca faria isso. Mas aconteceram muitas coisas a portas fechadas e ela estava convencida que Ruth morrera cheia de segredos. Muitos segredos. Loretta também imaginava que morreria com segredos, por honra e respeito aos mortos.

A voz de Meg interrompeu seus pensamentos vagueantes.

— Ontem à noite a Rachel me disse que acha que eu fiquei com vocês durante o funeral.

Aqui vamos nós, pensou Loretta. Ela se preparou.

— É verdade. Você era tão pequena e não entendia o que tinha acontecido. Foi melhor pra você não estar lá.

— Do que a senhora se lembra? — Meg perguntou. — Quero dizer, sobre o dia em que o meu pai morreu.

Loretta sabia que a questão era inevitável.

— Bem, a minha memória já não é tão boa como costumava ser — ela respondeu.

Em parte, era verdade. A sua memória de curto prazo estava enfraquecendo, mas a memória de longo prazo se mantinha viva, com toda a clareza, em alta definição.

Meg pressionou.

— Eu entendo, mas a senhora se lembra de alguma coisa sobre quando ele morreu? Algum detalhe, qualquer um?

Os detalhes eram justamente o que Loretta queria esquecer. Como desejava esquecê-los! Mas eles a perseguiram e assombraram por mais de quarenta anos. Ela poderia ter mostrado a Meg o seu filme mental, cena por cena, quadro a quadro. Nos longos intervalos silenciosos, enquanto Loretta tentava freneticamente decidir o quanto revelar, ela via tudo de novo.

Era uma tarde quente e úmida de agosto, com muitos mosquitos zumbindo. Loretta se ajoelhava nos canteiros, podando as flores secas de tagetes, as mãos e os joelhos cobertos de terra. Uma janela estava aberta no segundo andar da casa dos Fowler e uma cortina branca esvoaçante ondulava com o vento. Ela ouvia o som de vozes alteradas pela raiva. Ela tentou não escutar a conversa alheia. Tentou se concentrar nas ervas daninhas e no corte das flores. Mas distinguia algumas palavras e frases entre os gritos. O suficiente para saber do que se tratava a discussão.

Bêbado inútil. Vagabundo. Desgraçado. Sem vergonha. Imprestável.

Ela levantou o olhar justo quando Ruth observava pela janela. Os olhos delas se encontraram brevemente antes de Ruth fechar a janela com violência.

Loretta ainda trabalhava no canteiro quando viu Ruth sair furiosa pela porta e entrar no carro arrastando Meg pela mão. Meg chorava. Ela queria dar um beijo de despedida no pai. *Ela sempre dava um beijo de despedida no pai.* Loretta ainda conseguia ver Meg na calçada, com um vestido rosa, soprando beijos através das lágrimas e acenando para a casa. Loretta não sabia se o William estava lá, acenando de volta.

Ela nunca foi capaz de apagar a imagem do pequeno rosto de Meg pressionado contra a janela do carro, os olhos fixos na casa, enquanto Ruth dirigia para longe. Se Loretta soubesse o que aconteceria algumas horas depois, nunca teria deixado Ruth fugir. Nunca.

— Foi em agosto — Loretta finalmente respondeu. — Um dia muito quente em agosto. A Rachel estava brincando na casa de uma amiga, eu acho, e você e a sua mãe tinham saído. Eu estava trabalhando no jardim quando ouvi o que parecia um estouro de escapamento de carro. Não teria prestado atenção se não fosse o Robert do meu lado naquele momento. Quando ele ouviu, reconheceu que era um tiro. Robert também era caçador e, às vezes, caçava com o seu pai, por isso reconheceu o som e foi correndo verificar — a voz de Loretta ficou presa. Ela não tinha certeza se conseguia continuar a contando.

— Sra. Anderson? — Silêncio. — Loretta? Por favor, se houver alguma coisa que a senhora possa me contar...

Agradecida por Meg não a estar vendo, Loretta se agarrou à mesa para se estabilizar.

Senhor, me ajude. Por favor, Loretta pensou consigo mesma.

— O Robert encontrou o William no quarto dos seus pais — ela disse em voz baixa. Loretta também tinha visto, mas não podia falar sobre isso. A imagem era muito dolorosa, muito recente, mesmo depois de tantos anos. William jazia deitado na cama, sem vida. Sobre o travesseiro, uma foto espirrada de sangue das meninas.

Mas Loretta não revelou esse detalhe. Na verdade, ela deu o mínimo de detalhes possível, desejando fervorosamente que Meg não pressionasse por mais.

— A sua mãe chegou em casa pouco depois do Robert o encontrar, e você veio ficar comigo enquanto o Robert e a sua mãe esperavam a polícia. Não lembro a Rachel voltar pra casa naquela noite. Acho que ela ficou na casa da amiga.

Ela não ia falar do momento em que Ruth chegou na casa. Ruth foi fria e estoica, aparentemente mais indignada pela intromissão dos vizinhos do que pela morte do marido. Mas sua impressão não passava de conjectura. Ruth nunca foi de mostrar qualquer tipo de emoção e podia ser que o choque da morte de William a fizesse parecer tão impassível.

Loretta suspirou.

— E foi isso que aconteceu — ela disse lentamente. — Foi terrível. Uma tragédia terrível, o meu coração doeu tanto pela sua mãe e por vocês. — Os segundos pareciam uma eternidade enquanto ela antecipava aquela temida e inevitável questão.

— Foi um acidente, Sra. Anderson? — Meg parecia a menina que Loretta adorava, com a voz de soprano ainda mais aguda do que o habitual.

— Eu... sinceramente, não sei o que te dizer, querida.

Essa era a verdade. A pura verdade.

MARA

Mara foi ao culto de manhã, no primeiro domingo de novembro, sentindo pena de si mesma. Ela desejava ansiosamente que seu crescimento espiritual impactasse sua família, mas nada tinha mudado. Nada. Tom ainda não queria nada com a igreja e ela já não podia subornar ou coagir Kevin e Brian a ir com ela.

— São bons meninos — Tom dizia, sempre que Mara mencionava seu desejo para as manhãs de domingo. — Não se atreva a espalhar sua culpa. Não importa se eles vão à igreja ou não. Você vai e faz o que você quiser, mas deixa a gente fora disso.

Por que ela pensou que algo seria diferente?

Enquanto via as famílias felizes cultuando juntas na igreja, Mara se perguntava se elas eram gratas por aquele presente. Ela não gostava de se sentir amarga e ressentida, mas viver a sua fé era muito mais fácil quando não havia outras pessoas em volta.

Muito mais fácil.

— Mãe, tem certeza de que não se importa que a gente passe o Dia de Ação de Graças com a família da Abby? — Jeremy perguntou mais tarde, naquele mesmo dia.

— Não, claro que não. — respondeu Mara, se concentrando em mexer uma panela de sopa no fogão para evitar o contato visual. Voltas e voltas e voltas com a colher de madeira. Círculos, círculos, círculos.

— Quero dizer... percebi que passamos o último Dia de Ação de Graças com vocês, sabe? E com o bebê chegando em janeiro, provavelmente não vamos querer viajar para a casa deles no Natal. Então, já ficamos combinados para passar o Natal com vocês, que tal?

Mara reconheceu o tom conciliatório do filho. Provavelmente, ele teve uma longa conversa com Abby sobre como manter as sogras quites.

— Claro, querido. Pra mim está ótimo.

Pelo menos o Jeremy morava perto. Mara acreditava já ter uma vantagem com o bebê. Como poderia ver o bebê com mais frequência do que a mãe da Abby, talvez até se tornasse a avó preferida. Assim esperava. Ela não poderia suportar se a neta crescesse preferindo a Ellen. Afinal de contas, não havia muito amor por aí, e Mara havia passado uma vida inteira competindo com quem pudesse alcançá-lo antes dela. Se ela não fosse rápida o suficiente, só haveria as sobras.

Ou nem isso.

— Então... a senhora está pensando em servir o jantar de Ação de Graças no Nova Estrada? — Jeremy perguntou, experimentando a sopa com o dedo. Mara deu um tapinha na mão dele e entregou-lhe uma colher.

— Não sei. Sabe como é o Brian com tradições. Ele já tem tudo planejado na cabeça sobre como deve ser o jantar.

Jeremy deu de ombros.

— Mas a senhora conseguiria manejar os dois, não? Quer dizer, talvez pudessem jantar mais tarde nesse dia. Ou passar pra sexta-feira. Eu sei o quanto o abrigo Nova Estrada significa para a senhora.

Mara acenou concordando.

— Passamos muitos Dias de Ação de Graças lá, não foi? — Ela disse calmamente, se lembrando das mesas brilhantes à luz de velas, arrumadas com pratos de papel e talheres de plástico.

— Só me lembro das tortas — disse Jeremy, sorrindo. — Eles me deixavam comer o tanto que eu quisesse.

Mara colocou a sopa em duas cumbucas e tirou o pão do forno.

— Adoraria comemorar lá. Mas sozinha eu não vou.

— Então, pergunta ao Tom se ele vai.

Mara bufou em descrédito.

— Estou falando sério, mãe! Pede para ele ir com a senhora. Seria uma experiência boa para o Brian e o Kevin. Eles precisam sair dessa bolha de classe média.

Jeremy tinha razão. Brian e Kevin não compreendiam a vida dela antes deles nascerem. Mara preservava e protegia os filhos mais novos o máximo possível.

— Mãezinha, vamos fazer assim. A senhora tem falado tanto ultimamente sobre como Deus tem respondido as orações na sua vida. Por que não pedir a Deus um presente de Ação de Graças? Eu também vou orar por isso, que tal? — Os olhos de Mara se encheram de lágrimas enquanto olhava para o filho. — A senhora é quem sempre me diz que com Deus nada é impossível — ele acrescentou. — Combinado?

Mara suspirou.

— Ok, querido. Combinado.

Então, por que ela lutava para acreditar que a vida com o Tom algum dia ia mudar?

CHARISSA

Charissa nunca se atrasou em nada. Nunca. Como tudo em sua vida, sua menstruação sempre esteve sob seu cuidadoso controle, especialmente depois que ela e John se casaram. Mesmo que John às vezes caçoasse de sua disciplina rigorosa, Charissa tomava a pílula exatamente no mesmo horário todos os dias. Ser meticulosa e exata impedia qualquer imprevisto.

Assim, sentada olhando fixamente para aquele sinal azul, Charissa tinha certeza de que só podia ser um falso positivo. Na verdade, ela teve tanta certeza de que repetiu o teste três vezes ao longo de três dias seguidos usando três marcas diferentes. Mas os pontos, linhas e sinais confirmaram a verdade.

Ela estava grávida.

— E agora? — Ela exclamou, finalmente revelando a verdade a John.

O marido ficou chocado, emocionado, exultante.

— O que você quer dizer com "e agora"? Vamos ser pais! Isso é maravilhoso! — Ele tentou abraçá-la, mas Charissa recuou.

— Não é maravilhoso. É terrível! Eu não acredito! — Charissa começou a chorar.

John parecia ter levado um soco.

— Você tá brincando?

— Não, eu não estou brincando! Parece que estou brincando? Eu não acredito! Depois de todas as horas que eu investi nesse doutorado... pra isso acontecer? Isso não fazia parte do plano! — Ela começou a chorar mais forte.

— Plano de quem? O plano de quem? — John estava tremendo. — Não consigo acreditar em você. Não acredito que está se comportando desse jeito. Estamos falando de um bebê. O nosso bebê!

Ela não estava ouvindo.

— Eu não acredito — ela repetia. — Eu me dediquei tanto. Trabalhei tanto! E agora isso? Vou ter de largar a faculdade. Não acredito que vou ter de desistir.

John olhava fixamente para ela, paralisado de dor e incredulidade.

— Você só consegue pensar no seu precioso doutorado? — Ele perguntou, com os olhos cheios de lágrimas. — Eu sabia que você era egocêntrica, Charissa, mas isso é inacreditável.

Ele foi à cozinha e pegou as chaves. Ela não olhou para ele.

— Vou sair antes que eu fale alguma coisa de que eu me arrependa.

Ela ouviu a porta bater atrás dele.

Quando John chegou em casa três horas depois, Charissa já estava na cama. Enquanto a observava ali deitada, ele não tinha certeza se ela realmente estava dormindo ou não. Ela não se mexeu, e ele não tentou falar com ela. Ele trocou de roupa no banheiro, pegou um travesseiro e foi passar a noite no sofá da sala.

Não era assim que ele havia imaginado. Ele vivia na alegre expectativa do dia que seria pai. Claro, ele pensava que isso não aconteceria por alguns anos, principalmente sabendo o quanto os estudos e a carreira eram importantes para Charissa. Mas, vendo o quanto havia sido cuidadosa em sua prevenção, Charissa não percebia a mão de Deus agindo? John havia testemunhado tantas evidências de crescimento espiritual e emocional nela nas últimas semanas, e agora pareciam ter evaporado completamente. Em um instante, acabou.

Quem poderia imaginar que um simples tracinho azul teria o poder de revelar tanto sobre o coração de sua esposa?

Ele apagou a luz, mas não dormiu.

MEG

Meg tentou por uma semana encontrar Rachel por telefone, finalmente recebendo um breve e-mail em resposta a suas mensagens de voz cada vez mais ansiosas.

> *Meg, só quero que você saiba que estou bem. Não precisa ficar tão nervosa só porque não tive como retornar as suas ligações. No momento, estou muito ocupada com o trabalho e as viagens. Então, provavelmente, não vamos estar em contato por algum tempo.*
>
> *Não estou interessada em conversar sobre o papai. Acredite no que você quiser. Você não o conhecia como eu, e eu sei de verdade que a morte dele foi um acidente. Não quero discutir mais nada sobre isso com você.*
>
> *Eu fui embora sem pegar as fotos que eu queria. Pode deixar a caixa no sótão, e eu pego da próxima vez que eu passar aí. Provavelmente em janeiro, quando você voltar da Inglaterra. Tenha uma boa viagem.*
>
> *Rachel*

Meg esperava que a revelação sobre a morte do pai fosse o suficiente para unir seus corações de uma nova maneira. Mas não havia como mudar a opinião de Rachel sobre ter uma conversa. Rachel era teimosa como a mãe, tanto que havia passado a vida inteira negando veementemente qualquer semelhança com Ruth. Talvez, por essa razão, mãe e filha sempre estiveram em conflito. Eram parecidas demais.

Novamente, talvez fosse melhor que Rachel tivesse rejeitado a hipótese de o pai ter cometido o suicídio. Ela só acabaria culpando a mãe por levar o pai até esse ponto e seria mais uma razão para Rachel ficar amargurada e furiosa com os mortos.

Pelo menos Meg não estava amargurada. Mesmo convencida de que o pai havia tomado a decisão de acabar com a própria vida, pelo menos não estava amargurada.

Por favor, Senhor, não me deixe ficar amargurada. Por favor.

Naquele mesmo dia, Meg se sentou no escritório de Katherine e contou a ela o que havia descoberto sobre o pai. Katherine ouviu com atenção e perguntou:

— Você sabe de alguma coisa sobre o seu nome, Meg?

Meg ficou surpresa com a pergunta.

— Minha avó se chamava Margaret e imagino que o meu pai tenha escolhido o mesmo nome pra mim. Mas só me chamavam de Margaret quando eu estava encrencada.

Katherine sorriu.

— Você sabe o que *Margaret* quer dizer?

Meg pensou por um momento e respondeu:

— "Pérola", eu acho.

Alguns anos antes, a Sra. Anderson deu a Meg uma caneca com seu nome e o significado. Ela imaginou se ainda tinha a caneca.

Katherine bebia o chá lentamente.

— O que você sabe sobre como as pérolas são formadas? — Ela perguntou.

— Um grão de areia em uma ostra, não é?

Katherine concordou com a cabeça.

— Às vezes, areia — ela respondeu, pousando a caneca. — E, às vezes, um parasita ou outro elemento irritante. A princípio, a ostra tenta se livrar dele. Mas, se não consegue, envolve o intruso em um tipo de bolsa. Em seguida, a ostra começa a revestir o carocinho com madrepérola, a mesma substância que se alinha formando a concha. A ostra adiciona camadas e mais camadas pelo resto de sua vida — Katherine sorriu. — Por isso, da próxima vez que olhar para pérolas naturais, considere a possibilidade de ser o túmulo de um parasita.

Meg riu.

— Acho que eu estava mais feliz me imaginando como uma pedra preciosa.

— Mas você é! Esse é o milagre do processo. Às vezes, a vida se intromete de forma dolorosa e essas intrusões não são negociáveis, não é? Elas acontecem. O importante é o que fazemos com isso.

Elas compartilharam o silêncio enquanto Meg olhava para fora, para o pátio do labirinto. Já não havia rosas, e as cores ardentes do outono haviam desaparecido. Permaneceram apenas o castanho dos carvalhos e o verde dos pinheiros. Foi bom lembrar que os pinheiros sempre estão verdes. Mesmo em novembro, principalmente em novembro e particularmente *naquele* novembro, quando ela sentiu mais do que nunca a falta de Jimmy, ainda assim eles continuavam sempre verdes.

Os olhos dela se encheram de lágrimas.

Katherine falava gentilmente.

— Conheci muitas pessoas ao longo dos anos que envolviam o sofrimento com amargura, ressentimento e autocomiseração, que não produzem nada de frutífero. E conheci tantas pessoas que tentaram fingir que a dor não existe. Elas pensam que negar as próprias dores é uma ordem de Deus. Elas pensam que a negação, de alguma forma, seria uma evidência da fé. Mas Jesus nos convida a expressar a nossa dor e receber a graça dele sobre nosso sofrimento, para que nada seja desperdiçado — ela estendeu à Meg a caixa de lenços que estava na mesa do café. — Jesus é o perfeito Redentor da nossa dor e sofrimento, se nos entregarmos a ele. O milagre é que Cristo tem o poder de tornar isso algo lindo e precioso.

— Uma pérola — Meg sussurrou.

— Uma pérola — ecoou Katherine, concordando lentamente. — Eu vejo Deus te transformando em uma linda pérola, Margaret — disse Katherine cheia de profunda emoção. — O seu pai escolheu bem o seu nome.

Seu pai.

Meg passou um longo tempo na companhia encorajadora de Katherine, permitindo que sua mente vagasse por lugares escuros e difíceis.

— Não sei por que estou tão chateada pelo meu pai — ela disse finalmente. — Quero dizer... que diferença faz pra mim agora? Realmente importa como foi que ele morreu? Não muda o fato de que eu cresci sem ele.

Katherine fez uma pausa antes de responder.

— Tudo o que você pensava ser verdade sobre a morte dele foi virado de ponta cabeça — ela disse lentamente. — E vale a pena sentir essa dor.

— Isso aconteceu há mais de quarenta anos.

— Eu entendo. Você atravessou o luto à sua maneira quando era pequena. Mas suspeito que você nunca se sentiu enlutada com a perda de seu pai como uma adulta.

Katherine tinha razão. Isso nunca lhe havia ocorrido.

— Você acabou de descobrir que há uma possibilidade real da morte do seu pai não ter sido um acidente. Essa é uma dor profunda que precisa ser processada, Meg. Uma coisa dura e profunda. E com todas as perguntas sem resposta girando em volta, vai levar algum tempo. Não é algo que deva ser apressado. E Deus nunca está impaciente conosco. Não tenha pressa... Caminhe devagar e com reverência. Precisamos ser reverentes com a nossa dor.

Luto, luto, luto. Meg não sabia se naquele momento teria forças para chorar mais uma perda. Ela respirou profundamente.

Katherine se inclinou, mais próxima.

— Pense no processo de luto pelo seu amado Jimmy e na coragem que demonstrou ao permitir que a memória dele voltasse à vida — disse Katherine gentilmente. — É mais fácil continuar em negação. Nós podemos ouvir vozes em nossa cabeça dizendo: "Lembra como foi doloroso da primeira vez? Você com certeza não quer voltar e passar tudo de novo!". Mas o caminho para a liberdade e a cura nos leva diretamente pelo epicentro da dor. Jesus, o Bom Pastor, está ao seu lado enquanto você atravessa a escuridão, Meg. Você não está sozinha. Você nunca está sozinha.

Meg assoou o nariz delicadamente e suspirou.

— Ainda ouço a voz da minha mãe, me dizendo para apenas superar. Eu deveria ser forte o suficiente para superar isso.

Sorrindo, Katherine balançou a cabeça levemente:

— Meg, Deus nunca diz: "Supere isso". Nunca. Deus diz: "Me entregue essa dor". E existe uma enorme diferença entre os dois.

Meg foi pega de surpresa. Ela havia passado muitos anos tentando guardar e conter a dor. Ela passou anos tentando ser forte o suficiente para superar tudo aquilo. Ela nunca pensou em entregar sua tristeza a Deus em oração e agora ela sentia algo mudar em seu espírito.

— É preciso coragem para processar bem o luto — continuou Katherine, segurando novamente a caneca de chá. — Mas Deus pode te dar essa coragem. Veja o quanto o Senhor já aumentou sua coragem em tão pouco tempo!

Meg olhou para baixo, para as próprias botas.

— Parece que é fácil perder de vista o quanto eu avancei quando vejo o tanto que ainda me falta — ela murmurou.

Katherine concordou.

— O processo de transformação nunca se completa deste lado do céu. Mas o Bom Pastor, fiel e amorosamente, nos dirige e nos guia quando lhe dizemos "sim". Estas coisas vieram à luz agora porque Deus está trabalhando na sua cura. E você já está pronta para ser curada. É uma boa notícia, não é mesmo? O Espírito de Deus está se movendo.

Movendo, agitando, revelando, balançando.

Meg começava a se perguntar se o Espírito Santo também oferecia a cura para a tontura em meio a tanto movimento.

MARA

Mara se acomodou no consultório de Dawn na quarta-feira de manhã, observando a silhueta pintada em um quadro no topo da estante. A menininha tinha os braços erguidos acima da cabeça, as mãos estendidas abertas em uma postura de confiança e alegria.

— É nova? — Mara perguntou, apontando a figura.

Dawn virou, seguindo o olhar de Mara.

— Eu coloquei ali faz uns seis meses.

— É mesmo? Engraçado, eu não tinha visto antes — Mara não parava de olhar para a menininha.

Dawn a observava e perguntou:

— Então, Mara, o que você acha? Ela está recebendo ou entregando?

Mara não tinha certeza.

— Não tem como saber — respondeu depois de algum tempo. — É o mesmo gesto para os dois.

— Continue — Dawn encorajou.

Mara suspirou.

— Ainda não sei viver com as mãos abertas. Ainda tenho uma montanha de lixo para jogar fora, mas, por alguma razão, continuo agarrada a ela. Tem dias que eu sinto que não estou chegando a lugar nenhum.

— Mas você está, Mara. Eu te observei dando grandes passos para frente! Pense no que você acabou de conquistar perdoando aquela jovem do seu grupo. Esse foi um passo muito importante.

Mara negou com a cabeça.

— Mas também trouxe à tona todo tipo de desgraças antigas.

— O que, por exemplo?

— Todas as meninas que zombavam de mim, me rejeitavam e faziam a minha vida infeliz. Todas as que nunca se desculparam e, provavelmente, nunca perceberam o que fizeram comigo. Quero dizer, uma coisa foi perdoar Charissa. Ela pediu desculpas. Mas simplesmente não consigo esquecer as outras. É uma loucura. Não devia ser tão difícil, mas é. E agora que voltei a pensar nelas, depois de todos esses anos, sinto ainda mais raiva. Foi como se a questão com a Charissa tivesse desenterrado todas as feridas do passado. É muito ruim ter de lembrar todas as coisas que eu sempre tentei esquecer — ela fez uma pausa. — Mesmo sabendo o que Katherine diria. Eu sei o que você vai me dizer. Vai dizer que elas voltaram à memória por uma razão, não é? Que Deus está me mostrando todo o lixo para que eu possa vê-los, me livrar dele e ser curada.

Dawn sorriu para ela.

— Está vendo até onde você já chegou?

Mara expirou devagar e se sentou pesadamente na cadeira. Ela sabia o que vinha em seguida.

— Então, Mara. Vamos falar sobre essas garotas.

JUNTAS

Hanna, Meg e Mara se acomodaram em volta da mesa do canto de trás no sábado de manhã, esperando a reunião começar.

— Outro dia, estava conversando com a minha terapeuta, a Dawn — disse Mara. — Eu estava contando como estou enfrentando todas essas desgraças do meu passado. Não sobre relacionamentos e pecados que eu contei no piquenique na praia, mas o lixo acumulado da minha infância. As meninas que me provocavam, me rejeitavam e faziam a minha vida totalmente infeliz. Acho que eu estava tentando esquecer aquilo tudo. Não queria mais pensar nisso, sabe? E depois, quando penso nisso, continuo dizendo a mim mesma que não devo dar tanta importância, não devia ficar chateada e com raiva, essas coisas aconteceram tipo uns quarenta anos atrás? Mais do que isso. Isso é loucura. Às vezes, eu sinto que ainda estou presa nos oito ou nove anos de idade.

Meg concordou com a cabeça.

— Eu conversei com a Katherine sobre o mesmo tipo de coisa esta semana, contando como eu ainda ouço a voz da minha mãe dentro da minha cabeça me dizendo para apenas superar a dor. Mas a Katherine me disse que Deus nunca diz: "Supere isso". Deus diz: "Me entregue isso".

— Ah... agora sim — disse Mara, procurando seu caderninho.

— Parece que você tem dores que precisam ser processadas, Mara — disse Hanna. Ela tentou ignorar a própria voz interna que a irritava com o desafio de seguir seu próprio conselho. — Ser rejeitada é muito duro para uma criança. Isso pode ter consequências muito fortes na vida adulta, afetando como vemos a nós e a nossa imagem de Deus.

— É verdade. Você tem razão. A Dawn e eu conversamos muito sobre como preciso perdoar aquelas meninas, mesmo sem nunca me pedirem desculpas. Provavelmente elas nunca perceberam o tanto que me magoaram. Mas ainda preciso tomar a decisão de liberar essas pessoas, com a ajuda de Deus, porque senão ficarão agarradas a mim. E não preciso andar com esse peso extra. Tenho orado por isso nesses últimos dias.

— É maravilhoso que você esteja se libertando de tantas coisas — disse Meg. — Estou muito orgulhosa de você, Mara.

Mara deu um sorriso.

— Obrigada. Sinto que estou viajando mais livre e levemente, como falamos no início do grupo, sabe? Na verdade, comecei a escrever algumas cartas, não vou enviar nenhuma, claro, porque não faço ideia de onde andam a Kristie e as outras garotas. E, francamente, não estou interessada em procurar. Mas a Dawn sugeriu que eu escrevesse cartas e dissesse exatamente o que elas fizeram que me machucou para eu perceber o que estou perdoando. Está sendo muito útil. Mas não é fácil. Eu choro muito só de lembrar dos detalhes, mas sinto que Deus está me libertando. Isso é bom.

Mara começou a vasculhar a própria bolsa.

— A propósito — ela continuou —, no caminho eu peguei algumas informações sobre todos os programas de oração e crescimento espiritual que eles oferecem aqui. Estava pensando: que tal fazermos juntas outro curso um dia destes?

— Ah, seria ótimo! — Meg disse, enquanto folheava os panfletos. — Olha esse, a Katherine vai guiar uma peregrinação à Terra Santa no ano que vem. Você já esteve lá alguma vez, Hanna?

Hanna balançou a cabeça.

— Não. Eu sempre quis, mas nunca tive a oportunidade.

— Bom, agora você tem todas as oportunidades, amiga! — Mara exclamou. — Você deveria ir!

— Eu concordo, Hanna — disse Meg. — Seria um jeito maravilhoso de aproveitar uma parte do seu ano sabático!

E se...?, os pensamentos de Hanna começaram a rodopiar

Ela havia passado tantos anos olhando longamente para as fotos dos lugares onde Jesus andou. E se o auge de sua jornada interior fosse uma peregrinação de verdade?

Meg e Mara tinham razão. Não havia nada que a impedisse, absolutamente nenhum obstáculo. Todos aqueles anos de disciplina frugal significavam que ela já possuía o valor suficiente. Uma viagem como essa certamente aperfeiçoaria seu ensino quando voltasse a Westminster.

Quando Hanna leu o parágrafo descrevendo a viagem de três semanas, em maio, seu coração acelerou. Ela mal ouviu Katherine convidando as pessoas a se sentarem.

Ela se imaginava seguindo os passos de Jesus.

11.

ALIVIANDO O FARDO

> *O povo que andava em trevas viu uma grande luz; e resplandeceu a luz sobre os que habitavam na terra da sombra da morte [...] Pois quebraste o jugo da sua carga e a canga do seu ombro, que é a vara de castigo do seu opressor.*
> **Isaías 9.2, 4**

CONFISSÃO

Quando Charissa chegou ao Retiro Nova Esperança meia hora atrasada, ela se se dirigiu até a mesa do canto o mais discretamente possível.

— Me desculpem — ela disse para as outras, tirando a capa de proteção do notebook.

— Você está bem? — Mara sussurrou.

Charissa acenou e puxou mais para baixo a borda de seu boné de beisebol para cobrir a maior parte de seu rosto.

— É sempre uma dádiva quando o Espírito leva a luz da verdade aos cantos escuros da nossa vida — dizia Katherine. — Pela sua compaixão Deus revela nossas áreas de cegueira. Deus nunca nos mostra estas coisas para nos condenar, mas para nos libertar. O Senhor gentilmente nos conduz para fora dos esconderijos, para poder curar e restaurar a nossa vida.

Charissa se inclinou para frente, sem saber se seu enjoo era espiritual ou hormonal.

Katherine disse:

— Alguns anos atrás, eu contava a um grupo de amigos sobre alguém que me criticou, injustamente, eu pensava, e como eu estava chateada com isso. Eu fiquei com raiva, defensiva e amargurada, à procura de pessoas que fossem solidárias comigo. Todos os meus amigos foram muito simpáticos e carinhosos, confirmando o meu direito de estar zangada. Menos a Sheri. A Sheri ouviu atentamente e me disse: "Katherine, estou vendo muitos pecados na sua reação. Talvez Deus esteja te convidando a refletir sobre isso." Eu fiquei atordoada. Não esperava que meu pecado fosse confrontado. No início, fiquei magoada e ofendida. Mas, enquanto eu orava, percebi que Sheri avaliou a situação corretamente. Deus desejava que eu fizesse um autoexame e a Sheri desempenhou o amoroso papel de me mostrar a ferida no meu próprio espírito. Ela não apontou o meu pecado para me envergonhar. Ela queria me ajudar a ser livre. Ela me amava o suficiente para dizer a verdade sobre a minha vida, a verdade que eu precisava ouvir.— Respirando fundo, ela continuou: — Amigos, existe tamanha liberdade em ser capaz de dizer: "sim, este é o meu pecado. E, sim, eu tenho um Salvador." Sem precisar se esconder. Sem precisar ficar na defensiva. Sem precisar ficar envergonhada. Sem ter de carregar o fardo de tentar ser perfeita. Temos liberdade para confessar o que é verdadeiro sobre nós e receber a graça de Deus.

Espiritual. O motivo de Charissa estar nauseada era, definitivamente, espiritual.

De todos os tópicos que Katherine poderia ter apresentado, por que o pecado e a confissão? *Por quê?* Se tivesse uma ementa, Charissa não teria vindo. Se soubesse que hoje estariam convidando o Espírito para revelar mais áreas de cativeiro, pecado e resistência, ela teria ficado em casa. Sua única razão para vir ao grupo foi ter uma desculpa para não ficar no apartamento.

Ela deveria ter ido a Castleton Park fazer uma caminhada de poucos quilômetros. Mas não — ela não tinha energia para se exercitar. Ainda assim. Desde que descobriu a gravidez, ela via mulheres grávidas em todo o lugar: grávidas radiantes de alegria empurrando carrinhos de compras para cima e para baixo no supermercado, na fila da padaria, dando voltas no centro comercial, pedindo café descafeinado no Starbucks. Castleton Park era o ponto de encontro da sorridente irmandade das futuras mães e Charissa não queria se juntar a elas.

Teria sido melhor passar um tempo no campus. Lá não havia mulheres grávidas felizes e sorridentes. Mas não queria correr o risco de encontrar o Dr. Allen.

Ela suspirou lentamente, com o queixo apoiado na mão.

— Hoje vou marcar um tempo mais longo para o autoexame e confissão em oração — disse Katherine, distribuindo algumas folhas de papel. — Quero deixar claro que, quando falamos de autoexame, não é uma autoinvestigação para nos tornarmos perfeitos. O autoexame não se trata de ser perfeito. Seu objetivo é ouvir e responder ao Espírito Santo. Se trata de permitir que Deus revele onde estamos escondidos e resistentes ao seu amor para, assim, sairmos dos esconderijos e recebermos graça, misericórdia e inteireza. Não é para nos martirizar nem um convite para introspecção obsessiva. Não podemos nos tornar completos ou santos. Essa é uma obra do Espírito. Nosso trabalho é simplesmente cooperar com o Espírito, dizendo sim à ação de Deus em nossa vida.

Ela acrescentou:

— Lembrem que é um dom quando o Espírito Santo expõe áreas de trevas, cativeiro e pecados. Quando você consegue ver a feiura, é porque a luz chegou, revelando o que já estava lá. Então, peça coragem para se sentir desconfortável, tenso, provocado, para que você possa confessar e se libertar dessas coisas. O Senhor é cheio de compaixão e amor por você. Deus quer revelar a verdade para que a verdade te liberte. Não tenha medo. O Senhor Deus está com vocês, caminhando ao seu lado. Que vocês tenham ouvidos para ouvir a voz gentil do Espírito.

Charissa não queria ter ouvidos para ouvir, e estava cansada de ver seus pecados. Ela já conhecia o seu pecado, parte dele, pelo menos, e não queria que a luz brilhasse em qualquer outro canto escuro de seu container de lixo tóxico.

Ela e John ainda não falavam além dos monossílabos minimamente necessários. Ela não aguentava ficar no mesmo ambiente que ele. Não suportava aquele olhar ferido, a expressão de dor no rosto dele sempre que olhava para ela. Ela ainda estava consumida demais pela própria tristeza para considerar a dor que havia lhe causado. Mesmo sabendo que a recusa de se comunicar só piorava a situação, Charissa não conseguia evitar. Ela não confiava no que poderia dizer.

Fechando os olhos, ela puxou o boné cobrindo ainda mais o rosto, esperando que os outros pensassem que ela orava profundamente.

JORNADA SAGRADA, RETIRO NOVA ESPERANÇA
FOLHETO DA SESSÃO 5: AUTOEXAME E CONFISSÃO
Katherine Rhodes, facilitadora

Leia o texto em Gênesis 3.1-9 lentamente em oração. Em seguida, escreva suas respostas às perguntas abaixo.

> Ora, a serpente era o mais astuto de todos os animais do campo que o Senhor Deus havia feito. E ela disse à mulher: Foi assim que Deus disse: Não comereis de nenhuma árvore do jardim? Respondeu a mulher à serpente: Do fruto das árvores do jardim podemos comer, mas do fruto da árvore que está no meio do jardim, disse Deus: Não comereis dele, nem nele tocareis; se o fizerdes, morrereis. Disse a serpente à mulher: Com certeza, não morrereis. Na verdade, Deus sabe que no dia em que comerdes desse fruto, vossos olhos se abrirão, e sereis como Deus, conhecendo o bem e o mal.
>
> Então, vendo a mulher que a árvore era boa para dela comer, agradável aos olhos e desejável para dar entendimento, tomou do seu fruto, comeu e deu dele a seu marido, que também comeu.
>
> Então os olhos dos dois foram abertos e ficaram sabendo que estavam nus; por isso, entrelaçaram folhas de figueira e fizeram para si aventais. Ao ouvirem a voz do Senhor Deus, que andava pelo jardim no final da tarde, o homem e sua mulher esconderam-se da presença do Senhor Deus, entre as árvores do jardim. Mas o Senhor Deus chamou o homem, perguntando: Onde estás?

1. De que maneira os seus olhos estão sendo abertos para o seu próprio pecado? O que você percebe sobre si mesmo? O que você acha do que está vendo?

2. Com que tom de voz você ouve Deus fazer a pergunta: "Onde você está?". Por que você acha que está ouvindo Deus desse jeito?

3. Quais as folhas de figueira que você costurou para se cobrir? O que você esconde de Deus? Dos outros? De si mesmo? O que te impede de sair do esconderijo?

4. Tiago 5.16 diz: "Portanto, confessai vossos pecados uns aos outros e orai uns pelos outros para serdes curados". Se você pudesse ser convencido da aceitação e do amor incondicionais, que fardos de pecado, tentação, arrependimento e vergonha você confessaria a outra pessoa?

5. "Sonda-me, ó Deus, e conhece o meu coração; prova-me e conhece os meus pensamentos" (Salmo 139.23). Você confia em Deus para sondar e conhecer você, revelando seu pecado? Por que sim ou por que não? O que o seu anseio ou resistência mostram a você sobre sua vida com Deus?

— Charissa, você está bem? — Mara perguntou enquanto guardavam seus materiais.

Charissa esticou os lábios em um largo sorriso.

— Perfeitamente. Obrigada.

Mara abriu a bolsa.

— Continuo pensando na história que a Katherine contou sobre a professora dela no seminário. Nunca pensei em ouvir a pergunta de Deus no jardim desse jeito.

Ainda que Charissa não soubesse do que Mara falava, ela não queria chamar a atenção para os motivos de ter se atrasado.

— Katherine contou uma história antes de você chegar, Charissa — Meg explicou, aceitando as pastilhas de canela oferecidas por Mara. — Ela teve um professor no seminário cuja irmã mais velha fugiu de casa quando ele ainda era pequeno. Os pais a procuraram durante meses. Eles reviraram o país em busca da menina, mas não a encontraram. Um dia, ele chegou mais cedo da escola e ouviu a mãe chorando no quarto da menina, chorando e perguntando repetidamente: "Karen, onde você está? Onde você está?".

Mara completou:

— Sim... a Katherine contou que ele pregou uma mensagem incrível sobre Adão e Eva se escondendo de Deus. Ele falou sobre o tanto que o coração de Deus se entristeceu por Adão e Eva, assim como o coração de sua mãe sofria pela filha. E Katherine disse que nunca mais conseguiu ouvir a pergunta "Onde você está?" do mesmo jeito.

— Acho que também não vou conseguir — Meg disse em voz baixa.

Mara ofereceu as pastilhas à Charissa, que balançou ligeiramente a cabeça. Ela começava a sentir náuseas novamente.

— Eu estava escrevendo minhas respostas para aquelas perguntas que a Katherine passou — disse Mara — e percebi que sempre ouvi isso como se Deus estivesse bravo com eles... Como se estivesse tentando tirá-los do esconderijo para dar um castigo.

Mas ouvir assim muda tudo. Acho que vou passar as próximas semanas meditando nas perguntas de hoje.

Mara fez uma pausa, agitando a latinha de pastilhas antes de guardar de volta na bolsa.

— Sabe — ela continuou —, eu gastei tanta energia me escondendo por todos esses anos, e agora, de repente, tudo está se soltando, e eu não tenho mais medo como antes — ela sorriu para Charissa. — Já não tenho medo da rejeição. Não é maravilhoso?

Uma única pergunta girava na mente de Charissa: *Onde você está, Charissa? Onde você está?* O rosto magoado de John surgiu diante dela, gemendo de dor e tristeza.

Ela sentiu o rosto corando. Droga de hormônios.

— Você tem certeza de que está bem? — Hanna perguntou, olhando para ela com o tipo de curiosidade que ameaçava o fragilizado equilíbrio de Charissa.

Charissa acenou ligeiramente, concordando. Ela não confiava em si mesma para abrir a boca. *Onde você está? Onde você está?*

Ela havia magoado o John mais profundamente do que nunca. E se ela tivesse causado danos irreparáveis ao casamento? E se ele nunca fosse capaz de perdoar seu egoísmo?

Mara folheava as páginas de seu caderno de espiral.

— Não acredito no tanto de lixo que joguei fora desde que começamos essa jornada — ela comentou. — Ainda tenho muito entulho pra liberar, mas pelo menos estou vendo uma parte. E como a Katherine disse, é um presente quando a luz chega, não é? — Ela leu no caderninho. — Eu escrevi o que ela disse: "A exposição do pecado é o início de sua destruição". Não é maravilhoso?

Meg pousou a mão no braço de Charissa.

— Tem certeza de que você está bem, Charissa? Nem parece você mesma.

— Dor de cabeça — disse Charissa.

Onde você está? Onde você está? Os olhos dela se enchiam de lágrimas sem a sua permissão.

— Podemos orar por você? — Mara perguntou.

Como poderia recusar educadamente aquela oração? Mas o que provocava nela tanto medo? Charissa respirou fundo.

— Estou grávida — ela confessou. Antes que alguém piorasse as coisas felicitando-a, ela acrescentou rapidamente. — E eu não queria estar. John e eu nem estamos nos falando, porque ele ficou tão empolgado quando dei a notícia, e eu estava tão chateada. Só consigo pensar em tudo de que provavelmente vou ter que desistir. Todos os meus planos, todo o meu trabalho duro. Tudo. E odeio ser tão egoísta — Meg apertou o braço de Charissa em um gesto de encorajamento. — E agora tenho medo de ter magoado tanto o John que ele nunca mais vai conseguir me perdoar.

— Vamos orar — disse Meg, olhando para as outras e pegando a mão de Charissa.

Charissa ficou surpresa com a força do aperto da mão da Meg.

—Tem certeza de que não quer vir almoçar com a gente, Charissa? — Mara perguntou quando saíam juntas para o estacionamento.

— Não, obrigada. Tenho de ir pra casa. Preciso falar com o John.

— Vamos continuar orando por você — disse Meg. — Se precisar de alguma coisa, você tem o meu número, ok?

Charissa concordou.

— Obrigada. Sinto como se um peso tivesse sido tirado do meu ombro só por ter sido honesta com vocês — ela fez uma pausa, mexendo nas chaves do carro. — Sabe, passei anos investindo energia em manter as aparências, querendo que todos pensassem que está tudo bem, tudo sob controle. O Dr. Allen chama de "gerenciamento de impressões".

— A famosa máscara? — Hanna perguntou, com um largo sorriso.

— Sim — Charissa respondeu. — E começo a ver como é cansativa de carregar.

Hanna concordou vigorosamente.

Talvez fosse apenas a imaginação de Charissa, mas algo nos olhos de Hanna parecia não combinar com o restante do rosto.

— Só não sei como pedir perdão desta vez, John. Não existem palavras para descrever o tanto que sou egocêntrica e egoísta.

John estava sentado na poltrona, e Charissa estava no chão, ajoelhada diante dele.

— Não temos a oportunidade de reviver esse momento — ele disse em voz baixa. — Não temos uma segunda oportunidade de experimentar essa alegria juntos. Você tirou de mim algo muito precioso.

Ela sentia o estômago arder.

— Eu entendo. Eu sinto muito — todo o corpo dela tremia.

— Não acho que o seu coração tenha mudado quanto a ter um bebê — ele disse. — Percebo que você lamenta seu egoísmo e eu te perdoo. Mas o que dói é que você não vê a maternidade como um presente.

— É verdade — ela disse. — Você tem razão. Só preciso de algum tempo, John. Mudança é algo muito difícil pra mim. Você sabe disso. Como eu disse, vou ver o Dr. Allen na segunda de manhã e sair do programa de doutorado. Não sei mais como te mostrar que eu também me entreguei ao compromisso com esse bebê. Com o nosso bebê.

Ela não queria chorar. Ela não queria que ele fosse manipulado pelas lágrimas e viesse abraçá-la, por isso mordeu o lábio.

Me ajude, Jesus. Por favor, ela pensou.

John ficou em silêncio por um longo tempo.

— Eu nunca te pedi para sair da faculdade — ele disse.

Colocando a mão sobre a cabeça dela, ele afagou seu cabelo lentamente. A ternura no gesto abriu as comportas de sua emoção. Ele a amava. Ele a perdoava. Quanta graça seria graça demais? Seus ombros começaram a balançar em silenciosos soluços de alívio.

— Não estou te pedindo pra desistir, querida — ele disse, beijando-a na testa. — Você está encarando isso como tudo ou nada, preto no branco, e talvez tenha algo mais aí no meio. Eu não sei. Mas não precisamos tomar decisões precipitadas, não é?

Ela o amava, amava profundamente.

— Além disso — John disse, sorrindo —, o Dr. Allen não dizia que você só pode trilhar uma jornada sagrada um passo de cada vez?

— Sim — ela suspirou.

Era exatamente o tipo de coisa que o Dr. Allen diria.

MEG

Na segunda-feira, dia 10 de novembro, Meg se sentou sozinha em uma mesa de canto no Timber Creek Inn, bebendo refrigerante à luz de velas.

Ela não visitava o Timber Creek desde a noite em que ela e Jimmy celebraram seu vislumbre de Becka pelo ultrassom. Agora, exatamente 21 anos depois da morte dele, Meg decidiu que era tempo de revisitar o passado. Ouvir Mara falar sobre escrever cartas deu-lhe uma ideia. Talvez ela também precisasse escrever uma carta.

Respirando profundamente, ela tirou seu caderno da bolsa e orou, pedindo a Deus ajuda para encontrar as palavras que ela nunca tivera coragem de dizer.

Meu querido Jimmy...

Será que ela conseguiria mesmo fazer isso, se aquelas três primeiras palavras já a levavam às lágrimas? Ela inspirou e expirou novamente, fixando o olhar na pequena jarra de flores sobre a mesa.

Jesus, caminhe comigo. Por favor.

> *Meu querido Jimmy,*
> *Escrevo esta carta para mim mesma. Se você estivesse aqui, eu sei que entenderia.*
> *Você sempre disse que eu precisava ser mais gentil comigo mesma. Tentou me mostrar que amar a mim mesma não era egoísmo, mas um jeito de abrir meu coração ao amor de Deus por mim. Você sempre conheceu o amor de Deus de uma forma que eu nunca compreendi e aproveitou cada dia da nossa vida juntos como uma oportunidade de me mostrar o que significava ser amada e preciosa.*
> *Obrigada, Jimmy. Agora eu entendo.*

Vou me despedir de você de um jeito novo essa noite. Ou talvez eu nunca tenha me despedido de verdade. Talvez tenha te enterrado tão fundo em mim que, ao longo dos anos, esqueci que você estava lá. Mas esta noite estou dizendo que te amo e que sinto sua falta.

Ao admitir o quanto ainda te amo, também digo o quanto me doeu quando você partiu. Naquele dia, eu também morri. Mas precisava continuar vivendo. Só não sabia como. Quem me dera ter feito de maneira diferente. Quem me dera não ter ficado com tanto medo.

Mas você ficaria tão orgulhoso da sua linda filha. Ela não tem medo. Ela tem o seu amor pela vida e pelo próximo. Peço ao Senhor que ela também conheça o seu amor por Deus. Ou melhor, que ela saiba o quanto Deus a ama.

Você teria mostrado isso a ela, Jimmy. Teria vivido de tal forma que Becka nunca teria dúvida do quanto o Pai Celestial a ama. Eu oro para ser capaz de conduzir nossa filha ao coração de Deus. Senhor, me ajude.

Eu me lembro de uma vez, quando você disse que orava para que eu soubesse o quanto Deus me ama. Disse que esperava um dia quando eu percebesse que seu amor era apenas uma sombra do amor de Deus por mim. Tinha me esquecido disso até pouco tempo atrás. Mal posso acreditar que me esqueci. Mas nos anos que se seguiram da sua morte, me esqueci de tantas coisas. Eu me perdi.

Mas agora fui encontrada, meu amor. Eu fui encontrada. Só queria te agradecer por isso, o seu último presente.

E dizer que te amo. Sempre.

No caminho do restaurante para casa, Meg parou na floricultura e comprou um grande buquê com duas dúzias de rosas brancas para si mesma.

Era o tipo de coisa que o Jimmy faria para lhe dizer o quanto a amava e sentia sua falta.

HANNA

Hanna lavava as louças do café da manhã na pia da cozinha. Ela não conseguia parar de pensar na lista de questões que estava acumulando: quem é você? O que você quer? De onde você veio? Para onde você vai? E agora, onde você está?

Perguntas tão simples de fazer, e tão complicadas para responder. Ela estava fazendo o mínimo de progresso?

Ela pegou um pano de prato vermelho e secou lentamente a tigela de cereais.

Quem era ela? Ela era a amada de Deus, aquela que Jesus amava.

O que ela desejava? Essa ela não ia responder. Simplesmente pularia essa pergunta.

De onde ela veio? Ela havia começado a desempacotar algumas das tristezas do passado, apesar de certas caixas mentais e emocionais importantes ainda estarem hermeticamente seladas. Pelo menos ela reconhecia a existência delas.

Hanna pôs a caneca e a tigela de cereal no armário e limpou o balcão da cozinha.

Para onde ela estava indo? Deveria estar se aproximando do coração de Deus, mergulhando mais fundo na confiança em Deus e em seus planos de paz.

Onde ela estava?

Hanna caminhou até a janela voltada para o lago, se enrolou em uma coberta no sofá e começou a escrever sua resposta.

12 de novembro, 10h

Onde você está, Hanna? Onde você está? Essa é a pergunta do Espírito Santo para mim nesse momento. Só não sei como responder.

Escondida, eu acho. Continuo me escondendo dos outros, me escondendo de mim mesma.

No almoço do sábado no Cantinho Caseiro depois do grupo, eu me imaginava aconselhando a Mara e a Meg sobre luto e perdão, porém, tudo que eu conseguia pensar era a fraude que eu sou. Médico, cura-te a ti mesmo! Meg e Mara têm sido tão corajosas, não só para enfrentar o passado, mas para falar sobre isso de um jeito tão livre, tão aberto.

Posso contar quanta energia me custa ouvir a Meg falar do próprio pai? Eu me identifico. Até demais. Não estou pronta para isso. Nem mesmo na segurança dessas páginas. Eu não posso, Senhor. Me perdoe. Mas não posso.

Não. "Não posso" não é o certo a se dizer, não é mesmo? Eu não vou. É um ato da minha vontade. Já tenho muito para processar. Não preciso de mais um peso além de tudo que já se empilhou. Não me peça para fazer isso, Senhor. Por favor. Não agora.

Para completar, teve toda aquela história com a Charissa no sábado. Ela confessava seus pecados corajosamente, e tudo o que eu consegui fazer foi ficar lá sentada, sentindo rancor e pena de mim mesma. Ela contava que estava triste pela gravidez, e eu fiquei com raiva. Ela tem o que eu queria e nunca tive. Mesmo confessando tudo isso a Deus, mesmo depois de derramar minha raiva e decepção, a minha situação não mudou. Isso ainda me dói. Não sei se algum dia vai parar de doer.

Quando ponho minhas vestes de pastora, compreendo o processo de luto da Charissa. Sei que essa gravidez não fazia parte dos planos dela e seus outros sonhos estão morrendo. Mas eu ainda estava tão chateada quando a ouvi falar sobre isso. Fiquei tão irada. Inacreditável o tamanho da minha raiva e ressentimento.

Por isso confesso tudo novamente, Senhor, e peço que me ajude. Confesso que tive inveja da vida da Charissa. Cobicei seu marido amoroso e a dádiva de um bebê. Me perdoe, Senhor. Preciso que a sua graça me ajude a viver a minha realidade. Preciso conhecer a sua presença e o seu amor, mesmo quando não tenho o que quero. Por favor, Senhor. Me ajuda a querer mais de ti. Vou sempre desejar mais as suas bênçãos do que desejo o Senhor? Tenho momentos de esperança, mas ando em círculos com tanta facilidade. Como sempre disse aos outros, talvez parte do meu progresso seja discernir o que me impulsiona e perceber cada vez mais rápido quando isso acontecer. Me ajude, Senhor. Me ajude. Não consigo mudar. Caio tão rápido em uma espiral de remorso. Por favor, me ajuda a fixar os olhos em ti. Por favor.

Então, onde estou? Continuo sofrendo e tentando deixar tudo isso ir embora. Alguns passos para frente, alguns passos para trás.

Não paro de pensar na Meg me pressionando algumas semanas atrás, depois do culto de domingo. Ela me surpreendeu com perguntas sobre o Nathan quando eu estava desprevenida, e eu dei todo tipo de respostas vagas. Eu também não queria responder a questão "Onde você está?" a respeito dele.

Eu e ele conversamos algumas vezes por telefone e temos outro almoço marcado para a próxima semana. Por um lado, é tudo muito casual. Ele é muito tranquilo com a questão de se reconectar a uma antiga amizade. Acho que ele deseja me ajudar a navegar pelo meu próprio "deserto espiritual", se eu permitir. Mas como eu estou em relação a isso?

Assustada. Mais do que assustada. Não confio no meu coração. Sempre que falo com ele, eu quero mais. É isso. Acho que agora fui sincera. Isso me apavora. Não vim ao Michigan para me apaixonar. Estou tentando proteger o meu coração.

Outro dia ele me contou que ele e o Jake já se inscreveram para a peregrinação à Terra Santa. Não fazia ideia de que ele ia quando mencionei que estava pensando nisso. Agora tenho medo de ir. Por mais que eu queira andar por onde Jesus andou, por mais que fosse um sonho se tornando realidade para mim, não tenho certeza se conseguiria fazer isso com o Nathan. Tenho medo de me aproximar demais. É onde eu estou.

Deus, me ajude. Estou um caos. Quem me dera ter coragem de sair do esconderijo como os outros fizeram e dividir os meus fardos. Não, isso não é bem verdade. Tenho de voltar um pouco. Suponho que posso pedir a ti para que eu tenha o desejo de sair do esconderijo e ter coragem. Porque não quero parar de me esconder. Não quero a coragem delas. Esse é o ponto onde estou.

A Nancy telefonou um dia desses. Ela me convidou para o Dia de Ação de Graças. Foi uma oferta muito carinhosa, mas acho que seria muito difícil agora. Não confio em mim mesma. Mesmo que eu ficasse por apenas alguns dias, tentaria me reconectar à igreja. Preciso continuar distante. Por mais difícil que seja, preciso me afastar. Claro, o Nate também me convidou para a ceia de Ação de Graças com ele e o Jake. Só eles dois. Mas também inventei uma desculpa. Menti, na verdade, disse que já tinha outros planos. É melhor para mim estar sozinha. Por todo tipo de razões. É onde eu estou.

O telefone está tocando. Até mais tarde.

— Não sei por que senti com tanta intensidade que precisava ligar para Hanna — Charissa disse ao John naquela noite, quando os dois já estavam deitados. — Acho que eu me enganei.

— Por que você acha isso? — Ele perguntou, afagando-lhe o cabelo.

— Então, no fim da reunião da jornada sagrada, falei sobre como fui egoísta a respeito da gravidez... Como estava infeliz com isso e o quanto eu tinha magoado você. Então, hoje me lembrei do nosso piquenique na praia, quando Mara tentou descobrir sobre os relacionamentos da Hanna e ficamos sabendo que ela passou por uma histerectomia faz alguns meses. Ela mudou de assunto muito rápido, mas havia algo no olhar dela quando Mara disse que não era tarde demais para encontrar alguém e ter filhos. Não sei bem como descrever.

— Chateada?

— Não. Completamente estoica.

— Talvez ela não tenha se incomodado — John comentou.

Charissa negou com a cabeça.

— Não sei. Não tenho certeza. Enfim, estava me imaginando no lugar da Hanna. Sabe, se eu tivesse a idade dela e não tivesse família, poderia ficar muito ressentida com alguém que viesse se queixar de estar grávida. Só queria pedir desculpa.

— O que ela disse?

— Ela disse pra eu não me preocupar, que ela nem tinha pensado nisso. Ela disse o quanto estava feliz por nós e que eu fui corajosa de verdade em confessar o meu pecado para elas. Então ela mudou de assunto.

John deu de ombros.

— Talvez não seja tão importante pra ela. Existem muitas mulheres solteiras e felizes.

— Eu sei — Charissa suspirou. — Só não acho que a Hanna seja uma delas.

MEG

Na quinta-feira, dia 13 de novembro, Meg se sentou à mesa da cozinha, lendo uma carta escrita à mão que havia acabado de receber de Loretta Anderson.

> *Minha querida Meg,*
> *Já me questionei mil vezes depois da nossa conversa pelo telefone.*
> *Não sei se agora estou fazendo a coisa certa ou não. Só sei que não sinto paz desde aquele dia em que conversei com você. Eu peço que me perdoe se a minha carta nesse momento te provocar mais dor. O que estou contando a você, eu revelo com amor, na esperança de que Deus use isso da maneira que ele achar mais proveitosa para te ajudar e curar.*
> *Me lembro do dia em que o seu pai morreu como se fosse ontem. As imagens estão gravadas a ferro e fogo em minha mente. Quem me dera não estivessem, mas talvez tenha sido*

para um momento como este. Talvez desde o começo Deus tivesse planejado que eu te contasse a verdade sobre o que aconteceu, mas não consigo expressar o quanto isso dói. Talvez o meu desejo de proteger tanto os vivos quanto os mortos tenha sido um obstáculo à verdade que Deus quer que você saiba.

Como eu disse ao telefone, tenho lindas lembranças de quando assistia seu pai brincando com você. Você era um raio de luz na vida dele, e ele te amava. Ele nos disse muitas vezes o quanto se orgulhava das filhas. Tenho certeza de que ele ficaria muito orgulhoso da mulher que você se tornou. Sua bondade e compaixão pelas pessoas são dádivas que seu pai teria admirado. O seu pai também era bondoso e compassivo. Esse foi o verdadeiro William que conhecíamos e amávamos.

Em seus últimos anos, ele travou uma batalha perdida contra o alcoolismo. Não tenho a pretensão de saber as razões pelas quais o seu pai começou a beber tanto. Só sei que eu e o Robert víamos com tristeza como ele foi perdendo mais e mais o controle sobre a própria vida. A sua mãe, como você sabe, tinha certo orgulho em manter as aparências, e esse comportamento dele se tornou uma fonte de vergonha e embaraço para ela. Especialmente quando era visível para outras pessoas.

Seis meses antes de morrer, ele bateu o carro em uma árvore do nosso jardim. Ficamos aliviados por ele não ter se machucado, mas poderia ter sido muito grave. Você estava brincando no pátio, e ele não te atropelou por muito pouco. Ele não se lembrava de nada depois, mas, é claro, ficou apavorado e de coração partido quando percebeu o que tinha feito. Ele ficou assustado quando imaginou o que poderia ter acontecido. Uma noite ele disse ao Robert que não conseguia se perdoar. Ele contou que se preocupava que tivesse perdido o controle do álcool e não conseguisse parar de beber. O medo de machucar você ou a Rachel o atormentava. Ele estava extremamente preocupado com isso. Ele ficava cada vez mais deprimido e acho que perdeu a esperança de vencer a batalha contra seus próprios demônios. Ele realmente se tornou uma alma atribulada.

No dia em que ele morreu, eu estava cuidando do jardim na lateral da minha casa. Conseguia ouvir as discussões lá em cima através de uma janela aberta. Tentei evitar, mas ouvi o suficiente para saber que a sua mãe estava indignada com o tanto que ele bebia. Não sei o que provocou a briga, mas a sua mãe acabou saindo de carro com você. Algumas horas depois, eu e o Robert ouvimos o tiro.

Felizmente, a casa estava destrancada, e eu e o Robert entramos correndo, chamando seu pai freneticamente. Quando o encontramos no andar de cima, estava deitado na cama, sem vida, com uma foto sua e da Rachel ao lado dele.

Eu sinto muito se isso te provocar mais dor. Você já passou por tanto sofrimento em sua vida. Apesar de muitas perguntas ficarem sem resposta, queria que você soubesse que os últimos pensamentos do seu pai certamente foram sobre vocês. Por alguma razão, o William devia acreditar que fez aquilo porque amava vocês. Pois eu sei o quanto ele te amava, Meg.

A sua mãe nunca compartilhou comigo os pensamentos ou sentimentos dela sobre o que aconteceu. Não sei com quem sua mãe poderia ter compartilhado confidências, ou mesmo se teria alguém para isso. Ela era uma pessoa muito reservada e fizemos o possível para proteger ao máximo a privacidade dela. O Robert e eu concordamos que nunca falaríamos sobre o que vimos, exceto o que fosse necessário revelar às autoridades competentes. As pessoas que conheciam o William sabiam que ele gostava de beber, e foi amplamente presumido que ele estava embriagado quando a arma disparou. Em todo o caso, nunca corrigimos ninguém que se referiu à morte do seu pai como um acidente. Suponho que por amor a ele e por um desejo de proteger sua reputação. Também estávamos determinados a nunca contradizer o que sabíamos que a sua mãe havia contado para você e a Rachel.

Isso é o que eu sei... o que eu soube. Por favor, me perdoe pelas dores que meus segredos ou minhas revelações causarem. Enquanto escrevia esta carta, eu orava por você. Continuei orando por você na expectativa de quando você a recebesse. Que você possa conhecer o amor firme e constante do Pai Celestial, enquanto atravessa as dores que ainda precisa processar. Você está guardada no coração dele e no meu. Para sempre, minha querida.

Com profundo amor e carinho,
Loretta

Com as mãos tremendo de emoção, Meg recolocou a carta no envelope e levou-a até o quarto de seus pais. Ela pousou a carta no travesseiro da mãe e, ao sair, fechou a porta firmemente atrás de si. Então, cambaleou para seu próprio quarto, seu quarto de infância, e desmoronou na cama, soluçando.

DOMINGO

Hanna acordou às 4h no domingo com o mesmo sonho que a perturbava todas as noites. Já fazia uma semana.

Ela tentava falar. Tentava dizer algo muito, muito importante, mas não conseguia formar as palavras na boca. Então ficava cada vez mais frustrada até finalmente perceber que estava usando aparelho nos dentes. Por que ela estaria usando um aparelho? Ela não precisava.

Já tinha se livrado do aparelho há anos.

Se ela descobrisse o significado do sonho, talvez o subconsciente parasse de gritar com ela.

Rolando de um lado para o outro, ela tentou em vão voltar a dormir.

Mara estava sentada na igreja domingo de manhã tentando se livrar do ressentimento contra seu marido. Enquanto o pastor Jeff pregava, Mara repetia mentalmente a conversa à mesa na noite anterior.

Repetia e repetia, vezes sem conta.

Ela finalmente havia levantado o assunto da ceia de Ação de Graças, expressando seu desejo de que a família servisse junta no Abrigo Nova Estrada.

— Eu só achei que seria uma coisa maravilhosa para fazermos todos juntos — Mara disse. — Temos tanto a agradecer, enquanto existem tantas pessoas que não têm nada.

— O quê? Você quer dizer ficar sem a nossa ceia em casa? — Brian perguntou, incrédulo, enchendo o prato com uma segunda rodada de espaguete e almôndegas. — De jeito nenhum!

— Verdade, mãe — o Kevin concordou. — A gente sempre fez a ceia em casa. Além disso, a gente sempre assiste o futebol com o papai. Não vou trocar nossa ceia só pra ir num lugar que a gente nunca foi, ficar com um bando de mendigos.

Mara roeu uma unha e contou até dez antes de responder.

— Ainda podemos jantar aqui, só um pouco mais tarde. Podemos fazer as duas coisas.

Tom bagunçou o cabelo ruivo do Kevin.

— Concordo com os meninos — ele disse, pegando mais pão de alho. — Não estou interessado.

Mara passou o resto da refeição fervendo em silêncio, esperando até que os filhos fossem jogar videogame no porão antes de falar novamente com o marido.

— Você sabe o quanto esse lugar significa pra mim — ela disse com calma. — O Abrigo Nova Estrada salvou a minha vida.

Ele não respondeu.

— Por que você não pode fazer isso por mim? Seria bom pros meninos servirem outras pessoas.

Tom se recostou na cadeira.

— A sua vida naquela época era a sua vida — ele disse. — Eu não tenho nada a ver com isso — os lábios dele se curvaram em um sorriso sarcástico. — Já sei... Por que você não chama o Jeremy e pergunta se ele vai com você? Vocês certamente passaram muitos momentos felizes ali, só vocês dois.

Os olhos de Mara arderam.

— Isso não é sobre mim e o Jeremy.

Tom se levantou da mesa.

— Faça o diabo que você quiser. Nós não vamos com você. Só não atrapalha a gente com os seus planos.

Mara foi puxada para fora de seus pensamentos pelo som do grupo de música tocando as primeiras notas do cântico de encerramento e se levantou com a congregação para cantar.

Meg sentou-se de pernas cruzadas na cama no domingo à tarde, observando as rosas brancas na mesa de cabeceira. Estava quase na hora de se desfazer delas. Ela arrancou uma das pétalas enrugadas e esfregou lentamente entre os dedos.

— Enviei um bilhete à Loretta hoje cedo — disse à Hanna, segurando o telefone mais firmemente contra o ombro. — Só queria agradecer por ela me contar a verdade, por mais difícil que tenha sido ouvir — ela fez uma pausa. — Sabe, tinha fechado a porta do quarto dos meus pais depois de falar com ela ao telefone. E agora que eu sei ainda mais detalhes sobre a morte do meu pai, não sei se consigo abrir novamente. Não aguento ver aquela cama.

— Eu acho que isso é bem compreensível — Hanna respondeu. — O que aconteceu naquele quarto foi horrível.

Meg continuava olhando para as rosas.

— É verdade. Mas eu também sinto que preciso fazer algo pra tirar isso de dentro de mim. Fiquei pensando nas cartas que Mara está escrevendo pras meninas que a magoaram. Na semana passada eu escrevi aquela carta para o Jimmy. Por mais difícil que fosse me sentar no restaurante sozinha e expressar a dor e o profundo sentimento de perda que venho sentindo, foi algo tão terapêutico. Não sei bem... — a voz dela falhou, e o outro lado da linha estava em silêncio.

— Muitas vezes digo para as pessoas que só podemos deixar as coisas que já tivemos — Hanna disse finalmente, em voz baixa. — Talvez um dia você escreva uma carta ao seu pai, como uma forma de entregar tudo isso a Deus em oração.

Depois de desligar o telefone, Meg ficou deitada na cama por um longo tempo, olhando para o teto. Talvez uma carta fosse precisamente seu próximo passo no caminho certo. Talvez houvesse muitas coisas difíceis que ela precisava dizer ao pai.

Talvez.

John se deitou na cama domingo à noite, segurando a mão de Charissa enquanto acompanhava um lado da conversa ao telefone. Eles por fim haviam decidido contar aos pais dela a notícia sobre o bebê e, pela expressão dolorosa no rosto de Charissa e o nervosismo em sua voz, ele podia ver que a conversa não corria bem. Ainda que John tivesse assegurado que ela não tinha com que se preocupar, estava evidente que Charissa previra muito bem a reação deles.

— Não sei, papai. Ainda não tenho certeza — ela disse, enrijecendo a postura. John soltou sua mão, sentou-se e começou a massagear gentilmente seus ombros. Ela não relaxava. — Não, eu não desperdicei tudo. Tem muitas mulheres que conseguem lidar com muitas tarefas. O Dr. Allen disse que não temos de decidir nada sobre o doutorado agora — pausa. — Não, eu sei... eu sei o quanto eu me esforcei... — sua voz começava a falhar, e seus lábios tremiam. Estava na hora de acabar essa conversa.

— Amor — disse John de modo alto o suficiente para os sogros ouvirem a voz dele —, temos que ir.

Ela virou o rosto agradecido em direção a ele, os olhos cheios de lágrimas.

— Ei, mamãe? Papai? Tenho que ir. O John está me chamando. Eu ligo mais tarde, tudo bem? Amo vocês.

Desligando o celular, ela enterrou a cabeça no peito do John e começou a chorar.

— Eu sinto muito, querida — ele disse em voz baixa, abraçando Charissa e afagando seu cabelo. — Sinto muito por isso.

MEG

Nos três dias seguintes, Meg orou fervorosamente, pedindo a coragem para colocar os pés em mais um turbilhão de tristeza. Ela continuava ouvindo a voz da mãe depreciando-a por ser muito sensível e ordenando que Meg virasse adulta, mas agora Meg também começava a ouvir a voz constante do Espírito convidando-a a dar os próximos passos para a liberdade.

Sentada à frente da escrivaninha, na quarta-feira à noite, Meg pediu ao Bom Pastor para caminhar com ela na escuridão do passado de sua família. Meg ficou sentada por um longo tempo, encarando uma folha de papel em branco, orando Isaías 43: *Não temas, Meg, porque eu te salvei. Chamei-te pelo nome, Meg. Tu és minha.*

Por fim, com as mãos geladas, ela começou a escrever.

> *Querido paizinho,*
> *Esta noite a garotinha que cresceu sem pai precisa te escrever esta carta. Nem sei aonde isso vai parar. Eu peço a Deus que me ajude a encontrar as palavras. Imagino que essa é apenas a minha primeira tentativa de caminhar para um novo tipo de cura. Não sei aonde esta estrada vai me levar. Mas estou caminhando nela.*
>
> *Gostaria que o senhor tivesse escolhido um caminho diferente, papai. Loretta disse que o seu último pensamento com certeza deve ter sido em mim e na Raquel — sejam quais foram as razões para tirar sua vida, você deve ter acreditado que estava fazendo o que seria melhor para nós. Não sei se isso é a verdade. O senhor não nos deixou o presente de abrir seu*

coração. Nunca vou saber as razões que te levaram a escolher nos deixar. Você não nos contou o porquê. Poderia passar o resto dos meus dias enlouquecida, repetindo essa pergunta sem resposta. Uma amiga me disse que preciso encontrar um jeito de fazer outra pergunta. Nunca vou ter a resposta a "por quê?". Assim, preciso começar a perguntar: "e agora?".

Mas, antes que eu possa perguntar, preciso olhar para o quanto me sinto triste. Todos esses anos, eu pensei que a sua morte havia sido um terrível acidente. E agora descobri que o senhor escolheu nos abandonar. O senhor, mais do que qualquer outra pessoa, sabia como a vida com nossa mãe era difícil. O senhor sabia disso. E nos deixou sem a sua ajuda. Papai, o senhor nos traiu. A sua presença e o seu amor poderiam ter feito a nossa vida mais leve. Talvez pensasse que ao se matar estaria nos protegendo. Eu não sei. A Loretta disse que o senhor tinha medo de nos fazer mal. Mas no momento em que atirou em si mesmo foi quando me machucou da pior forma possível.

Por isso, esta noite digo em voz alta que a minha vida teria sido diferente se o senhor tivesse feito uma escolha diferente. Esta noite confesso que estou triste e irada. Muito triste, papai.

Mas não estou amargurada.

Eu lamento tanto que o senhor tenha sido tão dominado pelo desespero, tristeza e desamparo que não viu outro caminho a seguir. Lamento que não tenha vislumbrado um futuro e esperança para o senhor. Para nós. Eu sinto tanto. Deve ter sido um inferno. Nem finjo saber como é esse tipo de desespero. Eu nunca me senti assim, nem mesmo nos meus dias mais sombrios. E tive alguns dias muito sombrios. Papai, não estou te julgando. Estou te perdoando.

Deus me deu uma memória preciosa com você e eu guardo suas palavras como palavras de Deus para mim: "Estou te segurando, florzinha. Vai lá". Mesmo que o senhor tenha soltado a minha mão, papai, eu sei que Deus me segura e me ajuda a ir onde for preciso, aconteça o que acontecer. Não consigo descrever a profunda sensação de paz quando me lembro disso. Eu sei com todo o meu coração que o amor de Deus nunca falha, e a fidelidade dele é a minha força. O Senhor é o meu pastor, o meu amigo, o meu amor e o meu Pai.

A Loretta me presenteou com a descrição de momentos que partilhei com o senhor, mas não me lembrava. Quem me dera lembrar de quando brincávamos juntos. Queria muito lembrar do senhor cantando. Esta noite, enquanto escrevo isto, me vem mais uma imagem sombria.

Nem sei se é real, mas acho que não importa. Tenho uma imagem de mim mesma na calçada, olhando para a casa, em busca do seu rosto. Mesmo sem distinguir seu rosto, vejo uma sombra na janela do andar de cima, acenando para mim.

Adeus, papai.

Mais uma vez.

HANNA

— Então, amanhã é a última reunião do grupo? — Nathan comentou enquanto almoçavam no Cantinho Caseiro na sexta-feira à tarde.

Hanna acenou com a cabeça e pôs mais molho de mel e limão na salada de frango grelhado.

— Agora preciso descobrir o que fazer com o resto da minha licença sabática.

— Já pensou mais um pouco sobre a viagem à Terra Santa?

— Não muito — ela mentiu. Havia passado horas pensando nisso.

Ele mergulhou uma ponta do sanduíche de baguete com carne assada no molho.

— O que te impede?

— Não sei. Preciso orar a respeito. Não sei se é algo que o Senhor quer que eu faça.

Era isso. Uma desculpa piedosa para ser evasiva.

— O que você quer, Shep?

Ele tinha visto por trás da máscara dela. Às vezes, ela odiava esse dom nele.

— Não sei o que eu quero — ela mentiu mais uma vez. Ela sabia o que queria e o que desejava *não querer*. Ela foi rápida em mudar de assunto. — Me fala sobre as suas aulas, Nate. Quando termina o semestre?

— Mais umas duas semanas. — Ele puxou uma cebola caramelizada que se pendurava na beira do sanduíche — Mal acredito que o Dia de Ação de Graças já é semana que vem. O que aconteceu com o outono?

Conversaram mais um pouco sobre temas aleatórios. Normalmente, Hanna detestava conversa fiada. Ela achava cansativo. Mas hoje a conversa servia ao propósito de impedir Nathan de investigar as profundezas do espírito da Hanna. Ela imaginava quanto tempo ele a deixaria continuar. Afinal, ela sabia que ele também não gostava. Achava uma perda de tempo.

Assim que a garçonete tirou os pratos vazios, Hanna ouviu uma respiração preparatória. Ela prendeu o fôlego. Ela reconhecia essa respiração. Ele deixava a superfície para mergulhar fundo.

— Então, Hanna. Eu não sou seu pastor ou mentor espiritual, mas sou seu amigo. E estou interessado de verdade em saber como você está. Até agora, só vi a máscara. Onde você está?

Mesmo com um breve momento para se preparar, a pergunta ainda a assustou.

— Você mantém um controle dos textos que a Katherine utiliza nos grupos de jornada sagrada? — Ela perguntou.

— Não. Por quê?

— Só imaginando.

Ela tomou um gole de café lentamente.

— Você sempre pode escolher não responder à pergunta — ele disse. — Só não gosto de joguinhos.

— Ok... Eu escolho não responder. Estou processando muita coisa e não estou pronta pra falar sobre isso.

— Justo.

Ele parou de falar. Estava claro que ele não ia mais oferecer o benefício da conversa fiada. Se quisesse alguma conversa, Hanna teria de conduzir. Ela o conhecia bem demais para pensar que ele a castigaria ou manipularia através do silêncio. Ele estava apenas à espera.

Hanna desejou que ainda tivesse um prato de comida à sua frente, algo para se distrair e manter as mãos ocupadas. Ela pegou um copo d'água e bebeu mais do que gostaria.

Onde você está? Onde você está? Onde você está? A questão pairava entre eles em uma nuvem densa e sufocante, como um espesso redemoinho. Ela estava sufocada.

— Eu menti sobre o Dia de Ação de Graças — ela confessou discretamente.

A fisionomia dele estava inexpressiva, assim como o tom de voz.

— Por quê?

— Não é que eu não apreciei o convite, Nate. Eu... é que...

Ele pousou a caneca de café.

— Não tive segundas intenções quando te convidei. Só não queria que ficasse sozinha. Só isso.

Então, era lá que estava o coração dele. A decepção revelou onde ela mesma estava. Hanna fabricou um sorriso.

— Me desculpe — ela disse. — Me perdoe.

— Estou feliz por sermos amigos novamente — Nate respondeu. — Eu te disse desde o começo que não precisava se preocupar que eu voltasse ao passado. Na verdade, talvez ajude se eu te contar que você tomou a decisão certa quando se afastou.

Hanna não tinha certeza se as palavras dele eram um presente ou um fardo. Ela podia confiar em si mesma para falar?

— Como assim? — Ela finalmente perguntou.

Ele se inclinou para frente, juntando as mãos sobre a mesa.

— Éramos tão jovens. Pensei que sabia o que queria. Você era a minha melhor amiga e eu me preocupava com você mais do que com qualquer outra pessoa. Você me levou a amar mais a Deus, e isso foi muito importante pra mim. Muito, muito importante. Fiquei devastado quando você se foi.

Ela se encolheu.

Ele notou.

— Não digo isso pra te magoar, Hanna. Essa é a verdade. Por mais que doesse quando você foi embora, odeio pensar no que poderia acontecer se você ficasse.

Ela tirou as mãos da mesa para que ele não a visse tremendo e apertou com força o guardanapo no colo.

— Eu não estava pronto para um relacionamento — ele disse lentamente. — Veja o que fiz com a Laura. Detesto pensar no que poderia ter feito a você.

Hanna fixou o olhar na cesta de sachês de geleia no centro da mesa, determinada a não chorar. Ela não ia chorar. Não ia, não ia, não ia.

— De qualquer forma — disse Nathan —, só espero que a sua relutância em participar da peregrinação não tenha nada a ver comigo. Pode confiar em mim, Shep. Eu prometo.

Meu Deus, ela orou em silêncio. *Me ajude.*

— Eu já enchi demais o seu ouvido por hoje — Meg olhou para Hanna do outro lado da mesa da cozinha. — Chega de falar do meu pai. Eu também quero saber como foi o seu dia.

Hanna balançou a cabeça.

— Não tenho muito pra contar. Depois de almoçar com o Nathan, passei a tarde na livraria, namorando todos os livros que eu quero ler. Pela primeira vez em anos, tenho tempo para ler tudo. Sem desculpas. — Hanna deu um sorriso triste. — Acabei comprando um monte deles.

Ela olhou para a caneca de Meg enquanto ela servia mais chá para as duas. *Margaret, uma pérola.* Ela imaginava se Meg alguma vez contemplou o significado de seu nome.

— Uma pérola — disse Hanna, gesticulando em direção à inscrição. — Combina perfeitamente com você.

— Obrigada — Meg respondeu timidamente. — Foi a Katherine quem falou primeiro sobre o significado do meu nome, depois lembrei que a Sra. Anderson também me deu uma caneca quando eu era pequena. Mal acredito que a encontrei em uma caixa no sótão. — Ela acrescentou leite no chá. — A minha mãe não era do tipo sentimental para guardar coisas da minha infância, então, encontrar isso foi um grande presente.

Hanna olhava para o jarro de crisântemos roxos na mesa, decidindo como faria Meg continuar falando.

— Eu acho incrível como você está atravessando as dores do luto em oração, Meg, tanto pelo seu pai, quanto pelo Jimmy. É preciso muita coragem pra fazer isso.

Meg sorriu.

— Tudo o que está acontecendo é por obra do Espírito Santo. Eu continuo dando um passo de cada vez, lembrando que Jesus caminha ao meu lado. — Ela fez uma pausa. — Sabe, hoje eu fiz uma coisa que não conseguia há muito tempo.

Hanna se inclinou para frente, apoiando os cotovelos na mesa.

— Hoje de manhã eu passei pela minha antiga casa, onde eu e o Jimmy moramos durante seis anos. Não é longe daqui, apenas alguns quilômetros. Mas não passava lá há anos. Era doloroso demais pra mim.

Hanna acenou com a cabeça, incentivando Meg.

— De qualquer forma — Meg continuou —, tem uma placa de "vende-se" na frente da casa. Por um instante, eu daria qualquer coisa para entrar e dar uma volta lá dentro. Estou meio tentada a descobrir quando vão abrir para os compradores e dar uma olhada. Não sei. Talvez seja outro jeito de me despedir. Parece estranho?

— De maneira nenhuma — Hanna respondeu. — Cada um de nós tem maneiras diferentes de encerrar um assunto.

Mas alguns preferem deixar tudo hermeticamente fechado, ela pensou.

— Eu e o Jimmy adorávamos aquela casa. — Meg ofereceu à Hanna o prato de brownies caseiros. — Acho que é por isso que é tão doloroso pensar nela. Eu era tão feliz. Talvez, se eu tivesse mais coragem para criar a Becka sozinha, teria ficado. Mas fiz a minha escolha, e ainda estou aqui. — Ela soltou o ar lentamente. — Mas ultimamente estou pensado em vender essa casa. Não sei bem. Talvez esse seja o próximo passo na minha libertação... me livrar da culpa por desapontar minha mãe. Talvez seja o próximo degrau de liberdade que preciso subir.

Essa era a mesma mulher que mal conseguia fazer contato visual dois meses atrás?

Hanna pegou uma gota de chocolate no prato e ficou rodando entre os dedos antes de pôr na boca.

— Para onde você se mudaria? — Perguntou.

— Não sei. Acho que ficaria em Kingsbury. Kingsbury sempre foi o meu lar, e não tenho nenhum motivo para mudar para outra região. — Meg deu de ombros. — Imagino que vou precisar de algum tempo de reflexão quando eu voltar em janeiro. Estou tentando não ficar sobrecarregada antes de viajar, tentando avançar com calma, sem me forçar demais.

— Parece sensato.

Os únicos sons na casa eram o zumbido baixo da geladeira e o tique-taque do relógio do avô. Enquanto a casa a pressionava com quietude sombria, Hanna percebeu sua esperança de que Meg a vendesse e ficasse livre.

Meg segurou a caneca com as duas mãos e acrescentou:

— Eu lembro que uma vez você me disse como o Espírito é bondoso ao revelar o que precisamos, no momento em que precisamos. Eu não quero resistir ao que Deus está fazendo. Quero estar atenta.

— "Perseverar com o que mexe contigo", não é? — Hanna comentou.

— Isso mesmo. Tanto as coisas positivas quanto as negativas. Eu vejo que Deus está trabalhando em todo esse movimento, e eu só quero continuar, avançando cada vez mais. Não consigo explicar como é incrível não ter medo de cavar profundamente. Saber que o Senhor está comigo faz toda a diferença. Como você me ensinou, Hanna. Se trata de saber para onde vamos. Estou indo mais fundo no coração de Deus, e isso me mantém a salvo. Nunca vou me esquecer disso.

As palavras de Meg traspassavam e condenavam Hanna. Meg tinha sido tão aberta, tão honesta, tão vulnerável. Hanna continuava escondida atrás da máscara.

Por quê? O que lhe dava tanto medo?

Lá estava ela, ouvindo alguém testemunhar a liberdade que havia recebido de Deus, liberdade para olhar com atenção os detalhes feios do próprio passado e expor as dores à luz do amor restaurador de Deus. Hanna havia conduzido Meg por um caminho que ela mesma recusava percorrer.

Na verdade, ela passou anos pastoreando pessoas por estradas que ela se recusava a trilhar. Por quê? O que lhe provocava tanto medo?

— Você parece cansada, Hanna — Meg comentou enquanto guardavam os últimos pratos do jantar. — Não se sinta obrigada a ficar acordada por minha causa. Preparei o quarto da Becka pra você.

— Obrigada. Acho que vou subir, se não se importa. Talvez escrever um pouco antes da reunião de amanhã.

Hanna passou pelo hall de entrada, pegou a mochila e seguiu Meg pela escada. Quando chegaram ao corredor, reparou na porta fechada em frente ao quarto de Meg. Presa à porta estava uma figura a lápis em que Jesus, com as marcas dos cravos nas mãos, abraçava com ternura um cordeirinho. Hanna tinha o mesmo desenho em uma parede de seu escritório.

Meg sorriu vendo Hanna observar o quadro.

— Eu vi em uma livraria alguns dias atrás, e ele tocou meu coração. Não é lindo?

— Um dos meus preferidos — Hanna respondeu.

— Sei que é um pouco estranho ele estar pregado na porta, mas... — Hanna ouviu a voz de Meg vacilar. — O quarto dos meus pais — ela explicou suavemente. — Nesse momento, me pareceu o lugar certo para colocar. Como um lembrete de quem me segura.

Hanna concordou devagar, imaginando a tragédia e a tristeza que haviam ocorrido atrás daquela porta fechada. Ela imaginou o puro horror de entrar e encontrá-lo deitado na cama. Ela sentia a cabeça girar.

— Você está bem? — Meg perguntou, seu semblante cheio de preocupação. — Você está muito pálida.

Hanna fechou os olhos e se estabilizou, estendendo a mão para tocar a parede.

— Um pouco tonta — murmurou.

Meg pegou a bolsa e segurou para ela, aguardando um momento.

— Vem Hanna, eu vou te ajudar — Meg disse, estendendo a mão gentilmente.

Hanna balançou a cabeça.

— Estou bem. Obrigada. — Ela seguiu Meg pelo corredor até o quarto da Becka e se sentou na cama, fechando os olhos novamente.

Porém, de olhos fechados, ela viu a cena se desenrolando em detalhes de alta definição. *Não. Não. Não.* Ela abriu os olhos.

Meg estava sentada em uma cadeira perto da janela.

— Eu sinto muito, Hanna — Meg disse, se inclinando para frente com as mãos juntas. — Quando te convidei para passar a noite aqui, não estava pensando no que descobri sobre o meu pai. Eu não sabia sobre o suicídio da última vez que você veio, e eu sinto muito se isso te incomoda. Eu entendo se você não quiser ficar.

Não. Não. Não. Não era isso. Não foi nada disso. Ela não podia dizer à Meg o que era.

Não. Não. Não.

O rosto de Meg estava marcado por linhas de profunda compaixão. Como Hanna poderia tranquilizar Meg sem trair a verdade?

Hanna deu um sorriso fraco.

— Não, não. Fico feliz por estar aqui. Não tem nada a ver com isso. Estou agradecida pelo convite. Obrigada.

A casa pressionava outra vez, e o silêncio se arrastava, desconfortável. Meg finalmente perguntou:

— Você teve algum problema com o Nathan hoje?

Não. Não. Não. Claro que não. Não. O Nathan não tinha nada a ver com isso. Porém, talvez uma discussão sobre o Nathan fosse um desvio perfeito.

Hanna respondeu:

— Eu só estou lutando com certo remorso, eu acho.

A terna expressão de Meg era a borda fina do pé de cabra, abrindo o espírito de Hanna para mais revelações. Ela devia alguma coisa à Meg, não devia?

— Tenho medo de me apaixonar por ele.

Ela não esperava ser tão direta, mas Meg não parecia surpresa. Hanna continuava lutando, sem saber o que dizer.

— Eu não tirei esse ano sabático para me apaixonar — ela explicou. — Eu vim descobrir quem eu sou quando não estou servindo, quando não estou desempenhando uma função. Se eu me distrair com o Nathan, não vou ouvir o que o Espírito quer me dizer. Além disso, perdi a minha oportunidade com ele. Perdi muitos anos atrás, quando me afastei.

Por quê? Por que ela foi embora?

Ela partiu porque o Nathan a enxergava muito claramente. Ele havia vislumbrado as placas de "Proibido a entrada" em seu coração, as áreas de segurança máxima. Não só viu como perguntou porque estavam lá. E ela não podia dizer. Ela não podia contar para ele.

Não. Não. Não.

Ela poderia contar para a Meg?

Não.

Sim, o Espírito Santo dizia. *Sim.*

Sentada, com a cabeça girando, Hanna imaginava a porta fechada no fim do corredor. Ela também tinha uma porta fechada, uma porta que havia fechado firmemente quase 25 anos atrás. Ela acreditava que estaria segura se abrisse a porta e voltasse a entrar naquele quarto?

Acreditava?

Meg tinha vindo se sentar com as pernas cruzadas ao lado dela na cama da Becka.

— Tem tantas coisas que eu não contei, Meg. — A voz da Hanna soava distante quando sentiu Meg segurar sua mão.

— Está tudo bem — Meg disse suavemente. — Está tudo bem, Hanna. Não tenha medo.

A força de Meg chegou furtivamente, e agora ela estava puxando Hanna para um terreno firme, não com uma corda, mas com um aperto firme e constante.

Respirando profundamente, Hanna fixou seus olhos em um vaso de flores frescas que Meg havia colocado ao lado da cama em um gesto gentil e atencioso de hospitalidade.

Ela ouviu-se sussurrar:

— Sabe o que o Nate me disse há tantos anos?

Meg esperou calmamente pela resposta.

— Ele disse que eu tinha segredos que eu não contaria nem a mim mesma. E ele estava certo. Nem sei do que eu tenho medo. Mas sinto o estômago arder sempre que penso em contar a verdade. — Ela parou, ainda olhando para as flores. — Mas eu sei que Deus tem me orientado a liberar. Escondendo tudo, eu piorei a situação. Ela criou vida própria dentro de mim e eu preciso liberar isso. Tem uma parte de mim que ficou presa nos meus 15 anos.

Como pude passar anos guiando e orientando outras pessoas para a saúde espiritual e emocional enquanto permanecia amarrada em meu próprio medo e tristeza? As palavras de Katherine vieram à mente: "Confie em Deus para trazer à superfície tudo o que está pronto para ser curado".

Ela estaria pronta? Ela realmente estava pronta para confrontar o passado e se libertar? Se ia pronunciar as palavras, precisava fazer isso agora, antes que sua coragem acabasse.

Hanna fechou os olhos.

— Eu tinha 15 anos — ela sussurrou. — Estava no primeiro ano do Ensino Médio. Um dia cheguei tarde depois da escola. O carro da minha mãe estava na entrada, e eu sabia que ela estava em casa. Eu chamei e ela não respondia. O meu irmão, Joey, estava sentado no sofá, assistindo TV sozinho. Perguntei onde estava a mamãe, e ele não parava de olhar para os desenhos animados. Ele disse que ela estava muito cansada e que não conseguia acordá-la.

Hanna narrava a vida de outra pessoa, falando sem emoção.

Meg segurava firme a mão de Hanna.

Pela primeira vez em anos, Hanna assistia novamente a cena se desenrolar: um filme de terror em câmera lenta de seu eu adolescente imóvel na porta do quarto dos pais.

Ela olhava para a mãe deitada de cara para baixo, com o braço esquerdo pendendo na beirada da cama, um frasco de comprimidos vazio na mesa de cabeceira. Agora Hanna se movia lentamente em direção à cama, choramingando. "Mãe? Mamãe?" *Nenhum movimento. Nenhuma reação. Hanna gritava, chorava, balançava a mãe, tentava acordá-la.*

— Eu também não consegui acordá-la — disse Hanna. — Eu tentei e tentei, mas não consegui. Ela havia tomado muitos comprimidos. Fiquei congelada por dentro. Congelei completamente. Não conseguia nem pensar direito, não sabia o que fazer. Fiquei ali em pé, olhando pra ela deitada de cara para baixo na cama. E o Joey não parava de gritar que precisava comer. Ele estava com fome, e eu gritei pra ele se calar. Ele chorava histericamente.

Hanna ainda via o filme repassando em sua mente.

De repente, seu pai chegou em casa. Graças a Deus, o papai chegou em casa! Ele correu pela porta até a cama. "Jane? Janinha? Meu Deus! Janinha!" *Ele procurava o batimento cardíaco, verificava a respiração. Ele finalmente encontrou, chorando. Seu pai estava chorando. O Joey gritava. O pai levantou nos braços o corpo inerte da mãe e acelerou pelo corredor até o carro. Ele gritava:* "Hanna, fica aqui! Cuida do seu irmão!"

— Meu Deus — Hanna suspirou. — Se o meu pai não tivesse chegado em casa, o que eu faria? Meu Deus, o que eu poderia fazer? Eu não sabia o que fazer... eu não tinha ideia do que fazer. A minha mãe provavelmente teria morrido. Eu teria visto a minha mãe morrer. Eu fiquei paralisada. Completamente paralisada. O hospital era logo depois da esquina da nossa casa e acho que eu não conseguiria chamar uma ambulância a tempo. Eu fiquei totalmente perdida.

— Mas o seu pai *chegou* em casa — disse Meg, apertando o braço de Hanna, encorajadora.

Hanna abriu os olhos e viu o rosto de Meg, marcado pelas lágrimas.

— O seu pai chegou em casa a tempo, Hanna.

Como o "e se" daquele momento ainda assombrava Hanna depois de todos esses anos? Por que ela se atormentava pelo que poderia ter acontecido?

Entregue isso, o Espírito a orientava. *Abra mão.*

Hanna concordou, limpando os olhos na manga da blusa.

— A minha mãe passou várias semanas em uma clínica psiquiátrica, — sussurrou. — Eu não contei para ninguém. Nem mesmo pra minha melhor amiga. Meu pai queria proteger a minha mãe. Ele queria manter em segredo. Disse a todos que ela estava no Arizona, cuidando dos meus avós. Acho que as pessoas pensavam que os meus pais estavam separados. Não sei... Eu me lembro que falei com meu pai que estava preocupada de as pessoas pensarem isso, e ele disse que era melhor acreditarem que seu casamento estava em crise do que saber a verdade. Por isso gastei toda a minha energia em fingir que estava tudo bem. E até hoje, até agora, mantive o segredo. Nunca contei para ninguém.

— Ah, Hanna! — Disse Meg, com uma voz calmante. — Que fardo terrível. Eu sinto muito.

Hanna tinha começado a história e agora precisava terminar. Ela ia trazer à luz tudo que pudesse.

— Não tinha permissão de visitar minha mãe no hospital e não sabia o que estava acontecendo. Na época, não sabia de nada sobre depressão. Pensei que tivesse feito algo que a entristeceu. Estava sempre imaginando o que teria feito para deixá-la tão triste. Então, uma noite, quando minha mãe ainda estava no hospital, meu pai me ouviu chorando no quarto. Eu tentava esconder o quanto eu estava triste. Eu sabia que ele estava cansado e preocupado com a mamãe, e eu não queria ser mais um peso. Mas ele me ouviu chorando incontrolavelmente, entrou no meu quarto e me encontrou deitada na cama, enrolada nas cobertas, apertando o meu velho ursinho de pelúcia. Ele queria saber o que passava pela minha cabeça. Então, contei que achava que a culpa era minha. Pensei que fosse tudo culpa minha.

Hanna hesitou, fechando os olhos novamente.

— Foi quando descobri que a minha mãe já tinha sofrido três abortos espontâneos e tinha acabado de perder mais um bebê. Eu nem sabia que ela estava grávida. Ela não conseguia lidar com a dor, e ficou arrasada. Depois disso, eu vivia com medo de fazer ou dizer qualquer coisa que a abalasse novamente. Eu tinha medo do quanto a minha mãe era frágil. Muito medo.

Elas compartilharam o silêncio.

— Você nunca conversou com a sua mãe sobre o que aconteceu? — Meg, por fim, perguntou suavemente.

Hanna balançou a cabeça.

— Era mais fácil guardar tudo dentro de mim. Não podia correr o risco de prejudicá-la. Também prometi ao meu pai que nunca falaria dos abortos. Até hoje, acho que a minha mãe nunca soube que eu sei a verdade sobre isso. — Hanna pressionou as palmas das mãos contra os olhos.

— Você também tem vivido com muito medo — disse Meg. — Eu sinto muito, Hanna.

Hanna concordou lentamente.

— A Katherine chamou de hemorragia interna. Ela não sabia os detalhes. Apenas sentiu que eu internalizava coisas que eu nunca deveria ter absorvido. — Hanna fez uma pausa, massageando as têmporas. — Esse era o passo seguinte para me esvaziar, eu acho. Meu Deus, me ajude! Tenho tratado os efeitos na superfície sem procurar as raízes. — Ela voltou a respirar lenta e profundamente. — Agora eu preciso discernir pra onde vou a partir desse ponto.

O sorriso de Meg era acolhedor, caloroso e cheio de luz.

— É só um passo de cada vez, lembra? — Ela murmurou. — Não precisa planejar tudo agora. Talvez seja o suficiente soltar esse fardo. Você tem carregado tanto peso durante tanto tempo. Descanse, Hanna. Descanse.

Mas descansar era muito difícil.

12.

CAMINHANDO JUNTAS NO AMOR DE DEUS

Como o Pai me amou, assim também eu vos amei; permanecei no meu amor.
João 15.9

REGRA DE VIDA

— Bem-vindos a nossa última reunião da jornada sagrada — disse Katherine.

Houve um burburinho de protestos pesarosos no salão.

Katherine sorriu.

— Tem sido uma alegria e um privilégio testemunhar a obra do Espírito Santo em suas vidas, trazendo cura e transformação, e eu sei que essa obra vai continuar.

Meg olhou na direção de Hanna, mas Hanna estava sentada com os ombros inclinados para frente, com o rosto escondido nas mãos, e Meg não conseguia ver nada.

Por favor, Senhor, ajude a Hanna, Meg orou. *Por favor, ajude-na a encontrar verdadeiro descanso em ti.*

Katherine prosseguiu:

— Nós vamos aproveitar o tempo hoje celebrando e agradecendo a como o Espírito Santo se moveu entre nós nestes últimos meses. Mas antes de passar para os testemunhos, eu quero dar a vocês uma oportunidade de refletir sobre algumas das práticas espirituais que estão ajudando vocês a crescer no amor por Deus e pelo próximo. Algumas pessoas chamam de regra ou ritmo de vida. As regras de vida são como treliças — explicou Katherine. — Elas auxiliam os ramos a crescer na direção certa e oferecem suporte e estrutura. Elas podem ser simples ou detalhadas, como você preferir. Eu conheço algumas pessoas que se beneficiam em estabelecer rotinas espirituais específicas e ritmos para cada dia; outras preferem um fluxo mais livre. O importante é perceber o que renova a sua vida. Quais as disciplinas que te ajudam a caminhar com Jesus? Quais práticas abrem espaço para Deus habitar profundamente dentro de você?

Meg pensou em todas as diferentes formas de oração que agora lhe traziam vida: orações simples como uma respiração, as caminhadas pelo labirinto, a *lectio divina*, o exame, orar com a imaginação, personalizar as Escrituras. Sua consciência da presença de Deus estava se tornando mais habitual, como respirar. Ela se sentia grata. Muito grata.

— Cada um de nós tem o seu próprio ritmo espiritual — Katherine continuou. — O que me revigora pode não funcionar com você. Não só isso, também temos nossos próprios ciclos e estações na vida espiritual e precisamos prestar atenção a cada um deles. Uma disciplina pode ser ótima para mim quando estou criando filhos pequenos e pode não ter significado para mim quando estiver aposentada. O que pode me ajudar em uma época de sequidão espiritual pode não ser tão útil para mim durante uma época de abundância. Posso ter algumas disciplinas espirituais diárias que me ajudam a desenvolver a intimidade com Cristo e várias disciplinas mensais que pratico para caminhar com Deus. Se trata principalmente de discernir o que te aproxima do Senhor nesta fase específica da sua vida. Nada está gravado em pedra.

Ela finalizou:

— Por isso, convido vocês a aproveitar os próximos trinta minutos, mais ou menos, para refletir nas práticas que os ajudam a cooperar com a obra de transformação pelo Espírito Santo. Pensem nas disciplinas que os ajudam a estar carinhosamente atentos ao Deus que ama vocês. À medida que somamos nossos momentos atentos a voz de Deus, logo descobrimos que nossas horas bem vividas estão se tornando dias, semanas, meses e anos bem vividos. E esse é o tipo de vida que vale a pena viver, não é?

JORNADA SAGRADA, RETIRO NOVA ESPERANÇA
FOLHETO DA SESSÃO 6: A REGRA DE VIDA
Katherine Rhodes, facilitadora

Nos primeiros séculos da igreja, muitas comunidades espirituais desenvolveram "regras de vida", que ajudavam a estruturar a vida dos indivíduos e das comunidades em torno de Cristo, o centro. A regra mais conhecida foi desenvolvida no século 6 por Bento de Nursia, que escreveu um guia prático, equilibrado e pé no chão para ajudar a construir os ritmos de trabalho, oração e estudo. Este guia abordava as necessidades do corpo e do espírito, do indivíduo e da comunidade — tudo com o propósito de ser formado e transformado pelo amor e pela graça de Deus.

Uma regra ou ritmo da vida é uma estrutura intencional projetada para termos liberdade para responder a ação do Espírito Santo. Como uma treliça, a regra nos ajuda a crescer na direção certa enquanto orientamos nossa vida em direção a Cristo. Ela pode ser extremamente prática: não verificar e-mails depois das 21h, separar três noites por semana para compartilhar refeições com a família ou amigos, se exercitar regularmente como forma de manutenção e cuidado com nosso corpo etc. Inclui tanto as práticas que nos dão vida como as que nos ajudam a nos esticar para além do que é fácil e confortável. Pode incluir práticas diárias, semanais, mensais e sazonais, adequadas para o nosso temperamento e a nossa fase da vida.

Ao contrário de uma resolução de ano novo ou um plano de crescimento pessoal, uma regra não é focada em esforços para consertar e controlar a nossa vida. Em vez disso, uma regra ou ritmo é, em primeiro lugar, discernida e desenvolvida depois de ouvir o Espírito Santo em oração. Ela se concentra no aprofundamento da intimidade com Deus, não no aperfeiçoamento pessoal. Paulo escreveu que, ainda que todas as coisas sejam lícitas, nem todas são benéficas, e não devemos ser dominados por nenhuma delas (1Coríntios 6.12). Enquanto uma regra de vida pode ajudar a nos libertar dos hábitos ou padrões de pecado que nos escravizam, ela não deve se tornar um novo fardo. A regra de vida é feita para respirarmos. Não é uma lista rígida de deveres ou obrigações. Ela precisa refletir quem estamos nos tornando em Cristo neste momento.

Enquanto você começa a orar sobre o desenvolvimento de uma regra de vida, aqui estão algumas perguntas para fazer: quais práticas regulares que me ajudam a receber, permanecer e responder ao amor de Deus? O que me traz vida e me mantém próximo de Deus? Quais práticas me ajudam a aprofundar meus relacionamentos e amar o próximo? Quais hábitos e padrões de pecado impedem o meu crescimento e formação em Cristo? Quais práticas regulares podem tratar estes padrões e me ajudar a cooperar com a graça de Deus?

A seguir, o que eu quero que vocês façam, com a ajuda de Deus: considere a sua vida cotidiana, a sua rotina — dormir, comer, ir para o trabalho, atividades diárias em geral —, e a coloque diante de Deus como uma oferta. Abraçar o que Deus faz por você é a melhor coisa que você pode fazer por ele. Não se adeque tanto à sua cultura a ponto de se encaixar nela sem nem pensar a respeito. Em vez disso, concentre a sua atenção em Deus. Você vai ser mudado de dentro para fora. Reconheça prontamente o que ele quer de você e responda sem demora. Diferentemente da cultura ao seu redor, que sempre lhe nivela segundo a imaturidade dela, Deus tira o melhor de você, desenvolvendo maturidade na sua vida (conferir Romanos 12.1-2, versão *A Mensagem*).

— Eu estava pensando em quanta solitude e sossego eu tenho nesta fase da minha vida — Meg comentou enquanto compartilhavam suas reflexões em pequenos grupos durante a hora seguinte. — E estou feliz que o meu tempo a sós está se tornando uma fonte de vida. Eu me lembro como foi aterrador quando a Becka foi embora.

Ela fez uma pausa para ler a lista das disciplinas que a ajudaram a se aproximar de Deus.

— Estou me tornando mais consciente da presença de Deus comigo, mesmo durante as tarefas comuns ao longo do dia — Meg continuou, acariciando delicadamente o pescoço com as mãos. — Sou muito grata por isso. Muito mesmo. Mas sinto que o Espírito está me afastando da minha zona de conforto e mostrando que realmente preciso me envolver com a comunidade da fé. Ainda não sei como fazer isso. Talvez algum grupo na minha igreja, ou outra atividade aqui. Mas preciso encontrar formas de me ligar intencionalmente a outras pessoas, algo mais do que o culto de domingo de manhã. Participar da comunidade precisa fazer parte do meu ritmo regular, se eu quero continuar crescendo. E é isso que eu quero.

— Você vai conseguir, amiga — disse Mara, sorrindo. — Você não é mais a mesma mulher que apareceu aqui de salto alto em setembro! Ou, como a minha terapeuta diria, você está se tornando uma versão mais verdadeira de si mesma.

— Gostei dessa — disse Meg. — Obrigada. — Ela juntou as mãos sobre a mesa.

— Chega de falar de mim. Quem é a próxima?

— Vai, Charissa — Mara a encorajava. — O que você descobriu?

Charissa disse:

— Bem, estou feliz porque a Katherine mencionou que a regra pode ser tão detalhada e estruturada quanto possível, porque, como vocês devem ter percebido, eu gosto muito de organização. — Mara e Meg riram. — Claro, eu preciso encontrar um ponto de equilíbrio, principalmente porque parece que a disciplina e o controle, para mim, são dois lados da mesma moeda. Preciso vigiar essa parte. Sou tão controladora que poderia facilmente sufocar a minha relação com Deus ao me tornar rígida demais. Estou tentando aprender a descansar e a me levar menos a sério, mas é difícil pra mim. — Charissa sorriu. — Renunciar é uma disciplina espiritual?

— Aquela oração de "palmas para cima, palmas para baixo" era um jeito de fazer isso, não era? — Meg ajudou. — Liberar e receber?

— Ah, sim! Eu tinha me esquecido! Eu detestei quando fizemos essa. Mas talvez seja uma boa maneira de começar meu dia. — Charissa escreveu um bilhete para si mesma. — Imagino que uma das coisas mais importantes que estou aprendendo é que a jornada de formação espiritual se trata de transformação, não de absorver mais conteúdo. Assim, estou tentando deixar que isso molde o meu jeito de ler a Palavra de Deus.

Ela fez uma pausa, tocando as páginas abertas da Bíblia.

— Estou começando a encontrar vida na *lectio divina* — Charissa prosseguiu lentamente. — Eu abandonei todos os meus planos de leitura das Escrituras por enquanto. Eu preciso abandonar a minha compulsão de apenas assinalar a Bíblia como lida na minha lista de tarefas. Estou tentando ler devagar e em oração, ouvindo o que o Espírito me diz. Esse jeito é novo pra mim.

— Parece maravilhoso, Charissa — disse Meg.

— Obrigada. Também percebo que tudo está mudando com a vinda do bebê. As coisas que podem funcionar para mim agora podem não funcionar depois de o bebê nascer, e eu quero ficar tranquila com isso. Quero continuar abandonando o meu desejo de controlar tudo. — Charissa enrolou uma mecha entre os dedos. — Suponho que outra parte fundamental é encontrar formas de servir outras pessoas, principalmente o John. Ele é tão disposto a entregar a vida por mim, e eu preciso encontrar maneiras de confrontar o meu orgulho e egocentrismo. Ainda não sei como vai ser, mas estou orando a respeito.

Mara sorriu para ela.

— Quanto a entregar e dar a sua vida por alguém, acho que você vai descobrir que ser mãe é a disciplina espiritual perfeita pra isso.

Charissa riu.

— Tenho certeza de que você tem razão! De qualquer forma... obrigada pelo encorajamento e pelas orações. Espero que possamos continuar em contato.

Mara olhou para Hanna.

— Você está muito calada, Hanna. Está tudo bem?

— Estou processando muitas coisas. — Hanna folheava seu diário, evitando o contato visual. — Eu coloquei *lectio divina*, escrever um diário e a oração de exame como disciplinas diárias. Também coloquei a mentoria espiritual como uma das disciplinas mensais, essa é indispensável pra mim. Preciso de alguém que me ouça e me acompanhe em oração, me ajudando a discernir o que Deus está trabalhando na minha vida. Mesmo que eu tenha muito silêncio e solitude agora, eu sei que, se eu não for intencional no cultivo dessas disciplinas, vou cair de volta em velhos hábitos quando voltar ao trabalho. Então, eu vou ler bastante sobre guardar o Dia do Senhor e descobrir como posso me tornar uma melhor administradora do meu tempo. É isso.

Charissa estudava as próprias mãos. Meg olhava para a própria perna. Mara imaginava o que devia dizer.

— Essas coisas são ótimas — Mara finalmente arriscou. — Mas são todas muito individuais, não? Quer dizer, você também precisa estar em comunhão, não é? No culto ou em um pequeno grupo... Um lugar em que você esteja conectada a outras pessoas, como a Meg estava contando. Só espero que você não passe o resto da sua licença sabática sozinha, sabe?

— Você está certa — Hanna simplesmente concordou. — Esse é um bom pedido de oração.

Mas Mara não tinha certeza do que aquele tom realmente significava.

— E você, Mara? — Meg perguntou. — O que te renova?

Mara se recostou na cadeira e expirou lentamente.

— Pode parecer loucura, mas escolhi a confissão. Quero continuar confessando meus erros a pessoas em quem confio. Isso tem mudado a minha vida. É muito transformador. E vocês fizeram parte desse meu processo de cura. Então, obrigada. — Ela olhou em torno do círculo e sorriu. — Agora que experimentei a liberdade de me livrar do lixo, não quero voltar atrás, sabe? Por isso, tenho de continuar na prática de soltar os fardos. Falando nisso, estou tentando deixar ir embora toda a minha decepção pelo Tom e os meninos não terem ido comigo no Nova Estrada no Dia de Ação de Graças. Eu realmente esperava que eles vissem como é importante servir as outras pessoas, mas não adiantou. Por enquanto, o Tom não se importa se eu for, desde que não atrapalhe a nossa ceia em casa.

Mara havia confessado a sua amargura e ressentimento a Deus durante a semana toda. Ela ansiava fervorosamente que Tom mudasse de ideia e concordasse que os meninos se beneficiariam com a experiência. Ela se imaginara ligando para o Jeremy, contando as boas notícias sobre como suas orações por aquele presente de Ação de Graças haviam sido respondidas. Mas não ia acontecer. Não neste ano.

Katherine convidava todos a concluir o debate nas mesas e prosseguir para um momento de testemunhos e orações coletivas.

— De qualquer modo — disse Mara —, se alguma de vocês ainda não souber onde vai passar o Dia de Ação de Graças, será muito bem-vinda a participar comigo no Nova Estrada. Já peguei os detalhes.

— Eu gostaria muito — disse Charissa —, mas meus pais estão vindo passar o feriado.

Meg pousou a mão no ombro de Mara.

— Esse ano eu ia passar sozinha, Mara. Vai ser ótimo comemorar com você.

— Excelente! E você, Hanna? Já tem planos?

— Ainda não sei o que vou fazer. Mas obrigada. Obrigada pelo convite. Quando decidir eu aviso.

Mara olhou para ela atentamente.

— Não fique sozinha, amiga. Ok? Ficar sozinha não é bom pra você.

Hanna deu um sorriso sem jeito, mas não respondeu.

Pouco antes do meio-dia, Katherine convocou o grande grupo para concluir o momento de oração e conversa.

— Em uma das nossas primeiras sessões, eu convidei vocês a considerar a pergunta de Jesus em João 1: "O que vocês procuram?". Ouvi dizer que muitos de vocês responderam da mesma forma que os discípulos. Vocês querem estar com Jesus. Espero que algumas dessas práticas espirituais continuem ajudando vocês nesse propósito.

Ela acrescentou:

— Lembrem-se: muitas vezes nós experimentemos avanços significativos e evidências palpáveis da obra do Espírito em nossa vida, mas o crescimento espiritual nem sempre é tão visível. Eu recomendo que sejam pacientes, não desanimem. Assim como os pais não notam as mudanças físicas nos filhos diariamente, muitas vezes não vemos de imediato os frutos das nossas disciplinas. Mas pensem nos avós, que vêm visitar uma criança que não veem há seis meses, e logo dizem o quanto essa criança cresceu e mudou. Daqui a alguns meses, vocês vão olhar para trás e perceber como Deus transformou vocês, à medida que vocês disseram sim e cooperaram com a obra do Espírito em suas vidas.

Katherine disse:

— Deus é fiel. Muito fiel. E existe muita alegria na jornada! A minha oração é esta: que cada um de vocês cresça em confiança. Que cresçam no conhecimento do profundo amor de Deus por vocês. Que vocês aprendam a descansar em Deus e descansar em seu poder e fidelidade. Que encontrem oportunidades para amar a Deus e amar uns aos outros. E uma vez que Deus nos fez para a vida em comunidade, que vocês encontrem companheiros de confiança para andar ao seu lado ao longo dessa estrada.

— Então, Meg — Charissa disse, olhando a própria agenda. — Estamos combinadas no aeroporto, meio-dia, na segunda-feira que vem.

— Obrigada — Meg disse. — Vocês não precisam se incomodar.

— Tá brincando? — Mara exclamou. — Não perderia por nada neste mundo. Vamos fazer uma oração de boa viagem com estilo!

Os olhos dela se encheram de lágrimas.

— Obrigada. Muito obrigada. Fico muito agradecida por todas vocês. — Ela olhou para os próprios pés. — Já caminhamos um bom pedaço até aqui.

— E vamos muito mais longe! — Mara acrescentou, rindo.

— Eu ainda preferia que houvesse uma linha reta, sem todas as espirais e reviravoltas — comentou Charissa, deixando o laptop de lado. — Mas talvez as reviravoltas tornem a viagem mais interessante. — Ela sorriu vendo as sobrancelhas levantadas de Mara. — Talvez seja isso.

Mara disse:

— Tem certeza de que não querem almoçar comigo e com a Meg?

Charissa respondeu:

— Não posso. Tenho muito trabalho pra terminar.

Hanna balançou a cabeça.

— Estou com muita dor de cabeça. Acho que vou voltar para o chalé e descansar. Mas obrigada.

Meg a abraçou.

— Estou orando por você — ela sussurrou.

— Obrigada — Hanna murmurou.

Ela se despediu de todas e se apressou até o carro.

REVELAÇÃO

Hanna esperou no estacionamento até ver as outras saírem. Em seguida, aconchegou o cachecol firmemente em volta do pescoço, vestiu o chapéu e as luvas e fez o caminho de volta ao pátio. Ela queria caminhar sozinha pelo labirinto.

Ainda não fazia nem três meses desde que ela fora exilada do seu mundo?

Ela já havia vivido muitos anos desde então, e não tinha chegado nem na metade da licença sabática. O que mais Deus traria à superfície?

Enquanto trilhava o caminho sinuoso em direção ao centro, pensou em tudo o que o Espírito Santo já havia revelado: seu falso eu enraizado na produtividade, sua necessidade de ser necessária, o trabalho como fuga. Ela pensou sobre a morte de suas imagens de Deus, sua decepção e tristeza não confessadas, sua raiva, amargura e remorso. E agora que ela havia contado o segredo da família em voz alta, onde esse caminho chegaria?

Ela continuou caminhando, de um lado para o outro, de um lado para o outro. Era tão fácil se distrair com as reviravoltas, tão fácil perder de vista para onde ia.

Para onde ela estava indo?

Ela ia mais fundo, mais fundo no coração de Deus. Ela precisava se concentrar em onde esta viagem a levava, especialmente quando o caminho parecia confuso e sinuoso. Ela precisava parar e lembrar para onde ia.

Então, ela parou de percorrer o caminho e virou para encarar o meio do labirinto.

Esse era o seu destino: estar segura no coração de Deus, se reconhecendo como a amada, entender em um nível profundo que as flores realmente eram para ela. Mesmo quando o caminho virava as costas dela para o centro, mesmo quando não podia vislumbrar seu objetivo, ela precisava parar, virar e encarar o centro.

Ela precisava parar e lembrar que o Senhor a convidava a compreender a largura e o comprimento, a altura e a profundidade do imenso amor de Cristo por ela.

Se ela pudesse parar e se lembrar que as flores eram para ela; se ela pudesse receber o presente do Noivo para a amada; se ela pudesse continuar apreciando essa imagem como um dom particular da graça em sua vida; se ela pudesse...

Ó, Senhor. Querido Deus. Como?
Por que ela não tinha visto antes?

Enquanto Hanna olhava para o meio do labirinto, a memória do comentário de Mara no primeiro encontro flutuava de volta para ela.

— Parece uma flor no centro, não é?

O centro do labirinto tinha a forma de uma roseta de seis pétalas.

Hanna ficou de pé, os olhos arregalados, de queixo caído, enquanto uma onda de calor e eletricidade fluía por todo o seu corpo. *As flores são pra você, Hanna. As flores são pra você.*

Quando chegou ao centro do labirinto, ela não tinha palavras.

Apenas se ajoelhou e ofereceu suas lágrimas a Jesus.

Nate. Ela queria ver o Nate.

Ela queria contar como o Senhor havia falado amorosamente mais uma vez, confirmando que ela caminhava na direção certa.

As flores: o presente do Noivo para a amada.

Ela era preciosa para Jesus e ele a convidava a saborear isso. Ela queria que o Nate soubesse da alegria que sentia enquanto caminhava pela volta exterior. Ela saltitava, na verdade, e dizia repetidamente:

— Todas pra mim! Todas pra mim! As flores são todas pra mim!

Naquele momento sagrado, Hanna sabia que tinha toda a atenção do Deus que lançava as galáxias pelo espaço.

E isso era bom.

Isso era muito bom.

E ela queria compartilhar com o Nate.

Ela olhou para o relógio: 13h. Ele havia dito que o Jake iria passar o fim de semana fora e que ele planejava trabalhar no escritório.

— Apareça se tiver tempo depois do grupo — ele disse, casualmente.

Aparecer sem avisar, como os amigos fazem, como amigos íntimos que podem aparecer sem ligar primeiro, como os dois costumavam fazer a tantos anos atrás.

Ela tirou o mapa do porta-luvas e seguiu o caminho até a universidade.

Nate tirou os óculos e encostou-se na cadeira, olhando para a pilha de trabalhos a corrigir, que diminuía lentamente. Ele olhou para o relógio.

Eram 13h30. Como as horas haviam passado tão rápido?

Quando ele se levantava para espreguiçar, ouviu batidas na porta.

— Entre! — Ele chamou, esperando ver um estudante. A porta se abriu.

Hanna.

— Estou atrapalhando? — Ela perguntou, parecendo hesitante.

— Não. Não. — Ele caminhou até a porta para cumprimentá-la. — Entra, Hanna. Fico muito feliz de te ver! Maravilhado, na verdade.

Ele não esperava que ela aparecesse. Ele se aproximou para ajudá-la com o casaco.

— Vem, eu seguro pra você.

— Certeza de que não estou interrompendo nada? — Ela tirou o cachecol e as luvas.

— Positivo. Eu ia fazer um lanche agora. Você já comeu?

— Ainda não.

— Ótimo! Hoje eu acabei trazendo dois sanduíches de manteiga de amendoim com geleia e ficaria feliz em dividir com você. Também podemos passar no centro estudantil, se preferir algo mais sofisticado.

Hanna sorriu.

— Adoro manteiga de amendoim. Obrigada.

Nathan fechou a porta do escritório e abriu a do frigobar, no canto da sala.

— Sente-se — ele disse, oferecendo um sanduíche, maçãs e uma garrafa d'água. — Estava pensando em você hoje de manhã, imaginando como seria seu último dia no grupo de jornada sagrada. — Ele se acomodou na outra poltrona junto à janela, orando silenciosamente enquanto a observava.

Algo havia mudado. Ele viu quando a ajudava a tirar o casaco. Os olhos dela realmente brilhavam. *Obrigado, Senhor.* Nate não sabia o que havia acontecido, mas algo estava diferente.

— Então, como você está? — Ele perguntou com cautela.

Hanna estava transbordante e quase perdeu o fôlego enquanto contava o que tinha visto no labirinto. As flores eram para ela. As flores eram mesmo para ela.

— Eu sinto que algo se soltou em mim, Nate. Ou se abriu. Não podia esperar pra te contar, pois você tem feito parte da jornada... e... só queria te agradecer. Obrigada pelas suas orações.

Nate certificou-se de controlar a voz antes de responder.

— De nada. Estou feliz de saber que você está trilhando essa estrada, Hanna. Você passou a vida entregando flores para outras pessoas. Está na hora de começar a receber algumas.

— É difícil para mim — ela disse.

— Eu sei.

Ele só não sabia por que era tão difícil para ela. Medo. Tudo voltava ao medo. Mas por quê? O que lhe provocava tanto medo?

Nate sentou-se na cadeira e pôs os pés na mesinha do café, determinado a comunicar como ele era acolhedor, como era completamente confiável e seguro. Ela podia confiar nele. Ela não precisava ter medo.

— Talvez essa seja a próxima parte da sua licença sabática? — Ele deu uma mordida no sanduíche. — Você passou a primeira parte desenrolando alguns dos seus motivos de luto e tratando dores antigas. Talvez a próxima parte seja apreciar o descanso e a alegria de se firmar verdadeiramente no grande amor de Deus por você, da forma como ele se apresenta em sua vida.

Nate fez uma pausa, medindo cuidadosamente suas próximas palavras.

— Posso fazer uma sugestão radical pra você? — Ele disse com calma. Ele viu Hanna enrijecer por um momento, de modo quase imperceptível. Ela provavelmente nem notou. — Quando foi a última vez que você fez algo para você, para se divertir?

Hanna olhou como se ele tivesse falado em línguas.

— Tipo, o quê? — Dava para ver que *divertir* não fazia parte do vocabulário dela.

— Não sei — ele respondeu. — Duvido que você seja o tipo de mulher que deseja fazer manicure ou tratamentos faciais.

— Nisso você tem razão.

Ótimo. Pelo menos ela estava sorrindo. Ele continuou:

— Mas e um luxo completamente supérfluo? — Ele perguntou. — A imagem que me veio a cabeça foi de Maria de Betânia derramando aquele perfume caro para ungir os pés de Jesus em um belo ato de amor extravagante. — Nate esperou o suficiente para Hanna imaginar, antes de ele virar o filme de ponta cabeça. — E se Jesus quiser derramar algo totalmente extravagante em sua vida?

Hanna deu uma gargalhada. Ela riu de verdade e o riso dela era como gotas suaves caindo levemente sobre pedras lisas. Ele não a ouvia rir assim desde... desde quando ela se afastou.

Hanna disse:

— Acho que, se Jesus se oferecesse para fazer algo assim, eu discutiria com ele e diria para usar o perfume para ajudar outras pessoas.

— Exatamente — disse Nathan. — Esse é o ponto em que eu quero chegar. Você não faz ideia de como estar em outro papel nos relacionamentos que não seja o de doador. Está na hora de começar a receber. Você precisa encontrar formas de praticar essa disciplina.

Tudo parecia familiar. Muito familiar. E Nate estava prestes a fazer para Hanna o mesmo tipo de pergunta que fez com que ela se afastasse.

Ele estava orando enquanto falava.

— Hanna, o que você acha que vai acontecer se você focar em si mesma por algum tempo? Do que você tem tanto medo?

Ela não respondeu.

Mas também não foi embora.

Se ela não tivesse contado à Meg sobre a família, Hanna poderia não saber a resposta à pergunta do Nate. *O que provocava nela tanto medo?* De repente, ela viu. Assim que ele fez a pergunta, duas memórias convergiram na mente de Hanna. Ela nunca tinha visto a conexão.

Ela estava com 14 anos e conversava ao telefone com o Brad. Ele a convidava para ir ao cinema e ela estava tão empolgada, superempolgada. Seu primeiro encontro! Nesse momento ela ouviu os gritos. O Joey tinha caído da árvore e a culpa era dela. Tudo culpa dela. Se ela não se tivesse se distraído com o Brad, o irmão não teria se ferido e a mãe não ficaria tão triste. A mãe dela chorou por vários dias imaginando o que poderia ter acontecido com o Joey. Se Hanna não tivesse se distraído daquela forma, poderia ter poupado a mãe daquele trauma. Pelo menos esse, Hanna poderia ter evitado.

E depois teve aquele dia horrível em que ela encontrou a mãe desmaiada.

Hanna tinha decidido ir para casa da Amy depois da aula, quando devia ter ido direto para casa. Ela havia prometido ao pai que cuidaria da mãe. Ela prometeu. Mas quebrou a promessa. Se ela tivesse voltado diretamente para casa, se não tivesse sido tão egocêntrica, poderia estar lá cuidando da mãe. Ela poderia ter impedido a mãe de tomar os comprimidos. Se estivesse mais focada nas necessidades da mãe em vez de se divertir com a amiga, teria voltado diretamente para casa. E tudo teria sido diferente. Tudo, tudo, tudo.

Agora Hanna recebia uma segunda chance. Nate oferecia a ela uma segunda oportunidade para responder ao mesmo tipo de pergunta que fez com que se afastasse tantos anos antes, a pergunta que revelava que ele havia visto demais. Nate confiou nela o suficiente para perguntar de novo.

E Hanna confiou nele o suficiente para dizer a verdade, agora que ela sabia qual era a verdade.

Ela sussurrou:

— As pessoas que eu amo se machucam se eu não estiver por perto.

Nate ficou desolado ao ouvir Hanna descrever os detalhes da crise de sua mãe. A menininha traumatizada dentro dela ainda se sentia responsável. Ela nunca conseguiu superar. Ela nunca se perdoou por ter se distraído. Ela nunca se perdoou por ter sido irresponsável e egoísta. Ela apenas se tornou mais determinada a nunca mais se distrair, nunca mais se colocar em primeiro lugar.

Porque alguém poderia se machucar.

Hanna havia dedicado atenção plena, nunca havia se distraído, para servir ao povo de Deus. Aterrorizada, se olhasse para trás por um segundo, algum deles poderia se machucar. Esse era o seu fardo.

Agora o Nate compreendia. Ele entendia por que ela se afastara naquela época. Era por isso. E se estivesse sozinho, teria chorado por ela. Ele não tinha certeza se ela conseguia ver a tragédia em sua própria história. Mas ele viu e se entristeceu por ela.

— Você tem carregado um fardo terrível, Hanna — ele disse finalmente, soltando o fôlego. — Eu sinto muito. Se você tivesse me contado tantos anos atrás...

Hanna tirou outro lenço da caixa que ele oferecia.

— Quase te contei uma vez — ela disse. — Mas depois lembrei da promessa que fiz ao meu pai e não consegui falar. Nem mesmo com você. Depois, com o passar dos anos, acho que parei de pensar nisso. Guardei isso muito fundo e nunca pensei que tipo de fortaleza havia sido criada, ou como isso me afetava. Eu não entendia. Simplesmente não percebi.

— Graças a Deus que o Steve viu — Nathan disse suavemente.
— Graças a Deus. — Nate se inclinou para frente na cadeira, mas não estendeu a mão em busca da mão de Hanna. Qualquer gesto de intimidade poderia assustá-la. — Posso orar por você? — Ele perguntou.

Ele ficou feliz quando ela respondeu:
— Sim.

— E agora... para onde eu vou? — Hanna perguntou, abrindo os olhos. Enquanto ainda falava, ela soube quantas camadas havia nessa pergunta. — É que... eu sei que tenho uma porção de coisas para conversar com meus pais, e talvez viaje para vê-los em algum momento. Mas acho que ainda não estou pronta pra isso. Ainda não.

Nathan ficou em silêncio por um longo tempo, e Hanna desejava desesperadamente saber o que ele estava pensando. Mas ele não demonstrava nada. Nada.

— Talvez agora a sua licença sabática possa se tornar o que ela deveria ser — ele disse. — Repouso. Agora que você foi capaz de discernir e descarregar alguns dos fardos, você pode começar a descansar. E se divertir. Qual foi a última vez que você brincou, Shep?

— Brinquei de quê?

— Vamos lá. Você está falando sério? Espera! Sim, você está — Nate provocou. — A seriedade é uma das suas principais qualidades. — Hanna atirou o papel do sanduíche nele. — O que você gostava de fazer por diversão quando era pequena? — Ele perguntou, amassando o papel e jogando no lixo.

— Ler, escrever...

— Coisas solitárias.

— Sim, principalmente.

— Você passou grande parte da sua infância sendo muito adulta.

Ela nunca tinha visto dessa maneira, mas ele tinha razão. Hanna passou a infância sendo responsável. Ela passara a vida inteira sendo cuidadosa, disciplinada e vigilante. Essa era a sua zona de conforto, por mais pesada que fosse.

— Quem sabe — Nate continuou —, se parte desta licença sabática se tratar de aprender a se divertir? E se Deus quiser te ensinar a parar de cuidar tanto dos outros e começar a olhar para o que te traz vida e alegria? Como a Katherine disse, aprender a "descansar em Deus".

— Não sei como fazer isso.

— Eu sei — ele disse. A voz dele era gentil. Tão gentil. — Você passou a vida sendo a carregadora de fardos. O que você vai fazer agora que não precisa mais carregar todo esse peso?

— Ficar de pé com a coluna bem ereta? — Ela brincou.

Ele riu.

— Está vendo? Ainda existe vida aí dentro. — Nathan terminou uma garrafa d'água e foi até o frigobar buscar outra. — Que pena ter guardado o barco. Eu te levaria para passar o dia velejando e se divertir um pouco. Na primavera, pode ser?

Ele estava virado de costas para Hanna, e ela não conseguia ver o rosto dele. Ela ficou feliz de ele não estar vendo seu rosto. Ele era tão descontraído. Tão confortável. Ele fazia ideia do que aquele convite significava para ela? Como poderia continuar guardando seu coração?

— Mas enquanto isso, Shep... — ele sentou-se novamente, vendo Hanna se inclinar para ajeitar o cadarço do sapato que não estava desamarrado. — De volta à questão de como você vai se abrir para receber o extravagante amor de Deus por você. Parece que a sua jornada sagrada se trata de aprender a celebrar as flores, brincar e se alegrar. E essa é uma grande viagem. Não é fácil, mas é boa. Quem sabe? Talvez Deus tenha nos reaproximado para que eu possa te ensinar a brincar. — Ele não olhava para ela enquanto rodava a tampa da garrafa d'água entre os dedos. — Afinal de contas, estou praticando já faz alguns anos e fiquei muito bom nisso. Ficaria feliz de te ensinar.

Hanna queria dizer sim. Tinha tanto para aprender com ele. Mas se ela dissesse sim para isso, estaria abrindo seu coração para muito mais. A voz da Meg ecoava em sua cabeça e ela não conseguia desligar.

— Talvez um relacionamento com Nathan seja uma das flores de Deus — Meg disse.

Mas ele só quer ser meu amigo, Hanna argumentou consigo em silêncio. *Isso é tudo o que ele quer. Me ajude, Senhor. Por favor.*

Nathan havia parado de mexer na tampa e agora olhava para ela com uma expressão estranha de ternura e perplexidade. Ou seria mágoa? Hanna não conseguia decifrar. Mas havia algo muito vulnerável nos olhos dele.

— Você ainda parece ter medo de mim — ele disse em voz baixa. — Do que você tem tanto medo?

Do que ela sentia tanto medo?

Ela já havia revelado tanto a ele. Ela já havia removido muitas das defesas e dos muros de contenção que mantiveram sua vida em ordem por tanto tempo. Muro de contenção. Contenção. *Aparelho de contenção.*

O sonho.

No sonho, Hanna tentava falar coisas muito importantes. Ela não conseguia pronunciar as palavras porque usava um aparelho de contenção. Mas o aparelho não era mais necessário. Ela já havia concluído o tratamento há anos, e precisava remover aquilo para falar.

Era isso.

Essa era a interpretação, não era?

Suas estratégias de enfrentamento serviram a um propósito, por algum tempo, ajudando a manter sua vida em ordem. Mas já haviam cumprido seu propósito há anos e agora eram apenas obstáculos à sua liberdade.

Enquanto ponderava à beira das lágrimas, ela sabia qual a última parte da verdade que precisava dizer em voz alta. Ela encontrou o olhar de Nathan e pediu a Deus coragem para pronunciar.

— Tenho medo de me apaixonar por você, Nate. De novo.

Era isso.

Uma única palavra poderia fazer toda a diferença. Uma pequena palavra revelava tudo. Uma pequena palavra trouxe toda a verdade à luz. Chega de se esconder. Chega de usar máscaras. Ela descarregou o último fardo de medo e remorso aos pés dele e aguardou.

Nenhum deles se movia. Ela nem tinha certeza se continuava respirando.

E, então, ele disse:

— Não tenha medo, Hanna.

Nathan se inclinava para Hanna, tocando seu rosto com as pontas dos dedos, leves como plumas, enviando faíscas de eletricidade através de seu corpo inteiro.

— Não tenha medo. — Ele moveu um único dedo para tocar seus lábios, e ela reencontrou a respiração na respiração dele, que pairava perto de seus lábios.

CALÇADOS CONFORTÁVEIS

Hanna esqueceu de si mesma em um momento sagrado, de uma paz maior do que tudo, encontrada na delicadeza de um beijo santo.

E isso era bom.

Isso era muito bom.

EPÍLOGO

— Tem certeza de que trouxe tudo, Meg? — Mara perguntou enquanto aguardavam juntas no lobby do Aeroporto de Kingsbury, no dia primeiro de dezembro.

— Acho que sim. — Meg observou o cartão de embarque antes de guardar na bagagem de mão. — Recebi um e-mail engraçado da Becka ontem à noite, me lembrando de levar calçados confortáveis para caminhar. Becka disse: "Eu sei que a senhora gosta de salto alto, mãe, mas deixe esses sapatos em casa. Não vai precisar deles aqui".

Hanna riu e disse:

— Adorei!

— Ela não vai te reconhecer com os seus lindos calçados confortáveis — Mara provocou.

— Eu imagino. Mal acredito que vou viajar. Continuo tendo sonhos em que consigo voar. É emocionante e assustador ao mesmo tempo. — Meg tomou um lento gole de café. — E você, Mara, conta pra elas o que aconteceu no Nova Estrada na outra semana.

Mara respirou fundo e encostou-se na cadeira, balançando a cabeça devagar.

— Tive um encontro maravilhoso com Deus naquela noite — Mara começou. — Vocês lembram como eu dizia que tinha esperança de que Deus aproveitasse algumas das coisas que eu passei pra ajudar outras pessoas?

Charissa e Hanna concordaram.

— Bem, encontrei ali uma jovem, talvez 18 ou 19 anos. Ela teve um menininho, ele tem só alguns meses de idade. Ela saiu de casa porque os pais ficaram muito bravos com a gravidez, e o pai do bebê era um inútil. — A voz de Mara falhou. — Tivemos uma ótima conversa. E pude falar de Jesus pra ela.

Enquanto seu rosto se enchia de emoção, Mara tocou no pulso tatuado e manteve os dedos ali.

— Pude dizer a ela o quanto Jesus a amava. Disse que havia esperança, mesmo quando parecia que não. — Mara parou e espiou o pulso. — De qualquer modo, foi uma das experiências mais incríveis da minha vida! Só de poder compartilhar a minha história, o que o Senhor já fez por mim. Terminamos orando juntas por um bom tempo, e, no dia seguinte, ela embarcou em um ônibus de volta pra casa.

— Ah, Mara! — Hanna exclamou. — É um presente maravilhoso.

— Eu sei — disse Mara, vasculhando sua bolsa enorme. — Lá estava eu, sentindo pena de mim mesma porque o Tom e os meninos não iam comigo, mas, desde o começo, Deus já tinha outros planos. Um presente de Ação de Graças totalmente diferente.

— Eu gostaria de servir com você no Nova Estrada um dia desses — Hanna disse, oferecendo a ela um lenço.

— Ah, seria fantástico! Eu adoraria. — Mara secou as lágrimas e olhou atentamente para Hanna. — Não me diga que você acabou passando o Dia de Ação de Graças sozinha?

— Não — Hanna respondeu. — Acabei jantando com um velho amigo e o filho dele.

A voz de Hanna sumiu, sua atenção se desviou. Uma menininha caminhava em direção à entrada da área restrita, segurando a mão de uma mulher idosa e soprando beijos para um homem na área de espera.

— Tchau, papai! — Hanna ouviu a menina chamar.

— Te amo, querida! — Ele respondeu.

Enquanto a criança seguia os procedimentos de segurança, continuava virando para trás para se certificar que o pai ainda estava lá, como se o constante aceno de bênção lhe desse a coragem para qualquer jornada que estava prestes a fazer. Mesmo depois de a filha desaparecer entre os equipamentos, o homem não se mexeu.

Hanna voltou a prestar atenção à conversa em torno da mesa e comentou:

— Mara, acho que nunca te contei sobre a minha experiência de mundo pequeno aqui em Kingsbury — Mara parecia intrigada. — Eu descobri faz algum tempo que um dos professores da Charissa é um velho amigo meu do seminário: Nathan Allen.

— É mesmo? — Mara perguntou, parecendo hesitante.

Hanna concordou com a cabeça.

— É sim.

Mara não respondeu. Hanna suspeitou que, considerando a experiência anterior de Mara em falar demais, ela provavelmente estava relutante em falar qualquer coisa ou fazer perguntas indiscretas.

Hanna sorriu para ela.

— Afinal, você tinha razão, Mara. Sobre encontrar alguém. Talvez não seja tarde demais para mim.

— Sério? — Mara perguntou, soando um pouco mais empolgada.

— É sério.

Mara fez uma pausa e em seguida exclamou:

— Então, vamos lá, amiga. Detalhes! Quero detalhes!

Hanna deu uma gargalhada.

— Bem — ela começou, apoiando os cotovelos na mesa —, recebi uma segunda chance com um amigo muito querido. E eu estou muito agradecida. Muito mesmo. Passei o Dia de Ação de Graças com o Nate e seu filho, Jake, e tivemos um ótimo dia juntos. Descobri que o Nate é um cozinheiro fantástico. Não fazia ideia do tanto que ele cozinha bem!

— Como o John — Charissa comentou.

Hanna concordou com a cabeça.

— Sim, como o John. Passamos o dia comendo coisas gostosas, contando histórias e jogando. — Ela riu. — O Nate é muito competitivo, não sei se consigo jogar palavras cruzadas com ele outra vez.

As outras também riram.

— Queria te agradecer, Charissa — disse Hanna.

Charissa respondeu com um movimento das sobrancelhas.

Hanna respondeu:

— Por não ter se deixado manipular por mim. Por ter contado ao Nate que você me conhecia. Obrigada.

Charissa deu de ombros ligeiramente.

— Achei que não faria mal nenhum que ele soubesse. É engraçado como tudo se encaixa, não é?

— Definitivamente, uma coisa de Deus — disse Hanna. — E me pegou totalmente de surpresa.

— Estou tão feliz por você, Hanna — Mara comentou, radiante. — Vou orar por vocês, por tudo o que Deus planejou pra vocês.

— Obrigada. Estou tentando não imaginar muito à frente, sabe? Por exemplo, o que vai acontecer em junho, quando a minha licença sabática acabar? — Hanna se esforçava para não pensar nisso. Ela repetia para si mesma que bastava dizer sim para as flores hoje sem se preocupar com o que aconteceria com sua vida em Chicago.

— Tanta coisa pode acontecer em seis meses — Meg disse, lendo seus pensamentos. — Olha o que aconteceu em apenas três.

— Apenas um pé após o outro — Mara acrescentou. — Um passinho de cada vez.

Hanna concordou com a cabeça. Sim, é uma imagem perfeita. Ela estava aprendendo a caminhar. De novo.

— Pensando em um passinho de cada vez — disse Meg —, como foi a visita aos seus pais, Charissa?

Charissa rodava o cappuccino descafeinado metodicamente.

— Bem, foi interessante.

— Interessante bom ou interessante ruim? — Mara perguntou.

Charissa suspirou.

— Acho que estou começando a perceber algumas coisas que eu preciso trabalhar com eles, em termos do nível de expectativas deles e o meu medo de decepcioná-los. Nem sabia tudo o que estava acontecendo dentro de mim. Os próximos passos da jornada, eu imagino. Estou prestando atenção no porquê de certos gatilhos dispararem justo agora, tentando não ser tão rápida em culpar os hormônios. — Ela sorriu vagamente. — Ainda que fosse uma desculpa conveniente pra tudo, não é?

Mara estreitou os olhos.

— Eles estão chateados com a gravidez?

Hanna sentiu algo agitado — ou talvez algo protetor — no tom de Mara.

Ela não tinha certeza do que era, mas havia algo ali. Talvez o Espírito Santo tivesse conectado Mara e Charissa para propósitos mais profundos, para uma cura mais profunda. Afinal, sempre havia a oportunidade de uma cura mais profunda.

Charissa prosseguiu:

— Eles não estão exatamente chateados. Só surpresos. Eles têm todo tipo de perguntas sobre as decisões que vou tomar quanto à pós-graduação e à minha carreira, e eu tenho que continuar afirmando que estamos confiando em Deus quanto ao tempo de cada coisa. Continuo repetindo que eu e o John não vamos decidir nada disso agora. Basta um dia de cada vez. O Dr. Allen também nos apoiou. Ele disse que não precisamos ter pressa em decidir nada. Então, acho que assim está bom.

Sim, Hanna pensou.

O Nate disse a ela exatamente a mesma coisa.

— Não precisamos planejar tudo neste momento, Hanna. Eu acho que o Senhor quer que nós apenas apreciemos a viagem juntos, sem ter que descobrir até onde ela vai.

Ela havia descoberto uma parte da jornada, entretanto: iria participar da peregrinação à Terra Santa. Ela estaria seguindo os passos de Jesus ao lado do Nate.

Um movimento no canto do olho chamou sua atenção, e Hanna virou para ver. Uma jovem corria para os braços de alguém que a esperava na saída com um buquê de flores. Marido? Namorado? Ela imaginou há quanto tempo eles não se viam. Que presente ter alguém esperando para te encontrar ao fim de uma viagem. *Um grande presente.* Depois de um longo abraço, os dois saíram caminhando juntos, de mãos dadas.

— Acho que todas temos grandes aventuras pela frente — disse Meg.

— Amém, irmã — disse Mara. — A jornada continua.

Mara e Charissa saíram juntas em direção ao estacionamento rotativo, parando no quiosque de pagamento no fim do terminal.

— Você tem aula hoje à tarde? — Mara perguntou, inserindo o ticket na máquina.

Charissa negou com a cabeça.

— Não. Tenho algum tempo livre antes de buscar o John no trabalho. É estranho. Não estou acostumada a ter tempo livre.

Mara sorriu para ela enquanto passava o cartão de crédito.

— Bom... aproveite. — Ela fez uma pausa. — Espero que tudo se desenrole bem em relação a você, Charissa: o bebê, o doutorado, os seus pais...

— Obrigada. — Charissa pegou o próprio ticket na bolsa. — Não sou muito boa com esse negócio de um passo de cada vez, sabe? Passei toda a minha vida planejando cada coisa. Não lido muito bem com a incerteza. — Charissa olhava para as mãos enquanto falava. — Também não sou grande coisa em termos de espontaneidade — acrescentou, hesitante. — Mas... bem... você quer sair para comer um lanche ou algo assim?

— Agora? — Mara perguntou, parecendo surpresa.

Charissa concordou.

— Se você estiver livre, claro...

Mara se iluminou:

— É isso aí, amiga! — Ela exclamou. — Estou livre.

Meg se sentou e apoiou a cabeça na janela, assistindo a chuva que batia no vidro. Enquanto esperava a decolagem, abriu o envelope que Hanna lhe entregou quando se despediram na entrada da área restrita.

> *Querida Meg,*
>
> *Estava lendo o Salmo 91 pela manhã e não conseguia parar de sentir que hoje esse é para você. Acredito que, quando você ler, vai saber o porquê. Esses são os primeiros versos, um pouquinho adaptados: "Aquele que habita no esconderijo do Altíssimo e descansa à sombra do Todo-poderoso diz ao Senhor: 'Meu refúgio e minha fortaleza, meu Deus, em quem confio'. Pois ele te livra do laço que prende os Fowler e da peste mortal. Ele te cobre com suas penas; tu encontras refúgio debaixo das suas asas; sua verdade é escudo e proteção".*
>
> *Meg, eu te vejo crescer em fé e serena confiança em Deus. Você fez do Senhor o seu refúgio e a sua fortaleza, e te vejo habitar em paz.*
>
> *Você foi tão corajosa, enfrentando tantas dificuldades do seu passado, e a sua coragem também me inspirou. Obrigada. Deus te livrou do laço que te prendia aos Fowler, e agora você está livre para voar. Que aventura maravilhosa você tem pela frente!*
>
> *Estou orgulhosa de você, e agradeço a Deus por você fazer parte da minha vida.*
>
> *Deus te abençoe, Meg.*
>
> *Com amor,*
>
> *Hanna*

Meg sorriu para si mesma e agarrou o braço da poltrona enquanto o avião ganhava velocidade na pista. Momentos depois, ela estava no ar, vendo o céu cor de ardósia dar lugar a um glorioso mundo acima das nuvens, iluminado pelo sol.

Meg Fowler Crane havia encontrado as próprias asas.

— Ouço tanta liberdade em você — disse Katherine enquanto ela e Hanna conversavam na porta do escritório. Hanna havia passado no Nova Esperança na volta do aeroporto para se inscrever na peregrinação.

— Certamente, eu não previa tudo isso quando cheguei aqui em setembro. Tem sido uma aventura incrível.

Katherine sorriu.

— Você está dizendo sim ao amor, Hanna. Sim a todos os convites de Deus para caminhar profundamente no coração dele. Não existe aventura maior que essa. E encontrou maravilhosos companheiros de jornada.

Hanna concordou com a cabeça.

— Verdade. Agora que finalmente desisti de tentar honrar a Deus através do máximo de sofrimento possível, talvez possa aprender a me sentir confortável de um jeito novo e diferente. O Nate está decidido a me ensinar a me divertir.

— Ele é um bom professor.

— Como você, Katherine. Obrigada.

Katherine estendeu a mão e tocou na bochecha de Hanna.

— Estou muito orgulhosa de você. Deus te abençoe, querida.

Enquanto Hanna caminhava pelo corredor, ela olhou o relógio. Ainda tinha tempo para mais uma parada rápida antes de encontrar Nate na faculdade.

Salvo por alguns chapins e cardeais pairando entre os ramos prateados e os arbustos de frutinhas vermelhas, o pátio estava calmo, silencioso, envolvido pela maciez de um céu cinza-claro. Hanna se aproximou lentamente do centro do labirinto e se ajoelhou para acompanhar com os dedos o desenho em forma de pétalas no pavimento.

Obrigada, ela orou. *Obrigada. Por tudo.*

Lembre-se, uma voz sussurrou. *Lembre-se sempre. As flores são para você.*

— O presente do noivo para a amada — ela sussurrou.

E no fundo do seu espírito, ela ouviu o convite:

Minha amada, caminhe comigo.

COM GRATIDÃO

Minhas palavras não são adequadas para expressar meu amor e admiração por todos aqueles que caminharam comigo na elaboração deste livro.

Ao meu marido, meu mais querido amigo, Jack. O melhor de John, Jimmy e Nathan, tudo isso em um só homem. Deus me abençoou com você. Eu te amo! Não teria conseguido sem você.

Ao nosso filho, David, tão cheio de paciência, amor e graça. Te amo e tenho muito orgulho de você.

Ao verdadeiro Clube dos Calçados Confortáveis, o *Sensible Shoes Club* (Jill, Shalini, Cherie, Cynthia, Jan, Jennifer, Nahed, Eleanor, Connie, Sue, Diane e Nancy). Suas histórias de transformação e mudança de vida são muito mais impressionantes do que tudo que eu escrevi nestas páginas. Obrigada por compartilharem a viagem comigo.

À maravilhosa comunidade de fé *Redeemer Covenant Church*. Que alegria e privilégio compartilhar a vida em Cristo com vocês.

À irmã Diane Zerfas, minha fiel mentora espiritual, que encorajou a minha imaginação e me ajudou a caminhar atentamente. Obrigada.

Aos meus primeiros leitores que me animaram: Ruth, Krisha, Yu Chen, Vaneetha, Katie, Mary, Catherine e minha querida tia Sally. A vocês que me encorajaram. Obrigada.

Ao Todd e à Holly, cujas primeiras contribuições e sugestões fizeram deste um livro melhor. Obrigada pela gentileza e persistência.

À Celeste, que me trouxe flores no momento certo. Obrigada.

À Betsy, que me convidou para o chalé onde a história começou. Obrigada.

À Martie Sharp Bradley, que editou meu manuscrito com muito carinho pelos meus personagens. Obrigada por compreender minha alma e minha imaginação, trazendo à tona o melhor destas mulheres.

À Kathleen e Colleen, que nunca deixaram de falar de Jesus. Sou eternamente grata.

Ao Steve, que me edificou com oportunas palavras de sabedoria e me ajudou a abrir minhas mãos e dar asas a esse livro. Obrigada.

Ao Dr. Robert Jacks (R.J.), que me ensinou a escrever para os ouvidos; ao Sr. Don Shultz, que me ensinou a escrever sobre o que conheço; e ao Sr. Art Farr, que me disse para escrever. Obrigada.

À Cindy Bunch e à maravilhosa equipe da InterVarsity Press. Obrigada por compreender a visão e dizer sim.

Para o *Dominican Center*, onde explorei muitas das disciplinas descritas neste livro, incluindo o labirinto e seu movimento triplo de renunciar, receber e retornar.

Aos mentores e professores com quem nunca me encontrei, cuja sabedoria respira nessas páginas: Hannah Hurnard, Richard Foster, Henri Nouwen, Robert McGee, Eugene Peterson, Gerald Sittser, C. S. Lewis, Philip Yancey, John Ortberg, Adele Calhoun, Teresa de Ávila, Irmão Lourenço, Juliana de Norwich, Inácio de Loyola, aos pais e mães no deserto e a muitos outros que eu gostaria de citar.

À minha irmã Beth, minha fiel amiga e companheira de jornada. Eu te amo.

À minha mãe e ao meu pai, com gratidão e amor além do que as palavras conseguem expressar. Mãe, obrigada por ser uma editora e revisora tão cuidadosa. A senhora percebeu coisas que eu não vi.

E, finalmente, ao Espírito Santo, meu fiel *ghost-writer*, cuja paciência e gentileza responderam e superaram todas as minhas objeções e medos quando eu imaginava que não poderia escrever este livro.

Esta é a minha oferta de amor a ti.

Oro para que, segundo as riquezas da sua glória, vos conceda que sejais interiormente fortalecidos com poder pelo seu Espírito. E que Cristo habite pela fé em vosso coração, a fim de que, arraigados e fundamentados em amor, vos seja possível compreender, juntamente com todos os santos, a largura, o comprimento, a altura e a profundidade desse amor, e assim conhecer esse amor de Cristo, que excede todo o entendimento, para que sejais preenchidos até a plenitude de Deus. Àquele que é poderoso para fazer bem todas as coisas, além do que pedimos ou pensamos, pelo poder que age em nós, a ele seja a glória na igreja e em Cristo Jesus, por todas as gerações, para todo o sempre. Amém. (Efésios 3.16-21)

GUIA DE DISCUSSÃO

Para mais recursos e informações em inglês sobre o clube do livro e sobre o original *Sensible Shoes*, visite a página da autora: www.sensibleshoesclub.com

1. Se você pudesse conversar com uma das personagens, qual delas você escolheria? Por quê? Sobre o que você gostaria de conversar?

2. Com qual das personagens você se identifica mais? Com qual se identifica menos? Sua opinião mudou à medida que a história se desenvolvia?

3. Pense em algumas das experiências de infância de cada personagem. Como alguns desses eventos moldaram o senso de identidade de cada uma delas?

4. Identifique alguns dos momentos decisivos para as personagens principais (Hanna, Meg, Mara e Charissa). Por que esses momentos foram tão importantes?

5. Indique algumas das imagens ou metáforas que tiveram grande influência no processo de autodescoberta e transformação de cada personagem. Quais destas imagens se relacionam com sua vida ou com seus anseios?

6. Liste algumas das áreas de crescimento significativo ou questões não resolvidas de cada personagem. Quais os próximos passos que você imagina para cada uma delas?

7. Mara disse: "Odeio a palavra disciplina. Já me sinto culpada". Qual é a sua reação sobre o conceito de disciplinas espirituais?

8. Como você define "formação espiritual"?

9. O que te atrai ou te assusta em trilhar uma jornada sagrada com outras pessoas?

10. O Dr. Allen disse: "As coisas que nos aborrecem, irritam e decepcionam têm tanto poder para revelar a verdade sobre nós mesmos quanto qualquer outra coisa. Aprenda a perseverar nas coisas que te provocam. Você pode encontrar o Espírito de Deus agindo justamente aí". O que te provocava à medida que você lia o livro?

11. Meg disse: "É fácil perder de vista o quanto eu avancei quando vejo o tanto que ainda me falta". Em quais situações você se sente sobrecarregado ou desencorajado pela distância que ainda precisa caminhar? O que te auxilia a manter uma perspectiva centrada em Deus ao longo da sua jornada?

12. Como você responderia a um convite do Retiro Nova Esperança?

13. O que Deus está despertando em você a partir da leitura deste livro?